GLÓRIA MORTAL

Nora Roberts

A Pousada do Fim do Rio
Lua de Sangue
O Testamento
Traições Legítimas
Três Destinos
Doce Vingança

Trilogia do Sonho

Um Sonho de Amor
Um Sonho de Vida
Um Sonho de Esperança

Trilogia do Coração

Diamantes do Sol
Lágrimas da Lua
Coração do Mar

Trilogia da Magia

Dançando no Ar
Entre o Céu e a Terra
Enfrentando o Fogo

J. D. ROBB

Nudez Mortal

Nora Roberts

escrevendo como

J. D. ROBB

GLÓRIA MORTAL

2ª EDIÇÃO

Tradução
Renato Motta

BERTRAND BRASIL

Título original: *Glory in Death*

Capa: Leonardo Carvalho

Editoração: DFL

2004
Impresso no Brasil
Printed in Brazil

CIP-Brasil. Catalogação-na-fonte
Sindicato Nacional dos Editores de Livros, RJ

	Robb, J. D., 1950-
R545g	Glória mortal / Nora Roberts escrevendo como J. D. Robb;
2ª ed.	tradução Renato Motta. – 2ª ed. – Rio de Janeiro: Bertrand Brasil, 2004.
	364p.
	Tradução de: Glory in death ISBN 85-286-1070-5
	1. Romance americano. I. Motta, Renato. II. Título.
	CDD – 813
04-1736	CDU – 821.111(73)-3

EDITORA BERTRAND BRASIL LTDA.
Rua Argentina, 171 – 1º andar – São Cristóvão
20921-380 – Rio de Janeiro – RJ
Tel.: (0xx21) 2585-2070 – Fax: (0xx21) 2585-2087

Atendemos pelo Reembolso Postal.

A fama naquela época era barata...
E desde então eles a mantiveram assim, estando mortos.

— DRYDEN

Engasgou-se com ambição da pior espécie.

— SHAKESPEARE

Capítulo Um

Os mortos eram o seu negócio. Ela convivia com eles, trabalhava com eles, estudava-os; sonhava com eles. E pelo fato de que tudo isso ainda não parecia ser o suficiente, em algum lugar profundo e secreto do coração ela os pranteava.

Seus dez anos de trabalho na polícia a tinham endurecido. Trouxeram-lhe uma visão próxima, fria e muitas vezes cínica da morte, e suas muitas causas. Eles faziam com que cenas como aquela à qual assistia agora, em uma noite chuvosa em uma rua escura e imunda de tanto lixo, lhe parecessem quase que banais. Mesmo assim, ela sentia.

Assassinatos não mais a deixavam chocada. Mas continuavam a lhe causar nojo.

A mulher tinha sido bonita no passado. Longos tentáculos de seu cabelo dourado se espalhavam como raios sobre a calçada imunda. Os olhos pareciam espantados e estavam vidrados, com aquela expressão agoniada que a morte às vezes deixava impressa. Tinham um tom violeta-escuro, em contraste com as bochechas brancas, sem sangue e molhadas de chuva.

Usava um conjunto caro, que tinha a mesma cor vibrante de seus olhos. O paletó estava cuidadosamente abotoado, em contraste com a saia levantada que expunha suas coxas elegantes. Jóias brilhavam em seus dedos, nas orelhas e na lapela do paletó. Uma bolsa de couro, com fecho de ouro, estava caída, junto à mão com os dedos abertos.

Sua garganta tinha sido cruelmente cortada.

A Tenente Eve Dallas se agachou ao lado da morta e a estudou cuidadosamente. As imagens e os cheiros eram familiares, mas a cada vez, todas as vezes, havia algo novo. Tanto a vítima quanto o criminoso deixavam sua marca específica, seu estilo próprio, e transformavam o assassinato em algo pessoal.

A cena do crime já tinha sido gravada. Os sensores da polícia e uma tela protetora haviam sido colocados para manter os curiosos afastados e preservar o local do assassinato. Todo o tráfego da área tinha sido desviado. O tráfego aéreo era muito leve àquela hora da noite e trazia poucos problemas. O som abafado da música do *sex club* do outro lado da rua martelava o ar incessantemente, pontuado pelos ocasionais urros dos freqüentadores. As luzes coloridas do letreiro giratório pulsavam de encontro à tela de proteção, lançando raios de cores berrantes sobre o corpo da vítima.

Eve poderia ter ordenado o fechamento do clube, mas aquilo lhe pareceu um aborrecimento desnecessário. Mesmo no ano de 2058, apesar do banimento das armas, e embora os testes genéticos com freqüência detectassem as características hereditárias de violência antes mesmo que elas pudessem se manifestar, os assassinatos ainda existiam. E aconteciam com uma regularidade tão grande que as pessoas do outro lado da rua, em busca de diversão, ficariam indignadas com a idéia de serem obrigadas a ir embora por causa de uma inconveniência tão pequena como uma morte.

Um policial uniformizado continuava a fazer gravações do local. Ao lado da tela, um grupo de técnicos do laboratório de criminalística se mantinha aconchegado para se proteger da chuva e bater papo sobre esportes e compras. Ainda não haviam nem se dado ao trabalho de olhar para o corpo, e ainda não a tinham reconhecido.

Será que era pior, se perguntou Eve, com o olhar firme enquanto olhava para a chuva que lavava o sangue, *quando a gente conhecia a vítima?*

Ela tivera apenas um contato profissional com a promotora Cicely Towers, no passado, mas foi o suficiente para que formasse uma forte opinião a respeito de uma mulher determinada. *Uma mulher bem-sucedida,* pensou Eve, *uma guerreira, que sempre buscara a justiça, com obstinação.*

Será que ela estava à procura de justiça ali, naquela vizinhança miserável?

Dando um suspiro, Eve se aproximou e pegou a bolsa cara e elegante, para confirmar a identificação que fizera visualmente.

— Cicely Towers — falou para o gravador. — Mulher, idade: quarenta e cinco, divorciada. Residência: Rua Oitenta e Três, Oeste, número 2.132, apartamento 61-B. Não houve roubo. A vítima ainda está com as suas jóias. Aproximadamente... — e vasculhou a carteira — vinte dólares em cédulas, cinqüenta fichas de crédito e seis cartões de crédito, deixados na cena do crime. Não há sinais aparentes de luta ou agressão sexual.

Olhou novamente para a mulher esparramada na calçada. *Que diabos você estava fazendo aqui, Towers?,* perguntou Eve mentalmente. *Aqui, tão longe do centro do poder, tão distante do seu sofisticado endereço?*

E vestida como se fosse trabalhar, pensou. Eve conhecia o estilo autoconfiante do trajar de Cicely Towers; já admirara isto no tribunal e na prefeitura. Cores fortes, sempre prontas para a câmera, com acessórios combinando e um toque feminino.

Eve se levantou e esfregou distraidamente o joelho sob a calça molhada.

— Homicídio — completou de modo curto e rápido. — Podem ensacá-la.

Não foi surpresa para Eve que a mídia já tivesse sentido o cheiro de assassinato e estivesse rondando por ali quando ela chegou ao brilhante prédio onde Cicely Towers morava. Várias câmeras e repórteres sedentos estavam acampados na limpíssima calçada. O fato de que eram três da manhã e chovia a cântaros não parecia detê-los. Em seus rostos, Eve identificou os brilhantes olhos de lobos. A história era a presa, os pontos do ibope, o troféu.

Podia ignorar as câmeras que balançavam em sua direção e as perguntas atiradas como dardos certeiros. Já estava quase acostumada à perda do anonimato. O caso que investigara e desvendara no inverno anterior tinha atraído a atenção do público. Não só o caso, pensava ela, ao fitar com olhos de aço um repórter que tivera a ousadia de lhe bloquear a passagem, mas também o seu relacionamento com Roarke.

Tinha sido um caso de assassinato, e mortes violentas, por mais excitantes que fossem, logo perdiam o interesse do público.

Roarke, no entanto, era sempre notícia.

— O que conseguiu, tenente? Já tem algum suspeito? Existe um motivo? Poderia confirmar para nós se a promotora Towers foi degolada?

Eve diminuiu o passo apressado por alguns instantes e fez o olhar desfilar sobre a massa de repórteres encharcados e com olhar selvagem. Ela também estava molhada, cansada e revoltada, mas foi cuidadosa. Já aprendera que quando você entregava para a mídia uma parte de si mesmo, ela o espremia, torcia e colocava para secar.

— O Departamento de Polícia não tem nenhum comentário a fazer neste momento, a não ser o de que a investigação da morte da promotora Towers está seguindo o seu curso.

— A senhorita está cuidando do caso?

— Sim, fui encarregada disso — falou, de forma breve, antes de passar entre os dois policiais que haviam se colocado de guarda na entrada do edifício.

O saguão estava completamente florido: imensos arranjos e uma grande quantidade de flores coloridas e perfumadas fizeram-na pensar na primavera e em um lugar exótico. A ilha onde passara três deslumbrantes dias em companhia de Roarke, enquanto se recuperava de um ferimento de bala e da completa exaustão.

Nem teve tempo de sorrir diante da lembrança, como aconteceria se as circunstâncias fossem diferentes. Simplesmente exibiu o distintivo e caminhou sobre os lajotões de cerâmica até o elevador mais próximo.

Havia outros guardas lá dentro. Dois atrás da recepção, analisando o computador da segurança, outro vigiando a entrada e outros mais ao lado dos elevadores. Era mais gente do que seria necessário, mas, sendo promotora, Towers era considerada do grupo deles.

— O apartamento está protegido? — perguntou Eve ao guarda mais próximo.

— Sim, senhora. Ninguém entrou ou saiu desde que a senhora fez a chamada, à meia-noite e vinte e dois.

— Quero cópias de todos os discos e arquivos de segurança. — Entrou no elevador. — Os das últimas vinte e quatro horas para começar. — Olhou para o nome bordado no uniforme. — Biggs, os das últimas seis horas vou querer com todos os detalhes, começando pelas sete da noite, e também investigações feitas porta a porta. Sexagésimo primeiro andar — ordenou então, e as portas do elevador se fecharam silenciosamente.

Eve saiu no andar que pedira e pisou no luxuoso tapete. Fazia um silêncio de museu. O corredor era estreito, como acontecia na maioria dos prédios residenciais construídos nos últimos cinqüenta anos. As paredes eram pintadas de um branco imaculado e revestidas de espelhos a intervalos regulares para dar a impressão de mais espaço.

Espaço que não era problema dentro dos apartamentos, Eve avaliou. Havia apenas três em todo o andar. Ela digitou o código para abrir a fechadura usando a chave magnética do Departamento de Polícia e entrou em um ambiente de suave elegância.

Cicely Towers se cuidava bem, concluiu Eve. E gostava de morar com conforto e luxo. Enquanto tirava a câmera portátil de seu *kit* de trabalho e a prendia no casaco, olhou em volta de toda a sala. Reconheceu dois quadros de um proeminente artista do início do século XXI pendurados em uma parede pintada em um suave tom de rosa ao fundo de uma ampla sala de estar em forma de U, decorada em tons de rosa e verde. Foi o seu contato com Roarke que a ajudou a identificar os quadros e o ar de riqueza e conforto na aparente simplicidade da decoração e nas peças selecionadas.

Quanto será que uma promotora pública fatura por ano?, perguntou a si mesma enquanto a câmera gravava tudo em volta.

Estava tudo arrumado. Meticulosamente arrumado. Também, refletiu Eve, pelo que conhecia de Cicely Towers, ela era uma mulher meticulosa. Em seu modo de vestir, em seu trabalho e na manutenção de sua privacidade.

Então, o que é que uma mulher elegante, inteligente e meticulosa estava fazendo em uma região asquerosa, em uma noite detestável?

Eve caminhou pela sala. O piso era de madeira clara e brilhava como espelho sob os maravilhosos tapetes que acompanhavam as cores dominantes da sala. Sobre uma mesa havia vários hologramas emoldurados, mostrando crianças em vários estágios de crescimento, desde a primeira infância até a universidade. Um rapaz e uma moça, ambos bonitos, ambos sorrindo.

Estranho, pensou Eve. Trabalhara com a promotora Towers em inúmeros casos ao longo dos anos. Como é que Eve nunca soube que tinha filhos? Balançando a cabeça, foi até o pequeno computador embutido em uma estação de trabalho sofisticada no canto da sala. Mais uma vez, usou sua chave magnética para ter acesso.

"Listagem dos compromissos de Cicely Towers para o dia dois de maio", os lábios de Eve se apertaram enquanto lia os dados. Uma hora na academia de ginástica de um clube privado à qual se seguiu um dia cheio no tribunal e se encerrou com um drinque às seis da tarde com um conhecido advogado. Mais tarde, um jantar. As sobrancelhas de Eve se levantaram. Um jantar com George Hammett.

Roarke tinha negócios com Hammett, lembrou Eve. Ela já se encontrara com ele, em duas ocasiões. Sabia que era um homem charmoso e astuto, que ganhava a vida com transportes e tinha um extraordinário padrão de vida.

George Hammett foi o último compromisso de Cicely Towers naquele dia.

— Imprima — murmurou, e enfiou a cópia recém-impressa na bolsa.

Em seguida, acionou o *tele-link*, exigindo a relação de todas as chamadas feitas e recebidas nas últimas quarenta e oito horas. Provavelmente teria de cavar mais fundo, mas, naquele momento, simplesmente ordenou a gravação de todas as ligações, guardou o disco e deu início a uma longa e cuidadosa busca pelo apartamento.

Por volta das cinco da manhã, seus olhos pareciam ter areia e sua cabeça doía. A única hora de sono que conseguira encaixar entre o sexo na noite anterior e a chamada para investigar o assassinato estava começando a cobrar seu preço.

— De acordo com as informações conhecidas — disse, com voz cansada para o gravador —, a vítima morava sozinha. Não há indícios do contrário pela avaliação inicial. Também não há indícios de que a vítima tenha saído do apartamento contra a vontade, e não foi encontrado registro de nenhum compromisso que possa explicar a ida da vítima até o local da morte. Como responsável pela investigação, recolhi dados do computador e do *tele-link* para pesquisas posteriores. O interrogatório porta a porta vai se basear nos eventos a partir das sete da noite e os discos de segurança do prédio já foram recolhidos. Estou saindo da residência da vítima e seguindo para prosseguir com os trabalhos em seu gabinete, na prefeitura. Aqui fala a tenente Eve Dallas. São cinco horas e oito minutos.

Desligando o áudio e o vídeo, Eve fechou o seu *kit* de trabalho e saiu.

Já passava das dez quando ela conseguiu chegar de volta à Central de Polícia. Atendendo aos apelos de seu estômago vazio, deu uma passada na lanchonete e ficou desapontada, embora não surpresa, ao ver que tudo que havia de bom para comer já tinha acabado devido à hora. Resignou-se com um brioche de soja acompanhado do líquido que a lanchonete fingia ser café. Apesar do gosto horrível, engoliu tudo antes de se acomodar em sua sala.

Foi melhor assim, pois seu *tele-link* tocou no instante em que entrou.

— Tenente.

Eve engoliu um suspiro ao ver o rosto largo e risonho de Whitney aparecer na tela.

— Sim, comandante.

— Venha à minha sala. Agora.

Não teve tempo nem de fechar a boca antes de a tela se apagar novamente.

Ai, que droga!, pensou. Esfregou as mãos sobre o rosto e a seguir passou os dedos pelos cabelos castanhos, curtos e repicados. Lá se fora a chance de verificar suas mensagens, de ligar para Roarke, a fim de comentar sobre seu novo caso, ou do cochilo de dez minutos que ela tinha esperanças de tirar.

Levantando-se de novo, esticou os ombros para trás. Levou algum tempo para tirar o casaco. O couro tinha protegido sua blusa, mas a calça jeans ainda estava úmida. De modo objetivo, ignorou o desconforto e reuniu os poucos dados que tinha. Se tivesse sorte, era capaz de conseguir outra xícara de café na sala do comandante.

Levou apenas dez segundos para Eve descobrir que o café ia ter de esperar.

Whitney não estava sentado atrás da mesa, como de hábito. Estava em pé, olhando para a janela que lhe proporcionava uma visão pessoal da cidade que ele servira e protegera por mais de trinta anos. Suas mãos estavam entrelaçadas atrás do corpo, mas a posição de aparente relaxamento era desmentida pelas juntas dos dedos, que estavam brancas.

Eve avaliou rapidamente os ombros fortes, os cabelos grisalhos e as costas largas do homem que há poucos meses recusara o cargo de Secretário de Segurança para permanecer no comando ali.

— Comandante.

— Parou de chover.

Os olhos de Eve começaram a se estreitar, em estranheza, mas ela teve o cuidado de se mostrar sem emoções.

— Sim, senhor.

— No fundo, Dallas, é uma boa cidade. Daqui de cima, é fácil a gente esquecer isso, mas esta é uma boa cidade, no fundo. Estou tentando me lembrar deste fato, neste instante.

Eve não respondeu nada. Não havia nada a dizer. Esperou.

— Eu a coloquei como investigadora principal neste caso. Tecnicamente, era a vez de Deblinsky; portanto, eu quero tomar conhecimento se ela a atacar de algum modo.

— Deblinsky é uma boa policial.

— Sim, ela é. Mas você é melhor.

Eve levantou as sobrancelhas ao ouvir isso e ficou feliz por Whitney ainda estar de costas para ela.

— Agradeço a sua confiança, comandante.

— Você a conquistou, Eve. Por motivos pessoais, passei por cima da escala dos investigadores para colocar você no controle deste caso. Preciso da melhor investigadora; preciso de alguém que vá até o fundo, e mais além.

— A maioria de nós conhecia a promotora Towers, comandante. Não há um policial sequer em Nova York que não iria até o fundo, e mais além, a fim de descobrir quem a matou.

Ele suspirou profundamente, o que fez o seu corpo pesado estremecer, antes de se virar. Por mais um instante, ficou sem dizer nada, apenas analisando a mulher que colocara no comando. Ela era magra, o que era quase uma decepção, pois ele tinha muitas razões para saber que ali havia muito mais energia do que ela aparentava, sob aquele corpo frágil e esbelto.

Notou um pouco de fadiga nela, naquele instante, pelas olheiras sob os olhos da cor de uísque e pela palidez de seu rosto magro. Mas ele não podia deixar que isso o preocupasse, não naquele momento.

— Cicely Towers era uma amiga pessoal. Uma amiga pessoal muito chegada.

— Entendo. — Eve se perguntou se realmente entendia. — Sinto muito, comandante.

— Eu a conhecia há muitos anos. Começamos juntos, eu um policial de ronda que comia cachorro-quente, e ela uma advogada criminalista com excesso de entusiasmo. Minha esposa e eu somos padrinhos do filho dela. — Fez uma pausa por um instante, como se estivesse tentando se controlar. — Já comuniquei a morte aos filhos dela. Minha esposa está a caminho para se encontrar com eles. Eles vão ficar conosco até depois dos funerais.

Whitney pigarreou para limpar a garganta e apertou os lábios antes de continuar.

— Cicely era uma das minhas amigas mais antigas. Acima e além do respeito profissional que tinha por ela, eu a amava muito. Minha mulher está arrasada; os filhos de Cicely estão em pedaços. Tudo o que consegui dizer a eles é que ia fazer tudo e qualquer coisa que estivesse ao meu alcance para encontrar a pessoa que fez isso com a mãe deles, para dar a ela aquilo pelo qual trabalhou na maior parte de sua vida: justiça.

Neste instante, ele finalmente se sentou, não com autoridade, mas com cansaço.

— Estou lhe contando tudo isso, Dallas, para que saiba de cara que não tenho objetividade para tratar deste caso. Nenhuma. E por não ter esta objetividade, estou dependendo de você.

— Agradeço a franqueza, comandante. — Eve hesitou apenas por um momento. — Como amigo pessoal da vítima, vou ter de interrogá-lo o mais breve possível, senhor. — Reparou que os olhos dele piscaram e por fim o seu olhar se tornou duro. — Sua esposa também, comandante. Se for mais cômodo, posso ir até sua casa para conduzir as entrevistas, em vez de fazer isto aqui.

— Sei. — E voltou a inspirar profundamente. — É por isso que eu a quero no comando, Dallas. Não disponho de muitos policiais com a coragem de tocar na ferida tão diretamente. Eu agradeceria se você esperasse até amanhã, ou talvez mais um ou dois dias, antes de ver a minha esposa, e se puder ir até a minha casa, posso arranjar tudo.

— Sim, senhor.

— O que conseguiu até agora?

— Fiz um reconhecimento do apartamento da vítima e de sua sala de trabalho. Tenho os arquivos dos casos que ela tinha em aberto, e todos os que ela fechou nos últimos cinco anos. Preciso cruzar os nomes para ver se alguém que ela mandou para a cadeia foi libertado recentemente, estudar as famílias dos que estão presos e suas ligações. Especialmente os violentos. A média dos acusados que ela conseguia condenar era muito alta.

— Cicely era uma leoa no tribunal. Jamais a vi deixar escapar um único detalhe. Até agora.

— Por que motivo ela estava lá, comandante, no meio da noite? O relatório preliminar da autópsia determinou o momento da morte à uma e dezesseis da manhã. Aquela é uma vizinhança barra-pesada, onde gangues arrancam dinheiro sob ameaça, há assaltos, prostíbulos. Tem até mesmo uma famosa boca-de-fumo e drogas químicas a poucos quarteirões do lugar em que ela foi achada.

— Não sei responder, Eve. Cicely era uma mulher cuidadosa, mas ela também era, como direi, arrogante. — Deu um pequeno sorriso. — Admiravelmente arrogante. Era capaz de ficar cara a cara com aquilo de pior que a cidade tem a oferecer. Colocar-se em risco deliberadamente, porém... não sei se ela o faria.

— Ela estava com um novo caso. O acusado se chama Fluentes. Assassinato em segundo grau. Estrangulamento da namorada. O advogado dele está alegando crime passional, mas o que se ouve falar é que Towers estava pretendendo acabar com ele. Estou investigando.

— Ele está nas ruas ou está preso?

— Nas ruas. Como era réu primário, a fiança foi baixa demais. Sendo um caso de assassinato, ele foi obrigado a usar uma pulseira de rastreamento, mas isto não significa nada para qualquer um que saiba um pouco de eletrônica. Será que ela foi se encontrar com ele?

— Absolutamente, não. Encontrar-se com um réu fora do tribunal iria corromper o processo. — Pensando em Cicely, lembrando de Cicely, Whitney balançou a cabeça. — Isso ela jamais ia querer pôr em risco. Mas ele pode ter usado de outros meios para atraí-la àquele local.

— Como eu disse, comandante, estou averiguando. Ela teve um encontro para jantar na noite passada com George Hammett. O senhor o conhece?

— Socialmente. Eles se encontravam ocasionalmente. Não era nada sério, segundo minha mulher. Ela estava sempre tentando achar o homem perfeito para Cicely.

— Comandante, é melhor eu perguntar logo, extra-oficialmente. O senhor estava envolvido sexualmente com a vítima?

Um dos músculos de seu rosto se contraiu, mas os olhos ficaram firmes.

— Não, não estava. Tínhamos uma grande amizade, uma amizade muito valiosa. Basicamente, ela era parte da família. Você não conseguiria compreender o conceito de família, Dallas.

— Não. — A voz dela estava fraca. — Imagino que não.

— Desculpe-me pelo que acabei de falar. — Fechando os olhos bem apertado, Whitney passou as mãos sobre o rosto. — Não teve nada a ver, e foi injusto. Sua pergunta era relevante. — Abaixou as mãos. — Você jamais perdeu alguém próximo, não é, Dallas?

— Não que eu me lembre.

— Isso deixa a pessoa despedaçada.

Ela imaginava que sim. Nos dez anos em que conhecia Whitney, Eve já o vira furioso, impaciente, e até mesmo cruel e frio. Mas jamais o tinha visto arrasado.

Se ter alguém próximo e perdê-lo fazia aquilo com um homem forte, Eve achou que era melhor continuar como estava. Não havia ninguém da família que pudesse perder, e tinha apenas poucas lembranças, algumas terríveis, de sua infância. Sua vida, como ela a conhecia agora, começara aos oito anos, quando foi encontrada, surrada e abandonada, no Texas. O que acontecera antes daquele dia não importava. Ela repetia para si mesma o tempo todo que não importava. Ela transformara a si mesma no que era, em quem era. Tinha poucos amigos com os quais se importava, ou nos quais confiava. E para algo mais do que amizade, havia Roarke. Ele tinha forçado a barra com ela até conseguir que ela lhe desse aquele algo mais. Um algo mais que era o bastante para deixá-la assustada nos momentos mais estranhos. Porque sabia que ele não ficaria satisfeito até conseguir tudo.

E se ela lhe entregasse tudo e depois o perdesse, não ficaria também em pedaços?

Em vez de ficar remoendo essa idéia, Eve se serviu de café e comeu os restos de uma barra de chocolate que descobriu em sua mesa. A perspectiva de almoçar era uma fantasia tão grande quanto a de passar uma semana nos trópicos. Sorveu o café e mastigou o chocolate enquanto analisava o relatório final da autópsia no monitor.

O momento da morte estava confirmado. A causa era uma jugular cortada e a perda maciça de sangue e oxigênio. A vítima fez uma refeição de frutos do mar acompanhada de aspargos verdes, vinho, café verdadeiro e frutas frescas com creme batido. A ingestão ocorrera aproximadamente cinco horas antes da morte.

O alarme foi bem rápido. Cicely Towers estava morta há apenas dez minutos quando um motorista de táxi corajoso, ou desesperado o bastante para trabalhar na área, avistou o corpo e chamou a polícia. A primeira patrulha chegou ao local em três minutos.

O assassino escapara bem depressa, calculou Eve. Também, era bem fácil desaparecer em uma vizinhança como aquela, ou se enfiar em um carro, entrar por uma porta, uma boate. A chuva tinha sido uma aliada, lavando o sangue das mãos do assassino.

Ela ia ter de vasculhar a área com pente fino e fazer perguntas que dificilmente resultariam em algum tipo de resposta viável. Apesar disso, o suborno funcionava melhor nos lugares em que os procedimentos normais ou as ameaças não adiantavam.

Estava estudando a foto de Cicely Towers com sua gargantilha de sangue quando seu *tele-link* tocou.

— Aqui fala Dallas, da Homicídios.

Um rosto apareceu bem iluminado na tela. Era jovem, sorridente e manhoso.

— Olá, tenente. Tem algum lance para mim?

Eve não xingou, embora tivesse vontade de fazer isto. Seu conceito a respeito de repórteres não era dos mais altos, mas C. J. Morse estava no ponto mais baixo de sua escala.

— Você não ia gostar de saber qual é o lance que eu daria por você, Morse.

— Qual é, Dallas? — Seu rosto redondo se iluminou em um sorriso. — O público tem o direito de saber, lembra?

— Não tenho nada para você.

— Nada? Você quer que eu vá para o ar dizendo que a tenente Eve Dallas, a mais conceituada policial de Nova York, está de mãos vazias em plena investigação do assassinato de uma das mais respeitadas, destacadas e conhecidas figuras públicas da cidade? Eu bem que podia fazer isso, Dallas — continuou ele, estalando a língua. — Bem que poderia, mas não ia ser muito bom para a sua imagem.

— E você deve achar que eu me importo com isso. — Seu sorriso era fino e penetrante como o *laser*, e seu dedo fez menção de desligar o *tele-link*. — Pois achou errado.

— Talvez não importe para você, pessoalmente, mas isso ia refletir em todo o departamento. — Seus olhos, com cílios muito compridos, quase femininos, piscaram. — Ia refletir sobre o comandante Whitney, que mexeu os pauzinhos para colocar você no comando das investigações. E ia acabar respingando em Roarke.

O dedo de Eve parou no ar, coçando, para afinal se recolher na palma da mão.

— O assassinato de Cicely Towers é a prioridade do departamento tanto para o comandante Whitney quanto para mim.

— Vou repetir suas palavras no noticiário.

Cretino, sem-vergonha!

— E o meu trabalho na polícia não tem nada a ver com Roarke.

— Ei, olhos castanhos, você sabe que qualquer coisa que diga respeito a você também diz respeito a Roarke, e vice-versa. Além do mais, o fato de que o seu namorado tinha negócios com a falecida, com o ex-marido e também com o atual namorado dela cria um quadro muito legal.

Os punhos de Eve se fecharam, formando uma bola de frustração.

— Roarke tem inúmeros negócios com um monte de gente. Eu não sabia que você estava de volta na seção de fofocas, C. J.

Isto serviu para apagar o sorrisinho ordinário do rosto do repórter. Não havia nada que C. J. Morse detestasse mais do que ser lembrado das suas raízes nos programas de fofocas e notas sociais da TV. Especialmente agora que ele conseguira abrir o caminho para o noticiário policial.

— É que eu tenho contatos, Dallas.

— Sei, e tem também uma espinha enorme bem no meio da testa. Se eu fosse você, ia tratar disto. — Com esse golpe baixo, mas satisfatório, Eve cortou a ligação.

Levantando-se, começou a caminhar em volta de sua pequena sala, enfiando e tirando as mãos dos bolsos. Que droga! Por que é que o nome de Roarke tinha de aparecer todas as vezes, em conexão com o caso? E até que ponto ele estava envolvido com os negócios de Cicely Towers e seus sócios?

Eve se deixou cair na cadeira e olhou de cara amarrada para os relatórios que estavam sobre a sua mesa. Ela ia ter de descobrir, e depressa.

Pelo menos desta vez, com este assassinato, ela sabia que Roarke tinha um álibi. No momento em que Cicely Towers estava tendo a sua garganta cortada, Roarke estava transando loucamente com a policial que estava à frente das investigações.

Capítulo Dois

Eve preferia voltar para o apartamento que ainda mantinha, apesar de passar a maioria das noites na casa de Roarke. Em sua própria casa, ela poderia remoer as idéias e os pensamentos, poderia dormir e conseguiria reconstruir o último dia da vida de Cicely Towers, por completo. Em vez de fazer isto, porém, foi direto para a casa de Roarke.

Estava cansada o bastante para desistir da direção e deixar o piloto automático manobrar o carro pelo tráfego do final de tarde. Comida era a primeira coisa de que precisava, resolveu. E se conseguisse dez minutos para ficar sozinha, a fim de clarear as idéias, melhor ainda.

A primavera resolvera dar o ar de sua graça lindamente. Era uma tentação para Eve abrir as janelas do carro, ignorar os sons do tráfego agitado, o zumbido dos maxi-ônibus, as reclamações dos pedestres e o assobio constante do tráfego aéreo por cima de sua cabeça.

A fim de escapar do eco da voz dos guias que conduziam os pequenos dirigíveis para turistas, ela fez um desvio e pegou a Décima Avenida. Seguir direto pelo Centro e depois cortar por dentro do parque teria sido bem mais rápido, mas ela teria de agüentar a monótona declamação dos guias, falando das atrações de Nova York, da história e da tradição da Broadway, da exuberância dos museus e da variedade de lojas, além do luminoso que convidaria os passageiros para uma visita à loja de presentes que pertencia à própria concessionária dos dirigíveis.

Como a rota do dirigível passava bem em frente ao seu apartamento, ela já ouvira toda aquela ladainha inúmeras vezes. Só não se importava de ser lembrada da conveniência das passarelas deslizantes que conectavam as lojas de moda das mais famosas grifes da Quinta Avenida com a Madison, ou a mais nova calçada aérea construída ao lado do Empire State.

Uma pequena retenção do tráfego, na altura da Rua Cinqüenta e Dois, deu-lhe a oportunidade de apreciar um cartaz, no qual um homem e uma mulher muito bonitos trocavam um beijo apaixonado, adocicado, conforme eles exclamavam cada vez que separavam os lábios em busca de ar, pelo aromatizador de hálito Riacho da Montanha.

Quando seus veículos esbarraram na lateral um do outro, dois motoristas de táxi começaram a trocar criativos insultos. Um maxiônibus transbordando de passageiros começou a buzinar sem parar, adicionando à cena um som agudo de arrebentar os tímpanos, o que fez com que os pedestres das rampas próximas e das calçadas balançassem a cabeça ou os punhos.

Uma aeronave do controle de tráfego mergulhou bem baixo, trombeteando o aviso-padrão para que os táxis seguissem em frente ou seriam multados. E o tráfego se arrastava para o norte, cidade acima, cheio de ruídos e nervos à flor da pele.

A paisagem da cidade mudou à medida que Eve saía do Centro em direção às regiões mais afastadas. Ali era o lugar que os ricos e privilegiados escolhiam para morar. As ruas eram mais largas, mais limpas e cheias de árvores em pequenos parques, que pareciam ilhas verdejantes. Ali os veículos se aquietavam, produzindo apenas um sussurro, e os que caminhavam pelas ruas faziam isto envergando roupas bem cortadas e sapatos finos.

Eve passou por um pedestre que estava levando dois cães de caça de pêlos dourados para passear, com o autocontrole e a firmeza típicos de um andróide qualificado.

Ao chegar aos portões da residência de Roarke, seu carro ficou à espera de que a segurança automática a deixasse entrar. As árvores da propriedade estavam florindo. Grandes cachos de flores brancas e rosadas se alternavam com outras mais fortes, vermelhas e azuis, e tudo estava acarpetado por uma grande extensão de grama da cor de esmeralda.

A casa propriamente dita sobressaía contra o fundo do céu que escurecia e os vidros refletiam o sol que se punha e iluminava o revestimento de pedra solene e acinzentado. Já fazia meses desde que Eve a vira pela primeira vez, e mesmo assim ela jamais conseguira se acostumar com o tamanho, a suntuosidade, a riqueza em estado simples e puro. Ela tinha de parar de se perguntar o que estava fazendo ali com ele.

Deixou o carro ao pé da escadaria de granito e subiu por ela. Não bateu na porta. Era uma questão de orgulho e teimosia. O mordomo de Roarke a desprezava, e não se preocupava em esconder isto.

Como era de esperar, Summerset surgiu no saguão como uma nuvem súbita de fumaça negra, com os cabelos prateados brilhando e um franzir de desaprovação já pronto no rosto comprido.

— Tenente. — Seus olhos a revistaram, fazendo-a perceber que estava usando as mesmas roupas com as quais saíra na véspera, e a esta altura consideravelmente amarrotadas. — Não sabíamos a que horas a senhorita ia voltar, nem, na verdade, se pretendia mesmo voltar.

— Não sabíamos? — Ela encolheu os ombros, e por saber que isto o ofendia, despiu o surrado casaco de couro e o colocou nas mãos elegantes do empregado. — Roarke está em casa?

— Ele está às voltas com uma transmissão interespacial.

— A respeito do Olympus Resort?

A boca de Summerset se enrugou como uma ameixa.

— Não me cabe investigar os assuntos de Roarke — respondeu.

Você sabe exatamente tudo o que ele faz, e quando, pensou ela, mas se virou e seguiu pelo saguão amplo e reluzente, em direção à larga base da escadaria.

— Vou subir. Preciso de um banho — e olhou para trás, por cima do ombro. — Por favor, avise a Roarke onde estou quando ele acabar o que está fazendo.

Subiu até a suíte principal. Tal como Roarke, Eve raramente usava os elevadores. No momento em que fechou a porta atrás de si, começou a se despir, deixando pelo chão uma trilha de botas, jeans, blusa e roupas íntimas, a caminho do banheiro.

Ordenou que a água saísse a 39 graus, e logo em seguida se lembrou de jogar alguns dos sais de banho que Roarke trouxera para ela do satélite Silas Três. Eles cobriram a água com uma espuma verde-mar que recendia a um bosque encantado.

Espalhando-se na banheira de mármore tamanho gigante, só faltou chorar de prazer quando o calor envolveu seus músculos doloridos. Inspirando com força, submergiu e prendeu a respiração por trinta segundos, para afinal subir de volta com um suspiro de pura sensualidade. Manteve os olhos fechados e se deixou fluir.

Foi assim que ele a encontrou.

A maioria das pessoas diria que ela estava relaxada. Por outro lado, pensou Roarke, a maioria das pessoas não conhecia de verdade, e certamente não compreenderia Eve Dallas. Ele tinha mais intimidade com ela e se sentia mais próximo de seus pensamentos e de seu coração do que jamais estivera com outra mulher. No entanto, nela ainda havia porções que ele precisava explorar.

Eve era, sempre, uma fascinante experiência. Um aprendizado.

Estava nua, submersa até o queixo na água vaporosa, entre bolhas perfumadas. Seu rosto estava vermelho devido ao calor, e seus olhos estavam fechados, mas ela não estava relaxada. Dava para ver a tensão na mão que segurava a lateral da banheira e no leve sulco que havia entre seus olhos.

Não, Eve estava pensando, avaliou. E estava preocupada. E planejava algo. Ele se moveu silenciosamente, como aprendera a fazer enquanto crescia nos becos de Dublin, ao longo do cais e nas ruas fedorentas de cidades em toda parte. Quando se sentou na borda para observá-la, ela não se moveu por vários minutos. Roarke sentiu o instante exato em que ela pressentiu que ele estava atrás dela.

Seus olhos se abriram e ele sentiu as íris castanho-douradas ficarem límpidas e em estado de alerta enquanto se encontravam com as dele, de um azul forte e com ar divertido. Como sempre, a simples visão dele provocou um rápido sobressalto dentro dela. O rosto de Roarke parecia uma pintura, a representação perfeita, feita a óleo, de algum anjo caído. A beleza em estado bruto dele, emoldurada por todo aquele cabelo preto e encorpado, era sempre uma surpresa para ela. Eve levantou uma sobrancelha e jogou a cabeça de lado, dizendo:

— Seu tarado!

— É a minha banheira. — Ainda olhando para ela, ele deixou a mão elegante deslizar através das bolhas até alcançar a água, e acariciou a lateral do seu seio. — Você vai cozinhar aí dentro.

— Gosto da água bem quente. Preciso dela bem quente.

— Teve um dia difícil.

Ele percebeu logo, pensou ela, lutando para não se ressentir com isso. *Ele sabia de tudo.* Simplesmente movimentou os ombros enquanto ele se levantou e foi até o bar automático, embutido nos azulejos. O motor zumbiu suavemente enquanto o aparelho enchia dois cálices de cristal lapidado com vinho até a boca.

Voltou, sentou-se sobre a borda novamente e entregou um dos cálices a ela.

— Você não dormiu; e também não comeu.

— São os ossos do ofício. — O vinho parecia ouro líquido.

— Mesmo assim você me deixa preocupado, tenente.

— Você se preocupa com muita facilidade.

— Eu amo você.

Ela ficou confusa por ouvi-lo dizer aquilo com aquela voz maravilhosa que tinha um traço leve de sotaque irlandês, e por saber que de algum modo, incrivelmente, era verdade. Já que ela não tinha nenhuma resposta para dar a ele, franziu o rosto e o enfiou no vinho. Ele não disse nada até conseguir afastar a irritação pela falta de reação dela, e então perguntou:

— Você pode me contar o que aconteceu com Cicely Towers?

— Você a conhecia — foi a reação de Eve.

— Não muito bem. Apenas um contato social, alguns negócios em comum, a maior parte através do ex-marido dela. — Tomou um pouco de vinho e ficou olhando o vapor que subia da banheira. — Eu a achava uma mulher admirável, sensata e perigosa.

— Perigosa? Para você? — Eve se levantou um pouco até que a água começou a bater na parte alta dos seus seios.

— Não diretamente. — Seus lábios se curvaram levemente, antes que ele levasse de novo o vinho de encontro a eles. — Era perigosa para os praticantes de atos nefastos, coisas ilegais, pequenas ou grandes, e para a mente criminosa em geral. Com relação a isto, ela era muito parecida com você. É uma sorte que eu tenha corrigido os meus maus hábitos.

Eve não estava totalmente convencida disso, mas deixou passar, e perguntou:

— Através de seus assuntos de negócios e contatos sociais, você sabe de alguém que a queria ver morta?

— Isto é um interrogatório, tenente? — Tomou mais vinho, um gole maior desta vez.

— Pode ser — respondeu ela, de modo breve. Foi a alegria que sentiu na voz dele que a incomodou.

— Como quiser. — Ele se levantou, colocou o cálice de lado e começou a desabotoar a camisa.

— O que está fazendo?

— Vou dar um mergulho, por assim dizer. — Jogou a camisa longe e abriu as calças. — Já que vou ser interrogado por uma policial nua, dentro da minha própria banheira, o mínimo que posso fazer é me juntar a ela.

— Droga, Roarke! Estamos falando de um assassinato!

Ele fez uma careta quando a água quente o escaldou.

— Você é quem está me contando — e olhou para ela através do mar de espuma. — O que há em mim de tão perverso que sempre consegue incomodar você? — e continuou, antes que ela pudesse emitir sua opinião direta. — E o que há em você que me atrai tanto, mesmo quando está sentada aí com um distintivo invisível pregado em seu seio adorável? — E passou a mão por baixo dela, ao longo dos quadris, pela barriga da perna, até chegar ao ponto que ele sabia que a deixava mole, na parte de trás do joelho. — Eu quero você — murmurou ele. — Neste instante.

A mão dela ficou sem forças segurando a base do cálice, mas ela conseguiu se recompor e pediu:

— Fale comigo a respeito de Cicely Towers.

Pensativo, Roarke se recostou. Não tinha intenção de deixá-la sair da banheira até que tivesse terminado; portanto, dava para ter um pouco de paciência.

— Ela — começou ele —, o ex-marido e George Hammett estavam à frente de uma das minhas empresas. Era a Mercury, que recebeu este nome em homenagem ao deus da velocidade. É uma firma de importação e exportação, basicamente. Trata de remessas, entregas e transportes rápidos.

— Eu sei o que a Mercury faz — respondeu ela com impaciência, tentando lidar com o aborrecimento de não saber que aquela, também, era uma das muitas companhias dele.

— Era uma empresa com organização deficiente e muito decadente quando eu a adquiri há uns dez anos. Marco Angelini, o ex de Cicely, investiu nela, bem como a mulher. Eles ainda eram casados na época, eu acho, ou tinham acabado de se divorciar. Aparentemente o fim do casamento correu de modo amigável, como essas coisas devem ser. Hammett também era um investidor. Acho que ele não se envolveu pessoalmente com Cicely, até alguns anos depois.

— E esse triângulo, Angelini, Towers e Hammett, também era amigável?

— Parecia que sim. — De modo distraído, Roarke deu uma batida em um dos azulejos. Quando ele girou, revelando um painel escondido, ele programou um pouco de música. Algo leve e romântico. — Se você está preocupada com a minha parte na história, saiba que eram apenas negócios, muito lucrativos por sinal.

— Quanto de contrabando a Mercury negocia?

— Ora, tenente — deu um grande sorriso.

— Não brinque comigo, Roarke. — A água se agitou quando ela se sentou reta.

— Eve, a minha maior vontade neste instante é fazer exatamente isso.

Ela rangeu os dentes e chutou a mão que subia por suas pernas acima.

— Cicely Towers tinha fama de ser uma promotora que não gostava de brincadeiras, era dedicada e limpa. Se ela descobrisse que algum dos negócios da Mercury estava indo contra a lei, ela teria voado em cima de você, com tudo — disse ela.

— Sei. Então ela descobriu tudo sobre meus negócios pérfidos. Eu a atraí até uma região perigosa e cortei a garganta dela. — Os olhos dele estavam no mesmo nível dos dela, e totalmente afáveis. — É isso o que acha, tenente?

— Não, droga, você sabe que não, mas...

— Outros podem achar — concluiu ele.— O que colocaria você em uma situação delicada.

— Não estou preocupada com isso. — Naquele momento ela só estava preocupada com ele. — Roarke, eu tenho de saber. Preciso que você me conte a respeito de alguma coisa, qualquer coisa que possa envolvê-lo nesta investigação.

— E se houver?

— Vou ter de entregar o caso a outro investigador — e sentiu frio por dentro.

— Já não passamos por isso antes?

— Agora não é como o caso DeBlass. Não é nada desse tipo. Você não é suspeito. — Quando ele levantou uma sobrancelha, ela lutou para ponderar sobre aquilo em vez de deixar transparecer irritação na voz. Por que tudo era tão complicado quando atingia Roarke? — Eu não acho que você tenha alguma coisa a ver com o assassinato de Cicely Towers. Está bem claro assim?

— Você não terminou o pensamento.

— Tudo bem. Sou uma policial. Existem perguntas que eu tenho de fazer. Tenho de fazê-las a você, ou a qualquer pessoa que, mesmo remotamente, tenha conexão com a vítima. Não posso mudar isto.

— O quanto você confia em mim?

— Não tem nada a ver com confiar em você.

— Isso não responde à pergunta. — Seu olhar ficou frio, distante, e ela notou que dera o passo errado. — Se você não confia em mim até agora, e ainda não acredita em mim, então não temos nada além de episódios fascinantes de sexo.

— Você está distorcendo as coisas. — Ela lutava para ficar calma, porque ele a estava assustando. — Não estou acusando você de nada. Se eu tivesse recebido este caso para investigar sem conhecer você, ou me importar com você, o teria colocado na lista de suspeitos, a princípio. Mas conheço você, e não é disso que estamos tratando aqui. Ai, que inferno!

Ela fechou os olhos e esfregou as mãos molhadas sobre o rosto. Era terrível para ela tentar explicar os sentimentos.

— Roarke, eu estou tentando conseguir respostas que possam ajudar a mantê-lo tão longe disto quanto eu puder, porque eu me importo. Ao mesmo tempo, não paro de tentar achar meios de usar você, pela sua conexão com a vítima, e também pelos seus contatos. Ponto final. É difícil para mim fazer as duas coisas.

— Não deveria ser tão difícil simplesmente dizer essas palavras, — murmurou ele, e então balançou a cabeça. — A Mercury é uma empresa totalmente dentro da lei, agora, porque não há necessidade de ser de outra forma. Ela caminha bem e produz lucros aceitáveis.

Embora você possa achar que sou arrogante o suficiente para me envolver em atos criminosos tendo uma promotora pública na diretoria, deveria também saber que eu não sou tão burro a ponto de fazer isto.

— Certo. — Por acreditar nele, o aperto que sentia no peito há horas se desfez. — Mesmo assim vai haver perguntas — disse. — E a mídia já fez a ligação entre vocês.

— Eu sei. Sinto muito. Eles estão tornando as coisas muito difíceis para você?

— Ainda nem começaram. — E em uma de suas raras demonstrações de afeto, pegou a mão dele e a apertou. — Eu sinto muito também. Parece que acabamos de entrar em outro caso complicado.

— Eu posso ajudar. — E se deixou escorregar para junto dela, trazendo as mãos entrelaçadas até os lábios. Quando a viu sorrir, sabia que ela estava finalmente pronta para relaxar. — Não há necessidade de você me manter a salvo de coisa alguma. Eu mesmo posso lidar com isso. E também não é preciso se sentir culpada, ou desconfortável, por achar que eu posso ser útil na investigação.

— Eu conto quando descobrir como posso usar você. — Desta vez ela simplesmente arqueou as sobrancelhas quando a outra mão dele começou a deslizar por sua coxa. — E se você vai tentar continuar com isso aqui dentro, vamos precisar de equipamento de mergulho.

Ele levantou o corpo e se colocou por cima dela, provocando uma ondulação que quase fez a água transbordar pelas bordas da banheira.

— Bem, acho que a gente consegue se arranjar por conta própria. E cobriu a boca sorridente com a dele, para provar.

Mais tarde, naquela noite, enquanto ela dormia ao lado dele, Roarke estava acordado, olhando as estrelas brilharem acima da clarabóia do teto em cima da cama. Uma preocupação que ele não permitira que ela visse estava estampada em seus olhos, naquele momento. Seus destinos estavam entrelaçados, em nível pessoal e profissional. Tinha sido um assassinato o que os colocara juntos, e era um assassinato que ia continuar a enfiar o dedo em suas vidas. A mulher ao seu lado defendia os mortos.

Como Cicely Towers tantas vezes fizera, pensou ele, e se perguntou se foi isto que lhe custara a vida.

Ele fazia questão de não se preocupar demais, nem com muita freqüência, sobre o modo pelo qual Eve ganhava a vida. Sua carreira a definia. Ele sabia muito bem disso.

Ambos haviam construído a si próprios, ou reconstruído, a partir do pouco ou do nada que tinham sido. Ele era um homem que comprava e vendia, que controlava as coisas e que gostava do poder que disso advinha. E dos lucros.

Mas, de repente, ocorreu-lhe que havia certas partes de seus negócios que poderiam trazer problemas para ela se saíssem das sombras e fossem trazidos para a luz. Era totalmente verdadeiro que a Mercury era uma empresa limpa, mas nem sempre havia sido assim. E ele tinha outros conglomerados, outros interesses que lidavam com as áreas sombrias. Afinal, ele fora criado nas porções mais escuras dessas áreas. Tinha uma queda por elas.

Contrabando, tanto terrestre quanto interestelar, era um negócio interessante e lucrativo. Os vinhos inigualáveis de Taurus Cinco, os diamantes estonteantemente azuis retirados das cavernas de Refini e a preciosa louça fina transparente que era fabricada na Colônia de Artes, em Marte.

Era verdade que ele não precisava mais ludibriar a lei para viver, e viver bem. Só que os vícios antigos são os mais difíceis de largar.

O problema permanecia. E se ele ainda não tivesse convertido a Mercury em uma companhia com operações legítimas? O que para ele era uma inofensiva diversificação nos negócios poderia ter o peso de uma pedra sobre Eve.

Isto tudo aliado ao simples fato de que, apesar do que eles tinham começado a construir juntos, ela estava longe de se sentir segura a respeito dele.

Ela murmurou alguma coisa e se virou. Mesmo dormindo, ela hesitava antes de se virar para ele. Ele estava tendo muita dificuldade para aceitar isto. Mudanças iam ter de ser feitas, e logo, para ambos.

Por ora, ele ia lidar com o que conseguia controlar. Seria muito fácil para ele dar alguns telefonemas e fazer algumas perguntas relacionadas com Cicely Towers. Seria bem menos simples e levaria um pouco mais de tempo para poder trazer todas aquelas áreas sombrias, que o preocupavam, para a luz.

Ele olhou para baixo, para analisá-la. Ela estava dormindo bem, sua mão estava aberta e relaxada sobre o travesseiro. Ele sabia que, às vezes, ela tinha pesadelos. Naquela noite, porém, sua mente estava calma. Confiando que ia permanecer assim, ele deslizou para fora da cama, a fim de começar.

Eve acordou com o cheiro do café. Café genuíno e forte, moído de grãos cultivados nas fazendas de Roarke na América do Sul. O luxo daquilo era, Eve estava disposta a admitir, uma das primeiras coisas com as quais ela se acostumara, e na verdade já esperava e confiava quando se tratava de ficar na casa de Roarke.

Seus lábios se curvaram antes mesmo de abrir os olhos.

— Ai, Deus, o paraíso não pode ser melhor do que isso!

— Fico feliz por pensar assim.

Seus olhos ainda estavam embaçados, mas ela conseguiu focá-los nele. Ele já estava completamente vestido, com um daqueles ternos escuros que o faziam parecer tanto competente quanto perigoso. Na pequena sala de estar que ficava um pouco abaixo da plataforma onde a cama estava instalada, ele parecia estar aproveitando o café e a rápida olhada no noticiário em seu monitor.

O gato cinzento que ela batizara de Galahad estava esparramado como uma lesma gorda sobre o braço da poltrona, e estudava o prato de Roarke com seus olhos bicolores e vorazes.

— Que horas são? — ela quis saber, e o relógio ao lado da cama murmurou a resposta: seis horas em ponto. — Caramba, há quanto tempo você já acordou?

— Levantei-me há pouco. Você não me disse a que horas ia para o trabalho.

Ela passou a mão no rosto, e depois pelos cabelos.

— Ainda tenho umas duas horas. — Como demorava a acordar de todo, rastejou para fora da cama e olhou em volta, meio tonta, à procura de alguma coisa para vestir.

Roarke parou para observá-la por um momento. Era sempre um prazer olhar para Eve de manhã cedo, quando ela ainda estava nua e com os olhos vidrados. Apontou para o robe que o andróide do quarto havia recolhido do chão e colocado cuidadosamente aos pés da cama. Eve tateou até ele, sentindo-se ainda muito sonolenta para estranhar o toque da seda sobre a pele.

Roarke serviu-lhe uma xícara de café e esperou até que ela se acomodasse na cadeira em frente a ele e o saboreasse. O gato, achando que sua sorte poderia mudar, pulou pesadamente sobre o colo dela, e com tanta força que a fez dar um gemido.

— Parece que você dormiu bem.

— Dormi. — Ingeriu o café como se fosse ar e fez uma pequena careta quando Galahad girou em volta de si mesmo, no colo dela, e massageou as suas coxas com as unhas pontudas. — Estou me sentindo quase humana novamente.

— Está com fome?

Ela gemeu de novo. Eve já sabia que a cozinha da casa estava cheia de artistas da gastronomia. Pegou um bolinho que tinha formato de cisne numa bandeja de prata, e o devorou com três dentadas entusiasmadas. Quando esticou o braço para pegar o bule, já estava com os olhos totalmente abertos e claros. Sentindo-se generosa, partiu a cabeça de outro cisne e ofereceu a Galahad.

— É sempre um prazer ver você acordar, sabia? — comentou ele. — Só que às vezes eu fico pensando se você não me quer apenas por causa do meu café.

— Bem... — Ela sorriu para ele e tomou mais um gole. — Eu gosto muito da comida também. E o sexo, até que não é mau.

— Você pareceu tolerá-lo muito bem a noite passada. Tenho de ir até a Austrália hoje. Pode ser que eu não volte até amanhã, ou depois de amanhã.

— Oh!

— Gostaria que você ficasse aqui enquanto eu estiver fora.

— Já conversamos a respeito disso. Eu não me sinto à vontade.

— Talvez se sentisse se considerasse esta a sua casa, tanto quanto a minha. Eve... — e colocou a mão sobre a dela antes que ela pudesse falar. — Quando é que você vai aceitar o que eu sinto por você?

— Olhe, eu simplesmente me sinto mais confortável no meu próprio canto quando você está fora. E também estou cheia de trabalho no momento.

— Você não respondeu à minha pergunta — murmurou ele. — Deixa pra lá. Eu aviso quando estiver de volta. — Sua voz estava curta agora, mais fria, e ele virou o monitor na direção dela. — Por falar no seu trabalho, você deve estar interessada em saber o que a mídia anda dizendo dele.

Eve leu a primeira manchete com ar cansado, como uma espécie de resignação. Sentindo a boca amarga, passava de um jornal para outro. As notícias eram todas similares. Renomada promotora de Nova York tinha sido assassinada. A polícia estava aturdida. Havia fotos de Cicely Towers, é claro. Dentro da sala de audiência, fora do tribunal. Imagens de seus filhos, comentários e citações.

Eve rugiu ao ver a própria foto estampada, e o texto sob a foto a rotulava como a mais importante investigadora criminal da cidade.

— Isso ainda vai me trazer problemas — murmurou ela.

Havia mais, naturalmente. Vários jornais apresentavam um breve resumo do caso que ela resolvera no inverno anterior, envolvendo um importante senador americano e três prostitutas mortas. Como era de esperar, seu relacionamento com Roarke era mencionado em todas as edições.

— Mas que diabos importa para o público quem sou eu ou com quem me encontro?

— Você pulou em uma arena pública, tenente. Agora seu nome rende notícias na mídia.

— Sou uma policial e não uma *socialite.* — Enfurecida, ela girou o corpo na direção da elaborada grade que ficava na parede do fundo do quarto. — Abra o telão! — ordenou ela —, canal 75.

A grade se abriu, revelando a tela. Os sons do noticiário matinal encheram o aposento. Os olhos de Eve se estreitaram e seus dentes se trincaram.

— Lá está ele, o covarde cara de fuinha com dentes pontudos.

Divertido com aquilo, Roarke tomou um pouco de café enquanto assistia a C. J. Morse apresentar sua reportagem das seis horas. Sabia muito bem que o desprezo que Eve sentia pela mídia tinha se transformado em total ojeriza, nos dois meses anteriores. Uma aversão que surgira a partir do simples fato de que ela agora tinha de lidar com eles a cada passo de sua vida profissional e pessoal. Mesmo sem levar tudo isso em conta, Roarke achava que não podia culpá-la por desprezar Morse.

"...E assim, uma grande carreira foi cortada de modo cruel e violento. Uma mulher de convicções fortes, dedicação e integridade foi assassinada nas ruas desta grande cidade, e abandonada sangrando debaixo da chuva. Cicely Towers não será esquecida, e será sempre lembrada como uma mulher que lutava por justiça em um mundo que anseia por isso. Nem mesmo a morte poderá diminuir o brilho de seu legado."

"No entanto, será que o seu assassino será trazido às barras da Justiça, pela qual a vítima passou toda a vida lutando? A Secretaria de Segurança e a Polícia de Nova York ainda não nos oferecem esperança. A policial encarregada da investigação, tenente Eve Dallas, a menina-dos-olhos do seu departamento, se mostra incapaz de responder a esta pergunta."

Eve só faltou rosnar quando sua imagem tomou toda a tela. A voz de Morse continuava:

"Quando tentamos entrar em contato com ela pelo *tele-link*, a tenente Dallas se recusou a comentar sobre o assassinato e o progresso das investigações. Também não negou a especulação de que uma operação esteja a caminho para encobrir o caso."

— Mas que canalha ordinário! Ele não conversou nada comigo sobre encobrir o caso. Como assim, encobrir? — O tapa forte que ela deu na perna fez Galahad dar um salto à procura de um local mais seguro. — Eu peguei o caso há menos de trinta horas!

— Shh... — disse Roarke, baixinho, enquanto a deixava e começava a andar de um lado para outro no quarto.

"...a longa lista de nomes importantes que estão ligados à promotora Cicely Towers, entre eles o comandante Whitney, chefe da tenente Dallas. O comandante recentemente recusou o cargo de secretário de Segurança. Trata-se de um amigo antigo e íntimo da vítima, e..."

— Então é isso! — Furiosa, Eve desligou a tela manualmente com um tapa. — Vou fatiar esse verme! Onde, diabos, está Nadine Furst? Já que nós somos obrigados a ter um repórter colado em nossa bunda, pelo menos ela tem mais consideração.

— Acho que ela está na Estação Penal Ômega, fazendo uma reportagem sobre a reforma do sistema penitenciário. É melhor considerar a idéia de marcar uma entrevista coletiva, Eve. A maneira mais simples de lidar com esse tipo de pressão é atirar uma tora de lenha bem escolhida para as chamas.

— Ah, que se dane! Que tipo de matéria foi aquela, afinal? Uma reportagem ou um editorial?

— Existe pouca diferença entre os dois, desde que a revisão das leis que regulavam a mídia foi aprovada, há trinta anos. Um repórter tem todo o direito de dar um toque pessoal à história emitindo a sua opinião, desde que seja expressa como tal.

— Eu conheço a porcaria da lei. — O robe com cores brilhantes drapejou em volta de suas pernas quando ela se virou. — Ele não vai escapar dessa insinuação de que estamos encobrindo alguma coisa. Whitney administra um departamento limpo. Eu estou à frente de uma investigação limpa. E ele não vai escapar ileso por usar o seu nome, Roarke, a fim de manchá-lo também — continuou ela. — Era isso que ele estava insinuando com aquela desculpa pela falta de notícias. É isso o que vem por aí.

— Ele não me preocupa, Eve. Não devia preocupar você também.

— Ele não me preocupa. Simplesmente me deixa revoltada. — Fechou os olhos e respirou fundo para se acalmar. Então, lentamente, com um ar de maldade, abriu um sorriso. — Já tenho o troco certo para ele. — Abriu os olhos de novo. — Como é que você acha que o pequeno canalha ia se sentir se eu entrasse em contato com Nadine Furst e lhe oferecesse uma entrevista exclusiva?

Roarke colocou a xícara de lado.

— Venha até aqui — falou.

— Por quê?

— Esquece... — Ele se levantou e foi até ela. Prendendo seu queixo com as mãos, deu-lhe um beijo profundo. — Sou louco por você.

— Vou considerar isso como um sinal de que é uma idéia muito boa.

— Meu falecido pai, de quem não sinto falta, me ensinou uma lição valiosa. "Garoto", dizia ele com aquele sotaque irlandês pesado de um campeão de bebidas, "a única maneira de lutar é lutar sujo. O único lugar para acertar o golpe é abaixo da cintura." Tenho a impressão de que Morse vai estar colocando uma compressa no saco antes de este dia terminar.

— Não, ele não vai estar fazendo isso não. — Deliciada consigo mesma, Eve o beijou de volta. — Porque até lá eu vou ter arrancado o saco dele fora!

Roarke fingiu que estremecia.

— Mulheres cruéis são tão atraentes! Você disse que ainda tinha umas duas horas?

— Agora não tenho mais.

— Era o que eu temia. — Deu um passo para trás, tirando um disco do bolso. — Pode ser que você ache isto útil.

— E o que tem aí dentro?

— Alguns dados que eu coletei para você, sobre o ex-marido de Cicely Towers, sobre Hammett. Alguns dos arquivos da Mercury.

Os dedos dela ficaram frios quando ela apertou o disco.

— Roarke, eu não pedi a você para fazer isso.

— Não, não pediu. Você teria acesso a esses dados de qualquer modo, mas ia levar muito mais tempo, e você já sabe que se precisar do meu equipamento eletrônico ele está à sua disposição.

Ela compreendeu que ele estava falando a respeito da sala que ele tinha e do equipamento não registrado que nem mesmo os sensores do programa Compuguard, da polícia, conseguiam detectar.

— Por agora, Roarke, prefiro seguir os canais apropriados.

— Como quiser. Se mudar de idéia enquanto eu estiver fora, Summerset sabe que você tem acesso à sala.

— Summerset gostaria que eu tivesse acesso ao inferno — murmurou ela.

— O que é que você disse?

— Nada. Tenho de me vestir. — E se virou, parando logo em seguida. — Roarke, eu estou tentando.

— Tentando o quê?

— Aceitar o que você parece sentir por mim.

— Então tente com mais força — sugeriu ele, levantando a sobrancelha.

Capítulo Três

Eve não perdeu tempo. Sua primeira providência quando chegou em sua sala na Central de Polícia foi entrar em contato com Nadine Furst. O *tele-link* fez um zumbido e estalou ao acessar o canal galáctico. As manchas solares, a interferência de algum satélite ou simplesmente a idade avançada do equipamento fizeram com que a conexão demorasse vários minutos. Finalmente, uma imagem trepidou na tela, para afinal aparecer em foco.

Eve teve o prazer de ver o rosto pálido e sonolento de Nadine. Ela se esquecera da diferença de horário.

— Dallas. — A voz normalmente fluida de Nadine estava arranhada e fraca. — Meu Deus, aqui ainda é de madrugada!

— Desculpe. Já está bem acordada, Nadine?

— O suficiente para odiar você.

— Você tem recebido notícias da Terra aí em cima?

— Tenho andado meio ocupada. — Nadine ajeitou o cabelo desarrumado e pegou um cigarro.

— Quando foi que você começou a fumar?

Contraindo o rosto, Nadine puxou a primeira tragada e disse:

— Se vocês, policiais terrestres, viessem até aqui em cima, iam querer experimentar tabaco. Até um mata-rato como esse dá para comprar nesse buraco. E qualquer outra coisa dá para conseguir por aqui. É uma vergonha — e tragou mais fumaça. — Ficam três pessoas em cada cela, a maioria doidona, cheia de drogas químicas contrabandeadas. As instalações médicas se parecem com algo saído do século XX. Por aqui eles ainda estão costurando as pessoas com linha.

— E os presos ainda têm restrições para o acesso às transmissões em vídeo — completou Eve. — Imagine só tratar assassinos como se fossem criminosos. Estou morrendo de pena!

— Não se consegue nem mesmo uma refeição decente em toda a colônia — reclamou Nadine. — Que diabos você quer comigo, a esta hora?

— Quero fazê-la sorrir, Nadine. Em quanto tempo você pode terminar o que está fazendo e voltar para a Terra?

— Depende. — Enquanto começava a acordar de todo, os sentidos de Nadine se aguçaram. — Você tem alguma coisa para mim?

A promotora pública Cicely Towers foi assassinada há umas trinta horas. — Ignorando o grito de Nadine, Eve continuou, a toda velocidade. — Sua garganta foi cortada e seu corpo foi encontrado na calçada da Rua 144, entre a Nona e a Décima Avenidas.

— Cicely Towers. Por Deus! Estive com ela há uns dois meses, depois do caso DeBlass. Rua 144? — seu cérebro já estava trabalhando. — Foi assalto?

— Não. Ela ficou com as jóias e todas as fichas de crédito. Um assaltante daquela região não teria deixado para trás nem os sapatos dela.

— Não. — Nadine fechou os olhos por um instante. — Maldição! Ela era uma tremenda mulher. Você está encarregada do caso?

— Logo de cara.

— Tudo bem. — Nadine soltou um longo suspiro. — Então, por que a encarregada da investigação do caso que vai ser o mais importante do país está me procurando?

— Por causa de uma peste que você conhece, Nadine. Seu ilustre colega, Morse, está pegando no meu pé.

— Babaca — murmurou Nadine, apagando a ponta do cigarro com golpes rápidos e repetidos. — Foi por isso que eu não soube de nada. Ele deve ter me bloqueado.

— Se você jogar limpo comigo, Nadine, eu jogo limpo com você.

— Uma exclusiva? — Os olhos de Nadine brilharam e suas narinas só faltaram tremer.

— Vamos discutir isso quando você voltar. Que seja rápido.

— Já estou praticamente de volta à Terra.

Eve sorriu para a tela que se apagou. *Essa vai ficar entalada na sua garganta esfomeada, C. J.*, refletiu. Estava cantarolando quando se levantou da mesa. Precisava ir ver algumas pessoas.

Quando deu nove horas da manhã, Eve já estava a postos na luxuosa sala de estar do apartamento de George Hammett, em uma área elegante da cidade. O gosto dele pendia para o dramático, notou. Imensos lajotões vermelhos e brancos pareciam frios debaixo de suas botas. A música tilintante de água caindo sobre pedras vinha do holograma que ocupava uma das paredes, de ponta a ponta, com imagens dos trópicos. Os almofadões prateados sobre o sofá muito comprido brilhavam, e quando Eve colocou o dedo sobre um deles, o tecido afundou como uma pele sedosa.

Resolveu continuar em pé.

Objetos de arte estavam colocados de forma seletiva em volta da sala. Havia uma torre entalhada que se parecia com as ruínas de algum castelo antigo; uma máscara que lembrava o rosto de uma mulher encerrada em um bloco de vidro rosado, translúcido; algo com a forma de uma garrafa e que cintilava com cores vivas, que se modificavam sob o calor da mão.

Quando Hammett entrou, vindo de um cômodo adjacente, Eve concluiu que ele era tão dramático quanto os objetos que o cercavam.

Estava pálido, tinha os olhos pesados, mas isto só servia para ressaltar sua aparência atraente. Era alto e elegantemente esbelto. Seu rosto era poeticamente cavado nas laterais. Ao contrário de muitos de seus contemporâneos, e Eve sabia que ele já estava na casa dos sessenta anos, George Hammett optara por deixar seu cabelo embranquecer naturalmente. Uma escolha excelente para ele, Eve pensou, ao ver que a sua juba cheia e prateada brilhava tanto quanto um dos castiçais em estilo georgiano de Roarke.

Seus olhos tinham um tom de cinza que se destacava, embora estivessem embotados naquele instante por algo que poderia ser cansaço ou pesar.

Ele atravessou a sala até ela e envolveu-lhe a mão, colocando-a entre as suas.

— Eve. — Quando seus lábios a beijaram no rosto, rapidamente ela recuou um pouco. Ele estava tornando aquele contato muito pessoal, e ela imaginou naquele instante que ambos sabiam disso.

— George — começou ela de repente, afastando-se ainda mais —, agradeço pelo seu tempo.

— Ora, que tolice. Eu é que me desculpo por fazê-la esperar. Havia uma ligação que eu precisava fazer. — Com um gesto, apontou para o sofá. As mangas de sua camisa larga e confortável balançaram com o movimento. Eve, resignada, se sentou. — Quer tomar alguma coisa?

— Não quero nada, obrigada.

— Café? — Sorriu ligeiramente. — Eu me lembro de que você gosta muito de café. Tenho um pouco, e da marca que Roarke usa. — Apertou um botão no braço do sofá. A pequena tela de um monitor surgiu. — Um bule de café Ouro Argentino — ordenou ele — e duas xícaras. Em seguida, com aquele sorriso fraco e discreto ainda nos lábios, se voltou para ela. — Isso vai me ajudar a relaxar um pouco — explicou. — Não estou surpreso por encontrá-la aqui logo de manhã, Eve. Ou talvez devesse estar tratando você de tenente Dallas, diante das circunstâncias.

— Então você entendeu o motivo de eu estar aqui.

— É claro. Cicely. Não consigo me acostumar com a idéia. — Sua voz sedosa e envolvente estremeceu um pouco. — Já ouvi a notícia vezes sem conta nos noticiários. Conversei com os filhos dela e com Marco. Só que não consigo aceitar o fato de que ela se foi.

— Você a viu na noite em que ela foi morta.

— Sim. — Um músculo em seu rosto se repuxou. — Jantamos juntos. Fazíamos isto com freqüência, quando nossas agendas permitiam. Pelo menos uma vez por semana. Mais, quando conseguíamos. Éramos muito chegados.

Ele parou de falar quando um pequeno robô doméstico surgiu deslizando, trazendo o café. O próprio Hammett serviu uma xícara, concentrando-se na pequena tarefa de forma quase intensa.

— Quanto nós éramos chegados? — murmurou, e Eve notou que sua mão não estava muito firme quando ele levantou a xícara. — Éramos íntimos. Fomos amantes, exclusivamente um do outro, durante vários anos. Eu a amava muito.

— Vocês mantinham residências separadas.

— Sim, ela... Nós dois preferíamos que fosse desse modo. Nossos gostos, esteticamente falando, eram muito diferentes, e a verdade pura e simples é que os dois gostavam de ter a própria independência, e um espaço pessoal. Acho que curtíamos mais um ao outro mantendo uma certa distância. — Respirou pesadamente. — Não era segredo, porém, que tínhamos um relacionamento; pelo menos os familiares e amigos sabiam. — Soltou a respiração. — Publicamente, preferíamos manter nossa vida pessoal o mais reservado que conseguíssemos. Acredito que, agora, isso não vai mais ser possível.

— Duvido muito.

— Mas não importa — e balançou a cabeça. — O que importa é encontrar quem fez isso com ela. Nada pode mudar o fato de que ela morreu. Cicely foi... — e falou pausadamente — a mulher mais admirável que já conheci.

Todos os instintos, pessoais e profissionais, diziam-lhe que diante dela estava um homem em profundo estado de pesar, mas Eve sabia que até mesmo os assassinos podiam demonstrar dor pelos seus mortos.

— George, preciso que você me diga a que horas a viu pela última vez. Estou gravando esta conversa.

— Sim, claro. Foi por volta de dez da noite. Jantamos no Robert's, na Décima Segunda Avenida, Leste. Depois, dividimos um táxi. Ela saltou primeiro, mais ou menos às dez — repetiu. — Sei disso porque cheguei em casa mais ou menos às dez e quinze, e encontrei vários recados me esperando.

— Qual era a rotina de vocês, normalmente?

— Como? Ah... — Ele pareceu se trazer de volta, repentinamente, de algum mundo interior. — Não tínhamos uma rotina, na verdade. Às vezes, vínhamos para cá, ou então para o apartamento dela. De vez em quando, quando estávamos com espírito de aventura, pegávamos uma suíte no Palace para passar a noite. — Parou de falar, seus olhos ficaram subitamente vazios, arrasados, e ele se levantou de repente do macio sofá prateado. — Oh, meu Deus, meu Deus!

— Sinto muito, George. — Falar aquilo era inútil diante da dor, ela sabia. — Realmente, eu sinto muito.

— Estou começando a acreditar no que aconteceu — explicou ele com uma voz pesada e baixa. — É pior, imagino, quando a gente começa a acreditar. Ela riu na hora em que saiu do táxi, e me atirou um beijo com as pontas dos dedos. Tinha mãos lindíssimas. Eu cheguei em casa e me esqueci dela, porque tinha mensagens a responder. Estava na cama por volta de meia-noite. Tomei um tranqüilizante leve, porque tinha uma reunião logo cedo. E enquanto eu estava na cama, a salvo, ela estava jogada morta, na chuva. Não sei se consigo suportar isso. — Virou-se para trás, com a face pálida já sem sangue, naquela hora. — Não sei se vou conseguir suportar.

Ela não podia ajudá-lo. Mesmo sentindo que a dor dele era tão palpável que dava para sentir, Eve não podia ajudá-lo.

— Eu gostaria de fazer isso em outra hora, para lhe dar tempo, George, só que não posso. Pelo que sabemos, você foi a última pessoa que a viu com vida.

— Tirando o assassino — e se esticou. — A não ser, é claro, que tenha sido eu a pessoa que a assassinou.

— Seria melhor para todos se eu eliminasse essa possibilidade com rapidez.

— Sim, naturalmente que seria... tenente.

Eve aceitou a amargura na voz dele e fez o seu trabalho, prosseguindo:

— Se você puder, gostaria que me informasse o nome da empresa do táxi que vocês pegaram, para que eu possa confirmar seus movimentos.

— Foi o restaurante que chamou o táxi. Acho que foi um carro da Rápido.

— Você viu, ou falou com alguém, entre meia-noite e duas da manhã?

— Já lhe disse, tomei um remédio para dormir e fui direto para a cama, à meia-noite. Sozinho.

Eve poderia verificar isto analisando as gravações nos discos e arquivos de segurança do prédio, embora ela tivesse razões para saber que essas coisas eram fáceis de ser adulteradas.

— Pode me dizer como estava o estado de espírito dela, quando a deixou?

— Estava um pouco distraída, por causa do caso em que estava trabalhando. Parecia otimista em relação a ele. Conversamos um pouco sobre as crianças, especialmente a filha dela. Mirina está planejando se casar agora, no outono. Cicely adorava a idéia e estava empolgada porque Mirina queria um casamento bem grande e tradicional, com todos aqueles aparatos que já estão fora de moda.

— Ela mencionou alguma coisa que a estivesse afetando? Algo ou alguém com quem ela estivesse preocupada?

— Nada que se enquadre nisso. O vestido de noiva certo, as flores. As esperanças que ela tinha de conseguir pena máxima no caso atual.

— Ela mencionou algum tipo de ameaça, alguma transmissão diferente que tivesse recebido, mensagens ou contatos?

— Não. — Ele colocou a mão sobre os olhos rapidamente, e a deixou cair em seguida para o lado do corpo. — Então você acha que eu não teria lhe contado de cara se tivesse a mínima pista do motivo de isto ter ocorrido?

— Por que razão ela iria à parte alta do West Side, àquela hora da noite?

— Não faço idéia.

— Cicely tinha o hábito de se encontrar com informantes, ou fontes?

— Não sei — disse ele em um murmúrio, abrindo a boca e fechando-a em seguida, atingido pela idéia. — Eu jamais teria pensado nisso... Mas ela era tão teimosa, tão segura de si.

— E o relacionamento dela com o ex-marido, como o descreveria?

— Amigável. Um pouco reservado, mas afável. Os dois eram muito devotados aos filhos, e isto os unia. Ele ficou um pouco aborrecido quando eu e Cicely nos tornamos íntimos, mas... — Hammett parou de repente e olhou para Eve. — Não é possível que você esteja achando que... — e soltando o que poderia passar por uma gargalhada, cobriu o rosto. — Marco Angelini esgueirando-se furtivamente em uma região como aquela, com uma faca, planejando matar a ex-mulher? Não, tenente. — Baixou as mãos novamente. — Marco tem seus defeitos, mas jamais magoaria Cicely. E só a visão do sangue já ofenderia o seu senso do que é apropriado. Ele é frio demais, e muito conservador para apelar para a violência. E não tinha motivo algum, nenhuma razão que fosse, para desejar mal a ela.

Isso, pensou Eve, *cabia a ela decidir.*

Ela pulou de um mundo para outro completamente diferente ao deixar o apartamento de Hammett e ir para o West Side. Ali, ela não ia encontrar nenhum almofadão prateado, nem cascatas tilintantes. Em vez disso, o que havia eram calçadas com rachaduras, ignoradas pela mais recente campanha de embelezamento da cidade, edifícios completamente pichados que convidavam os transeuntes a se engajarem em atos de todo tipo, humanos e bestiais. A parte da frente das lojas era coberta de grades de segurança, que eram muito mais baratas, embora menos eficientes do que os campos de força usados em áreas mais sofisticadas.

Ela não ficaria surpresa se visse alguns ratos ignorados pelos gatos andróides que circulavam pelos becos.

Quanto aos ratos humanos, ela viu muitos. Um traficante de drogas químicas mostrou um sorriso sem dentes para ela e coçou a parte da frente das calças, com orgulho. Um camelô a avaliou de cima a baixo, reconheceu de modo preciso que Eve era uma policial e escondeu o rosto no meio da abundante penugem que circundava um cabelo cor de fúcsia, chispando logo em seguida em busca de paragens mais seguras.

Havia uma pequena lista de drogas que ainda eram consideradas ilegais. Alguns policiais, na verdade, se davam ao trabalho de prestar atenção a isso.

Naquele momento Eve não era um deles. A não ser que um pouco de pressão se mostrasse útil para conseguir respostas.

A chuva havia lavado a maior parte do sangue. O pessoal do laboratório responsável pela varredura eletrônica já tinha sugado qualquer coisa em volta do local do crime que pudesse ser esmiuçada para ser usada como prova. Mesmo assim, Eve ficou em pé por um momento, junto do ponto exato em que Cicely Towers havia morrido, e não teve problemas para visualizar a cena.

Agora, era preciso trabalhar a imagem de trás para a frente. *Será que ela havia ficado em pé ali naquele lugar*, especulou Eve, *olhando para o assassino? Provavelmente. Será que viu a faca antes que ela fosse enfiada em sua garganta? Era possível. Mas não foi rápida o bastante para reagir, e só conseguiu pular para trás e soltar um breve gemido.*

Levantando a cabeça, Eve olhou em volta, avaliando a rua. Sentiu a pele se arrepiar, mas ignorou os olhares dos que estavam encostados nas paredes dos prédios ou vagando em torno dos carros enferrujados.

Cicely Towers tinha vindo do Centro da cidade. Não viera de táxi. Não havia registro de uma corrida para aquele local no relatório de nenhuma das companhias oficiais. Eve duvidava que ela fosse tola o suficiente para pegar um transporte pirata.

O metrô, deduziu. Era rápido, vigiado pelos policiais robóticos e bem monitorado, seguro como uma igreja, pelo menos até a pessoa alcançar a rua. Eve avistou a placa que anunciava uma estação a menos de um quarteirão dali.

Foi o metrô, decidiu. *Talvez ela estivesse com pressa? Aborrecida por ser arrastada até ali em uma noite chuvosa. Segura de si mesma, como Hammett dissera, ela viria até ali sem medo. Saiu do vagão, marchou pelas escadas do metrô acima até alcançar a rua, vestida com seu terninho marcante e os sapatos caros. Ela...*

Parando, Eve franziu o cenho. *Sem guarda-chuva? Onde estava a droga do guarda-chuva? Uma mulher meticulosa, prática e organizada não saía na chuva sem proteção.* Com um gesto rápido, Eve pegou o equipamento e gravou uma mensagem para si mesma, para se lembrar de investigar aquilo.

Será que o assassino estava à espera dela na rua? Ou em um lugar fechado? Analisou os edifícios decadentes, revestidos em tijolinho e necessitados de uma reforma. *Talvez um bar? Uma daqueles inferninhos?*

— Ei, branquela.

Com o cenho ainda franzido, Eve se virou na direção da voz. O homem tinha a altura de uma casa, e pela sua silhueta corpulenta era o tipo do negro bem escuro. Usava, como muitos naquela parte da cidade, algumas penas espetadas no cabelo. Exibia uma tatuagem na bochecha, em tom de verde forte, com o formato de uma caveira. Trajava uma camiseta vermelha, com calças da mesma cor e tão apertadas que moldavam a sua anatomia entre as pernas.

— Oi, pretinho — respondeu Eve, no mesmo tom de insulto casual.

Ele abriu um sorriso largo e cheio de dentes em meio a um rosto inacreditavelmente feio.

— Está em busca de um pouco de ação? — Esticou o pescoço na direção do cartaz espalhafatoso que anunciava um clube de *strip-tease* do outro lado da rua. — Você é meio magrinha, mas eles estão contratando. Não conseguem muitas branquelas como você por aqui. A maioria das dançarinas é mulata. — Coçou embaixo do queixo, com dedos que tinham a largura de salsichões de soja. — Sou o segurança da área, e posso indicar você.

— E por que motivo você faria isso por mim?

— Por pura bondade do meu coração, e cinco por cento das gorjetas, favinho de mel. Uma garota alta e branquela como você consegue bastante grana sacudindo a peitaria.

— Olhe, eu agradeço a dica, mas já tenho emprego. — Quase com pena, puxou o distintivo.

— Uai, como é que pode eu não ter percebido? — e soltou um assobio por entre os dentes. — Branquela, você não cheira nem um pouco a policial!

— Deve ser por causa do sabonete novo que eu estou usando. Você tem nome?

— O pessoal me chama de Crack. É o som que eles ouvem quando eu esmago as cabeças com a mão — e abriu os dentes mais uma vez, ilustrando o nome com a exibição das duas mãos enormes se apertando. — Crack! Entendeu?

— Estou percebendo. Você estava aqui pela rua na noite de anteontem, Crack?

— Não, sinto informar que estava com um compromisso em outro lugar e perdi toda a muvuca. Foi a minha noite de folga, e eu corri atrás de alguns eventos culturais.

— E que eventos foram esses?

— O festival de filmes de vampiro lá no Grammercy Park. Fui com a garota que eu ando beliscando. Eu me amarro em ver aqueles chupadores de sangue. Mas ouvi dizer que por aqui também teve um tremendo show. Rolou uma advogada morta no pedaço. Uma dona muito importante, arrumadona e tudo. Uma branquela também, não foi? Igual a você, favinho de mel.

— Foi isso mesmo. E o que mais você ouviu?

— Eu? — Esfregou a ponta do dedo na frente da camiseta. A unha do indicador estava muito comprida, afiada quase a ponto de parecer uma arma letal, e tinha sido pintada de preto. — Sou muito educado para ficar por aí prestando atenção a essa fofocada de rua.

— Aposto que é. — Sabendo das regras, Eve tirou do bolso algumas fichas, no valor de cem créditos — E que tal eu comprar um pouco dessa boa educação?

— Bem, por esse preço dá para vender um pouco dela. — A mão imensa envolveu as fichas e as fez desaparecer. — Ouvi o pessoal falar que ela estava circulando pelo Bar Cinco Luas, por volta de meia-noite, um pouco mais ou um pouco menos. Parecia que ela estava ali esperando por alguém, alguém que não deu as caras. Então, ela se mandou. — Olhou para baixo, na direção da calçada. — Não foi muito longe, não é?

— Não, não foi. Ela perguntou por alguém?

— Não que eu tenha ouvido.

— Alguém a viu acompanhada?

— Era uma noite do cão. A maioria das pessoas não fica na rua. Um ou outro traficante de químicos podia até circular por aí, mas os negócios deviam estar muito devagar.

— Você conhece alguém na área que goste de retalhar os outros?

— Muita gente carrega algumas lâminas e furadores, branquela. — Seus olhos rolaram, com um ar divertido. — Por que alguém vai carregar isso se não estiver a fim de usar?

— Alguém que simplesmente goste de sair por aí retalhando os outros — repetiu ela. — Alguém que não se incomoda de não marcar ponto algum na partida, porque joga por prazer...

Ele deu um grande sorriso. A caveira tatuada na bochecha parecia concordar, balançando com o movimento.

— Ora, branquela. Todo mundo está sempre a fim de marcar algum ponto. Você não é assim?

Ela aceitou aquilo.

— Alguém que você conheça, aqui da área, saiu da prisão recentemente?

Sua gargalhada ecoou como um morteiro.

— Era mais fácil você perguntar se eu conheço alguém aqui que não veio da prisão. E o seu dinheiro acabou.

— Então está certo. — Para desapontamento dele, Eve tirou um cartão do bolso, em vez de mais fichas. — Pode ser que pinte mais alguma coisa para você, caso descubra algo que sirva para mim.

— Lembre-se bem. Se resolver ganhar alguma grana extra sacudindo essas tetinhas brancas, é só falar com o Crack. — E dizendo isto atravessou a rua com passos largos e surpreendente leveza, como se fosse uma enorme gazela negra.

Eve se virou e foi tentar a sorte no Bar Cinco Luas. O buraco talvez já tivesse visto dias melhores, mas ela duvidava. Era basicamente um estabelecimento para a venda de bebidas. Não havia dançarinas, nem telões, nem cabines de vídeo. A clientela que freqüentava o Cinco Luas não ia lá para fazer contatos sociais. Pelo cheiro que Eve sentiu assim que abriu a porta, parede de estômago flambada era o prato do dia.

Mesmo àquela hora, a pequena área quadrada estava bem cheia. Bebedores silenciosos se mantinham em pé ao lado de mesinhas elevadas, entornando o veneno de sua escolha. Outros se amontoavam junto ao bar para ficar mais perto das garrafas. Eve conseguiu atrair alguns olhares quando entrou, pisando no chão gosmento, mas logo em seguida as pessoas voltaram à tarefa de beber com seriedade.

O *barman* era um andróide, como na maioria dos lugares. Eve, porém, duvidava que aquele ali tivesse sido programado para ouvir com algum interesse as histórias tristes que os clientes contavam. Mais provavelmente era um brutamontes, pensou, analisando-o enquanto se aproximava lentamente do balcão. Os fabricantes haviam colocado nele os olhos puxados e a pele dourada de um mestiço. Diferente da maioria dos clientes, o andróide não usava penas no cabelo, nem contas no pescoço. Vestia um simples uniforme branco sobre o corpo de pugilista.

Andróides não podiam ser subornados, lamentou. E as ameaças tinham de ser inteligentes e lógicas.

— Bebida? — perguntou o barman. Sua voz tinha um silvo estranho, um eco distante que indicava problemas de manutenção atrasada.

— Não. — Eve queria manter a saúde. Exibiu o distintivo e vários clientes começaram a se espalhar, em direção aos cantos do bar. — Aconteceu um assassinato aqui, há duas noites.

— Aqui dentro não.

— Mas a vítima esteve aqui.

— Quando ela esteve aqui ainda estava viva. — Atendendo a algum sinal que Eve não percebeu, o garçom robotizado pegou o copo sebento de um dos clientes do meio do balcão, entornou nele um pouco de líquido de aspecto nocivo e o devolveu.

— Você estava de serviço.

— Sim, sou vinte e quatro por sete — explicou ele, indicando que estava programado para operação em tempo integral, sem precisar ser desligado nem passar por períodos de recarga.

— Você já tinha visto a vítima, antes daquele dia, aqui nesta região?

— Não.

— Com quem ela se encontrou aqui?

— Com ninguém.

— Tudo bem. — Eve tamborilou com os dedos sobre a superfície embaçada do balcão. — Olha, vamos fazer as coisas de modo bem simples. Você me conta a que horas ela chegou, o que fez, a que horas saiu, e como saiu.

— Ficar vigiando os clientes não é parte das minhas funções.

— Certo. — Lentamente Eve esfregou um dos dedos sobre o balcão. Quando o levantou, esgarçou os lábios em uma careta diante do fedor exalado pela substância viscosa que manchava a ponta do dedo. — Sou da Divisão de Homicídios, mas deixar passar violações à Saúde Pública também não é parte das minhas funções. Sabe de uma coisa? Acho que se eu chamasse o departamento sanitário, e eles fizessem uma fiscalização aqui, uau! Eles iam ficar chocados. Tão chocados que eram capazes até de cancelar a licença desta espelunca.

Em matéria de ameaça, aquela não era particularmente inteligente, mas era lógica. O andróide levou um momento para analisar as possibilidades.

— A mulher chegou à zero hora e dezesseis minutos — respondeu. — Não bebeu nada. Saiu do bar à uma hora e doze minutos. Sozinha.

— Ela conversou com alguém?

— Não pronunciou uma só palavra.

— Estava à procura de alguém?

— Não perguntei.

— Você a observou. — Eve estranhou. — Parecia que ela estava procurando por alguém?

— Parecia, mas ela não encontrou ninguém.

— E ficou aqui por quase uma hora. O que ficou fazendo?

— Ficou em pé. Olhou em volta, franziu a testa. Olhou para o relógio o tempo inteiro. Saiu.

— Alguém saiu logo atrás dela?

— Não.

De modo distraído, Eve esfregou a ponta do dedo sujo na calça, perguntando:

— Ela estava com um guarda-chuva?

— Estava. — O andróide pareceu tão surpreso pela pergunta quanto os robôs eram capazes de parecer. — Era um guarda-chuva roxo, da mesma cor da roupa dela.

— E ela saiu daqui com ele?

— Saiu. Estava chovendo.

Eve fez que sim com a cabeça, andando em seguida por todo o bar e interrogando clientes insatisfeitos.

Tudo o que Eve realmente queria ao voltar para a Central de Polícia era um longo banho de chuveiro. Uma hora dentro do Cinco Luas a deixara com a sensação de que havia uma fina camada de estrume sobre toda a sua pele. Até mesmo em volta dos dentes, pensou ela, esfregando a ponta da língua sobre eles.

Mas o relatório tinha prioridade. Entrou em sua sala e parou, olhando para o homem de cabelo ralo que estava sentado à sua mesa, pegando amêndoas revestidas com uma camada doce no fundo de um saco.

— Trabalho legal esse, para quem pode — falou Eve.

Feeney cruzou os pés que estavam na ponta da mesa e respondeu:

— Também é bom ver você, Dallas. Você é uma moça muito ocupada.

— Alguns de nós, policiais, na verdade precisam trabalhar para ganhar a vida. Outros ficam brincando no computador o dia inteiro.

— Você devia ter seguido meus conselhos e trabalhado mais seus dotes para informática.

Com um gesto mais afetuoso do que irritado, ela empurrou os pés dele para fora da mesa e encostou o traseiro no espaço vazio.

— Você está só de passagem, Feeney?

— Vim oferecer os meus serviços, companheira. — Generosamente, estendeu para ela o saco de amêndoas.

Enquanto mastigava, Eve o observava. Feeney tinha um rosto com aspecto derrotado, que ele jamais se dera ao trabalho de tentar melhorar. Olhos empapados, o começo de um queixo duplo, orelhas que eram ligeiramente grandes para o tamanho da cabeça. Eve gostava dele do jeito que era.

— Oferecer os seus serviços por quê?

— Bem, tenho três razões. Primeira, o comandante me fez um pedido extra-oficial. Segunda, eu tinha muita admiração pela promotora Cicely Towers.

— Whitney chamou você?

— Extra-oficialmente — repetiu Feeney. — Ele achou que, tendo alguém com as minhas extraordinárias habilidades para trabalhar junto com você na avaliação dos dados, poderemos encerrar este caso mais depressa. Nunca é demais ter uma linha direta com a Divisão de Detecção Eletrônica da Polícia.

Ela considerou o assunto e, por saber que as habilidades de Feeney eram realmente extraordinárias, aprovou a idéia.

— Afinal, você vai assumir o caso oficial ou extra-oficialmente?

— Só depende de você.

— Então vamos tornar a coisa oficial, Feeney.

— Eu sabia que você ia dizer isso. — Sorriu e deu uma piscadela.

— A primeira coisa que eu estou precisando é que você dê uma olhada nos arquivos do *tele-link* da vítima. Não há registros de que ela tenha recebido alguma visita na noite em que morreu, nem em sua agenda nem nos discos de segurança do prédio. Portanto, alguém ligou para ela e combinou um encontro.

— É pra já.

— E preciso de uma lista de todo mundo que ela mandou para a cadeia.

— Todo mundo? — interrompeu ele, ligeiramente estarrecido.

— Todo mundo. — O rosto de Eve se iluminou em um grande sorriso. — Acho que você consegue fazer isso na metade do tempo que eu levaria. Quero os parentes, entes queridos e sócios também. E, finalmente, todos os casos em andamento, além dos ainda pendentes.

— Nossa, Dallas! — Ele movimentou os ombros e flexionou os dedos, como um pianista prestes a executar um concerto. — Minha mulher vai sentir saudades de mim.

— Ser casada com um policial é horrível — disse ela, dando palmadinhas no ombro dele.

— É isso o que Roarke diz?

— Nós não somos casados — e deixou cair a mão.

Feeney simplesmente concordou, fazendo um murmúrio com a garganta. Ele gostava de ver o franzir rápido das sobrancelhas e o ar nervoso de Eve.

— E então — perguntou —, como ele vai?

— Está bem, está na Austrália. — Suas mãos foram direto para os bolsos. — Está bem.

— Hã-hã. Vi vocês dois no noticiário algumas semanas atrás. Estavam em um agito elegante, no Palace. Você fica muito bem de vestido, Dallas.

Ela trocou de posição, desconfortável, mas logo se controlou e deu de ombros.

— Não sabia que você assistia aos canais de fofoca, Feeney.

— Eu adoro esses programas — disse ele sem arrependimento. — Deve ser muito interessante levar a vida desse jeito sofisticado.

— É, tem momentos bons — murmurou ela. — Afinal, nós vamos conversar sobre a minha vida social, Feeney, ou investigar um assassinato?

— Temos de arrumar tempo para as duas coisas. — Levantou-se e fez um alongamento. — É melhor eu ir logo dar uma olhada nos arquivos do *tele-link* da vítima antes de mergulhar em anos e anos de criminosos que ela tirou de circulação. Vou manter contato.

— Feeney. — Quando ele se virou, já na porta, ela voltou a cabeça um pouco para o lado. — Você me disse que havia três razões para querer este caso, e só me deu duas.

— Número três: senti sua falta, Dallas — e sorriu. — Pode acreditar, senti mesmo.

Ela estava sorrindo quando se sentou de volta à mesa, para trabalhar. Dava para acreditar, porque ela também tinha sentido muita falta dele.

Capítulo Quatro

O Esquilo Azul ficava bem perto, um pouco adiante do Cinco Luas. Eve tinha uma espécie de ligação afetuosa, ainda que cautelosa, com ele. Havia dias em que ela gostava do barulho, da pressão dos corpos e dos trajes sempre mutantes da clientela. Basicamente, gostava do show no pequeno palco.

A cantora que se apresentava ali era uma das raras pessoas que Eve considerava uma verdadeira amiga. A amizade, na verdade, começou quando Eve prendeu Mavis Freestone vários anos antes, mas, apesar desse começo, floresceu. Mavis podia estar andando nos trilhos agora, mas jamais seria uma pessoa comum.

Naquela noite, a jovem magra e exuberante estava guinchando as letras das músicas e lançando-as de encontro aos gritos dos trompetes, que eram os instrumentos da banda composta por três mulheres. Elas ficavam no fundo do palco, em uma tela holográfica. Aquilo, aliado à baixa qualidade do vinho que Eve se arriscara a tomar, era o suficiente para fazer os seus olhos se encherem d'água.

Para o show daquela noite, o cabelo de Mavis estava em um estonteante tom de verde-esmeralda. Eve sabia que Mavis preferia usar cores de pedras preciosas. Continuava a cantar usando apenas um retalho brilhante da cor de safira, que lhe cobria um dos seios e descia até o vão entre as pernas. O outro seio estava decorado com pequenas pedrinhas cintilantes em volta de uma estrela de prata, que fora estrategicamente colocada sobre o mamilo.

Uma só lantejoula ou pedaço de pano fora do lugar e o Esquilo Azul poderia ser multado por exceder o que estava especificado no alvará. Os proprietários não estavam dispostos a pagar a taxa pesada que era cobrada das casas que apresentavam dançarinas nuas.

Quando Mavis se virou de costas, Eve notou que o traseiro da cantora, que tinha o formato de um coração, estava igualmente decorado, nas duas nádegas. Menos um pouco, pensou Eve, e ela estaria fora dos limites determinados pela lei.

A multidão a adorava. Quando desceu do palco, após terminar a apresentação, Mavis se misturou aos aplausos barulhentos e aos gritos de aclamação dos clientes bêbados. Os freqüentadores que estavam nas cabines privativas para fumantes batucavam entusiasticamente com os punhos nas pequenas mesas.

— Como é que você consegue se sentar com esses troços colados na bunda? — perguntou Eve quando Mavis chegou em sua mesa.

— Devagar, cuidadosamente e com grande desconforto — e fez uma demonstração, sentando-se e soltando um pequeno suspiro. — O que achou do último número?

— Foi de levar a multidão ao delírio.

— Fui eu que compus.

— Tá falando sério? — Eve não havia compreendido uma palavra sequer da letra, mas transbordou de orgulho mesmo assim. — Que legal, Mavis. Estou pasma.

— Pode ser que eu consiga um contrato para gravação — e por baixo do brilho em seu rosto, suas bochechas se ruborizaram. — E ganhei um aumento de salário.

— Ora, vamos comemorar. — Como se estivesse brindando, Eve levantou o copo.

— Eu não sabia que você vinha aqui hoje. — Mavis digitou o código pessoal no cardápio e pediu água gasosa. Precisava cuidar da garganta para a próxima apresentação.

— Vim até aqui para me encontrar com uma pessoa.

— Roarke? — Os olhos de Mavis, que naquela noite estavam verdes, brilharam. — Ele vem aqui? Ah, então vou ter de repetir aquele último número!

— Não, ele está na Austrália. Vou me encontrar com Nadine Furst.

O desapontamento de Mavis ao ver que ia perder a chance de impressionar Roarke logo foi substituído pela surpresa.

— Eve, você vai se encontrar com uma repórter? Deliberadamente?

— Eu confio nela — e Eve levantou um dos ombros. — Posso precisar dela.

— Se você diz... Ei, será que ela poderia fazer uma matéria comigo?

Por nada no mundo Eve teria coragem de apagar a luz que viu nos olhos de Mavis.

— Posso mencionar você — respondeu.

— Excelente! Escute, amanhã é minha noite de folga. Você está a fim de jantar fora ou ir a algum lugar?

— Se eu conseguir. Mas pensei que você estivesse saindo com o artista performático, aquele que tinha um macaco de estimação.

— Dispensei — e Mavis ilustrou o fato espanando o ombro com os dedos. — Ele era muito devagar. Agora tenho de ir. — Deslizou para fora da cabine, fazendo pequenos sons com os enfeites no traseiro, que arranharam o banco. Seus cabelos cor de esmeralda cintilavam sob as luzes giratórias enquanto ela seguia em meio à multidão.

Eve decidiu que não queria saber o que Mavis considerava muito devagar.

Quando o comunicador tocou, Eve pegou no aparelho e digitou um código. O rosto de Roarke encheu toda a pequena tela.

A primeira reação dela, espontânea, foi dar um sorriso imenso e satisfeito.

— Tenente, eu rastreei você.

— Estou vendo. — Em seguida tentou disfarçar um pouco o sorriso. — Roarke, este é um canal oficial da polícia.

— É mesmo? — e franziu a sobrancelha. — O barulho não me parece o de um ambiente de trabalho. Você está no Esquilo Azul?

— Vim aqui para me encontrar com uma pessoa. Como está a Austrália?

— Muito cheia de gente. Se tiver sorte, estarei de volta em menos de trinta e seis horas. Eu encontro você.

— Não vai ser difícil, obviamente — e sorriu novamente. — Escute só... — e para divertir os dois, girou o aparelho para o palco enquanto Mavis rugia na sua nova apresentação.

— Ela é sem igual — Roarke conseguiu gritar depois de alguns acordes. — Mande lembranças minhas para ela.

— Eu mando. Então eu... hã... Vejo você na volta.

— Estou contando com isso. Você vai pensar em mim?

— Claro. Boa viagem, Roarke.

— Eve, eu amo você.

Ela soltou um suspiro abafado quando a imagem dele se dissolveu.

— Ora, ora — Nadine Furst saiu da posição em que estava, por trás do ombro de Eve, e se sentou no banco em frente. — Isso não foi lindo?

Dividida entre ficar aborrecida e envergonhada, Eve enfiou o comunicador de volta no bolso.

— Nadine, eu achava que você tinha mais classe, e que não ficava escutando às escondidas.

— Qualquer repórter que merece o salário que ganha escuta coisas às escondidas, tenente. Como um bom policial também. — Nadine se recostou na parte de trás da cabine. — Então, me conte como uma mulher se sente quando tem um homem como Roarke apaixonado por ela.

Mesmo que conseguisse explicar, Eve não teria respondido a isto.

— Você está pensando em largar o noticiário sério e trabalhar na área romântica, Nadine?

Nadine simplesmente levantou uma das mãos e soltou um suspiro ao olhar para o clube em volta, dizendo:

— Não posso acreditar que você escolheu se encontrar comigo aqui neste lugar novamente. A comida é terrível!

— Mas sinta a atmosfera, Nadine... A atmosfera.

Mavis soltou um agudo e Nadine estremeceu.

— Tudo certo, Eve, assim está bem.

— Você voltou para a Terra bem depressa.

— Consegui pegar um transporte espacial expresso. Um daqueles que pertencem ao rapazinho que é seu namorado.

— Roarke não é um rapazinho.

— Você é quem sabe. Enfim... — Nadine fez um gesto para o lado com a mão. Obviamente estava cansada e um pouco defasada, pela diferença de horário. — Vou ter de comer alguma coisa, mesmo que isso me mate. — Analisou o cardápio e escolheu, com alguma reserva, o supremo de casquinhas de siri recheadas. — O que está bebendo?

— O número cinqüenta e quatro. Era para ser um *chardonnay*. — Só para testar, Eve provou mais uma vez. — Está pelo menos três pontos acima de mijo de cavalo. Recomendo.

— Ótimo. — Nadine programou o pedido no cardápio e se recostou novamente. — Consegui acessar todos os dados disponíveis a respeito do assassinato de Cicely Towers na viagem de volta para a Terra. Pelo menos tudo o que a mídia divulgou até agora.

— Morse já sabe que você voltou?

— Ah, ele sabe... — O sorriso de Nadine era fino e cruel. — Tenho preferência para a cobertura dos eventos criminais. Eu entrei e ele caiu fora. Está revoltado.

— Então a minha missão foi um sucesso.

— Mas ainda não está completa. Você me prometeu uma entrevista exclusiva.

— E vou cumprir. — Eve avaliou o prato de macarrão que surgiu da abertura por onde eram servidas as refeições. Não parecia tão mal. — Vai ser tudo sob as minhas condições, Nadine. Eu passo as informações e você só as joga no ar quando eu der o sinal.

— Grande novidade! — Nadine experimentou a primeira casquinha e decidiu que estava quase comível.

— Vou providenciar para que você consiga mais dados, e que os consiga antes dos outros repórteres.

— E quando encontrar um suspeito...

— Você vai saber o nome em primeira mão.

Confiando na palavra de Eve, Nadine concordou com a cabeça enquanto experimentava outra casquinha e completou:

— Mais uma entrevista exclusiva, olho no olho, com o suspeito. E outra com você.

— Não posso garantir a matéria com o suspeito. Você sabe que eu não posso, Nadine — continuou Eve antes que a repórter tivesse a chance de interromper. — O criminoso tem o direito de escolher a própria mídia, ou até de recusá-la por completo. A única coisa que eu posso fazer é sugerir, talvez até incentivar.

— Então eu quero fotos. Não me diga que isso você também não pode garantir! Você pode arranjar um jeito para que eu consiga gravar o momento da prisão. Quero estar lá nessa hora.

— Vou ponderar isso quando chegar o momento. Em troca, quero tudo o que você conseguir, todas as dicas que aparecerem, todos os rumores e pistas. Não quero surpresas ao ver o programa no ar.

— Isso eu não posso garantir — disse Nadine com suavidade, colocando um pouco do macarrão entre os lábios. — Meus colegas possuem esquemas próprios.

— O que você descobrir, quando descobrir — disse Eve de modo direto. — E qualquer outra coisa que surgir da espionagem entre os meios de comunicação. — Diante da expressão de inocência de Nadine, Eve bufou. — Emissoras espionam emissoras e repórteres espionam repórteres. A grande jogada é jogar a história no ar antes do outro. Você tem uma boa média de vitórias nesse jogo, Nadine, ou eu não teria me dado ao trabalho de vir até aqui para vê-la.

— Posso dizer o mesmo de você. — Nadine provou o vinho. — E na maior parte do tempo confio em você, apesar de não ter bom gosto para vinhos... Isto aqui quase não tem diferença de mijo de cavalo.

Eve se jogou para trás e riu. Estava se sentindo bem, estava à vontade, e quando Nadine riu de volta, sabia que haviam chegado a um acordo.

— Deixe-me ver o que você tem — pediu Nadine —, e eu lhe mostro o que eu tenho.

— A maior coisa que consegui até agora — começou Eve — é um guarda-chuva desaparecido.

Eve se encontrou com Feeney no apartamento de Cicely Towers às dez da manhã, no dia seguinte. Uma olhada na expressão derrotada dele lhe mostrou que as notícias não eram das melhores.

— Em que beco sem saída você entrou?

— O beco do *tele-link*. — Esperou até que Eve desarmasse o dispositivo de segurança da polícia que havia na porta, e então a seguiu para dentro da sala. — Ela recebeu um monte de transmissões, mantinha o aparelho no modo de gravação automática. O seu lacre estava no disco.

— Claro, eu o peguei como prova. O que você está tentando me dizer é que ninguém ligou para combinar um encontro com ela no Cinco Luas?

— Estou tentando lhe dizer que não sei a resposta para isso. — Desgostoso, Feeney passou a mão pelo cabelo espetado. — A última chamada que ela recebeu foi feita às onze e quarenta e três.

— E?...

— Ela apagou a gravação. Consigo saber a hora, mas só isso. A mensagem, o áudio, o vídeo, sumiu tudo. Ela apagou — continuou ele — daqui mesmo.

— Ela apagou a ligação — murmurou Eve, e começou a andar de um lado para outro. — Por que motivo faria isso? Estava com o aparelho preparado para gravação automática. Isso é o padrão para o pessoal da área legal, mesmo no caso de chamadas pessoais. Só que ela apagou essa. Porque não queria nenhum registro de quem tinha ligado... Por quê?... — Ela se virou para trás. — Feeney, tem certeza de que ninguém adulterou o disco depois que ele já estava conosco?

Feeney olhou para ela magoado, e a seguir se sentindo insultado.

— Dallas — foi tudo o que respondeu.

— Tá legal, tá legal, então ela apagou a gravação antes de sair. Isso me diz que ela não estava com medo, pessoalmente, mas estava protegendo a si mesma, ou a mais alguém. Se fosse alguma coisa ligada a um dos casos do tribunal, ela ia querer deixar tudo gravado. Ia querer ter certeza absoluta de que tudo ficaria documentado.

— Diria que sim. Se fosse a ligação de um informante, ela teria colocado uma senha no acesso à ligação, sob o código dela, mas não faria sentido apagar a gravação.

— De qualquer modo vamos analisar todos os casos dela, até os mais antigos. — Eve não precisava olhar para a cara de Feeney para saber que ele estava virando os olhos para cima ao ouvir isso. — Deixe-me ver — sussurrou —, Cicely saiu da prefeitura às dezenove e vinte e seis, isto está no controle eletrônico do prédio, e várias testemunhas a viram. Sua última parada foi no toalete feminino, onde ela retocou a maquiagem para ir jantar fora e bateu papo com uma colega. Essa colega me disse que ela estava calma, mas parecia empolgada. Tivera um dia muito bom no tribunal.

— Fluentes vai para a cadeia, ela já tinha preparado todo o terreno. Tirá-la do caminho não ia mudar nada.

— Ele pode ter pensado diferente. Temos de verificar isso. Ela não voltou para casa. — Com o cenho franzido, Eve olhou com atenção ao redor. — Ela não teve tempo, então foi direto para o restaurante e se encontrou com Hammett. Já estive com ele. Sua história e os horários batem com as informações dos empregados.

— Você tem andado muito ocupada.

— O tempo está correndo. O *maître* chamou um táxi para eles, da Companhia Rápido. Foram pegos às vinte e uma e quarenta e oito. Estava começando a chover.

Eve imaginou a cena. O casal bonito no banco de trás do táxi, conversando, talvez se acariciando, enquanto o motorista seguia em direção à parte alta da cidade, com os pingos da chuva tamborilando no teto do carro. Cicely estava com um vestido vermelho e um bolero da mesma cor sobre ele, de acordo com os garçons. Uma cor marcante para usar no tribunal, que ela incrementou ainda mais com pérolas verdadeiras e sapatos altos prateados, para completar a noite.

— O motorista a deixou antes — continuou Eve —, e ela disse para Hammett não sair, para que se molhar? Estava rindo quando correu para a entrada do edifício, e então se virou e atirou-lhe um beijo.

— Seu relatório diz que eles eram muito ligados.

— Ele a amava. — Mais pelo hábito do que pela fome, enfiou a mão no saquinho de amêndoas que Feeney lhe estendeu. — Não quer dizer que ele não a tenha matado, mas a amava. De acordo com ele, os dois estavam satisfeitos com o arranjo, mas... — e levantou os ombros — no caso de ele não estar, era preciso armar um bom álibi, e ele providenciou um palco romântico e acolhedor. Comigo não funciona, mas ainda está cedo para avaliar. Então, ela subiu. — Eve continuou, indo em direção à porta. — Seu vestido ficou um pouco úmido, então ela foi até o quarto para pendurá-lo.

Enquanto falava, Eve seguiu a rota proposta, caminhando sobre os maravilhosos tapetes até o quarto espaçoso, com suas cores em tom pastel e a linda cama antiga.

Ordenou que as luzes se acendessem para iluminar melhor a área. Os anteparos da polícia nas janelas não só frustravam os passantes que voavam perto, mas também impediam que o sol entrasse.

— Foi até o *closet* — disse, e apertou o botão que abria as portas altas e espelhadas. — Pendurou a roupa. — Eve apontou para o vestido vermelho e o bolero, caprichosamente arrumados em um armário organizado por tons e cores. — Tirou os sapatos e colocou um robe.

Eve se virou para a cama. Os lençóis em tom marfim estavam espalhados ali. Não estavam dobrados, nem cuidadosamente arrumados como o resto do quarto, e sim amarrotados, como se tivessem sido jogados para o lado com impaciência.

— Colocou as jóias no cofre, na parede lateral do *closet*, mas não foi para a cama. Talvez tenha voltado para a sala, a fim de ver o noticiário ou tomar um último drinque.

Com Feeney acompanhando-a, Eve foi até a sala de estar. Uma pasta, fechada, estava colocada sobre a mesinha, em frente ao sofá, com apenas um copo vazio ao lado.

— Ela estava relaxando, talvez relembrando a noitada ou ensaiando a estratégia para o dia seguinte no tribunal, ou talvez pensando nos planos para o casamento da filha. De repente, o *telelink* tocou. Quem quer que fosse, ou o que quer que tenha dito, a fez sair de casa novamente. Ela já estava pronta para dormir, mas voltou até o quarto depois de ter apagado a gravação. Tornou a se vestir. Colocou outra roupa marcante. Estava indo para o West End. Não queria se misturar, e queria transpirar autoridade e confiança. Não chamou um táxi, isto é outra coisa que já foi confirmada. Decidiu pegar o metrô. Estava chovendo.

Eve foi até um *closet* embutido em uma parede junto da porta de entrada do apartamento e apertou o botão para abri-lo. Lá dentro havia casacos, cachecóis e um sobretudo de homem, que ela imaginou que pertencia a Hammett, além de uma infinidade de guarda-chuvas de várias cores.

— Ela pegou o guarda-chuva que combinava com a roupa. É uma coisa automática, e a sua cabeça estava voltada para o encontro. Não levou muito dinheiro, portanto não se tratava de suborno.

Não chamou por ninguém, porque queria resolver o problema por conta própria. Só que, ao chegar ao Cinco Luas, ninguém apareceu. Ela esperou por quase uma hora, impaciente, olhando toda hora para o relógio. Saiu de novo, logo depois de uma da manhã, de volta na chuva. Pegou o guarda-chuva e começou a caminhar na direção da estação do metrô. Imagino que ela estava furiosa.

— Uma mulher de classe vai parar em um clube suspeito daqueles para, no fim, ninguém aparecer — Feeney atirou mais uma amêndoa na boca — é... furiosa também seria o meu palpite.

— Então ela foi embora. Estava chovendo muito. Seu guarda-chuva estava aberto. Ela deu alguns passos. Alguém estava lá, provavelmente estava por perto o tempo todo, esperando que ela saísse.

— Alguém que não quis se encontrar com ela lá dentro — acrescentou Feeney. — Não queria seria visto.

— Certo. Eles bateram um papo por alguns minutos, de acordo com o intervalo de tempo. Talvez tenham discutido, não exatamente uma discussão, não houve tempo. Não tinha ninguém na rua, ninguém que fosse prestar atenção pelo menos. Dois minutos mais tarde, com a garganta cortada, ela já estava sangrando na calçada. Será que ele planejava matá-la desde o início?

— Muita gente anda com facas naquela área. — Pensativo, Feeney coçou o queixo. — Apenas com esse fato não podemos dizer que houve premeditação. Mas, pelo cálculo do tempo, pelo arranjo todo... É isso que está me incomodando.

— A mim também. Um único golpe, de lado a lado. Não há feridas defensivas, portanto ela não teve tempo de se sentir ameaçada. O assassino não levou suas jóias, nem a bolsa de couro, nem os sapatos ou fichas de crédito. Pegou apenas o guarda-chuva e foi embora.

— Por que o guarda-chuva? — Feeney tentava entender.

— Ora, droga, porque estava chovendo. Sei lá, um impulso, um suvenir. Até onde eu enxergo, foi o único erro dele. Tenho um batalhão de gente por aí vasculhando por uma área de dez quarteirões para ver se ele o jogou fora.

— Se ele dispensou a lembrancinha naquela região, deve ter algum viciado em químicos circulando por lá com um guarda-chuva roxo.

— É... — a imagem disso quase a fez sorrir. — Como é que ele podia saber que ela ia apagar a gravação da mensagem, Feeney? Ele tinha de ter certeza disso.

— Uma ameaça?

— Uma promotora pública convive com ameaças. E uma profissional como Cicely Towers, então, ia conseguir tirar de letra.

— Isso se as ameaças fossem dirigidas a ela — concordou ele. — Mas ela tem filhos — e acenou com a cabeça para os hologramas emoldurados. — Não era apenas uma advogada. Era mãe, também.

Com a testa vincada, Eve foi até os hologramas. Curiosa, pegou um, do rapaz e da moça juntos quando eram adolescentes. Com um movimento do dedo na parte de trás, colocou o áudio da figura para tocar.

Oi, manda-chuva. Feliz Dia das Mães. Isso aqui vai durar mais tempo do que flores. Amamos você.

Ligeiramente perturbada, Eve colocou a moldura de volta no lugar.

— Eles são adultos agora. Não são mais crianças.

— Dallas, uma vez mãe, sempre mãe. Você jamais termina o serviço.

A mãe dela terminara, pensou. Há muito tempo.

— Então, minha próxima parada é Marco Angelini.

Angelini tinha escritórios no prédio de Roarke que ficava na Quinta Avenida. Eve entrou no saguão que já se tornara familiar, com seu piso de placas imensas e butiques caras. As vozes arrulhantes das guias computadorizadas indicavam o caminho para os vários locais.

Eve consultou um dos mapas móveis e, ignorando os pequenos dirigíveis acima, seguiu em frente na direção dos elevadores da ala sul.

A cabine externa e envidraçada se projetou para cima, levando-a com rapidez até o qüinquagésimo oitavo andar, abrindo as portas para um piso solene, acarpetado na cor cinza e cercado de paredes ofuscantes de tão brancas.

A empresa Angelini Exportações utilizava um conjunto de cinco salas daquele andar. Após uma rápida olhada, Eve notou que aquela companhia era café pequeno perto das Indústrias Roarke.

Também, pensou com um sorriso apertado, *comparado com Roarke, o que não era?*

A recepcionista no balcão de acesso demonstrou respeito, e um pouco de nervosismo, diante do distintivo de Eve. Remexeu-se tanto na cadeira e engoliu em seco tantas vezes que Eve ficou achando que ela tinha alguma substância ilegal na gaveta.

Mas o medo da polícia pelo menos teve a vantagem de fazer com que ela só faltasse empurrar Eve para dentro do escritório de Marco Angelini. Tudo levou menos de noventa segundos desde a sua chegada.

— Senhor Angelini, obrigado por me receber. Meus pêsames pela sua perda.

— Obrigado, tenente Dallas. Por favor, sente-se.

Ele não era tão elegante quanto George Hammett, mas era poderoso. Um homem pequeno e atarracado, com o cabelo preto e lustroso penteado para trás, a partir de um bico-de-viúva que apontava para o centro da testa. Sua pele dourada estava pálida, e os olhos brilhantes eram bolas de gude azuis debaixo de sobrancelhas espessas. Possuía um nariz comprido e lábios finos; um imenso diamante brilhava em um dos dedos.

Se o ex-marido da vítima sentia algum pesar, estava conseguindo esconder melhor do que o amante fizera.

Estava sentado atrás de uma mesa grande, lisa como cetim. O móvel estava completamente vazio, exceto por suas mãos cruzadas e imóveis. Por trás dele havia uma janela de vidro fumê que bloqueava os raios ultravioleta, mas deixava entrar a vista de Nova York.

— A senhorita veio aqui por causa de Cicely.

— Sim, tinha a esperança de que o senhor pudesse reservar um pouco do seu tempo, agora, para me responder algumas perguntas.

— A senhorita terá a minha total cooperação, tenente. Cicely e eu estávamos divorciados, mas ainda éramos parceiros, não só nos negócios, mas também na relação com nossos filhos. Eu a admirava e respeitava.

Havia o traço de um sotaque do país de origem em sua voz. Um traço muito leve. Aquilo fez Eve se lembrar de que, de acordo com o dossiê, Marco Angelini passava grande parte do seu tempo na Itália.

— Senhor Angelini, poderia me dizer quando foi a última vez que o senhor viu ou falou com a promotora Towers?

— Estive com ela no dia 18 de março último, na minha casa em Long Island.

— Ela foi visitá-lo?

— Sim, foi para o aniversário de vinte e cinco anos de meu filho. Nós dois oferecemos uma festa para ele, usando a propriedade que possuo lá, pois era mais conveniente. David, o nosso filho, quando está na Costa Leste, fica em Long Island, e isto é freqüente.

— O senhor não tornou a vê-la desde essa data?

— Não. Estávamos sempre ocupados, mas havíamos planejado um encontro para a semana que vem, a fim de discutirmos os planos para o casamento de Mirina, nossa filha. — Limpou a garganta com suavidade. — Estive na Europa durante quase todo o mês de abril.

— O senhor telefonou para a promotora Towers na noite da morte dela.

— Sim, deixei uma mensagem, para ver se podíamos nos encontrar para almoçar ou tomar uns drinques, à escolha dela.

— Para conversar a respeito do casamento — completou Eve.

— Sim, era sobre o casamento de Mirina.

— O senhor falou com a promotora Towers entre o dia 18 de março e a noite de sua morte?

— Várias vezes. — Ele abriu as mãos e depois tornou a uni-las. — Como disse, nos considerávamos parceiros. Tínhamos os filhos, e também havia negócios em comum.

— Incluindo a Mercury.

— Sim. — Seus lábios se abriram ligeiramente. — A senhorita é... conhecida de Roarke.

— Isso mesmo. O senhor e a sua ex-esposa discordavam em algum ponto com relação às suas parcerias, em nível pessoal ou profissional?

— Naturalmente que sim, em ambas as áreas. Mas tínhamos aprendido, de uma forma que não conseguimos alcançar enquanto estávamos casados, o valor do compromisso.

— Senhor Angelini, quem é que herda a parte da promotora Towers na Mercury após a morte dela?

— Sou eu. — Sua sobrancelha se levantou. — Isso está especificado nos termos do nosso contrato. Há também alguns investimentos em imóveis, que também reverterão para mim. Isto foi acertado em nosso acordo de divórcio. Com a morte de um de nós, os interesses financeiros, lucros ou perdas, iriam direto para o outro. Nós dois concordamos com isto, entenda, pois sabíamos que, no fim, tudo o que possuíamos de valor ia ficar para nossos filhos.

— E o resto dos imóveis de propriedade dela? O apartamento, as jóias, o resto das posses que não estavam especificadas no acordo?

— Iriam, acredito, direto para nossos filhos. Imagino que também haveria algum legado para os amigos pessoais, ou obras de caridade.

Eve ia pesquisar a fundo para saber quanto mais a vítima havia escondido.

— Senhor Angelini, o senhor tinha conhecimento de que sua ex-mulher estava intimamente envolvida com George Hammett?

— Naturalmente.

— E isso não representava um... problema?

— Problema. O que a senhorita quer saber, tenente, é se eu, após quase doze anos de divórcio, acalentava algum ciúme homicida pela minha ex-mulher? E se eu cortei a garganta da mãe dos meus filhos e a deixei morta no meio da rua?

— Algo desse tipo.

Ele disse baixinho algumas palavras em italiano. Algo que não era, Eve suspeitava, nem um pouco lisonjeiro.

— Não, tenente. Eu não matei Cicely.

— Poderia me informar o lugar onde estava na noite da morte dela?

Eve podia ver sua mandíbula tensa e reparou o esforço necessário para que ele relaxasse novamente, embora seus olhos sequer piscassem. Imaginou que ele conseguiria fazer um buraco em uma chapa de aço com aquele olhar.

— Estava em casa, em minha residência aqui na cidade, a partir das oito da noite.

— Sozinho?

— Sim.

— Viu ou falou com alguém que possa confirmar isso?

— Não. Tenho dois empregados, mas ambos estavam de folga, motivo pelo qual eu estava em casa. Queria passar uma noite calma, com privacidade.

— O senhor não fez nem recebeu nenhuma ligação durante toda a noite?

— Recebi uma ligação por volta de três da manhã, do comandante Whitney, me informando sobre a morte de minha esposa. Estava na cama, sozinho, quando o *tele-link* tocou.

— Senhor Angelini, sua ex-esposa estava em um clube suspeito do West End à uma hora da manhã. Por quê?

— Não faço idéia. Não faço a mínima idéia.

Pouco depois, quando Eve entrou na cabine envidraçada para descer, ligou para Feeney.

— Quero saber se Marco Angelini estava em algum tipo de aperto financeiro, e quanto desse aperto seria aliviado pela morte súbita da ex-mulher.

— Está farejando alguma coisa, Dallas?

— Alguma coisa — murmurou. — Só não sei o quê.

Capítulo Cinco

Eve cambaleou para dentro do seu apartamento quase à uma da manhã. Ela sentia um zumbido em sua cabeça. A idéia que Mavis tinha de um jantar na noite de folga era ir para um clube concorrente. Já sabendo que na manhã seguinte ela ia acabar pagando caro pela noite de diversão, Eve foi tirando a roupa a caminho do banheiro.

Pelo menos a noite com Mavis havia empurrado o caso Towers para o fundo de sua cabeça. Eve poderia até se preocupar por não haver muita cabeça de sobra, mas estava exausta demais para pensar nisso.

Caiu nua e de barriga para baixo sobre a cama, e adormeceu em segundos.

De repente acordou, violentamente excitada.

Eram as mãos de Roarke que estavam sobre ela. Eve conhecia sua textura, seu ritmo. Seu coração martelou contra as costelas, e então subiu para a garganta, enquanto a boca dele cobria a dela. Era uma boca quente, insaciável, que não lhe dava escolha, nenhuma escolha, a não ser a de ceder gentilmente. E, mesmo enquanto ela apalpava à procura dele, aqueles dedos espertos e compridos abriam caminho por dentro dela, mergulhando tão fundo que ela se retesava como um arco no frenesi do orgasmo.

Sua boca sobre o seio dela, sugando-o, os dentes arranhando-a de leve. As mãos elegantes dele, incansáveis, de forma que seus gritos saíam em espasmos de choque e gratidão. E outro clímax a fez estremecer colocando-se, como uma nova camada, sobre o prazer anterior.

Suas mãos buscavam apoio nos lençóis amarrotados, mas nada seria capaz de ancorá-la. Quando ela decolou mais uma vez, agarrou-se a ele, com as unhas arranhando-lhe as costas, e subindo até agarrar-lhe um punhado de cabelos.

— Oh, Deus! — Era a única palavra coerente que conseguia balbuciar enquanto ele se enterrava dentro dela, com tanta força e tão fundo que era uma surpresa se ela não morresse de prazer com aquilo. O corpo dela corcoveava incontrolavelmente, freneticamente, continuando a tremer mesmo depois que ele já havia desmoronado sobre ela.

Ele soltou um suspiro longo e satisfeito e ficou preguiçosamente esfregando o nariz em sua orelha.

— Desculpe por ter acordado você.

— Roarke? Ah, era você?

Ele a mordeu.

Ela sorriu silenciosamente no escuro.

— Achei que você só ia voltar amanhã.

— Tive sorte. Depois, foi só seguir sua trilha de roupas até o quarto.

— Eu saí com Mavis. Fomos a um lugar chamado Armagedon. Só agora a minha audição está começando a voltar. — Acariciou as costas dele e deu um imenso bocejo. — Ainda não é de manhã, é?

— Não. — Reconhecendo a fraqueza na voz dela, ele se ajeitou de lado, puxou-a bem para junto de si e beijou-lhe a testa. — Volte a dormir, Eve.

— Tá bom. — Ela obedeceu em menos de dez segundos.

* * *

Ele acordou com a primeira luz da manhã e a deixou enroscada no meio da cama. Na cozinha, programou o AutoChef para preparar café e pão torrado. O pão estava velho, mas isto era de esperar. Sentindo-se em casa, sentou-se em frente ao monitor da cozinha e deu uma olhada na seção financeira do jornal.

Não conseguia se concentrar.

Estava tentando não se ressentir pelo fato de que ela escolhera a cama dela em vez da cama deles. Ou o que ele gostava de considerar como a cama deles. Não tinha mágoas pela necessidade que ela tinha de espaço pessoal; compreendia bem a sua necessidade de privacidade. Mas a casa dele era grande o bastante para ela se apropriar de uma ala inteira só para ela se desejasse.

Afastando-se do monitor, foi até a janela. Ele não estava habituado a este conflito interno para equilibrar as necessidades dele com as de outra pessoa. Crescera pensando primeiro nele, e por último também. Teve de ser assim para que conseguisse sobreviver e, mais tarde, ser bem-sucedido. Uma coisa era tão importante para ele quanto outra.

Aquele era um hábito difícil de largar, ou tinha sido, o de largar Eve.

Era humilhante admitir, ainda que para si mesmo, que todas as vezes que viajava a negócios uma semente de medo germinava em seu coração, dizendo que talvez, quando ele voltasse, ela tivesse resolvido ir embora.

O simples fato é que ele precisava da única coisa que ela lhe negara. Um compromisso.

Voltando-se da janela, ele veio até o monitor e se forçou a ler.

— Bom-dia — disse Eve, da porta. O sorriso dela era ligeiro e brilhante, não só pelo prazer de vê-lo ali, mas também pelo fato de que a sua noitada no Armagedon não tivera as conseqüências que ela temia. Eve estava se sentindo ótima.

— Seu pão está velho.

— Mmmm — ela experimentou uma pontinha do que estava em cima da mesa. — Você tem razão, está mesmo. — Café era sempre uma pedida melhor. — Tem alguma coisa no noticiário com a qual eu deva me preocupar?

— Está interessada na compra da Renoverde?

Eve esfregou um olho com os nós dos dedos enquanto provava a primeira xícara de café.

— O que é Renoverde, e quem a está comprando?

— Renoverde é uma empresa de reflorestamento, daí o nome tão adorável. Eu sou a pessoa que a está comprando.

— Logo vi — e gemeu. — Estava pensando mais especificamente no caso Towers.

Os funerais de Cicely estão marcados para amanhã. Ela era importante o bastante, e católica o bastante, para conseguir a Catedral de Saint Patrick, na Quinta Avenida.

— Você vai?

— Se conseguir remarcar alguns compromissos. E você?

— Eu vou. — Pensando no assunto, Eve se encostou na bancada. — Pode ser que o assassino esteja lá.

Ela o observou enquanto ele analisava o monitor. Roarke deveria parecer deslocado em sua cozinha, analisou, com aquele terno de linho caro, muito bem cortado, e a exuberante juba jogada para trás do rosto marcante.

Ela vivia esperando que ele parecesse deslocado ali com ela.

— Algum problema? — murmurou, sabendo muito bem que ela estava olhando para ele.

— Não. Estou com algumas coisas na cabeça. O quanto você sabe a respeito de Angelini?

— Marco? — Roarke franziu os olhos por causa de algo que viu no monitor, pegou o *notebook* e fez uma anotação. — Nossos caminhos se cruzam com freqüência. Normalmente ele é um homem de negócios cauteloso e um pai sempre dedicado. Prefere passar mais tempo na Itália, mas a base de seus negócios é aqui em Nova York. Contribui generosamente para a Igreja Católica.

— Ele vai sair ganhando financeiramente com a morte de Cicely Towers. Talvez seja só uma gota no oceano, mas Feeney já está pesquisando.

— Você poderia ter me perguntado — murmurou Roarke. — Eu teria lhe contado que Marco está em dificuldades financeiras. No entanto, não está desesperado — emendou ao ver o olhar de Eve se aguçar. — Fez algumas aquisições pouco recomendáveis no ano passado, ou pouco mais.

— Você disse que ele era cauteloso.

— Disse que normalmente ele era cauteloso. Comprou vários artefatos religiosos sem tê-los autenticado com o devido cuidado. O entusiasmo atrapalhou o seu tino para os negócios. Todas as peças eram falsificadas e ele perdeu muito dinheiro.

— Muito, quanto?

— Mais de três milhões. Posso lhe conseguir o valor exato, se for preciso. Ele vai se recuperar — acrescentou Roarke com um desdém, pelos três milhões de dólares com os quais Eve sabia que jamais se acostumaria. — Ele agora vai ter de se concentrar nos negócios, e enxugar um pouco aqui e ali. Diria que o seu orgulho ficou mais ferido do que a carteira de títulos.

— Quanto vale a parte de Cicely Towers na Mercury?

— Pelo valor atual de mercado? — Pegou a agenda de bolso e digitou alguns números. — Alguma coisa entre seis e sete.

— Milhões?

— Sim — respondeu Roarke com um princípio de sorriso nos cantos dos lábios. — É claro.

— Meu bom Deus! Não é de estranhar que ela vivesse como uma rainha!

— Marco fez alguns investimentos muito bons para ela. Devia querer que a mãe dos filhos dele levasse uma vida confortável.

— Você e eu temos idéias completamente diferentes a respeito de conforto.

— Pelo jeito, sim. — Roarke guardou a agenda e se levantou para tornar a encher a sua xícara, e a de Eve, com café. Um ônibus aéreo fez estrondo junto da janela, seguido por uma frota de pequenas aeronaves particulares. — Você está achando que Marco a matou para recuperar as perdas?

— Dinheiro é um motivo que nunca sai de moda. Eu o interroguei ontem. Sabia que alguma coisa não estava se encaixando. Agora está começando a fazer sentido.

Ela pegou a xícara cheia que ele lhe estendeu, foi andando até a janela, onde o nível de ruído já estava aumentando, e depois voltou. Seu robe estava escorregando do ombro. Com um gesto distraído, Roarke o recolocou no lugar. Passageiros entediados, muitas vezes, carregavam visores de longo alcance para usar em oportunidades como aquela.

— Depois, tem aquela história de divórcio amigável — continuou ela —, mas de quem foi a idéia? Divórcio é uma coisa complicada para os católicos quando há crianças envolvidas. Eles não precisam de algum tipo de autorização?

— Dispensação — corrigiu Roarke. — É um negócio complicado, mas Cicely e Marco tinham ligações com o pessoal da alta hierarquia.

— Ele não voltou a se casar — assinalou Eve, colocando o café de lado. — Não consegui descobrir nem um vestígio de uma acompanhante séria ou estável para ele. Cicely, porém, estava tendo um relacionamento longo e íntimo com George Hammett. Como será que Marco Angelini se sentia vendo a mãe de seus filhos se aninhando nos braços de um sócio?

— Se fosse comigo, eu matava o sócio.

— Se fosse com você — disse Eve, com uma olhada rápida. — Imagino que você ia matar os dois.

— Você me conhece tão bem. — Caminhou em direção a ela e colocou as mãos em seus ombros. — Com relação ao aspecto financeiro, é melhor você considerar o fato de que, qualquer que fosse a parte de Cicely na Mercury, a parte de Marco era a mesma. Eles detinham partes iguais da empresa.

— Droga! — Ela lutava com a idéia. — Mesmo assim, dinheiro é dinheiro. Tenho de seguir essa pista até conseguir uma nova. — Ele continuava parado na frente dela, com as mãos segurando-lhe os ombros e o olhar grudado no dela. — O que está olhando?

— O brilho dos seus olhos. — Ele tocou os lábios dela com os dele, e depois repetiu o gesto. — Tenho um pouco de afinidade com Marco, porque me lembro de como é estar do outro lado de um olhar como o seu, com esta tenacidade.

— Você não matou ninguém — lembrou a ele. — Ultimamente.

— Ah, mas você não tinha certeza disso naquela época, e mesmo assim ficou... atraída. Agora, nós estamos... — O comunicador do seu relógio de pulso tocou. — Inferno! — Beijou-a novamente, rápido e distraído. — Vamos ter de voltar a esse assunto mais tarde. Tenho uma reunião.

Era melhor assim, pensou Eve. Sangue quente interfere na sensatez.

— Vejo você mais tarde, então, Roarke.

— Lá em casa?

— Sim, na sua casa, claro — e balançou a xícara de café.

Uma centelha de impaciência surgiu nos olhos dele enquanto abotoava o paletó. A pequena saliência em seu bolso o fez lembrar.

— Quase ia me esquecendo — falou. — Trouxe um presente da Austrália para você.

Com uma certa relutância, Eve aceitou a pequena caixa de ouro. Ao abri-la, a relutância se esfacelou. Ela não cabia em si de choque e pânico.

— Meu Deus, Roarke! Você enlouqueceu?

Era um diamante. Ela sabia o suficiente para ter certeza. A pedra estava presa a um cordão de ouro e brilhava como fogo. Tinha o formato de lágrima, e era tão comprida e larga quanto a articulação do polegar de um homem.

— O nome desta gema é Lágrima do Gigante — disse ele com casualidade, enquanto a retirava da caixa, o cordão por cima da cabeça de Eve. — Foi extraída há mais ou menos cento e cinqüenta anos. Por acaso, foi a leilão enquanto eu estava em Sydney. — Deu um passo para trás e analisou os reflexos poderosos que emitia em contraste com o simples robe azul que ela usava. — É, combina com você. Eu sabia que ia combinar. — Então, olhou para ela e sorriu. — Ah, estou vendo que você achou que o presente era um kiwi. Bem, quem sabe da próxima vez? — Quando ele se inclinou para lhe dar um beijo de despedida, ela o impediu, dando um tapa em seu peito. — Qual é o problema? — perguntou, surpreso.

— Isso é loucura! Você não pode esperar que eu aceite um presente como este!

— Mas de vez em quando você usa jóias — e para provar sua tese, balançou o dedo sobre o brinco de ouro que ela trazia pendurado na orelha.

— Sim, e eu as compro em uma barraquinha na calçada da Avenida Lexington.

— Pois eu não — disse ele com naturalidade.

— Pegue isso de volta.

Eve começou a tirar o cordão, mas ele fechou as mãos sobre as dela.

— Não combina com o meu terno. Eve, ganhar um presente não é motivo para que todo o sangue do seu rosto desapareça. — Subitamente exasperado, ele lhe deu uma sacudidela. — Coloquei o olho nisso e, na hora, estava pensando em você. Droga, estou sempre pensando em você! Comprei-o porque eu a amo. Cristo, quando é que você vai engolir isso?

— Você não vai fazer isso comigo. — Disse a si mesma que estava calma, bem calma. Porque estava certa, absolutamente certa. O gênio forte dele não a preocupava, Eve já o tinha visto explodir. A pedra, porém, lhe pesava no pescoço, e o que ela temia que a jóia representasse, isto sim, a preocupava de verdade.

— Não vou fazer isso com você? Isso o quê, exatamente, Eve?

— Você não vai me dar diamantes. — Aterrorizada e furiosa, ela se afastou dele. — Não vai me pressionar a aceitar o que eu não quero, ou ser o que não posso ser. Você pensa que eu não sei o que vem fazendo nos últimos meses. Acha que sou burra?

— Não, não acho que você seja burra — seus olhos brilhavam, duros como a pedra que pendia entre os seios dela. — Acho que é covarde.

Ela levantou o punho automaticamente. Ah, como ela adoraria tê-lo usado para apagar aquele olhar que viu em seu rosto, um ar de desprezo de quem se considera virtuoso! E, se ele não estivesse certo, ela o teria atingido. No entanto, ela usou outras armas.

— Você acha que pode me tornar dependente de você, e pode fazer com que eu me acostume a viver naquela sua fortaleza glorificada, desfilando em roupas de seda. Bem, saiba que eu não ligo a mínima para nenhuma dessas coisas.

— Eu sei muito bem disso.

— Não preciso da sua comida elegante, nem dos seus presentes finos, nem de suas palavras sofisticadas. Já entendi o padrão, Roarke. Basta ficar repetindo "eu te amo" a intervalos regulares até ela aprender a responder "eu também", como uma cadelinha bem treinada.

— Como uma cadelinha! — repetiu ele enquanto a fúria se transformava em gelo. — Estou vendo que estava errado... Você é burra sim. Está realmente achando que isto é um jogo de poder e controle? Pois faça como quiser! Estou cansado de ver você atirar os meus sentimentos de volta na cara. Foi um erro ter permitido, mas isso pode ser consertado.

— Eu nunca...

— Não, você nunca — interrompeu, com frieza. — Nem por uma vez arriscou o orgulho, dizendo as mesmas palavras de volta. Mantém este lugar como um alçapão para fuga, em vez de se comprometer em ficar comigo. Eu deixei que você traçasse a linha divisória, Eve, mas agora a estou mudando de lugar. — Não era apenas a raiva que o impelia, naquele momento, e também não era apenas a dor. Era a verdade. — Eu quero tudo, Eve — disse de modo direto —, ou então não quero nada.

Ela não ia entrar em pânico. Ele não ia deixá-la apavorada, como um novato na primeira ronda.

— E o quê, exatamente, você quer dizer com isso, Roarke?

— Quero dizer que sexo não é o suficiente.

— Não se trata apenas de sexo. Você sabe que...

— Não, não sei. A escolha é sua agora. Sempre foi. Só que agora é você que vai ter de me procurar.

— Ultimatos me deixam revoltada.

— Que pena! — e lançou-lhe um último olhar. — Adeus, Eve.

— Você não pode simplesmente sair...

— Ah, posso — e não olhou mais para trás. — Posso sim.

Eve ficou de queixo caído quando o ouviu bater a porta. Por um instante ela simplesmente ficou ali, em pé, rígida, com o sol se refletindo na jóia em volta do pescoço. Então, começou a tremer. De raiva, é claro, disse para si mesma, e arrancou o precioso diamante, atirando-o sobre a bancada.

Então ele achou que ela ia sair rastejando atrás dele, implorando para que ficasse? Bem, ele podia ficar esperando por isso até o próximo milênio. Eve Dallas jamais rastejava, e jamais implorava.

Fechou os olhos de encontro a uma dor mais contundente do que o choque de uma arma a *laser*. *Afinal, quem é Eve Dallas?*, ponderou. *E não será isso o núcleo de tudo?*

Ela reprimiu aquilo. Que escolha tinha? O trabalho vinha em primeiro lugar. Tinha de vir. Se ela não fosse uma boa policial, não era nada. Ia se sentir vazia e indefesa como a criança que fora, abandonada, traumatizada e com um braço quebrado, em um beco escuro de Dallas.

Ela poderia se enterrar no trabalho. Nas exigências e pressões dele. Quando estava diante do comandante Whitney, em sua sala, era apenas uma detetive com um assassinato nas mãos.

— Cicely tinha muitos inimigos, comandante.

— E todos nós não temos? — Seus olhos estavam novamente claros, atentos. O luto não podia ter um peso maior do que a responsabilidade.

— Feeney fez uma lista dos condenados por ela. Estamos dissecando cada um deles, nos concentrando primeiro nos que pegaram prisão perpétua, seus amigos e pessoas ligadas. Alguém que ela tenha enjaulado para sempre deve ter o maior desejo de vingança. A seguir, pela ordem, vêm as pessoas com desvios de comportamento não corrigidos. Estas, às vezes, escapam pelas frestas. Ela colocou muitas delas em instituições para tratamento mental, e é possível que algumas tenham conseguido receber alta.

— Isso dá um bocado de trabalho, e muita pesquisa de computador, Dallas.

Este era um aviso sutil a respeito das restrições orçamentárias, mas ela preferiu ignorar.

— Agradeço muito que o senhor tenha colocado Feeney neste caso comigo. Não conseguiria analisar todos esses dados sem ele. Comandante, esses passos são o procedimento-padrão, mas eu não acho que este tenha sido um ataque com motivação profissional contra a promotora.

Ele se recostou e inclinou a cabeça, aguardando.

— Creio, senhor, que foi algo pessoal. Ela estava escondendo alguma coisa. Para protegê-la, ou a outra pessoa. Ela apagou a gravação da última ligação do *tele-link.*

— Li seu relatório, tenente. Está me dizendo que acredita que a promotora Towers estava envolvida em algo ilegal?

— Está me perguntando isso na condição de meu amigo ou como meu comandante?

Ele rangeu os dentes antes de conseguir se controlar. Após uma breve luta interna, concordou com a cabeça.

— Bem colocado, tenente. A pergunta foi feita pelo comandante.

— Não sei se era ilegal. Na minha opinião, a esta altura da investigação, havia algo na gravação que a vítima queria que permanecesse confidencial. E foi importante o suficiente para fazê-la se vestir e sair novamente, na chuva, para se encontrar com alguém. Quem quer que fosse, tinha certeza de que ela viria sozinha, e não deixaria nenhum registro do contato. Comandante, preciso conversar com o resto dos familiares da vítima, seus amigos mais chegados, sua esposa.

Ele já havia aceitado este fato, ou pelo menos tentara. Durante toda a sua carreira, ele trabalhara duro para manter seus entes queridos longe do asqueroso ar que rodeava o seu trabalho. Agora, ia ter de expô-los.

— Você tem meu endereço, tenente. Vou entrar em contato com minha esposa agora e dizer que ela deve aguardá-la.

— Sim, senhor. Obrigada.

Anna Whitney tinha construído um belo lar na casa de dois andares que ficava na rua tranqüila do elegante bairro de White Plains, ao norte da cidade. Ela criara os filhos ali, e os criara bem, escolhendo a profissão de mãe em vez da carreira de professora. Não foi o salário que o Estado pagava às mães em tempo integral que a convencera a isto, e sim a emoção de estar presente em cada estágio do desenvolvimento das crianças.

Fez por merecer o salário. Agora, com os filhos crescidos, fazia jus ao salário de aposentada, usando a mesma dedicação para cuidar da casa, do marido e da sua reputação como anfitriã impecável. Sempre que podia, enchia a casa com os netos. E, à noite, promovia jantares animados.

Anna Whitney detestava a solidão.

Estava sozinha, porém, quando Eve chegou. Como sempre, estava muito bem arrumada; a maquiagem tinha sido aplicada de modo cuidadoso e profissional, e seus cabelos louro-pálidos estavam presos em um coque elegante, que combinava com o rosto atraente.

Usava um vestido de algodão americano de boa qualidade e estendeu a mão, adornada apenas com a aliança de casamento, para receber Eve.

— Tenente Dallas, meu marido avisou que a senhorita viria.

— Desculpe a intromissão, senhora Whitney.

— Não se desculpe. Sou esposa de um policial. Entre. Preparei uma limonada. Infelizmente, é artificial. Frutas frescas ou congeladas são difíceis de conseguir, e está um pouco cedo para limonada, mas senti vontade de tomar um pouco, pela manhã.

Eve deixou Anna conversar à vontade enquanto caminhavam para a sala de estar em estilo formal, com suas cadeiras de encosto duro e sofá de quinas delineadas. A limonada estava ótima e Eve a elogiou após beber o primeiro gole.

— A senhorita já sabe, tenente, que a cerimônia do funeral está marcada para amanhã, às dez da manhã.

— Sim, senhora. Estarei lá.

— Já chegaram tantas flores... Fizemos acertos para que elas sejam distribuídas depois do... Ora, mas não é para isso que a senhorita veio até aqui.

— A promotora Towers era uma boa amiga da senhora.

— Era uma boa amiga, minha e de meu marido.

— Os filhos dela estão com a senhora?

— Sim, eles... acabaram de sair, com Marco, para conversar com o arcebispo a respeito da cerimônia.

— São muito ligados ao pai.

— Sim.

— Senhora Whitney, por que eles estão hospedados aqui, em vez de ficar com o pai?

— Nós todos achamos melhor. A casa, quer dizer, a casa de Marco, tem tantas lembranças! Cicely morou lá, quando as crianças eram pequenas. Depois, tem a mídia. Eles não têm o nosso endereço, e queríamos manter as crianças longe dos repórteres. Eles estão esmagando o pobre Marco. Amanhã será diferente, é claro.

As mãos bem-cuidadas puxaram a barra do vestido, na altura do joelho, e a seguir se aquietaram novamente.

— Eles vão ter de encarar isso. Ainda estão em estado de choque. Até mesmo Randall. Estou falando de Randall Slade, noivo de Mirina. Ele era muito chegado a Cicely.

— Ele também está aqui.

— Sim, jamais abandonaria Mirina em um momento como esse. Ela é uma jovem muito forte, tenente, mas mesmo as mulheres fortes necessitam de um ombro para se recostar de vez em quando.

Eve bloqueou a imagem de Roarke que surgiu em sua cabeça. Como resultado do esforço, sua voz ficou um pouco mais formal do que normalmente quando conduziu Anna pelas perguntas de praxe.

— Tenho me perguntado o tempo todo, tenente, o que poderia tê-la feito ir até uma região como aquela — concluiu Anna. — Cicely era teimosa, e certamente muito determinada, mas raramente era impulsiva, e jamais tola.

— Ela conversava com a senhora, trocava confidências.

— Éramos como irmãs.

— Será que ela teria lhe contado se estivesse com problemas de algum tipo? Ou se alguém próximo a ela estivesse com problemas?

— Penso que sim. Ia lidar com aquilo por conta própria, a princípio, ou pelo menos tentaria. — Seus olhos ficaram cheios d'água, mas as lágrimas não caíram. — Mais cedo ou mais tarde, porém, acabaria se abrindo comigo.

Se tivesse tempo para isso, pensou Eve.

— A senhora consegue se lembrar de alguma coisa que estivesse preocupando a sua amiga?

— Nada importante. O casamento da filha; ficar mais velha. Costumávamos brincar a respeito de ela estar próxima de se transformar em avó. Não — continuou Anna com uma risada, ao reconhecer o olhar de Eve —, Mirina não está grávida, embora isso fosse trazer alegria à sua mãe. Cicely estava sempre preocupada também com David: será que ele vai se estabilizar? Será que ele está feliz?

— E ele está?

Outra nuvem se formou em seus olhos antes que ela os baixasse.

— David é muito parecido com o pai, tenente. Gosta de se meter em esquemas comerciais e políticos. Viaja muito a negócios, sempre procurando novos mercados, novas oportunidades. Não há dúvida de que é ele que vai assumir a empresa, se, e quando, Marco resolver passar o timão.

Hesitou um pouco, como se estivesse a ponto de acrescentar alguma coisa, mas então, sutilmente, mudou de assunto.

— Mirina, por outro lado, prefere morar sempre no mesmo local. Administra uma butique em Roma. Foi onde ela conheceu Randall. Ele é um estilista. A loja dela, agora, só trabalha com a linha dele. Randall é muito talentoso. Esta roupa foi feita por ele, — completou, indicando o vestido esbelto que estava usando.

— É lindo. Então, até onde a senhora sabe, a promotora Towers não tinha motivos para se preocupar com os filhos. Não há nada que a fizesse se sentir na obrigação de consertar ou acobertar?

— Acobertar? Não, claro que não! Os filhos são pessoas brilhantes e bem-sucedidas.

— E o ex-marido? Está com dificuldades financeiras?

— Marco? Está? — Anna colocou a idéia de lado. — Estou certa de que ele vai fazer com que tudo se arranje. Jamais compartilhei o interesse de Cicely pelos negócios.

— Então ela estava envolvida em negócios. Diretamente?

— Claro. Cicely insistia em saber exatamente o que estava acontecendo, e queria ter voz ativa. Jamais entendi como é que ela podia manter tantas coisas na cabeça. Se Marco estivesse em dificuldades ela saberia, e provavelmente ia sugerir meia dúzia de idéias para ajustar as coisas. Era simplesmente brilhante. — Quando a voz falhou, Anna levou a mão aos lábios, pressionando-os.

— Sinto muito, senhora Whitney.

— Não, está tudo bem. Já estou melhor. Ficar com as crianças aqui ajudou muito. Sinto que posso apoiá-la estando com eles aqui. Não posso fazer o que a senhorita faz, e sair em busca do assassino, mas posso apoiá-la ficando com as crianças.

— Eles têm muita sorte por terem alguém como a senhora — murmurou Eve, surpresa consigo mesma por se ouvir dizer isso com tanta sinceridade. Era estranho, pois Eve sempre considerara

Anna Whitney ligeiramente chata. — Senhora Whitney, poderia me falar a respeito do relacionamento entre a promotora Towers e George Hammett?

Anna adotou uma postura impassível.

— Eles eram bons amigos, muito chegados.

— O senhor Hammett me afirmou que eles eram amantes.

Anna bufou baixinho. Era uma mulher tradicional, e não tinha vergonha disso.

— Muito bem, tenente, é verdade. Mas ele não era o homem certo para Cicely.

— Por quê?

— George quer as coisas sempre ao jeito dele. Eu gosto de George, e ele era uma ótima companhia para Cicely. Mas uma mulher não pode ser completamente feliz quando volta para um apartamento vazio na maior parte das noites para dormir em uma cama também vazia. Ela precisava de um companheiro. George queria ter as duas coisas, e Cicely se iludia, achando que também queria isso.

— E ela não queria.

— Não devia querer. — Anna estalou a língua, obviamente por estar entrando em uma antiga discussão. — Trabalho não é o bastante, como eu me cansei de dizer para ela. Ela simplesmente não se sentia envolvida o bastante com George para arriscar.

— Arriscar?

— Estou falando de risco emocional — disse Anna, impaciente. — Vocês, policiais, levam tudo ao pé da letra. Cicely queria sua vida organizada, em vez da confusão de um relacionamento de tempo integral.

— Eu tive a impressão de que o senhor Hammett se ressentia disso, e que a amava muito.

— Se a amava, por que não forçou a situação? — quis saber Anna, e as lágrimas ameaçaram rolar. — Cicely não teria morrido sozinha, não é? Não estaria sozinha naquele momento.

* * *

Eve estava saindo do bairro sossegado e, por impulso, estacionou o carro junto do meio-fio, recostando-se no banco. Precisava pensar. Não a respeito de Roarke, assegurou a si mesma. Não havia nada a pensar. Já estava tudo resolvido.

Seguindo um palpite, conectou-se ao computador em sua sala e o colocou para pesquisar sobre David Angelini. Se ele era como o pai, talvez também tivesse feito alguns maus investimentos. Já que estava conectada, ordenou uma busca em Randall Slade e na butique em Roma.

Se não surgisse nada, ela daria uma olhada nos vôos da Europa para Nova York.

Droga, uma mulher que não tinha nada a temer não abandonava um apartamento seco e quentinho no meio da noite.

Teimosa, Eve refez todos os passos de cabeça. Enquanto pensava nisso, olhou em volta, para a vizinhança. Árvores antigas espalhavam suas sombras sobre jardins de cartão-postal e casas de um e dois andares construídas em centro de terreno.

Como será que alguém se sentia sendo criado em uma comunidade bonita e arrumada? Será que isto fazia a pessoa se sentir segura e confiante, da mesma forma que ser levada de um lugar imundo para outro, e de uma rua fedorenta para outra a tornariam tensa e sombria?

Talvez ali também houvesse pais que entrassem sorrateiramente no quarto das filhas à noite. Mas isto era difícil de acreditar. Os pais dali não fediam a bebida barata e suor, nem tinham dedos grossos que violavam carne inocente.

Eve se viu balançando para a frente e para trás no banco, e engoliu um soluço.

Ela não ia passar por aquilo. Não ia se lembrar. Não ia permitir que aquele rosto se formasse e se avolumasse no escuro, nem lembrar o gosto daquela mão grudada na sua boca para abafar os gritos.

Ela não faria isso. Era algo que acontecera com outra pessoa, uma garotinha cujo nome ela nem conseguia se lembrar. Se ela tentasse, se permitisse a si mesma se lembrar de tudo, ela se tornaria aquela criança indefesa novamente e perderia Eve.

Recostou a cabeça no banco e procurou se acalmar. Se não estivesse submersa em autopiedade, teria notado a mulher que quebrou a janela lateral da casa de um só pavimento, no outro lado da rua, antes mesmo de o primeiro caco cair no chão.

Diante daquilo, Eve olhou de cara feia e se perguntou por que parara justamente naquele lugar. Ficou pensando se ia mesmo querer o aborrecimento de encarar a papelada por atuar fora de sua jurisdição.

Então, pensou na boa família que chegaria em casa, mais tarde, para verificar que suas coisas tinham sido roubadas.

Soltando um suspiro longo e sentido, saiu do carro.

A mulher já estava com metade do corpo do lado de dentro quando Eve a alcançou. O painel da segurança tinha sido desativado por um misturador de sinais barato, encontrado em qualquer loja de eletrônicos. Balançando a cabeça enquanto pensava na ingenuidade das pessoas em um bairro como aquele, Eve agarrou com força a ladra pelo traseiro, que já estava se remexendo para conseguir passar pela abertura.

— Esqueceu o seu código de entrada, dona?

A resposta que obteve foi um coice bem dado no ombro esquerdo, ao estilo de uma mula. Eve se considerou com sorte pelo chute não ter atingido seu rosto. Mesmo assim, perdeu o equilíbrio e acabou caindo em cima de alguns brotos de tulipas. A suspeita puxou o corpo, voando para trás como uma rolha de champanhe, e saiu correndo pelo gramado.

Se o ombro não estivesse doendo, Eve poderia até tê-la deixado escapar. Mas correu e alcançou sua presa com um vôo que acabou atirando as duas longe, esparramadas sobre um canteiro de amores-perfeitos amarelos.

— Tira as mãos de cima de mim, senão eu te mato! — disse a mulher.

Eve pensou rapidamente que aquela era uma possibilidade real. A mulher era uns dez quilos mais pesada do que ela. Para ter certeza de que isso não ia acontecer, deu-lhe uma cotovelada na traquéia e puxou o distintivo.

— Você está presa.

A mulher virou os olhos para cima, desgostosa.

— Que diabos uma policial da cidade está fazendo aqui? Não sabe onde fica Manhattan, sua idiota?

— Acho que estou meio perdida. — Eve continuou com o cotovelo no pescoço dela, colocando um pouco mais de pressão para sua própria satisfação, enquanto pegava o comunicador e requisitava a patrulha mais próxima.

Capítulo Seis

Na manhã seguinte, seu ombro estava latejando tão violentamente que parecia Mavis quando dançava a música final de seu show. Eve reconhecia que as horas extras que passara com Feeney, seguidas de uma noite agitada, rolando sozinha entre os lençóis, não ajudaram em nada. Não gostava de ingerir coisa alguma que fosse mais forte do que um analgésico simples, e tomou uma dose mínima antes de se vestir para ir à cerimônia fúnebre.

Ela e Feeney tinham topado com uma informação apetitosa. David Angelini fizera três retiradas vultosas de suas contas, nos seis meses anteriores, até atingir a considerável soma de um milhão, seiscentos e trinta e dois dólares americanos.

Isso representava mais de dois terços de sua poupança pessoal, e ele fizera as retiradas em fichas de crédito anônimas e dinheiro vivo.

Ainda estavam investigando Randall Slade e Mirina, mas até aquele momento os dois pareciam limpos. Apenas um casal jovem às vésperas do matrimônio.

Só Deus sabia como é que alguém poderia estar feliz à beira de um passo como aquele, pensou Eve enquanto tentava achar o blazer cinza.

Aquela droga de botão do paletó ainda estava faltando, notou enquanto o fechava. E então se lembrou de que o botão estava com Roarke, que o carregava para cima e para baixo como uma espécie de talismã. Ela estava vestindo aquele mesmo blazer da primeira vez em que eles tinham se encontrado, também em um funeral.

Apressadamente, passou o pente pelos cabelos e fugiu do apartamento e das lembranças.

A Catedral de Saint Patrick já estava transbordando de gente na hora em que ela chegou. Policiais com uniforme de gala tinham interditado três quarteirões da Quinta Avenida. Formavam uma espécie de guarda de honra, analisou Eve, em homenagem a uma advogada que todos os policiais da cidade respeitavam. Tanto o tráfego de rua quanto o aéreo tinham sido desviados da avenida normalmente engarrafada, e a mídia estava amontoada, formando um desfile movimentado do outro lado da larga avenida.

Depois que o terceiro policial a parou, Eve resolveu pregar o distintivo no paletó e continuou, sem outros obstáculos, até a antiga catedral e o som dos cânticos fúnebres.

Ela não ligava muito para igrejas. Elas a faziam se sentir culpada, por motivos que não fazia questão de explorar. O aroma de cera de velas e de incenso estava forte. Alguns rituais, pensou, enquanto entrava em um dos bancos laterais, eram tão imemoriais quanto a lua. Desistiu de qualquer esperança que pudesse acalentar em relação a falar diretamente com algum dos membros da família de Cicely Towers naquela manhã, e se acomodou para assistir ao show.

Os ritos católicos haviam voltado a ser celebrados em latim, em algum momento da década anterior. Eve imaginava que aquilo adicionava uma espécie de misticismo, e era um fator de unidade. A língua morta, para ela, certamente parecia apropriada para uma missa de falecimento.

A voz do padre ressoou, alcançando os locais mais elevados da estrutura, e as respostas da congregação ecoaram logo em seguida.

Calada e observando tudo, Eve olhava devagar pela multidão. Dignitários e políticos sentavam-se, com as cabeças baixas. Ela se posicionara próxima o bastante para conseguir olhar mais de perto a família. Quando Feeney chegou e se colocou ao lado dela, Eve inclinou a cabeça.

— Aquele é Marco Angelini — murmurou —, e aquela moça ao lado deve ser a filha.

— Acompanhada do noivo, à direita dela.

— Hum-humm. — Eve analisou o casal: jovem e atraente. A moça tinha constituição frágil, com cabelos dourados como os da mãe. O vestido preto sóbrio que usava descia a partir do pescoço alto, cobria os braços até os punhos e continuava até os tornozelos. Não usava véu, nem óculos escuros para esconder os olhos avermelhados e inchados. Pesar, puro e simples, em estado bruto, parecia rodeá-la.

Ao seu lado estava Randall Slade, alto, com o braço comprido amparando-a pelos ombros. Tinha um rosto marcante, quase primitivamente bonito, que Eve se lembrava bem da imagem que gerara na tela do seu computador: maxilar muito largo, nariz comprido, olhos contraídos. Parecia grande e rígido, mas o braço em volta da jovem repousava carinhosamente.

Do outro lado de Marco Angelini estava o seu filho. David estava ligeiramente afastado do pai. Aquele tipo de linguagem corporal indicava atrito. Olhava direto para a frente, com o rosto sem expressão. Era um pouco mais baixo do que o pai, e tão moreno quanto a irmã era loura. E estava só, pensou Eve. Muito só.

O banco da família estava completo com a presença de George Hammett.

No banco de trás estava o comandante, a esposa e o resto da família.

Eve sabia que Roarke estava lá. Já o tinha avistado rapidamente na ponta de um banco, ao lado de uma loura chorosa. Naquele momento, enquanto Eve arriscava uma nova olhada, viu que ele se inclinou na direção da mulher e murmurou algo em seu ouvido que a fez apoiar a cabeça no ombro dele.

Furiosa por causa da rápida fisgada de ciúme, Eve olhou novamente a multidão ao seu redor. Deu de cara com C. J. Morse.

— Como foi que aquele pequeno canalha conseguiu entrar?

Feeney, como bom católico, franziu a testa diante do uso de palavras rudes na igreja.

— Quem? — perguntou.

— Morse, na direção do ponteiro das oito horas.

Fazendo o olhar circular, Feeney avistou o repórter.

— Em uma multidão como esta, alguns dos mais escorregadios sempre conseguem furar a segurança.

Eve estava resolvendo se deveria arrastá-lo para fora, só pela satisfação de fazer isto. Decidiu, afinal, que um tumulto como aquele só serviria para dar a ele o tipo de atenção que buscava.

— Ah, ele que se dane!

Feeney fez um som agudo de quem acaba de levar um beliscão.

— Por Cristo, Dallas, você está dentro da Catedral de Saint Patrick!

— Já que Deus criou uma peste manhosa como Morse, agora tem de ouvir algumas reclamações.

— Mostre um pouco de respeito.

Eve olhou mais uma vez para Mirina, que naquele instante levava a mão até o rosto.

— Já mostrei muito respeito por aqui — murmurou. — Muito. — Dizendo isto, passou por trás de Feeney e saiu pela lateral, em direção à rua.

No instante em que ele conseguiu alcançá-la, ela estava acabando de dar algumas instruções a um dos policiais.

— Qual foi o problema, Eve?

— Precisava tomar um pouco de ar. — Igrejas, para ela, sempre pareciam ter o cheiro de pessoas agonizantes ou mortas. — E também queria dar uma dura naquele peste. — Sorrindo, se virou para Feeney. — Mandei os policiais à procura dele. Vão confiscar qualquer aparelho de comunicação que ele estiver carregando. Lei da privacidade.

— Você vai deixá-lo revoltado.

— Que bom. Ele também me deixa revoltada. — Soltou um longo suspiro, olhando para a mídia do outro lado da avenida. — Quero ser mico de circo se o público tem o direito de saber de tudo. Pelo menos aqueles repórteres lá estão jogando de acordo com as regras, e demonstrando um pouco daquele respeito pela família que você estava invocando há pouco.

— Estou vendo que você já encerrou aqui, por agora.

— Não há nada que eu possa fazer ficando aqui.

— Achei que você ia se sentar ao lado de Roarke.

— Não.

Feeney concordou com a cabeça e quase enfiou a mão no bolso em busca do saquinho de amêndoas, antes de se lembrar que não era o momento adequado.

— Foi aquilo, então, que a deixou injuriada, garota?

— Não sei do que você está falando. — Começou a andar sem nenhum destino em mente, então parou e se virou para trás. — Quem era aquela loura que estava agarrada nele?

— Não sei — e sugou o ar por entre os dentes—, mas era muito bonita. Quer que eu fique de olho nele, para você?

— Ah, cale a boca! — Enfiou as mãos nos bolsos. — A mulher do comandante me falou que haveria uma pequena cerimônia particular depois da igreja, na casa deles. Quanto tempo mais você acha que este espetáculo vai levar?

— No mínimo, mais uma hora.

— Então vou dar uma passada na Central de Polícia. Encontro você na casa do comandante daqui a duas horas.

— Você é quem manda.

Uma cerimônia pequena e particular queria dizer que havia pelo menos cem pessoas se acotovelando na elegante casa do comandante. Havia comida para consolar os vivos e bebidas para aliviar a dor dos enlutados. Anfitriã perfeita, Anna Whitney veio correndo assim que avistou Eve. Manteve a voz em tom baixo, com uma expressão cuidadosa no olhar.

— Tenente, é mesmo necessário que a senhorita faça isso aqui, e agora?

— Senhora Whitney, serei o mais discreta possível. Quanto mais cedo eu terminar a fase dos interrogatórios, mais depressa poderemos encontrar o assassino da promotora Towers.

— Seus filhos estão arrasados. A pobre Mirina mal consegue se manter em pé. Seria mais apropriado se a senhorita...

— Anna. — O comandante Whitney colocou a mão sobre o ombro de sua mulher. — Deixe que a tenente Dallas faça o seu trabalho.

Anna não disse nada, simplesmente se virou e saiu, tensa.

— Tenente, nós dissemos adeus a uma amiga muito querida hoje.

— Eu compreendo, comandante. Vou terminar aqui o mais rápido que puder.

— Seja cuidadosa com Mirina, Dallas. No momento ela está muito frágil.

— Sim, senhor. Talvez eu pudesse falar com ela primeiro, em particular.

— Vou providenciar isso.

Quando ele a deixou, Eve voltou até o saguão e se voltou na direção de Roarke.

— Tenente.

— Roarke — e olhou para o cálice de vinho que ele trazia na mão. — Estou de serviço.

— Eu sei. Este vinho não era para você.

Eve seguiu o olhar dele até a loura, que estava sentada em um canto.

— Certo. — De repente ela começou a se sentir como se estivesse morrendo de tanta inveja até a medula. — Você se movimenta bem depressa.

Antes que tivesse a chance de se retirar, ele colocou a mão sobre o braço dela. Sua voz, assim como seus olhos, estavam cuidadosamente neutros.

— Eve, Suzanna é uma amiga comum, minha e de Cicely. É também a viúva de um policial, morto no cumprimento do dever. Foi Cicely quem mandou o assassino do marido dela para a cadeia.

— Suzanna Kimball — reconheceu Eve, tentando conter o sentimento de vergonha. — O marido dela era um bom policial.

— Foi o que me informaram. — Com um leve traço de divertimento transparecendo em sua boca, Roarke deu uma olhada na roupa de Eve. — Eu tinha a esperança de que você tivesse colocado fogo neste blazer. Cinza não cai bem em você, tenente.

— Eu não vim aqui para desfilar. Agora, se você me der licença...

— Você podia dar uma olhada nos problemas de Randall Slade com o jogo — os dedos que seguravam seu braço o apertaram um pouco mais. — Ele deve elevadas somas de dinheiro a várias pessoas. Da mesma forma que David Angelini.

— Isso é verdade?

— Absoluta verdade. Eu sou uma dessas pessoas.

— E de repente você decidiu que eu poderia estar interessada. — Seu olhar endureceu.

— Estou apenas cuidando dos meus próprios interesses. Ele se enrolou em uma dívida impressionante em um dos meus cassinos em Las Vegas II. E há também a história de um pequeno escândalo, que aconteceu há alguns anos, envolvendo a roleta, uma ruiva e uma fatalidade, em um obscuro satélite-cassino localizado no Setor 38.

— Que escândalo?

— Você é a policial aqui — encerrou ele. — Descubra.

Deixou Eve para ir até a viúva do policial, e segurou a sua mão.

— Mirina já está à sua espera em meu escritório — murmurou Whitney no ouvido de Eve. — Prometi que você não vai segurá-la por muito tempo.

— Não, não vou. — Lutando para alisar os pêlos que Roarke havia acabado de encrespar dentro dela, Eve seguiu as largas costas do comandante através da sala.

Embora o escritório doméstico não fosse tão espartano quanto a sua sala na Central de Polícia, era óbvio que Whitney mantinha o gosto exuberante e feminino de sua mulher do lado de fora, ali, naquele espaço. As paredes eram pintadas de bege-claro, o tapete era um pouco mais escuro e as poltronas eram largas, em um prático tom castanho.

Sua mesa de trabalho e um balcão ficavam no centro do aposento. Em um canto, ao lado da janela, Mirina Angelini estava à espera, em seu longo vestido fechado, preto. Whitney foi até ela antes, conversou baixinho e apertou carinhosamente sua mão. Lançando um olhar de advertência para Eve, deixou-as a sós.

— Senhorita Angelini — começou Eve —, eu conhecia a sua mãe, trabalhei com ela e a admirava. Estou muito sentida com a sua perda.

— Todos estão — respondeu Mirina com uma voz tão frágil e pálida quanto seu rosto sem cor. Os olhos eram escuros, quase pretos, e estavam vidrados. — Com exceção da pessoa que a matou, imagino. Quero me desculpar por antecedência, tenente Dallas, para o caso de ser de pouca ajuda para as investigações. Não resisti à pressão e tive de me colocar sob o efeito de tranqüilizantes. Como todos poderão confirmar, estou absolutamente inconformada.

— A senhorita e sua mãe eram muito chegadas?

— Ela era a mulher mais maravilhosa que eu já conheci. Por que razão eu deveria estar calma e controlada depois de a ter perdido dessa forma?

Eve chegou mais perto e se sentou em uma das largas poltronas.

— Não posso imaginar nenhuma razão para a senhorita manter a calma.

— Meu pai quer uma demonstração pública de força e resistência. — Mirina virou o rosto para a janela. — Eu o estou decepcionando. As aparências são muito importantes para o meu pai.

— E a sua mãe, era importante para ele?

— Sim. Suas vidas pessoais e profissionais estavam entrelaçadas. O divórcio não mudou isso. Ele está sofrendo — e inspirou profundamente, de modo entrecortado. — Ele não vai deixar transparecer porque é muito orgulhoso, mas está sofrendo. Ele a amava. Todos nós a amávamos.

— Senhorita Angelini, conte-me a respeito do estado de espírito da sua mãe, sobre o que conversaram e de quem falaram na última vez em que tiveram contato.

— Na véspera de sua morte, estivemos no *tele-link* por uma hora, talvez mais. Planos para o casamento. — As lágrimas surgiram e transbordaram sobre as faces pálidas. — Nós duas estávamos cheias de planos para a cerimônia. Eu lhe enviara algumas transmissões com modelos de vestidos: vestidos de noiva e conjuntos para mães de noivas. Randall estava criando os figurinos. Conversamos a respeito de roupas. Não parece fútil, tenente, que a última conversa que eu tive com a minha mãe tenha sido sobre moda?

— Não, não me parece fútil. Parece amigável. Amoroso.

— Acha mesmo? — Mirina pressionou os dedos sobre os lábios.

— Sim, acho.

— Sobre o que conversa com sua mãe, tenente?

— Não tenho mãe. Nunca tive.

— Isso é estranho. — Mirina piscou, e então focou o olhar em Eve de novo. — Como se sente a respeito disso?

— Eu... — Não havia modo de descrever algo que simplesmente estava ali. — Você não conseguiria compreender, senhorita Angelini — respondeu Eve com delicadeza. — Quando estava conversando com sua mãe, ela mencionou alguma coisa, ou alguém, que a estivesse preocupando?

— Não. Se está pensando a respeito do trabalho dela, minha mãe raramente conversava sobre isso. Eu não tinha muito interesse pelas leis. Ela estava feliz, empolgada por eu estar chegando para passar alguns dias. Rimos muito. Sei que ela tinha esta imagem, a sua imagem profissional, mas comigo, com a família, ela era... Mais terna, mais solta. Eu brinquei com ela a respeito de George. Disse que, já que Randy estava confeccionando meu vestido de noiva, podia aproveitar para preparar o dela também.

— E qual foi a reação dela?

— Simplesmente rimos com a idéia. Mamãe gostava muito de rir — disse, com ar um pouco sonhador, agora que o tranqüilizante estava começando a fazer efeito. — Ela me disse que estava se divertindo muito fazendo o papel de mãe da noiva, e que não queria estragar isto com as dores-de-cabeça de ser ela própria uma noiva. Gostava muito de George, e acho que eles ficavam bem juntos. Só que eu não acredito que ela o amasse.

— Não?

— Bem, não. — Havia um leve sorriso em seus lábios, e um brilho vitrificado nos olhos. — Quando você ama alguém, quer ficar o tempo todo com essa pessoa, não é? Quer ser parte da sua vida, e quer que ela seja parte da sua. Minha mãe não estava à procura disso com George. Nem com ninguém.

— E o senhor Hammett, estava à procura disso com ela?

— Não sei. Se ele estava, parecia feliz o bastante para deixar o relacionamento rolar. Eu me sinto rolando também neste instante — murmurou. — É como se eu simplesmente não estivesse aqui.

Como precisava que Mirina permanecesse alerta por mais algum tempo, Eve se levantou para pegar água sobre o console. Trazendo o copo de volta, colocou-o nas mãos da moça.

— Esse relacionamento causava algum problema entre ele e seu pai? Ou entre o seu pai e a sua mãe?

— Era... esquisito, mas não desconfortável. — Mirina sorriu novamente. Estava sonolenta naquele momento, tão relaxada que poderia cruzar os braços sobre o peitoril da janela e se deixar ficar ali. — Isso parece contraditório. Para compreender, a senhorita teria de conhecer o meu pai. Ele se recusaria a deixar que isso o aborrecesse, ou no mínimo não permitiria que isso o afetasse. Ele ainda mantém um relacionamento amigável com George.

Piscou os olhos ao olhar para o copo em sua mão, como se só naquele instante tivesse percebido que o estava segurando, e tomou um gole com delicadeza.

— Não sei o que meu pai sentiria se eles tivessem resolvido se casar, mas, bem, isso não vem ao caso agora.

— Está envolvida com os negócios do seu pai, senhorita Angelini?

— Na área de moda. Faço todas as compras para as lojas de Roma e Milão, dou a última palavra sobre o que vai ser exportado para nossas lojas de Paris e Nova York, e assim por diante. Viajo um pouco para ir a feiras de moda e desfiles, embora não ligue muito para viagens. Odeio sair do planeta. A senhorita gosta?

— Eu jamais viajei para fora do planeta. — Eve percebeu que a estava perdendo.

— Ai, é horrendo! Randy gosta. Diz que é uma aventura. Mas sobre o que eu estava falando mesmo? — passou a mão pelos lindos cabelos dourados e Eve pegou o copo antes que ela o deixasse cair no chão. — Ah, sobre as compras! Adoro comprar as roupas para as lojas. Os outros aspectos do negócio nunca me interessaram.

— Seus pais e o senhor Hammett eram todos sócios de uma empresa chamada Mercury.

— Claro. Usamos exclusivamente a Mercury para nossas necessidades de envio de mercadorias. — As pálpebras começaram a cair. — É rápida e confiável.

— Não havia nenhum problema que a senhorita tenha conhecimento neste ou em algum outro negócio da sua família?

— Não, nenhum.

Era o momento de tentar uma tática diferente.

— Sua mãe tinha conhecimento das dívidas de jogo de Randall Slade, o seu noivo?

Pela primeira vez, Mirina exibiu um lampejo de vida, e um brilho de raiva surgiu em seus olhos apáticos. Era como se ela de repente tivesse acordado.

— As dívidas de Randall não diziam respeito à minha mãe, apenas a ele e a mim. Estamos lidando com elas.

— Você não contou à sua mãe?

— Não havia motivos para deixá-la preocupada por algo que já estava sendo solucionado. Randall tem um problema com jogo, mas já procurou ajuda. Não joga mais a dinheiro.

— E as dívidas são muito altas?

— Elas estão sendo pagas — disse Mirina secamente. — Já fizemos acordos para quitá-las.

— Sua mãe era uma mulher rica, por mérito próprio. A senhorita vai herdar uma larga porção dos seus bens.

Os tranqüilizantes, ou então o pesar, afetaram a sagacidade de Mirina. Ela pareceu não ter percebido as implicações do que ouvira.

— Sim, vou herdar, mas não vou ter a minha mãe comigo, não é? No momento em que eu me casar com Randall, ela não vai estar lá. Não vai estar lá — repetiu, e começou a chorar baixinho.

David Angelini não era frágil. Suas emoções se apresentavam sob a forma de impaciência rígida, com influências sutis de raiva reprimida. Para todos os efeitos, ali estava um homem que se sentia insultado diante da simples idéia de conversar com uma policial.

Quando Eve se sentou diante dele no escritório de Whitney, David respondeu às perguntas laconicamente, em um tom de voz curto e elaborado.

— Obviamente, foi algum dos maníacos que ela mandou para a cadeia que fez isso com ela — declarou. — Seu trabalho a deixava próxima demais da violência.

— O senhor fazia objeções ao trabalho dela?

— Não conseguia compreender por que ela o amava tanto. Ou por que precisava dele. — Levantou o copo que trouxera consigo e tomou um gole. — Mas o fato é que o fazia e, no fim, foi isso que a matou.

— Quando a viu pela última vez?

— No dia 18 de março. Meu aniversário.

— Teve algum contato com ela depois desse dia?

— Falei com ela mais ou menos uma semana antes de ela morrer. Foi uma ligação comum, de família. Nunca passávamos mais de uma semana sem nos falarmos.

— Como descreveria o seu estado de espírito nesse dia?

— Obcecada... com o casamento de Mirina. Minha mãe jamais fazia as coisas pela metade. Estava planejando este casamento da mesma forma que planejava um dos seus casos criminais. Achava que isso poderia me influenciar.

— O que poderia influenciá-lo?

— A febre do casamento. Minha mãe era uma mulher romântica debaixo da armadura de promotora. Tinha esperança de que eu conseguisse o par certo e constituísse família. Eu lhe disse que ia deixar esse encargo para Mirina e Randy, e continuaria casado com os negócios por mais algum tempo.

— O senhor tem envolvimento ativo com a Angelini Exportações. Deve estar a par dos problemas financeiros.

— São pedrinhas, tenente. — Seu rosto se fechou. — Pequenos solavancos da estrada. Nada mais.

— Minhas informações mostram que existem problemas mais sérios do que pedrinhas e solavancos.

— A Angelini Exportações é uma empresa sólida. Estamos apenas com uma necessidade de reorganização, um pouco de diversificação, o que já está sendo feito. — Abanou a mão com dedos elegantes que reluziam com o ouro. — Algumas pessoas importantes da companhia cometeram alguns erros infelizes, e que podem ser corrigidos. E isto não tem nada a ver com o caso de minha mãe.

— Minha função é explorar todos os ângulos, senhor Angelini. Os bens da sua mãe somam um valor substancial. Seu pai vai receber muitos bens e propriedades, e o senhor também.

— A senhorita está falando da minha mãe. — David ficou em pé. — Se está suspeitando que alguém em minha família poderia fazer algum mal a ela, então o comandante Whitney cometeu um monstruoso erro de julgamento ao colocá-la como responsável pelas investigações.

— O senhor tem todo o direito a uma opinião própria. Costuma jogar a dinheiro, senhor Angelini?

— Em que isso é da sua conta?

Já que ele ia ficar em pé, Eve se levantou para encará-lo.

— É uma pergunta simples.

— Sim — respondeu ele. — Eu jogo, ocasionalmente, como inúmeras outras pessoas. Acho uma atividade relaxante.

— Quanto o senhor deve?

Os dedos dele apertaram o copo.

— Acho que, ao chegarmos a esse ponto, minha mãe teria me aconselhado a não falar mais nada até consultar um advogado.

— Isso, certamente, é um direito seu. Não o estou acusando de nada, senhor Angelini. Sei perfeitamente que o senhor estava em Paris na noite em que sua mãe foi morta. — Da mesma forma que sabia que havia aeronaves cruzando o Atlântico de hora em hora. — É minha função montar um quadro claro, limpo e completo. O senhor não tem nenhuma obrigação de responder a esta pergunta. Mas eu posso, com muita facilidade, ter acesso a essa informação.

Os músculos do rosto dele se contraíram por um momento.

— Eu devo oitocentos mil dólares, um pouco mais ou um pouco menos.

— Está sem condições de saldar a dívida?

— Não fujo do pagamento de minhas apostas, tenente Dallas, e também não sou um mendigo — disse ele com rispidez. — A dívida pode e será paga em breve.

— Sua mãe estava a par dessa situação?

— Também não sou uma criança, tenente, que tem de correr para pedir socorro à mãe sempre que rala o joelho.

— O senhor e Randall Slade jogavam juntos?

— Jogávamos. Minha irmã não gostava disso, então Randy desistiu do *hobby*.

— Não antes de fazer dívidas próprias.

— Não saberia informar a respeito disso. — Seus olhos, muito parecidos com os do pai, se tornaram gélidos. — E também não discutiria os negócios dele com a senhorita.

Ah, discutiria, discutiria sim, pensou Eve, mas deixou a coisa passar, por ora.

— E a respeito do problema que aconteceu no Setor 38, alguns anos atrás? O senhor estava lá?

— Setor 38? — Ele pareceu convincentemente alheio ao assunto.

— Trata-se de um satélite-cassino.

— Vou com freqüência a Las Vegas II, para um rápido fim de semana, mas não me recordo de ter alguma vez freqüentado algum cassino nesse quadrante. E não sei a que problema a senhorita está se referindo.

— O senhor aposta na roleta?

— Não, é um jogo para tolos. Randy é que gosta de roleta. Eu prefiro vinte-e-um.

Randall Slade não tinha o aspecto de um tolo. Para Eve, ele pareceu um homem capaz de tirar qualquer pessoa do caminho sem diminuir o passo. Também não tinha a imagem que ela fazia de um estilista. Vestia com simplicidade um terno preto que não estava enfeitado com os botões forrados e tranças em estilo militar tão na moda. Suas mãos largas pareciam mais as de um trabalhador do que as de um artista.

— Espero que a senhorita seja breve — disse ele no tom de voz de alguém acostumado a dar ordens. — Mirina está no andar de cima, descansando um pouco. Não quero ficar longe dela por muito tempo.

— Então serei breve. — Eve não reclamou quando ele pegou um pequeno estojo de ouro com dez cigarros longos, pretos. Tecnicamente, poderia, mas esperou até que ele o acendesse. Como era seu relacionamento com a promotora Towers?

— Amigável. Ela estava para se tornar minha sogra. Dividíamos um profundo amor por Mirina.

— Ela aprovava o senhor.

— Não tenho motivos para acreditar no contrário.

— Sua carreira se beneficiou muito graças à sua associação com a Angelini Exportações.

— É verdade. — Soltou uma nuvem de fumaça que tinha um leve aroma de limão e menta. — Gosto de pensar que os Angelini também se beneficiaram muito graças à sua associação comigo. — Neste ponto, inspecionou o blazer cinza de Eve. — O feitio de sua roupa e esta cor são incrivelmente desfavoráveis à sua figura. A senhorita deveria dar uma olhada na minha coleção de pronta entrega aqui em Nova York.

— Vou me lembrar disso, obrigada.

— Detesto ver mulheres atraentes usando roupas feias. — Sorriu e surpreendeu Eve com um cintilar de charme. — A senhorita deveria usar cores arrojadas, cortes mais insinuantes. Uma roupa assim cairia muito melhor em uma mulher com as suas formas.

— Já me disseram — murmurou, pensando em Roarke. — O senhor está de casamento marcado com uma mulher muito rica.

— Estou de casamento marcado com uma mulher que amo muito.

— É uma feliz coincidência que ela seja rica.

— É.

— E dinheiro é uma coisa da qual o senhor precisa muito.

— E não precisamos todos nós? — Estava tranqüilo, sem se ofender, e novamente com um ar divertido.

— O senhor tem dívidas, senhor Slade. Dívidas altas, importantes, e em uma área que pode trazer muitos problemas com o processo de cobrança.

— É verdade. — Deu uma tragada no cigarro, mais uma vez. — Sou viciado em jogo, tenente. Mas estou me recuperando. Com a ajuda e o apoio de Mirina, já estou em tratamento. Não fiz uma aposta sequer nos últimos dois meses e cinco dias.

— Roleta, não era?

— Infelizmente.

— E quanto o senhor deve em números redondos?

— Quinhentos mil dólares.

— E qual o montante da herança de sua noiva?

— Provavelmente o triplo desse valor, em números redondos. Mais, se considerarmos as ações e os bens que não seriam convertidos em fichas de crédito ou dinheiro vivo. Matar a mãe de minha noiva certamente teria sido uma saída para resolver meus problemas financeiros — e apagou a ponta do cigarro, com ar pensativo. — Por outro lado, o contrato que acabei de assinar para a minha coleção de outono também serve como saída. Dinheiro não é tão importante para mim, a ponto de matar para consegui-lo.

— E o jogo, era importante o bastante para isso?

— O jogo, para mim, era como uma mulher maravilhosa. Desejável, excitante, caprichosa. Tive de fazer uma escolha entre essa rival e Mirina. Não há nada no mundo que eu não fizesse para ficar com Mirina.

— Nada?

Ele compreendeu, e inclinou a cabeça, respondendo:

— Nada mesmo.

— Ela sabe a respeito do escândalo que aconteceu no Setor 38?

Sua expressão ligeiramente presunçosa e com ar divertido desapareceu e ele ficou pálido.

— Isso foi há quase dez anos. Não tem nada a ver com Mirina. Nada a ver com coisa alguma.

— O senhor não contou a ela.

— Eu ainda não a conhecia. Era jovem, tolo, e paguei pelo meu erro.

— Por que não explica para mim, então, senhor Slade, como foi que veio a cometer tal erro?

— Aquilo não tem nada a ver com este caso.

— Satisfaça a minha curiosidade.

— Droga, foi uma única noite em toda a minha vida. Uma noite. Tinha bebido demais, e fui burro o bastante para misturar bebida com drogas químicas. A mulher se matou. Ficou provado que a *overdose* foi auto-aplicada.

Interessante, pensou Eve.

— Mas o senhor estava lá — provocou.

— Estava em estado alterado. Perdi mais dinheiro do que podia me permitir na roleta, e fizemos uma cena em público, nós dois. Como lhe disse, eu era muito novo. Joguei a culpa pela minha má sorte em cima dela. Talvez a tenha até ameaçado. Não me lembro. Sim, nós brigamos em público, ela bateu em mim e eu bati nela, de volta. Não me orgulho disso. Depois, do resto eu não me lembro.

— Não se lembra, senhor Slade?

— Conforme o meu depoimento, a única coisa de que me lembro depois daquilo foi o momento em que acordei, em um quartinho imundo. Estávamos na cama, nus. E ela estava morta. Eu ainda estava zonzo. Os guardas da segurança entraram. Devo tê-los chamado. Eles tiraram fotos. Asseguraram-me que as fotos foram destruídas depois que o caso foi encerrado e eu fui inocentado. Eu mal conhecia a mulher — continuou, agora mais perturbado. — Eu a tinha apanhado em um bar, ou imagino que sim. Meu advogado descobriu que ela era uma acompanhante profissional, sem licença, que trabalhava nos cassinos.

Fechou os olhos e terminou:

— Acha que quero que Mirina descubra que eu fui, ainda que por pouco tempo, acusado de matar uma prostituta ilegal?

— Não — disse Eve baixinho. Imagino que não queira. E como o senhor mesmo disse, senhor Slade, não há nada no mundo que não fizesse para ficar com ela. Nada mesmo.

George Hammett estava aguardando por ela no momento em que Eve saiu do escritório do comandante. Seu rosto estava ainda mais encovado, e sua pele mais acinzentada.

— Eu gostaria de trocar umas palavrinhas, tenente... Eve.

Ela fez um gesto indicando a porta atrás de si e o deixou entrar discretamente no escritório, antes dela. Então, fechou a porta, deixando os murmúrios de conversa do lado de fora.

— Este é um dia muito difícil para você, George.

— Sim, muito difícil. Eu queria perguntar, precisava saber... Há mais alguma coisa? Algo novo?

— A investigação está avançando. Não há nada de novo que eu possa lhe contar que você já não tenha ouvido pelos noticiários.

— Tem de haver mais. — Sua voz se elevou antes que pudesse controlá-la. — Alguma coisa a mais.

Eve sentia pena dele, mesmo sabendo que havia suspeita.

— Tudo o que poderia ser feito está sendo feito.

— Você já interrogou Marco, seus filhos, até mesmo Randy. Se há algo que eles sabiam, alguma coisa que possam ter dito e que vai servir de ajuda, eu tenho o direito de saber.

Nervos?, refletiu ela. *Ou pesar?*

— Não — disse baixinho. — Você não tem esse direito. Não posso lhe fornecer nenhuma informação que tenha sido conseguida durante um interrogatório, ou através dos procedimentos da investigação.

— Estamos falando da mulher que eu amava! — explodiu ele, com o rosto pálido se tornando vermelho-escuro. — Nós poderíamos estar casados.

— Você estava planejando se casar, George?

— Nós conversávamos a respeito — e passou a mão sobre o rosto, uma mão que tremia levemente. — Conversávamos a respeito — repetiu, e a cor tornou a desaparecer de sua pele. — Havia sempre um novo caso, ou um resumo para preparar. Devia haver tempo suficiente.

Com as mãos tensas, os punhos cerrados, ele se virou para o outro lado.

— Desculpe-me por ter gritado com você, Eve. Estou fora do meu normal.

— Está tudo bem, George. Eu sinto muito.

— Ela se foi — disse ele bem baixo, de modo entrecortado. — Ela se foi.

Não havia nada que Eve pudesse fazer a não ser dar-lhe um pouco de privacidade. Fechou a porta atrás de si e então esfregou a mão na nuca, onde a tensão parecia ter-se alojado.

Na saída, fez um sinal para Feeney.

— Preciso que você desenterre uma história para mim — disse enquanto caminhavam para fora da casa. — Um caso antigo, tem mais ou menos dez anos. Aconteceu em um daqueles inferninhos para jogo no Setor 38.

— O que você já tem a respeito, Dallas?

— Sexo, escândalo e provável suicídio. Acidental.

— Caramba! — exclamou Feeney com tom de pesar. — E eu estava planejando assistir um jogo no telão lá de casa hoje à noite.

— Isso deve ser tão divertido quanto o jogo. — Ficou olhando Roarke, que estava abrindo a porta do seu carro para a loura entrar. Hesitou, mas acabou mudando de direção e foi até ele. — Obrigada pela dica, Roarke.

— Estou às suas ordens, tenente. Até logo, Feeney — acrescentou com um aceno rápido de cabeça antes de entrar no carro.

— Ei — disse Feeney assim que o carro se afastou. — Ele está realmente pau da vida com você.

— Pois me pareceu que ele estava ótimo — resmungou Eve, escancarando a porta do carro com força.

Feeney deu uma gargalhada de deboche.

— Tremenda detetive, você é, hein, colega?

— Vá desenterrar aquele caso, Feeney. Randall Slade é o acusado.

Bateu a porta do carro e fez cara de emburrada.

Capítulo Sete

Feeney sabia que Eve não ia gostar dos dados que desencavara. Antevendo a sua reação, e sendo esperto como era, enviou-os pelo computador em vez de entregar a ela pessoalmente.

— Já estou com os resultados do incidente com Slade — disse ele assim que seu rosto cansado apareceu no monitor dela. — Estou enviando. Eu, hã... vou ficar por aqui, durante mais algum tempo. Só eliminei uns vinte por cento da lista dos condenados pela promotora Towers. Está indo devagar.

— Tente acelerar isso, Feeney. Temos de estreitar a faixa de suspeitos.

— Certo. Estou pronto para transmitir. — Seu rosto sumiu. Em seu lugar surgiu o relatório policial sobre o Setor 38.

Eve franziu o cenho enquanto os dados rolavam na tela. Havia pouco mais do que aquilo que Randall já contara. Morte suspeita, *overdose*. O nome da vítima era Carolle Lee, de vinte e quatro anos, nascida na colônia de Nova Chicago, desempregada. A imagem mostrava uma mulher jovem de cabelos pretos que descendia de raças misturadas, com olhos exóticos e pele em um tom escuro de café. Randall estava pálido, com os olhos vidrados, em sua foto da ficha policial.

Eve pesquisou tudo com atenção, buscando algum detalhe que Randall pudesse ter deixado de relatar. Do jeito que estava, já era ruim o bastante, refletiu Eve. As acusações de homicídio haviam sido retiradas, mas ele respondeu a um processo por utilização dos serviços de uma acompanhante não legalizada, posse de drogas químicas ilegais e contribuição para a ocorrência de uma fatalidade.

Ele teve muita sorte, decidiu Eve, pelo fato de o incidente ter acontecido em um setor tão obscuro, e em um buraco afastado que não atraía muita atenção. Só que se alguém, qualquer pessoa, tivesse descoberto os detalhes, tivesse ameaçado de levar tudo ao conhecimento de sua linda e frágil noiva, isso faria um tremendo estrago.

Será que Cicely Towers descobrira tudo?, refletiu Eve. Esta era a grande pergunta. E se isto aconteceu, como será que ela teria encarado a história? A promotora teria analisado os fatos, ponderado e dispensado o assunto como coisa já resolvida.

Mas e a mãe? Será que a mãe amorosa que batia papo com a filha por mais de uma hora a respeito de moda, a mãe devotada que arranjava tempo para ajudar a planejar a festa de casamento perfeita, teria aceitado o escândalo como parte das loucuras de mocidade de um homem tolo? Ou teria se colocado como uma barricada entre o homem agora mais velho, menos tolo e tudo o que ele mais queria?

Eve franziu o cenho e continuou a analisar o documento. Então, parou de repente quando o nome de Roarke pulou da tela sobre ela.

— Mas que filho da mãe! — balbuciou, dando um soco na mesa. — Filho da mãe!

Em menos de quinze minutos já estava atravessando o piso de lajotões vitrificados do saguão do prédio de Roarke, no Centro da cidade. Seu maxilar estava rígido quando ela digitou o código e espalmou a mão sobre a placa identificadora do seu elevador privativo. Ela nem se dera ao trabalho de ligar para ele e deixou a fúria de sua integridade subir por dentro dela, junto com o elevador, até o último andar.

A recepcionista que ficava na elegante parte externa do escritório esboçou um sorriso de saudação. Um olhar para Eve, no entanto, e ela piscou.

— Tenente Dallas.

— Diga a ele que eu estou aqui, e quero vê-lo neste instante, aqui mesmo, ou lá na Central de Polícia.

— Mas ele... ele está em uma reunião.

— Agora!

— Vou chamá-lo. — Girou a cadeira e apertou o botão do comunicador privado. Murmurou a mensagem e pediu desculpas, enquanto Eve continuava em pé na frente dela, fumegando.

— Se quiser aguardar por um instante dentro do escritório, tenente... — a recepcionista falou e se levantou.

— Eu conheço o caminho — falou Eve de modo brusco e já caminhando pelo tapete felpudo, através das portas altas, e entrando no santuário de Roarke em Nova York.

Houve um tempo em que ela teria se servido de uma xícara de café ou circulado pela sala, admirando a vista do alto dos cento e cinqüenta andares. Naquele dia, porém, permaneceu parada, em pé, com cada nervo tremendo de raiva. E por baixo de tudo um pouco de medo.

O painel da parede leste deslizou para o lado silenciosamente e ele entrou. Ainda estava usando o terno escuro que escolhera para ir à cerimônia fúnebre. Quando o painel atrás dele voltou a se fechar, apalpou o botão que estava em seu bolso e pertencia ao velho blazer de Eve.

— Você foi rápida — disse ele, descontraído. — Pensei que fosse conseguir terminar a minha reunião com os diretores antes de você aparecer.

— Você acha que é esperto — respondeu ela — entregando o suficiente para eu começar a cavar. Droga, Roarke, você está bem no meio disso!

— Estou? — Sem parecer preocupado, foi até uma poltrona, sentou-se e esticou as pernas. — Como assim, tenente?

— Você era o dono do maldito cassino onde Slade estava jogando. Você era o dono do hotel pulguento onde a mulher morreu. Você tinha uma prostituta não legalizada trabalhando em seu inferninho.

— Prostitutas não legalizadas no Setor 38? — e sorriu ligeiramente. — Ora, estou chocado!

— Não se faça de engraçadinho comigo. Você tem ligação com esse caso. A Mercury já era ruim o bastante, mas isso ainda é mais grave. Suas declarações estão registradas.

— Naturalmente.

— Por que você está tornando tão difícil manter o seu nome fora disso?

— Não estou preocupado em tornar nada mais fácil ou mais difícil para você, tenente.

— Muito bem, então. Ótimo. — Se ele conseguia se manter frio, ela também podia conseguir. — Então, vamos logo tirar as perguntas e respostas do caminho para seguir em frente! Você conhecia Slade.

— Na verdade, não. Não pessoalmente. Para falar a verdade, tinha me esquecido por completo desse caso, e dele, até fazer uma pesquisa por conta própria. Quer um pouco de café?

— Você se esqueceu que esteve envolvido em uma investigação de assassinato?

— Sim. — Vagarosamente, uniu as duas mãos para cima. — Aquele não foi o meu primeiro contato com a polícia, e pelo jeito não vai ser o último. Analisando a situação de longe, tenente, o fato é que nada daquilo me dizia respeito.

— Não lhe dizia respeito — repetiu ela. — Você expulsou Slade do cassino.

— Acredito que o gerente do cassino tenha cuidado disso.

— Você estava lá.

— Sim, estava lá, pelo menos nas dependências do cassino, em algum lugar. Clientes insatisfeitos, freqüentemente, causam tumultos. Não dei muita importância ao assunto na época.

Eve respirou fundo.

— Se aquilo significou tão pouco, e todo o ocorrido escapou da sua lembrança, por que motivo você vendeu o cassino, o hotel e tudo o mais que você possuía no Setor 38, menos de quarenta e oito horas depois do assassinato de Cicely Towers?

Roarke permaneceu calado por um momento, com os olhos grudados nela.

— Por motivos pessoais — respondeu por fim.

— Roarke, conte-me as razões para que eu possa colocar de lado todas as suas conexões com o caso. Eu sei que a venda não teve nada a ver com o assassinato de Towers, mas isto é muito vago. "Por motivos pessoais" não é motivo suficiente.

— Para mim foi naquele dia. Diga-me, tenente, está achando que eu resolvi chantagear Cicely por causa da leviandade dos tempos de juventude do futuro genro dela, mandei algum capanga atraí-la até West End para, já que ela não cooperou, cortar-lhe a garganta?

Ela queria odiá-lo por colocá-la em uma posição em que teria de responder.

— Já lhe disse, Roarke, que eu acho que você não teve nada a ver com a morte dela, e estou sendo sincera. Só que você me colocou um novo cenário sobre o qual vamos ter de trabalhar. Uma situação que vai me tomar tempo e força de trabalho para investigar, tempo esse que poderia estar sendo usado para encontrar o assassino.

— Droga, Eve — disse, baixinho, e com tanta calma que a garganta dela chegou a queimar.

— O que quer de mim, Roarke? Você me falou que ia ajudar, que eu poderia usar os seus contatos. Agora, por estar pau da vida com alguma coisa, está me bloqueando.

— Mudei de idéia. — Seu tom de voz era o de quem está dispensando alguma coisa, e ele se levantou e foi para trás da mesa. — A respeito de várias coisas — acrescentou, voltando-se para ela com um olhar que penetrou como uma faca em seu coração.

— Se pelo menos você me contasse por que vendeu tudo tão depressa! A coincidência disso não pode ser ignorada.

Ele considerou por um momento a sua decisão de reorganizar alguns dos seus negócios um pouco menos legais e se livrar daqueles outros que não dava para limpar.

— Não — murmurou ele —, acho que não posso contar.

— Por que está me colocando nesta posição? — ela quis saber. — É algum tipo de punição?

— Se quiser ver deste modo... — Sentando-se, ele se recostou na cadeira e uniu os dedos.

— Você vai acabar sendo arrastado para dentro desse caso, exatamente como da outra vez. Não há necessidade disso. — Vencida pela frustração, ela espalmou as mãos sobre a mesa. — Não consegue enxergar isso?

Ele olhou para o rosto dela, seus olhos sombrios e preocupados, o cabelo ridiculamente picotado.

— Eu sei o que estou fazendo — e esperava que soubesse mesmo.

— Roarke, não compreende que não é o suficiente saber que você não teve nada a ver com o crime? Agora, eu vou ter de provar isso.

Ele queria tocá-la, queria tanto que seus dedos chegavam a doer. Mais do que qualquer outra coisa, naquele momento, ele gostaria de conseguir odiá-la por isso.

— Você sabe mesmo, Eve?

Ela se esticou e deixou os braços penderem para os lados do corpo.

— Não importa — disse virando as costas e saindo da sala.

Mas importava muito, pensou ele. Naquele instante, era tudo o que realmente importava. Abalado, ele se lançou para a frente. Podia amaldiçoá-la, agora que aqueles imensos olhos da cor de uísque maltado já não o estavam encarando. Podia amaldiçoá-la por colocá-lo em um nível tão baixo que ele estava quase chegando a ponto de implorar por qualquer migalha da vida dela que estivesse disposta a compartilhar com ele.

E se ele implorasse, se ele se acomodasse com aquela situação, provavelmente ia acabar odiando-a tanto quanto a si próprio.

Ele sabia como esperar durante mais tempo do que um rival, sabia como manobrar um oponente. Certamente sabia como lutar pelo que queria ou pretendia obter. Mas já não estava tão certo de que sabia esperar mais, manobrar ou lutar por Eve.

Pegando o botão que estava em seu bolso, ficou brincando com ele, estudando-o, como se fosse uma charada complicada que precisava ser decifrada.

Ele era um idiota, compreendeu. Era humilhante admitir que o amor pudesse transformar um homem em um completo idiota. Levantando-se, colocou o botão de volta no bolso. Tinha uma reunião em andamento para encerrar e muitos negócios a tratar.

E também, pensou, tinha de fazer algumas pesquisas para saber se algum outro detalhe da prisão de Slade tinha saído do Setor 38. E se tinha, como e por quê.

Eve não podia adiar o seu encontro com Nadine. A necessidade daquilo a deixava irritada, bem como o fato de que ela tinha de encaixar o seu horário entre as duas apresentações ao vivo de Nadine, uma no início da noite e outra no noticiário do fim do dia.

Deixou-se cair sobre a cadeira ao lado de uma mesa em um pequeno café que se chamava Imagens, e ficava próximo ao Canal 75. Com seus recantos calmos e árvores frondosas, o lugar estava muitos pontos acima do Esquilo Azul. Eve estranhou os preços altos do cardápio. Repórteres recebiam um salário muito mais alto do que policiais. Acabou escolhendo uma Pepsi Classic.

— Você devia experimentar os brioches — disse Nadine. — Este lugar é famoso por causa deles.

— Aposto que sim — e, quando viu o preço de cinco dólares por um bolinho de frutas, inventou uma desculpa —; só que não estou com muito tempo.

— Nem eu. — A maquiagem especial para aparecer na TV, que Nadine usava ainda estava impecável. Eve se espantava com o fato de alguém conseguir agüentar os poros completamente tapados por horas a fio.

— Você começa — disse à repórter.

— Certo. — Nadine abriu um dos brioches e o vapor que saiu era maravilhoso. — Obviamente o funeral foi a grande notícia do dia. Quem compareceu, quem disse o quê. Um monte de histórias paralelas sobre a família, focadas basicamente na filha chorosa e no seu noivo.

— Por quê?

— Interesse humano, Dallas. Os grandes planos para uma festa de casamento grandiosa, interrompidos por um violento assassinato. Há rumores de que a cerimônia vai ser adiada para o primeiro semestre do ano que vem.

Nadine deu uma mordida no brioche. Eve ignorou a reação de inveja de seu suco gástrico.

— Não são fofocas que eu estou procurando, Nadine.

— Mas elas dão um pouco de cor à coisa. Olhe, a história está com jeito de ter sido plantada, não foi algo que vazou para a imprensa. Alguém queria que a mídia soubesse que o casamento ia ser adiado. Sendo assim, fico imaginando se vai mesmo haver um casamento, afinal. Sinto cheiro de problemas no paraíso. Por que Mirina iria se afastar de Slade em um momento como este? Para mim, o certo seria uma cerimônia discreta e privada, e ele ficaria junto dela para confortá-la.

— Talvez seja exatamente esse o plano, e estão afastando os repórteres da pista.

— É possível. De qualquer modo, sem Cicely Towers entre eles as especulações são de que Marco Angelini e George Hammett vão dissolver a sociedade. Eles estavam muito frios um com o outro e não se falaram durante todo o funeral, nem antes nem depois.

— Como é que você sabe?

Nadine sorriu com um jeito felino e satisfeito.

— Tenho minhas fontes. Marco Angelini está precisando de grana, e depressa. Roarke lhe fez uma oferta pela parte dele na Mercury, que agora também inclui a parte de Cicely.

— É mesmo?

— Ué, você não sabia? Interessante. — Manhosa como uma gata, Nadine lambeu um pouco das migalhas da ponta do dedo. — Achei muito interessante, também, que você não tenha comparecido ao funeral em companhia de Roarke.

— Eu estava lá em função oficial — disse Eve. — Não fuja do assunto.

— Mais problemas no paraíso — murmurou Nadine, e então seu olhar ficou sério. — Olhe, Dallas, eu gosto de você. Não sei por quê, mas gosto. Se você e Roarke estão com problemas, sinto muito.

Troca de confidências era uma coisa com a qual Eve jamais se sentiu confortável. Remexeu-se na cadeira, surpresa por se sentir, ainda que por um instante, tentada a se abrir. Então, atribuiu isso ao talento de Nadine como repórter. — Vamos ao ponto — repetiu.

— Tudo bem. — Nadine movimentou um dos ombros e deu outra mordida no brioche. — Ninguém sabe xongas — disse de modo rápido. — Temos só especulações. Os problemas financeiros de Marco Angelini, o vício de jogo do filho, o caso Fluentes.

— Pode esquecer o caso Fluentes — interrompeu Eve. — Ele vai ser condenado. Tanto ele quanto o advogado sabem disso, as provas são claras. Tirar a promotora do caminho não ia mudar nada.

— Ele pode ter ficado muito aborrecido.

— Talvez, mas ele é peixe pequeno. Não tem contatos, nem dinheiro para conseguir um serviço desse tamanho. Não bate. Estamos investigando todo mundo que ela mandou para a prisão. Até agora não conseguimos nadinha.

— Você desistiu da teoria de vingança então?

— Desisti. Acho que foi alguém mais chegado.

— Algum nome em particular?

— Não. — Eve balançou a cabeça enquanto Nadine a observava. — Não — repetiu —, não tenho nada sólido. Há uma coisa na qual eu queria que você desse uma olhada, mas preciso ter certeza de que não vai para o ar até ficar bem esclarecido.

— O trato foi esse.

Resumidamente, Eve contou a Nadine o incidente do Setor 38.

— Caramba, isso é matéria quente! E é um registro de acesso público, Eve.

— Pode ser, mas você não saberia onde procurar, a não ser que eu desse a dica. Portanto, mantenha o trato, Nadine. Deixe o tema fora do ar e cave em volta. Veja se descobre se mais alguém sabe ou se se interessa pelo assunto. Se houver uma ligação com o crime, entrego tudo na sua mão. Se não houver, acho que vai depender da sua consciência tornar público um fato que pode arruinar a reputação de um homem e seu relacionamento com a noiva.

— Golpe baixo, Dallas!

— Depende da posição em que você está. Mantenha o bico fechado, Nadine.

— Hum-hum... — Sua mente estava trabalhando. — Slade estava em São Francisco na noite do assassinato — e esperou um segundo. — Não estava?

— É o que os registros mostram.

— E há dezenas de vôos rápidos de costa a costa, públicos e particulares, decolando de hora em hora, para lá e para cá.

— Exatamente. Mantenha contato, Nadine — disse Eve enquanto se levantava —, e lembre-se, bico calado.

Eve foi para a cama cedo. Quando o *tele-link* tocou, à uma da manhã, ela estava gritando para sair de um pesadelo. Suando e tremendo, empurrou as cobertas que estavam agarradas nela, como se retirasse as mãos que estavam tateando o seu corpo.

Engoliu outro grito, apertou os dedos sobre os olhos e ordenou a si mesma para não sentir enjôo. Atendeu à ligação sem acender as luzes e deixou o sistema de vídeo bloqueado.

— Alô, Dallas falando.

— Aqui é da emergência. Registro de voz verificado. Provável homicídio, uma mulher. Dirija-se à Avenida Central Park Sul, 532, nos fundos do prédio. Código amarelo.

— Entendido. — Eve encerrou a transmissão e, ainda tremendo pelos efeitos do pesadelo, rastejou para fora da cama.

Levou vinte minutos para chegar ao local. Precisava da ajuda de um banho quente antes de sair, nem que fosse por trinta segundos.

Aquele era o bairro da moda, povoado por pessoas que freqüentavam lojas sofisticadas, clubes privados e aspiravam subir mais um ponto na escala social e econômica.

As ruas eram calmas ali, embora não estivessem muito longe do movimento de táxis e carros particulares. Classe média alta em todos os detalhes, avaliou Eve enquanto dava a volta em direção aos fundos do reluzente edifício todo revestido em aço e com uma agradável vista para o parque.

Apesar disso, assassinatos aconteciam em toda parte.

E certamente ocorrera um ali.

Os fundos do prédio não ficavam de frente para o parque, mas os incorporadores compensaram isso com um lindo espaço verde. Além das árvores bem-cuidadas, havia um muro de segurança que separava um prédio do outro.

No pequeno caminho pavimentado com pedras, ao lado de um canteiro de petúnias douradas, o corpo estava estendido, com o rosto para baixo.

Mulher, ela confirmou, exibindo o distintivo para os policiais que a aguardavam. Cabelo escuro, pele morena, bem-vestida. Eve reparou no elegante sapato de salto alto, listrado de vermelho e branco, de acordo com a última moda, que estava virado com o salto para cima ao lado do corpo.

Viveu com sapatos tão bonitos e morreu descalça, pensou.

— Tiraram fotos?

— Sim, senhora, tenente. O legista já está a caminho.

— Quem deu o alarme?

— Um vizinho. Saiu para dar uma volta com o cachorro. Está lá dentro.

— Já sabemos o nome dela?

— Yvonne Metcalf, tenente. Mora no apartamento 1.126.

— Uma atriz — murmurou Eve enquanto aos poucos se lembrava do nome conhecido. — Muito famosa, com a carreira em ascensão.

— Sim, senhora. — Um dos policiais olhou para o corpo no chão. — Ela ganhou um Emmy no ano passado. Agora era apresentadora de *talk-shows.* Bem famosa.

— Agora está bem morta. Mantenha a câmera gravando. Vou ter de virar o corpo dela.

Antes mesmo de usar o spray protetor para selar as mãos, e antes de se agachar para virar o corpo, Eve já sabia. O sangue estava em toda parte. Alguém soltou um assobio agudo quando o corpo virou com o rosto para cima, mas não foi Eve. Ela já estava preparada.

A garganta estava cortada, e o corte era profundo. Os lindos olhos verdes de Yvonne estavam vidrados, olhando para Eve, como dois pontos de interrogação.

— O que é que você tinha em comum com Cicely Towers? — murmurou ela. — Mesmo *modus operandi:* um talho profundo na garganta, a jugular cortada. Não houve roubo, não há sinais de ataque sexual, nem de luta. — Com cuidado, Eve levantou uma das mãos inertes de Yvonne, acendeu a lanterna sobre as unhas e examinou embaixo delas. Estavam pintadas em um tom de escarlate cintilante, com pequenas listras brancas. E pareciam em perfeito estado. Não estavam lascadas, nem havia falhas, arranhões com pedaços de pele ou marcas de sangue por baixo.

— Toda arrumada e sem ter para onde ir — comentou Eve, olhando para o exuberante conjunto listrado de vermelho e branco da vítima. — Vamos descobrir onde ela estava ou para onde ia — começou Eve, e virou a cabeça para trás quando ouviu o som de passos se aproximando.

Mas não era a equipe do médico legista, nem os técnicos do laboratório. Era, ela viu com desgosto, C. J. Morse e uma equipe do Canal 75.

— Leve esta câmera para longe daqui! — Tremendo de raiva, pulou em pé, na mesma hora, instintivamente protegendo o corpo da vítima com o seu, como se fosse um escudo. — Esta é a cena de um crime.

— Você ainda não bloqueou nem cercou a área — disse Morse, sorrindo docemente. — Até fazer isso, este é um local liberado para o público. Sherry, dê um close naquele sapato solto.

— Bloqueie e cerque toda a área, agora! — ordenou Eve para o policial. — Confisque a câmera e os gravadores.

— Você não pode confiscar equipamento da mídia até que a área esteja completamente cercada — lembrou C. J. a ela enquanto tentava esticar o pescoço em volta dela, para ver melhor. — Sherry, agora faça uma panorâmica bem lenta e depois quero o foco no lindo rosto da tenente.

— Vou dar um chute no seu traseiro, Morse!

— Ah, eu adoraria vê-la tentar isso, Dallas! — Um pouco do ressentimento reprimido apareceu em seu olhar. — O que eu mais quero é ver você respondendo às minhas acusações por seu comportamento e gravar tudo depois daquela que você aprontou comigo.

— Se ainda estiver neste local depois do bloqueio, você é que vai responder às acusações.

Ele se limitou a sorrir novamente e recuou. Calculou que ainda tinha uns quinze segundos de vídeo antes de se colocar em apuros.

— Sabe, tenente, o Canal 75 tem uma ótima equipe de advogados.

— Detenha este homem e a sua equipe — berrou Eve, rangendo os dentes para um policial. — Leve-os para longe da cena do crime até que eu acabe meu trabalho!

— Interferir na mídia...

— Ora, vá lamber as botas de alguém por aí, Morse!

— Aposto que as suas botas são mais saborosas — e continuou a sorrir enquanto era levado para longe dali.

Quando Eve terminou e deu a volta até a frente do edifício, ele já estava em pé diante da câmera, fazendo um relatório frio sobre o recente homicídio. Sem perder o ritmo, virou-se para Eve quando ela passou.

— Tenente Dallas, a senhorita pode nos confirmar a informação de que Yvonne Metcalf, a estrela do programa *Fique Ligado*, acaba de ser assassinada?

— O Departamento de Polícia não tem nada a declarar, neste momento.

— É verdade que a senhorita Metcalf morava neste prédio, e seu corpo foi descoberto esta madrugada, caído no pátio dos fundos? Sua garganta foi cortada?

— Nada a declarar.

— Nossos espectadores estão à espera, tenente. Duas mulheres importantes foram violentamente assassinadas pelo mesmo método, provavelmente pela mesma pessoa, com pouco mais de uma semana entre os dois crimes, e a senhorita não tem nada a declarar?

— Ao contrário de alguns repórteres irresponsáveis, a polícia é mais cuidadosa e se preocupa mais com os fatos do que com especulações.

— Ou será, tenente, que a polícia é simplesmente incapaz de resolver esses crimes? — Movendo-se com rapidez para o lado, ele ficou de frente para ela mais uma vez. — A senhorita não está preocupada com a sua reputação, tenente, e a ligação que existe entre as duas vítimas e o seu amigo chegado, Roarke?

— A minha reputação não está em foco aqui. A investigação sim.

Morse se virou novamente para a câmera, dizendo:

— Neste momento a investigação comandada pela tenente Eve Dallas está aparentemente em um beco sem saída. Outro assassinato aconteceu a menos de cem metros de onde estou falando. Uma mulher jovem, talentosa, linda e promissora acaba de ter a sua vida ceifada pelo movimento violento de uma faca. Da mesma forma que, há apenas uma semana, a respeitada e dedicada promotora Cicely Towers viu sua vida chegar ao fim. Talvez a pergunta principal não seja quando o assassino será pego, e sim "que mulher proeminente será a próxima vítima?" Aqui fala C. J. Morse para o Canal 75, transmitindo ao vivo do Central Park Sul.

Acenou com a cabeça para o operador da câmera antes de se virar e sorrir para Eve.

— Viu só, se você cooperasse comigo, Dallas, eu seria até capaz de ajudá-la junto à opinião pública.

— Ah! Vá arranjar uma mulher por aí, Morse!

— Bem, se você me pedir com jeitinho... — Seu sorriso não cedeu nem mesmo quando ela o agarrou pela parte da frente da camisa. — Olhe, cuidado, não toque em mim, a menos que você queira, mesmo.

Eve era quase um palmo mais alta do que ele, e pensou seriamente em golpeá-lo ali mesmo, na calçada.

— Olhe o que eu gostaria de saber, Morse. Como é que um repórter de quinta categoria aparece na cena de um crime, acompanhado de uma equipe, dez minutos depois da polícia?

Ele alisou a frente da camisa.

— Possuo fontes, tenente, as quais, como sabe, não tenho obrigação de identificar para você. — Seu sorriso se transformou em escárnio. — E a esta altura eu diria que estamos diante é de uma investigadora de quinta categoria. Você estaria mais bem servida se colasse em mim em vez de Nadine. Aquilo foi uma sujeira muito grande, ajudá-la a me colocar para fora da cobertura do caso Towers.

— Foi mesmo? Bem, fico satisfeita de ouvir isso, C. J., porque simplesmente eu não vou com a sua cara. Aposto que você não se importou nem um pouco de ir lá atrás, com a câmera gravando, para transmitir imagens daquela mulher. Garanto que não pensou no direito dela de merecer um pouco de dignidade, ou no fato de que alguém que a amava poderia ainda não ter sido informado sobre a sua morte. A família dela, por exemplo.

— Ei, você faz o seu trabalho e eu faço o meu. Você não me pareceu muito abalada quando a estava apalpando.

— A que horas deram o aviso para você? — perguntou Eve de modo rápido.

Ele hesitou, avaliando a pergunta.

— Acho que não vai fazer mal se eu lhe contar. Ligaram para a minha linha particular à meia-noite e meia.

— De onde?

— Não. Protejo minhas fontes. Liguei correndo para a emissora e convoquei uma equipe. Não foi, Sherry?

— Foi. — O operador de câmera moveu os ombros. — A equipe noturna mandou que viéssemos encontrar C. J. aqui. O show tem de continuar.

— Vou fazer tudo o que estiver ao meu alcance para confiscar suas imagens, Morse, trazer você para interrogatório e transformar a sua vida em um inferno.

— Ah, eu espero que sim! — Seu rosto redondo se iluminou. — Você vai duplicar o meu tempo no ar e colocar a minha popularidade nas nuvens. E sabe o que vai ser mais divertido? A matéria paralela que vou preparar sobre Roarke e seu aconchegante relacionamento com Yvonne Metcalf.

Eve sentiu um calafrio no estômago, mas manteve a voz afável:

— Cuidado onde pisa, C. J., porque Roarke não é nem um pouco bonzinho como eu. E mantenha a sua equipe longe da cena do crime — avisou. — Tente colocar a pontinha do pé lá dentro e eu confisco todo o equipamento.

Virou o corpo e se afastou dele. Quando já estava a uma distância segura, pegou o comunicador. O que ela ia fazer estava fora do procedimento usual, e havia o risco de uma reprimenda, ou pior. Mas tinha de ser feito.

— Ora, tenente, que surpresa! — exclamou Roarke.

— Tenho apenas um minuto. Conte-me sobre o seu relacionamento com Yvonne Metcalf.

— Somos amigos — e levantou uma sobrancelha. — Por algum tempo fomos íntimos.

— Eram amantes.

— Sim, por um curto espaço de tempo. Por quê?

— Porque ela está morta, Roarke.

Seu leve sorriso desapareceu.

— Oh, meu Deus! Como?

— Teve a garganta cortada. Mantenha-se ao nosso alcance.

— Esta é uma solicitação oficial, tenente? — perguntou, e sua voz estava dura como uma pedra.

— Tem de ser. Roarke... — e hesitou. — Eu sinto muito.

— Eu também — e encerrou a transmissão.

Capítulo Oito

Eve não teve dificuldades para fazer uma lista das várias ligações que havia entre Cicely Towers e Yvonne Metcalf. A primeira era o assassinato. O método e o autor. Ambas tinham sido mulheres conhecidas pelo público, respeitadas, e de quem todos gostavam. Eram bem-sucedidas em seus campos de atuação e dedicadas ao trabalho. As duas tinham famílias que amavam e que choravam por elas.

No entanto, haviam trabalhado e freqüentado círculos sociais e profissionais radicalmente diferentes. Os amigos de Yvonne eram artistas, atores e músicos, enquanto Cicely participara de atividades sociais em companhia de advogados, empresários e políticos.

Cicely era uma mulher com a carreira organizada e um bom gosto impecável, que preservara a privacidade de forma feroz.

Yvonne era descontraída e desorganizada, uma atriz com a vida no limite do caótico, que cortejava os holofotes.

Mas alguém as conhecera bem o bastante e tinha mágoas contra ambas, o bastante para matá-las.

O único nome que Eve encontrou tanto no livro de endereços bem-estruturado de Cicely quanto na agenda desorganizada de Yvonne foi o de Roarke.

Pela terceira vez, em menos de uma hora, Eve comparou as duas listas, usando o computador, tentando achar coisas em comum. Um nome que batesse com outro, um endereço, uma profissão, um interesse pessoal. As poucas ligações que apareceram eram tão fracamente conectadas que quase não justificavam ir adiante para marcar um interrogatório.

Mas ela tinha de tentar tudo, porque a alternativa era Roarke.

Enquanto o computador pesquisava a pequena lista, Eve deu outra passada de olhos pela agenda eletrônica de Yvonne.

— Por que diabos ela não colocava nomes nas anotações? — resmungou Eve. Havia horários, datas, às vezes iniciais, e muitas notinhas laterais ou símbolos, conforme o seu humor no momento.

1:00 — Almoço no Salão da Coroa, com B. C. Viva! Não se atrase, Yvonne, e vista a blusa verde com a saia curta. Ele gosta de mulheres pontuais e com as pernas de fora.

Dia da Beleza no Salão Paradise. Graças a Deus. 10:00. Melhor tentar marcar ginástica às 8 na Academia Palace. Argh!

Almoços elegantes, avaliou Eve. Ela se paparicava no salão mais caro da cidade. Antes, suava um pouco na academia mais luxuosa. Considerando tudo, até que a vida dela não era má. Quem ia querer acabar com ela?

Analisou com cuidado a página do dia do assassinato.

8:00 — Café da manhã poderoso. Usar terninho azul com sapatos combinando. PAREÇA PROFISSIONAL, PELO AMOR DE DEUS, YVONNE!

11:00 — Sala do P. P. para discutir as negociações do contrato. Talvez dê para fazer umas comprinhas antes. LIQUIDAÇÃO DE SAPATOS NA SAKS. Dica quente.

Almoço — Dispense a sobremesa. Talvez. Diga ao gatinho que ele estava maravilhoso no show. Não é pecado mentir um pouco para os colegas a respeito da sua atuação. Nossa, ele não estava horrível?

Ligar para casa.

Passar na Saks, se não tiver ido antes.

Happy Hour. *Tome só água mineral, garota. Você fala demais quando fica alta. Pareça inteligente, brilhe. Force a barra com o "Fique Ligado"! Muito $$$. Não se esqueça de levar o* book *com as fotos amanhã de manhã, e fique longe do vinho. Vá para casa e tire um cochilo.*

Encontro à meia-noite. Pode ser coisa quente. Use o conjunto listrado vermelho e branco e sorria, sorria, sorria. São águas passadas, coloque uma pedra em cima, certo? Nunca feche uma porta. Diga "que mundo pequeno" e assim por diante. Que babaca!

Então ela deixara documentado o encontro à meia-noite. Mas não escreveu quem, nem onde, nem para quê, mas queria estar bem-vestida para ele. Alguém que ela conheceu no passado, teve alguma coisa com ele. Águas passadas. Talvez um problema antigo?

Um amante?, ponderou Eve. Achava que não. Yvonne não desenhara coraçõezinhos em volta da anotação, nem se aconselhara a parecer *sexy, sexy, sexy*. Eve achou que estava começando a compreender a vítima. Yvonne era uma mulher que se divertia consigo mesma, estava sempre pronta para a alegria, curtia seu estilo de vida. E era ambiciosa.

Se ela se mandou sorrir, sorrir, sorrir, não seria o caso de uma oportunidade profissional? Um bom papel, uma promoção no jornal, um novo texto, um fã influente?

O que será que ela teria escrito se o encontro fosse com Roarke? meditou Eve. *Muito provavelmente ela teria anotado o nome dele com uma letra R maiúscula, bem destacada. Teria colocado corações em volta do nome, ou cifrões, ou carinhas sorridentes. Como tinha feito dezoito meses antes de sua morte.*

Eve não precisou olhar nos diários antigos de Yvonne. Lembrava-se perfeitamente da última anotação que fizera citando o nome de Roarke.

Jantar com R, às 8:30. É de dar água na boca. Usar o vestido de cetim branco, que vai bem com a combinação. Prepare-se, pode ser que você se dê bem. O cara tem um corpo maravilhoso, só queria saber como é a sua cabeça. Enfim, seja bem sexy para ver o que acontece.

Eve não fazia questão de saber se Yvonne havia se dado bem. Evidentemente, eles tinham sido amantes, o próprio Roarke dissera isto. Então, por que ela não anotara mais nenhum encontro com ele depois do vestido de cetim branco?

Era uma coisa que ela imaginou que teria de descobrir só por causa da investigação.

Nesse meio-tempo, ela ia fazer outra visita ao apartamento de Yvonne, para tentar mais uma vez reconstituir o último dia de sua vida. Havia interrogatórios para marcar. E, como os pais de Yvonne ligavam procurando por ela pelo menos uma vez por dia, Eve sabia que teria de conversar novamente com eles, e se fortalecer para enfrentar o terrível pesar e o pasmo que sentiam.

Ela não se importava com os dias de quatorze e até dezesseis horas de trabalho contínuos. Na verdade, a esta altura de sua vida ela até gostava.

* * *

Quatro dias após o assassinato de Yvonne Metcalf, Eve continuava na estaca zero. Interrogara de modo intensivo mais de trinta pessoas, até à exaustão. Não só fora incapaz de descobrir um único motivo que fosse viável, como também não achou ninguém que não adorasse a vítima.

Não havia sequer a pista de algum fã obcecado. A pilha de e-mails de Yvonne era gigantesca, e Feeney ainda estava pesquisando toda a correspondência com o auxílio do computador. Nas primeiras avaliações, porém, não havia ameaças, veladas ou abertas, nem propostas e sugestões esquisitas, ou de gosto duvidoso.

Havia uma quantidade substancial de propostas de casamento e outros convites. Eve analisava todas atentamente, mas com pouco entusiasmo ou esperança. Ainda havia a possibilidade de alguém ter escrito para Yvonne e também entrado em contato com Cicely. À medida que o tempo passava, porém, esta chance diminuía.

Eve fez tudo o que era de esperar nos casos de homicídios múltiplos, e tudo o que os procedimentos do departamento exigiam do profissional a esta altura de uma investigação. Marcou uma consulta com a psiquiatra.

Enquanto esperava, Eve lutava com os sentimentos divididos que tinha pela doutora Mira. Ela era uma mulher brilhante, com grande sensibilidade e dona de uma calma eficiência, além da compaixão.

Eram esses os motivos que faziam Eve se forçar a ir vê-la. Tinha de lembrar a si mesma, novamente, que não tinha ido até ali por motivos pessoais, ou porque o departamento a estava mandando fazer terapia. Não estava também ali para se submeter a nenhuma das rotineiras baterias de testes, nem ia discutir seus pensamentos, sentimentos ou lembranças.

Elas iam dissecar a mente de um assassino.

Mesmo assim, ela tinha de se concentrar em manter o ritmo constante do coração e as mãos firmes e secas. Quando a mandaram entrar no consultório de Mira, Eve disse a si mesma que suas pernas estavam tremendo devido ao cansaço, nada além disso.

— Como vai, tenente Dallas? — Os olhos em um tom de azul pálido fitaram o rosto de Eve e notaram fadiga neles. — Sinto muito fazê-la esperar.

— Tudo bem. — Embora preferisse ficar em pé, Eve sentou-se numa cadeira azul em forma de concha, ao lado da de Mira. — Obrigada, doutora, por ter recebido o caso tão depressa.

— Todos nós fazemos nosso trabalho da melhor maneira possível — explicou Mira com sua voz macia. — Além disto eu tinha grande respeito e afeição por Cicely Towers.

— A senhora a conhecia?

— Tínhamos mais ou menos a mesma idade, e ela me consultava sobre muitos dos casos em que trabalhava. Testemunhava para a promotoria com freqüência, assim como para a defesa também — acrescentou sorrindo ligeiramente. — Mas você já sabia disso.

— Estou só puxando assunto.

— Eu também admirava o talento de Yvonne Metcalf. Ela trouxe muita alegria para o mundo. Vai deixar saudades.

— Há alguém que não vai sentir saudades de nenhuma das duas.

— É verdade. — Com seu jeito gracioso e leve, Mira programou seu AutoChef para preparar chá. — Imagino que você esteja um pouco pressionada por causa do tempo, mas eu trabalho melhor com um pouco de estimulante no sistema. E você? Parece que está precisando de um pouco disso também.

— Estou bem.

Reconhecendo o tom de hostilidade fortemente controlada na voz de Eve, Mira simplesmente levantou a sobrancelha.

— Anda trabalhando demais, como sempre. Isso é comum com as pessoas que são muito boas no que fazem — e ofereceu a Eve um pouco de chá, servido em uma de suas lindas xícaras de porcelana. — Muito bem, eu já li todos os seus relatórios, as provas que você reuniu e suas teorias. Com relação ao perfil psiquiátrico que eu tracei — disse, batendo levemente com a mão em um disco lacrado que estava sobre a mesa entre elas.

— A senhora já completou o perfil? — Eve não se deu ao trabalho de esconder a irritação. — Poderia ter me transmitido os dados diretamente e me poupado a viagem.

— Poderia sim, mas preferi discuti-lo com você, frente a frente. Eve, você está lidando com alguma coisa, com alguém extremamente perigoso.

— Acho que já deu para eu perceber isso, doutora. Duas mulheres tiveram a garganta cortada de um lado a outro.

— Duas mulheres, até agora. — Mira disse baixinho e se recostou. — Estou com muito medo de que haverá mais. E logo.

Por também pensar assim, Eve ignorou o calafrio que lhe correu pela espinha.

— Por que diz isso, doutora?

— Porque foi tão fácil. E tão simples. Um trabalho bem-feito. Existe satisfação nisso. Há também o fator da atenção. Ele, ou ela, quem quer que tenha cometido os assassinatos pode agora se sentar confortavelmente em casa e apreciar o show. As reportagens, os editoriais, o pesar coletivo, os funerais, a esfera pública de toda a investigação.

Fez uma pausa para saborear o chá e continuou:

— Você já formou uma teoria, Eve. Veio até aqui para que eu possa corroborá-la ou contra-argumentar as suas idéias.

— Tenho várias teorias.

— Mas acredita apenas em uma. — Mira deu aquele seu sorriso sábio, já sabendo que ele fazia Eve se encrespar. — Fama. O que mais as duas mulheres tinham em comum além da proeminência pública? Elas não freqüentavam o mesmo círculo social, nem profissional. Conheciam poucas pessoas em comum, mesmo em nível casual. Não freqüentavam as mesmas lojas, academias ou salões de beleza. A única coisa que compartilhavam era a fama, o interesse do público e uma espécie de poder.

— E isso era uma coisa que o assassino invejava.

— Eu diria exatamente isso. Ressentia-se com isso também e esperava que, matando-as, pudesse aproveitar um pouco da atenção que refletiria nele. Os crimes propriamente ditos foram muito cruéis e limpos, de uma forma incomum. Seus rostos não ficaram desfigurados, nem seus corpos. Um rápido golpe na garganta, de acordo com o relatório do legista, de um lado a outro do pescoço. Uma lâmina é uma arma muito pessoal, uma extensão da mão. Não é distante, como uma arma a *laser*, nem sem envolvimento, como um veneno. Seu assassino queria ter a sensação de matar, a visão do sangue, o cheiro dele. A experiência completa que faz com que ele, ou ela, apreciasse o exercício do controle, seguindo fielmente um plano.

— A senhora não acredita que tenham sido crimes encomendados.

— Sempre existe essa possibilidade, Eve, mas estou mais inclinada a ver o assassino como um participante ativo do que como um prestador de serviços. E temos também os suvenires.

— O guarda-chuva de Cicely Towers?

— E o sapato direito de Yvonne Metcalf. Você conseguiu manter esta informação longe da imprensa.

— Por pouco — disse Eve com uma cara feia ao se lembrar de Morse e a sua equipe invadindo a cena do crime. — Um assassino profissional não guardaria um suvenir, e as mortes foram muito bem planejadas para terem sido decididas na hora em um ataque de rua.

— Concordo. Você está lidando com uma pessoa que tem a mente organizada e é ambiciosa. Seu assassino também está curtindo o trabalho dele, razão pela qual eu acho que vai haver mais.

— O trabalho dele, ou dela — completou Eve. — O fator da inveja pode nos levar a uma mulher. Talvez essas duas mulheres fossem tudo o que ela desejava ser. Lindas, bem-sucedidas, admiradas, famosas, fortes. Muitas vezes são os fracos que matam.

— Com freqüência. Não, realmente não é possível determinar o sexo do assassino a partir dos dados que temos a esta altura. Só podemos é trabalhar com a forte probabilidade de que o assassino tem como alvo mulheres que atingiram um alto grau de reconhecimento público.

— E o que eu devo fazer, então, a respeito de tudo isso, doutora Mira? Colocar um alarme em todas as mulheres importantes, conhecidas e bem-sucedidas da cidade, incluindo a senhora?

— Engraçado. Eu estava pensando mais era em você.

— Eu? — Eve balançou o chá, que nem sequer tinha provado, e o colocou sobre a mesa, com um estalo. — Isso é ridículo.

— Acho que não. Você se tornou um rosto familiar para o público, Eve. Devido ao seu trabalho, certamente, mais especificamente desde o caso que resolveu no inverno passado. É muito respeitada em seu campo de atuação. E... — continuou antes que Eve tivesse a chance de interromper — você também tem mais uma ligação importante, com ambas as vítimas. Todas vocês tiveram um relacionamento com Roarke.

Eve sentiu o sangue desaparecer por completo de seu rosto. Era algo que ela não podia controlar. Mas fez de tudo para manter a voz firme e dura.

— Doutora, Roarke teve um relacionamento de negócios, um contato relativamente pequeno com Cicely Towers. No caso de Yvonne Metcalf, a parte íntima do relacionamento entre eles já acabou há algum tempo.

— Mesmo assim você sente essa necessidade de defendê-lo junto a mim.

— Eu não o estou defendendo — reagiu Eve. — Estou citando fatos. Roarke é mais do que capaz de se defender.

— Sem dúvida. É um homem forte, com vitalidade e astúcia. Mesmo assim você se preocupa com ele.

— Na sua opinião profissional, Roarke é o assassino?

— Não, absolutamente. É claro que não tenho dúvidas de que, se tivesse a chance de analisá-lo, ia encontrar um instinto assassino bastante desenvolvido. — A verdade é que Mira teria adorado a oportunidade de estudar a mente de Roarke. — Apesar disso, sua motivação teria de estar bem delineada. Um grande amor ou um grande ódio. Duvido que haja muita coisa a mais que o faria ultrapassar a linha. Pode relaxar, Eve — disse Mira baixando a voz. — Você não está apaixonada por um assassino.

— Não estou apaixonada por ninguém. Além do mais, meus sentimentos pessoais não vêm ao caso.

— Pelo contrário, o estado mental de uma investigadora é sempre fator importante. E, se me pedirem para dar uma opinião a seu respeito, vou ter de dizer que a achei à beira da exaustão, emocionalmente arrasada e com sérios problemas.

Eve pegou o disco com o perfil psicológico e se levantou.

— Então, é uma sorte que a senhora não seja solicitada a externar a sua opinião. Sou perfeitamente capaz de fazer o meu trabalho.

— Não duvido desse fato, nem por um momento. Mas e quanto ao custo disso para você mesma?

— O custo seria ainda mais alto se eu não o fizesse. Vou achar quem matou aquelas mulheres. Depois vai depender de alguém como Cicely Towers para afastar essa pessoa da sociedade. — Eve enfiou o disco na bolsa. — Tem mais uma conexão que a senhora deixou de fora, doutora Mira. Uma coisa que aquelas duas mulheres tinham em comum. — O olhar de Eve era duro e frio. — A família. Ambas tinha famílias muito chegadas, que formavam uma parte ampla e importante de suas vidas. Eu diria que isso me deixa livre da possibilidade de ser um alvo, a senhora não acha?

— Talvez. Você anda pensando muito em sua família, Eve?

— Não brinque comigo.

— Foi você que mencionou — assinalou Mira. — Você sempre tem muito cuidado com o que me diz, então só me resta imaginar que o tema família está em sua cabeça.

— Eu não tenho família — reagiu Eve. — E o tema que tenho na cabeça é assassinato. Se a senhora quiser colocar no relatório que me acha inadequada para a tarefa, por mim tudo bem.

— Quando é que você vai confiar em mim? — Havia um pouco de impaciência na voz calma da psiquiatra pela primeira vez desde que Eve se lembrava. — Será que é tão impossível você acreditar que me importo muito com você? Pois saiba que eu me importo —

continuou Mira, enquanto Eve piscava, surpresa. — E a compreendo melhor do que você quer admitir.

— Não preciso que a senhora me compreenda. — Havia um tom nervoso na voz de Eve agora. Ela mesma sentiu. — Não estou aqui fazendo uma bateria de testes, nem em sessão de terapia pessoal.

— Não há nenhum gravador ligado, Eve. — Mira colocou a xícara sobre a mesa com tanta força que Eve enfiou as mãos nos bolsos. — Você acha que foi a única criança no mundo que conviveu com o horror e o abuso? A única mulher no mundo que lutou para superar isso?

— Eu não tenho de superar nada. Eu nem me lembro...

— Meu padrasto me estuprou repetidamente desde que eu tinha doze anos, até completar quinze — disse Mira, calmamente, e isto interrompeu os frios protestos de Eve. — Durante aqueles três anos eu vivi sem jamais saber quando aquilo ia voltar a acontecer, só sabia que aconteceria. E não havia ninguém que me desse ouvidos.

Abalada, tremendo, Eve cruzou os braços com força sobre o peito.

— Não quero saber de nada, não quero ouvir. Por que está me contando isso?

— Porque eu olho dentro dos seus olhos e vejo a mim mesma. Só que você tem alguém que pode ouvi-la, Eve.

— Por que o seu problema acabou? — Eve ficou em pé onde estava, umedecendo os lábios secos.

— Porque eu finalmente tomei coragem de procurar um centro de proteção contra abuso, contei tudo à conselheira e me submeti aos exames físicos e psiquiátricos. O terror de tudo isso e a humilhação já não me pareciam tão fortes quanto a alternativa.

— E que motivos eu teria para ficar me lembrando de tudo? — perguntou Eve. — Já acabou.

— E por que você não está dormindo bem?

— A investigação...

— Eve...

O tom de voz gentil e suave fez com que Eve fechasse os olhos. Era tão difícil, tão irritante lutar contra aquela calma compaixão!

— Imagens do passado — murmurou, detestando-se pela demonstração de fraqueza. — Pesadelos.

— De antes do momento em que você foi encontrada, no Texas?

— Apenas flashes, pedaços.

— Eu posso ajudá-la a juntar esses pedaços.

— E por que razão eu ia querer juntá-los?

— Você já não começou a fazer isso? — Agora era Mira que estava em pé. — Você consegue fazer o seu trabalho, com isso assombrando o subconsciente. Venho observando você há anos. Só que a felicidade a deixa esquiva, e vai continuar sendo assim até você se convencer de que a merece.

— Não foi culpa minha.

— Não. — Mira colocou a mão sobre o braço de Eve com carinho. — Não, não foi culpa sua.

As lágrimas estavam ameaçando cair, e aquilo era um choque e um embaraço.

— Não posso falar sobre isso, doutora.

— Minha cara, você já começou a fazer isso. E eu estarei aqui à sua disposição, sempre que estiver disposta a fazê-lo de novo. — Esperou até Eve chegar à porta. — Posso lhe fazer uma pergunta?

— A senhora sempre faz perguntas.

— Por que parar agora? — e Mira sorriu. — Roarke faz você se sentir feliz?

— Às vezes. — Eve apertou os olhos com força e xingou baixinho. — Sim, sim, ele me faz feliz. Só que também está me tornando miserável.

— Isso é adorável. Estou muito satisfeita, por ambos. Tente dormir um pouco, Eve. Sei que você não gosta de usar produtos químicos, mas tente a visualização simples.

— Vou me lembrar disso. — Eve abriu a porta, mas continuou de costas. — Obrigada, doutora.

— De nada.

* * *

A visualização não ia ajudar muito, decidiu Eve. Não depois de ver os relatórios detalhados da autópsia.

O apartamento estava muito quieto e muito vazio. Ela estava arrependida de ter deixado o gato com Roarke. Pelo menos Galahad serviria para lhe fazer companhia.

Como seus olhos estavam ardendo de tanto analisar dados, ela se afastou da mesa. Estava se sentindo sem energia para procurar por Mavis, e achou maçantes as opções de vídeo que apareceram na tela.

Pediu música, ouviu por trinta segundos e então mandou desligar.

Comida normalmente funcionava, mas quando foi olhar na cozinha, Eve se lembrou de que não reabastecia o AutoChef há semanas. As opções eram poucas e ela não estava com tanta fome a ponto de pedir comida de fora.

Decidida a relaxar, tentou os óculos de realidade virtual que Mavis lhe dera no Natal. Como a própria Mavis tinha sido a última a usá-los, eles estavam configurados para a opção *Danceteria*, com o volume no máximo. Depois de um ajuste apressado e uma grande quantidade de palavrões, Eve o programou para *Praia nos Trópicos.*

Ela podia sentir os grãos da areia branca e quente debaixo dos pés, o calor do sol sobre a pele e a brisa suave do oceano. Era maravilhoso estar ali, junto das ondas, olhando o movimento das gaivotas e tomar um gole do drinque gelado que tinha gosto de rum e frutas.

Havia mãos em seus ombros nus, massageando-a. Suspirando, ela se deixou relaxar de encontro a elas e sentiu a presença marcante de um homem encostado às suas costas. Ao longe, sobre o mar azul, um veleiro branco seguia na direção do horizonte.

Era fácil se virar e se deixar envolver pelos braços que a esperavam, e levantar a boca para encontrar os lábios que queria. E depois deitar sobre a areia quente com aquele corpo que se encaixava de forma tão perfeita ao dela.

A excitação era tão doce quanto a paz que sentia. O ritmo era tão antigo quanto as ondas que lambiam sua pele. Ela se deixou ser possuída, e estremeceu enquanto suas necessidades iam de encontro à realização total. O hálito dele estava sobre o rosto dela, e o corpo dele unido ao dela no instante em que ela gemeu o seu nome.

Roarke.

Furiosa consigo mesma, Eve arrancou os óculos e os atirou para o lado. Ele não tinha o direito de se intrometer ali, dentro de sua cabeça. Não tinha o direito de trazer dor e prazer quando tudo o que ela queria era privacidade.

Ah, sim, ele sabia o que estava fazendo, pensou enquanto se punha em pé e começava a andar de um lado para outro. Ele sabia exatamente o que estava fazendo. E eles iam ter de acertar aquilo de uma vez por todas.

Bateu a porta do apartamento com força, atrás de si. Não lhe ocorreu, até entrar pelos portões de segurança da casa de Roarke, que era possível que ele não estivesse sozinho.

Esta idéia era tão irritante, tão devastadora, que ela subiu os degraus de dois em dois e bateu na porta com uma violenta explosão de energia.

Summerset estava à espera dela.

— Tenente, já é uma e vinte da manhã.

— Eu sei que horas são — e rangeu os dentes quando ele se colocou na frente dela para bloquear-lhe a escadaria. — Olhe, vamos deixar uma coisa bem clara, meu chapa. Você me odeia e eu odeio você. A diferença é que eu tenho um distintivo. Agora tire o rabo do caminho, senão eu vou rebocar a sua bunda magra até a delegacia por obstruir a passagem de uma policial.

O mordomo se cobriu de uma dignidade que lhe caía como seda.

— Com isso, imagino que a senhorita queira dizer que está aqui, a esta hora, em missão oficial, tenente?

— Imagine o que quiser. Onde ele está?

— Se a senhorita especificar o que deseja, ficarei feliz em localizar onde Roarke se encontra neste instante, para verificar se ele está disponível para recebê-la.

Sem paciência, Eve deu-lhe uma cotovelada na barriga e passou ao largo de sua figura ofegante.

— Pode deixar que eu mesma descubro — afirmou, já subindo a escada.

Ele não estava na cama, nem sozinho nem acompanhado. Eve não sabia exatamente como se sentiu com relação a isso ou o que teria feito se o encontrasse enroscado em alguma loura. Recusando-se a pensar naquilo, girou o corpo e marchou em direção ao escritório, com Summerset colado atrás dela.

— Eu pretendo apresentar uma queixa contra a senhorita.

— Pode apresentar — disse ela por trás dos ombros.

— A senhorita não tem o direito de invadir uma propriedade particular no meio da noite. Não vai perturbar Roarke — e espalmou a mão na porta quando ela chegou lá. — Não vou permitir.

Para surpresa de Eve, ele estava sem fôlego e com o rosto vermelho. Seus olhos estavam saltando das órbitas. Aquilo era mais emoção, decidiu, do que ela achou que ele fosse capaz de ter.

— Isso realmente deixa você pau da vida, não é?

Antes que conseguisse impedir, ela apertou o mecanismo e a porta se abriu para o lado.

Summerset a segurou, e Roarke, que estava voltado para a janela, observando a cidade, se virou e teve a curiosa surpresa de ver os dois agarrados.

— Torne a colocar a mão em mim, seu filho da mãe de bunda apertada, e eu ponho você a nocaute — e levantou o punho para demonstrar. — A satisfação disso bem que vale o meu distintivo.

— Summerset — disse Roarke com suavidade —, acho que ela está falando sério. Por favor, deixe-nos a sós.

— Ela abusou da autoridade...

— Deixe-nos a sós — repetiu Roarke. — Eu tomo conta disso.

— Como quiser. — Summerset colocou o paletó no lugar e saiu, com passos largos, mancando ligeiramente.

— Se você quiser me deixar do lado de fora — atirou Eve enquanto marchava em direção à mesa —, vai ter de arrumar alguém melhor do que esse cão de guarda desbundado.

Roarke simplesmente cruzou os dedos sobre a mesa.

— Se eu quisesse mantê-la fora daqui, você não conseguiria nem ter passado pela segurança do portão lá de fora. — Deliberadamente, deu uma olhada no relógio. — Está meio tarde para interrogatórios oficiais.

— Já estou cansada de pessoas me dizendo que horas são.

— Muito bem, então — e se recostou na cadeira. — O que posso fazer por você?

Capítulo Nove

Atacar era a escolha emocional. Eve podia justificar isto como o caminho lógico também.

— Você esteve envolvido com Yvonne Metcalf.

— Como já contei a você, éramos amigos. — Roarke abriu uma caixa antiga de prata que estava sobre a mesa e pegou um cigarro. — Durante algum tempo, amigos íntimos.

— Quem é que mudou o aspecto do relacionamento, e quando?

— Quem? Hummm... — Roarke ficou pensando sobre o assunto enquanto acendia o cigarro e soprou uma leve nuvem de fumaça. — Acho que foi uma decisão mútua. A carreira dela estava decolando rapidamente, provocando muita demanda em termos de tempo e energia. Poderíamos dizer que nós nos afastamos.

— Vocês brigaram?

— Acredito que não. Yvonne raramente era briguenta. Achava a vida muito... divertida. Quer um pouco de conhaque?

— Estou de serviço.

— Sim, é claro que está. Mas eu não estou.

Quando ele se levantou, Eve viu o gato pular de seu colo. Galahad a examinou com seus olhos bicolores antes de se sentar e começar a se lamber. Ela estava ocupada demais, olhando de cara feia para o gato, para reparar que as mãos de Roarke não estavam tão firmes quando ele estava diante do bar entalhado, despejando conhaque da garrafa na taça.

— Bem — disse ele fazendo o copo girar levemente, com meia sala de distância entre eles. — Isso é tudo?

Não, pensou ela, *estava longe de ser tudo.* Se ele não a ajudasse de livre e espontânea vontade, ela ia bisbilhotar, espicaçar e usar seu cérebro astuto sem piedade nem receio.

— A última anotação do diário dela em que o seu nome aparece tem um ano e meio.

— Tudo isso?... — murmurou Roarke. Ele lastimava, e muito, por Yvonne. Mas tinha seus próprios problemas no momento, e o maior deles estava em pé diante dele, no outro lado da sala, observando-o com olhos turbulentos. — Não pensei que já fizesse tanto tempo.

— Essa foi a última vez em que a viu?

— Não, tenho certeza de que não. — Olhou para o conhaque, lembrando-se dela. — Eu me recordo que dancei com ela em uma festa, no *Réveillon* do ano passado. Ela veio aqui para casa, comigo.

— Você dormiu com ela — disse Eve em tom neutro.

— Tecnicamente, não dormi. — Sua voz mostrou uma ponta de irritação. — Fiz sexo com ela, conversamos, tomamos um café da manhã tardio.

— Vocês reataram o antigo relacionamento?

— Não. — Ele escolheu uma poltrona e ordenou a si mesmo que curtisse o conhaque e o cigarro. De modo casual, cruzou as pernas à altura dos tornozelos. — Poderíamos ter reatado, mas estávamos muito ocupados com os próprios projetos. Depois daquilo não ouvi mais falar dela por seis ou sete semanas.

— E?...

Ele a dispensara, lembrou naquele instante. De modo casual e descontraído. Talvez de modo impensado.

— Eu disse a Yvonne que estava... Envolvido com alguém — e examinou a brasa brilhante na ponta do cigarro. — Por essa época eu estava me apaixonando por outra pessoa.

Os batimentos cardíacos de Eve se aceleraram. Olhou para ele, enfiando as mãos nos bolsos.

— Roarke, eu não posso eliminá-lo da lista de suspeitos, a não ser que me ajude.

— Não pode? Então tudo bem.

— Droga, Roarke, você é a única pessoa que esteve envolvida com as duas vítimas!

— E qual foi o meu motivo, tenente?

— Não use esse tom de voz comigo! Odeio quando você faz isso. Frio, controlado, superior. — Desistindo, ela começou a andar de um lado para outro. — Eu sei que você não teve nada a ver com os assassinatos, e também não há nenhuma prova que possa servir de base ao seu envolvimento. Só que isso não quebra a conexão.

— E torna as coisas difíceis para você, porque o seu nome, por sua vez, está ligado ao meu. Ou estava.

— Posso lidar com isso.

— Então por que você perdeu peso? — quis saber ele. — Por que o seu rosto está com olheiras? Por que está parecendo tão infeliz?

Ela pegou o gravador e o colocou com força sobre a mesa. Uma barreira entre eles.

— Roarke, eu preciso que me conte tudo o que sabe a respeito dessas mulheres. Cada detalhe, mesmo que seja mínimo e insignificante. Droga, droga, droga! Eu preciso de ajuda! Tenho de descobrir por que motivo Cicely Towers iria até West End no meio da noite. Por que motivo Yvonne Metcalf iria se aprontar toda para descer até o jardim dos fundos do prédio à meia-noite.

— Você está me dando mais crédito do que eu mereço, Eve. — Bateu a ponta do cigarro e se levantou, lentamente. — Não conhecia Cicely tão bem assim. Tínhamos negócios em comum e nos encontrávamos socialmente do modo mais eventual possível. É só você se lembrar do meu passado e da posição dela. Quanto a

Yvonne, éramos amantes. Eu gostava dela, de sua energia, do seu pique. Sabia que tinha ambições. Ela queria o estrelato e conseguiu, merecia aquilo. Mas não consigo descrever a mente de nenhuma das duas.

— Você conhece as pessoas — argumentou ela. — Possui um jeito de entrar em suas cabeças. Nada, jamais, o pega de surpresa.

— Você pega — murmurou. — Continuamente.

Eve apenas balançou a cabeça.

— Diga-me por que acha que Yvonne Metcalf saiu de casa para se encontrar com alguém no jardim.

— Por promoção, glória, empolgação, amor. — Tomou um gole do conhaque e encolheu os ombros. — Provavelmente nessa ordem. Ela teria se vestido com cuidado porque era vaidosa, admiravelmente vaidosa. A hora do encontro não significaria nada para ela, pois era impulsiva, divertidamente impulsiva.

Eve soltou o ar. Era disso que ela precisava. Roarke podia ajudá-la a enxergar melhor as vítimas.

— Havia outros homens?

Ele ficou pensando, ela notou, e se forçou a parar, dizendo:

— Ela era adorável, divertida, brilhante, boa de cama. Imagino que havia um monte de homens em sua vida.

— Homens ciumentos ou zangados?

Ele se mostrou surpreso.

— Você quer dizer alguém que poderia tê-la matado porque ela não queria lhe dar o que queria? Ou o que precisava? — Seus olhos se fixaram nos dela. — É uma idéia. Um homem poderia fazer um grande estrago na vida de uma mulher por causa disso, se a desejasse ou precisasse dela o bastante. Por outro lado, eu, por exemplo, não matei você. Ainda.

— Isto é uma investigação de assassinato, Roarke. Não se faça de engraçadinho comigo.

— Engraçadinho? — Ele surpreendeu os dois atirando a taça quase vazia do outro lado da sala. O vidro se espatifou na parede e a bebida se espalhou em volta. — Você entra aqui arrebentando tudo pelo caminho, sem avisar, sem ser convidada, e espera que eu me sente bem quietinho, cooperando com você feito um cachorro treinado enquanto me interroga? Fica me fazendo perguntas a respeito de Yvonne, uma mulher por quem eu me importava, e espera que eu responda animadamente, enquanto você fica me imaginando na cama com ela.

Eve já vira seu gênio explodir e soltar fagulhas. Normalmente preferia isto ao seu controle gélido. Naquele instante, porém, os nervos dela haviam se rompido junto com o copo.

— Não é pessoal e não é um interrogatório. É uma consulta junto a uma fonte útil. Estou fazendo o meu trabalho.

— Isso não tem nada a ver com o seu trabalho, e nós dois sabemos disso. Se em você houver uma semente de dúvida sobre eu ter tido alguma coisa com o rasgo na garganta dessas duas mulheres, então eu cometi um erro ainda maior do que imaginava. Se está tentando me incriminar, tenente, faça isto usando o seu tempo, e não o meu. — Pegou o gravador em cima da mesa e o atirou na direção dela. — E da próxima vez traga um mandado.

— Estou tentando eliminar você por completo.

— E já não fez isso? — Voltou para trás da mesa e se sentou, cansado. — Vá embora. Estou cheio de tudo isso.

Ela ficou surpresa por não tropeçar no caminho até a porta, pelo modo com que seu coração estava batendo e os joelhos tremiam. Lutou para conseguir um pouco de ar ao esticar a mão para abrir a porta. Da mesa, Roarke se xingou de tolo e apertou o botão que trancava a fechadura. Os dois que se danassem, mas ela não ia abandoná-lo daquele jeito.

Ele estava abrindo a boca para falar quando ela se virou, a poucos centímetros da porta. Havia fúria em seu rosto agora.

— Tudo bem, droga, tudo bem. Você venceu. Estou me sentindo podre. Era isso o que queria? Não consigo dormir, não consigo comer. É como se alguma coisa dentro de mim tivesse se quebrado e eu mal consigo desempenhar o meu trabalho. Está feliz agora?

Ele sentiu o primeiro sintoma de alívio e o aperto em volta do coração afrouxou um pouco.

— Deveria estar?

— Eu estou aqui, não estou? Estou aqui porque não agüentava mais ficar longe. — Agarrando o cordão sob a blusa, voltou pisando firme até ele. — Estou usando esta porcaria!

Ele olhou para o diamante que ela balançou na cara dele. Ele refulgiu, cheio de fogo e segredos.

— Como eu disse, Eve, ele combina com você.

— É, combina muito... — resmungou e girou o corpo. — Ele faz com que eu me sinta uma idiota, mas tudo bem, vou ser idiota. Vou me mudar para cá. Vou tolerar aquele robô ofensivo que você chama de mordomo. Vou usar diamantes. Só não... — e parou de falar, cobrindo o rosto, enquanto os soluços se apoderavam dela. — Eu não agüento mais isso.

— Não. Pelo amor de Deus, não chore!

— Estou só cansada. — E se balançou para sentir um pouco de conforto. — Apenas cansada, só isso.

— Então me xingue. — Ele se levantou, abalado e mais do que aterrorizado, pelo ataque de choro. — Atire alguma coisa em cima de mim. Dê um soco na minha cara.

Ela recuou quando ele tentou alcançá-la.

— Não — respondeu ela. — Preciso só de um minuto quando estou fazendo papel de boba.

Ignorando isso, ele a puxou para junto dele. Ela tentou se afastar duas vezes, mas ele a trouxe de volta, com firmeza, para junto dele. Então, em um gesto desesperado, os braços dela o envolveram, apertando-o com força.

— Não vá embora — pediu ela, apertando o rosto contra o ombro dele. — Não vá embora.

— Não estou indo a lugar algum. — Devagar, ele fez um carinho nas costas dela e embalou sua cabeça. Será que havia algo mais surpreendente ou mais assustador para um homem, meditou ele, do que uma mulher forte coberta de lágrimas? — Eu estive aqui o tempo todo. Eu a amo, Eve, mais do que consigo suportar.

— Eu preciso de você. Não consigo evitar. Não quero isso.

— Eu sei. — Ele se afastou um pouco e pegou-lhe o queixo, para levantar o rosto dela na direção do dele. — Vamos ter de aprender a lidar com isso. — Beijou-lhe primeiro uma das faces molhadas e depois a outra. — Eu não consigo viver sem você.

— Você me mandou embora.

— Mas tranquei a porta. — Seus lábios sorriram ligeiramente antes de acariciar os dela. — Se você tivesse esperado mais algumas horas, eu teria ido procurar por você. Estava aqui sentado agora à noite, tentando me convencer a não fazer isso, sem sucesso. Foi quando você entrou de repente. Eu estava perigosamente próximo de me colocar de joelhos.

— Por quê? — Ela tocou o rosto dele. — Você poderia ter qualquer mulher. Provavelmente tem, à hora que quiser.

— Por quê? — e jogou a cabeça para o lado. — Essa é difícil de responder. Será que é pela sua serenidade, seu jeito calmo, sua percepção impecável das coisas que estão na moda? — Fez bem ao seu coração ver o sorriso curto e divertido que ela lançou. — Não, só posso estar pensando em outra pessoa. Acho que é a sua coragem, a absoluta dedicação em deixar a balança do mundo equilibrada, a sua mente inquieta, e aquele doce recanto no coração que a impulsiona a se importar tanto e com tanta gente.

— Essa não sou eu.

— Ah, mas é claro que é você, minha querida Eve — e tocou os seus lábios com os dele. — Da mesma forma que este sabor é o seu, o cheiro, o jeito, o som. Você me desmontou. Vamos conversar — murmurou, passando a ponta dos polegares em seu rosto para secar-lhe as lágrimas. — Vamos descobrir um modo de fazer com que isso funcione para nós dois.

Ela prendeu a respiração de modo entrecortado.

— Eu amo você. — E soltou o ar. — Ah, Deus.

A emoção que o varreu por dentro foi como uma tempestade de verão, rápida, violenta e depois pura. Pleno com esta sensação, ele uniu as sobrancelhas com as dela.

— Você não se engasgou quando disse isso.

— Acho que não. Talvez eu acabe me acostumando. — E talvez seu estômago não se remexesse como uma lagoa cheia de sapos da próxima vez. Levantando a cabeça, encontrou os lábios dele.

Em um instante o beijo se tornou quente, insaciável e cheio de energia represada. Ela sentia o sangue rugir dentro da cabeça, tão alto e tão feroz que nem conseguiu ouvir o momento em que repetiu as palavras, mas as sentiu, pelo jeito com que seu coração corcoveou e se avolumou.

Sem conseguir respirar, e já se sentindo molhada, ela agarrou as calças dele.

— Agora — pediu ela. — Agora mesmo.

— Sim, neste momento — e arrancou-lhe a blusa por cima da cabeça antes mesmo de chegarem ao chão.

Rolaram, tateando um em busca do outro. Os braços e as pernas se emaranharam. Tonta de fome, ela enterrou os dentes nos ombros dele enquanto ele puxava seu jeans para baixo. Ele teve apenas um momento em que registrou com o tato a pele dela sob as mãos, suas formas, o calor que vinha dela, e então tudo se transformou em uma massa de sentidos, uma mistura de cheiros e texturas que se friccionavam de encontro à necessidade urgente de unir os corpos.

A *finesse* ia ter de esperar, e a ternura também. O instinto animal tomou conta dos dois, devorando-os até mesmo depois que ele já estava dentro dela, bombeando-a loucamente. Ele podia sentir o corpo dela se agarrar ao dele e ficar mais tenso, e ouviu o gemido longo e baixo da libertação que trepidou através dela. E se esvaziou por completo, liberando coração, alma e semente.

Ela acordou na cama dele com a tênue luz do sol atravessando os filtros das janelas. Com os olhos fechados, esticou o braço e encontrou o espaço ao seu lado ainda quente, mas vazio.

— Mas... como foi que eu vim parar aqui? — perguntou a si mesma em voz alta.

— Eu carreguei você.

Seus olhos se abriram de repente e ela viu a imagem de Roarke entrar em foco. Ele estava sentado, nu, com as pernas cruzadas à altura dos joelhos, observando-a.

— Você me carregou?

— Você pegou no sono, no chão — e se inclinou para passar a ponta do polegar sobre a bochecha de Eve. — Você não devia trabalhar assim, até a exaustão, Eve.

— Você me carregou — repetiu ela, muito grogue para decidir se estava com vergonha ou não. — Acho que estou com pena por ter perdido isso.

— Temos bastante tempo para repetir a cena. Estou preocupado com você.

— Eu estou bem. Estou só... — e olhou as horas no relógio ao lado da cama. — Meu Deus, já são dez horas! Dez da manhã?

Ele usou uma das mãos para empurrá-la de volta para a cama quando ela começou a se mexer para levantar.

— Hoje é domingo, Eve — informou.

— Domingo? — Completamente desorientada, esfregou os olhos para clareá-los. — Perdi a noção do dia! — Ela não estava de serviço, lembrou, mas, mesmo assim...

— Você precisa dormir um pouco — disse ele, lendo a sua mente. — E precisa de combustível, algo mais além de cafeína. — Pegou o copo na mesinha e estendeu o braço para ela.

— Que é isso? — perguntou ela, desconfiada, ao observar o líquido cor-de-rosa claro.

— Uma coisa boa para você. Beba. — Para ter certeza de que ela ia beber, levou o copo até os seus lábios. Ele poderia ter dado o indutor energético sob a forma de pílula, mas sabia que ela não gostava de nada que lembrasse droga. — É uma coisinha que os meus laboratórios estão desenvolvendo. Devemos colocar no mercado dentro de seis meses.

— É experimental? — Ela franziu o cenho.

— É completamente seguro. — Ele sorriu e colocou o copo vazio de volta na mesinha. — Até agora quase ninguém morreu.

— Rá-rá... — Ela se sentou novamente, sentindo-se surpreendentemente relaxada e incrivelmente alerta. — Tenho de ir para a Central de Polícia, para trabalhar um pouco nos outros casos que estão em minha mesa.

— Você precisa de um tempo de folga — e levantou a mão antes que ela tivesse tempo de argumentar. — Um dia. Pelo menos uma tarde. Gostaria que você passasse esse tempo comigo, mas mesmo que você fique sozinha, precisa do descanso.

— Bem, acho que posso tirar umas duas horas. — Sentou-se e envolveu-lhe o pescoço com os braços. — O que está pensando em fazer?

Sorrindo, ele rolou com ela sobre a cama. Desta vez houve *finesse*, e houve ternura.

Eve não ficou surpresa ao ver a pilha de mensagens que esperava por ela. O domingo deixara de ser um dia de descanso há décadas. Seu disco de mensagens apitava o tempo todo, informando mensagens recebidas de Nadine Furst, do arrogante e astuto Morse, outra dos pais de Yvonne Metcalf, que a deixou massageando os olhos, e uma mensagem curta de Mirina Angelini.

— Você não pode livrá-los da dor, Eve — disse Roarke por trás dela.

— O quê?

— Os Metcalf. Posso ver em seu rosto.

— Sou tudo o que eles têm para se agarrar — e acessou o sistema de correio eletrônico, para acusar a recepção das mensagens. — Eles precisam saber que existe alguém que está cuidando da filha.

— Gostaria de dizer uma coisa.

Eve olhou para cima, preparando-se para ouvir um sermão sobre a importância do descanso, da objetividade e do distanciamento profissional.

— Desembuche logo para eu poder voltar ao trabalho.

— Já lidei com muitos policiais na vida. Já fugi deles, já os subornei, já consegui superá-los estrategicamente, ou simplesmente os deixei para trás.

Com um olhar divertido, ela encostou o quadril na quina da mesa, dizendo:

— Não sei se você deveria estar me contando essas coisas. Seus registros na polícia são estranhamente limpos.

— Claro que são. — Em um impulso, beijou-lhe a ponta do nariz. — Eu paguei para isso.

— Escute, Roarke — e franziu o cenho —, o que eu não sei a seu respeito não pode prejudicá-lo.

— O que eu quero dizer é — continuou ele, suavemente — que eu já lidei com muitos policiais ao longo dos anos. Você é a melhor.

— Ora, eu... — Pega completamente de surpresa, ela piscou.

— Você vai sempre defender os mortos e os que sofrem. Fico comovido com você.

— Ah, corta essa, Roarke! — Terrivelmente envergonhada, mudou de posição. — Estou falando sério.

— Você pode usar essa força quando responder à mensagem de Morse e tiver de enfrentar a sua vozinha irritante.

— Eu não vou responder a ele.

— Mas já deu início à resposta das transmissões.

— Apaguei a primeira mensagem — e sorriu. — Opa, foi sem querer!

Com uma gargalhada, ele a pegou no colo, levantando-a da mesa.

— Gosto do seu estilo, tenente.

Ela se deixou entregue àquele momento, passando os dedos pelos cabelos dele antes de tentar se soltar.

— Só que neste instante você está me tolhendo. Chegue para trás enquanto eu vejo o que Mirina Angelini quer. Afastando-o do campo de visão do aparelho, ela se conectou ao número e esperou.

Foi a própria Mirina que atendeu, com o rosto pálido e tenso aparecendo na tela.

— Sim? Oh, tenente Dallas. Obrigada por dar retorno tão depressa. Achava que a senhorita só ia responder amanhã.

— Em que posso ajudá-la, senhorita Angelini?

— Precisamos conversar, e o mais rápido possível. Não quero que isso aconteça através do comandante, tenente. Ele já fez muito por mim e pela minha família.

— É algo relacionado com a investigação?

— Sim, pelo menos eu acho que sim.

Eve fez um sinal com a mão para que Roarke saísse do escritório. Ele simplesmente ficou encostado em uma parede. Ela rangeu os dentes para ele, e então tornou a olhar para a tela.

— Ficarei feliz em encontrá-la, senhorita Angelini, quando for mais conveniente.

— É disso que se trata, tenente, realmente vai ter de ser quando me for conveniente. Meus médicos não querem que eu torne a viajar por agora. Preciso que a senhorita venha até aqui.

— Quer que eu vá até Roma? Senhorita Angelini, mesmo que o departamento autorizasse a viagem, eu preciso de algo concreto para justificar o tempo e as despesas.

— Eu levo você até lá — disse Roarke, com descontração.

— Fique quieto!

— Quem está ao seu lado? Tem mais alguém aí? — A voz de Mirina estremeceu.

— É Roarke que está comigo — respondeu Eve, falando entre dentes. — Senhorita Angelini...

— Ah, tudo bem. Eu estava mesmo tentando localizá-lo. Será que os dois podiam vir juntos? Sei que isto parece uma imposição, tenente. Estou evitando usar pistolão, mas farei isso se for necessário. O comandante poderia autorizar a sua viagem.

— Estou certa de que ele dará permissão — Eve falou em voz baixa. — Vou encontrá-la assim que isso acontecer. Manteremos contato — e encerrou a transmissão. — Esses riquinhos mimados me deixam profundamente irritada!

— O pesar e a preocupação desconhecem limites financeiros, — explicou Roarke.

— Ah, cale a boca! — Ela bufou de raiva e chutou, mal-humorada, a perna da mesa.

— Você vai gostar de Roma, querida — disse Roarke, e sorriu.

Eve realmente gostou de Roma. Pelo menos achou que sim, pelo pouco que viu durante a rápida viagem do aeroporto até o apartamento dos Angelini que ficava de frente para a escadaria da Piazza di Spagna: havia fontes, tráfego e ruínas antigas demais para ela poder acreditar.

Do banco de trás da limusine particular, Eve observava, com uma espécie de pasmo desconcertante, os pedestres que desfilavam a última moda. Mantas esvoaçantes pareciam ser o forte da estação. Tecidos aderentes, transparentes ou encorpados, em cores que iam de um tom pálido, quase branco, até o bronze mais escuro. Cintos enfeitados com jóias pendiam das cinturas, combinando com sapatos de salto baixo incrustados com pedras, e pequenas bolsas também com pedrarias, usadas igualmente por homens e mulheres. Todo mundo parecia fazer parte da realeza.

Roarke não imaginou que Eve fosse capaz de ostentar aquele olhar abobalhado. Deu-lhe um enorme prazer notar que ela era capaz de esquecer sua missão por algum tempo para olhar para tudo extasiada. Era uma pena, pensou, que eles não pudessem ficar ali mais um ou dois dias, para que ele tivesse a oportunidade de mostrar a cidade a ela, a sua grandeza e impossível continuidade.

Ele chegou a ficar com pena quando o carro parou bruscamente junto ao meio-fio e a trouxe de volta à realidade.

— É bom que isto tudo valha a pena. — Sem esperar pelo motorista, ela saiu e bateu a porta do carro. Quando Roarke a segurou pelo cotovelo, a fim de indicar-lhe a entrada do prédio, ela virou a cabeça para ele e franziu o cenho.

— Você não fica nem um pouco chateado por ser intimado e ter de atravessar um oceano inteiro só para ter uma conversa?

— Querida, eu costumo ir a lugares muito mais distantes por menos do que isso. E sem uma companhia tão agradável.

Ela bufou e já ia tirando o distintivo para exibi-lo ao andróide da segurança, antes de se lembrar onde estava.

— Eve Dallas e Roarke. Viemos ver a senhorita Mirina Angelini.

— Os senhores são aguardados, Eve Dallas e Roarke. — O andróide foi deslizando até um elevador com grade dourada e digitou um código.

— Você bem que podia arrumar um desses — Eve apontou com a cabeça na direção do andróide, antes de as portas se fecharem — e dispensar o Summerset.

— Summerset tem um charme próprio.

— É... Pode apostar — e bufou outra vez, mais alto.

As portas se abriram diante de um saguão revestido de ouro e marfim, onde uma pequena fonte em forma de sereia tilintava.

— Meu Deus! — sussurrou Eve, analisando as palmeiras e as pinturas. — Eu nunca pensei que mais alguém, além de você, vivesse assim.

— Bem-vindos a Roma. — Randall Slade entrou. — Obrigado por virem. Por favor, entrem. Mirina está na sala de estar.

— Ela não mencionou que o senhor estaria aqui, senhor Slade.

— Tomamos juntos a decisão de chamá-los.

Aguardando a hora de fazer perguntas, Eve entrou, passando à frente dele. A parede da frente da sala de estar era totalmente feita de vidro transparente. Como o prédio tinha apenas seis andares, Eve imaginou que o material era transparente só de dentro para fora. Apesar da altura relativamente pequena, dava para ter uma vista fulgurante da cidade.

Mirina estava sentada de modo recatado sobre uma poltrona curva, segurando uma xícara de chá com mãos que tremiam ligeiramente.

Parecia ainda mais pálida, se é que era possível, e mais frágil do que antes, vestindo uma túnica azul-claro, muito na moda. Seus pés estavam descalços, e as unhas estavam pintadas em um tom que combinava com a túnica. Arrumara o cabelo com um coque severo, preso por um pente cravejado de pedrarias. Eve achou que ela se parecia com uma daquelas deusas da Roma antiga, mas seus conhecimentos de mitologia eram muito precários para identificar qual.

Mirina não se levantou, nem sorriu, mas pousou a xícara e pegou um elegante bule branco para servir duas xícaras a mais.

— Espero que me acompanhem no chá.

— Não vim aqui para festejar, senhorita Angelini.

— Não, mas o fato é que veio, e fico-lhe grata.

— Espere, deixe que eu sirvo. — Com uma graça leve, que quase mascarava o barulho que as xícaras faziam nas mãos trêmulas de Mirina, Slade as tomou de suas mãos. — Por favor, sentem-se — convidou. — Não vamos prendê-los aqui mais do que o necessário, mas gostaríamos que estivessem confortáveis.

— Eu não tenho jurisdição alguma aqui — começou Eve enquanto se sentava em uma cadeira acolchoada, de costas baixas —, mas gostaria de gravar esta reunião, com a permissão de vocês.

Mirina olhou para Slade e mordeu o lábio.

— Sim, é claro — e limpou a garganta quando Eve pegou o gravador e o colocou sobre a mesa que havia entre eles. — A senhorita já sabe a respeito das... dificuldades que Randy teve, vários anos atrás, no Setor 38.

— Eu sei — confirmou Eve —, mas me disseram que a senhorita não sabia.

— Randy me contou tudo ontem. — Mirina esticou a mão sem olhar para o noivo, e mais que depressa ele a segurou. — A senhorita é uma mulher forte e confiante, tenente. Deve ser difícil para alguém assim compreender aquelas de nós que não possuem essa força. Randy não tinha me contado antes porque temia que eu não conseguisse lidar muito bem com o caso. São os meus nervos — e moveu os ombros frágeis. — Crises nos negócios me deixam energizada. Crises pessoais me deixam arrasada. Os médicos dizem que isso é uma tendência escapista. Acham que eu prefiro não enfrentar os problemas.

— É que você é delicada — afirmou Slade, apertando-lhe a mão. — Não há nada de vergonhoso nisso.

— De qualquer modo, isso é algo que eu preciso enfrentar. Você estava lá — disse, virando-se para Roarke — durante o incidente.

— Sim, estava na estação, provavelmente no cassino.

— E a segurança do hotel, os guardas que Randy chamou, também eram seus.

— É verdade. Todos possuem equipes de segurança privada. Os casos criminais são transferidos para a magistratura, a não ser que possam ser resolvidos em âmbito particular.

— Você quer dizer através de propinas.

— Naturalmente.

— Randy poderia ter subornado a segurança, mas não fez isso.

— Mirina — ele a acalmou com outro aperto em sua mão —, eu não os subornei porque não estava pensando de forma clara o bastante para fazer isso. Se estivesse, não teria havido registros do caso e não estaríamos conversando sobre isso agora.

— As acusações mais pesadas foram retiradas — lembrou Eve. — O senhor recebeu a pena mínima pelas que restaram.

— E me asseguraram de que todo aquele assunto permaneceria enterrado. Isto não aconteceu. Gostaria de tomar algo mais forte do que chá. Aceita, Roarke?

— Uísque, se houver, dois dedinhos.

— Conte a eles, Randy — sussurrou Mirina enquanto ele programava dois uísques no bar embutido.

Ele fez que sim com a cabeça, trouxe o copo de Roarke e então entornou o seu de uma vez só.

— Cicely ligou para mim na noite em que foi assassinada.

Eve levantou a cabeça como um perdigueiro que sente o cheiro de sangue.

— Não há registro dessa ligação no *tele-link* dela. Não houve nenhuma ligação para fora.

— Ela ligou de um telefone público. Não sei de onde. Passava um pouco da meia-noite, pelo seu horário. Ela estava agitada, zangada.

— Senhor Slade, o senhor me disse durante o interrogatório oficial que não teve contato com a promotora Towers naquela noite.

— Eu menti. Tive medo.

— E agora quer retificar sua declaração anterior.

— Gostaria de revisá-la. Mesmo sem o benefício da presença de um advogado, tenente, e ciente da punição por ter dado uma declaração falsa durante uma investigação policial. Estou lhe afirmando agora que ela entrou em contato comigo pouco antes de ser morta. Isto, é claro, me dá um álibi, se quiser ver por esse lado. Seria quase impossível eu conseguir viajar esta distância e matá-la dentro do espaço de tempo que tinha. A senhorita pode, é claro, averiguar os registros das ligações que recebi.

— Esteja certo de que farei isso. O que foi que ela queria?

— Ela me perguntou se era verdade. Apenas isso, a princípio. Eu estava distraído, trabalhando. Levei um momento para notar o quanto ela estava aborrecida e depois, quando ela foi mais direta, demorou um pouco mais para eu compreender que ela estava falando do Setor 38. Entrei em pânico, dei algumas desculpas. Mas era impossível mentir para Cicely. Ela me encostou na parede. Eu fiquei zangado, também, enquanto discutíamos.

Ele parou de falar, lançando um olhar para Mirina. Ele olhava para ela, pensou Eve, como se estivesse esperando que ela se estilhaçasse como vidro a qualquer momento.

— Vocês discutiram, senhor Slade? — perguntou Eve.

— Sim. Sobre o que acontecera e por quê. Eu queria saber como foi que ela havia descoberto, mas ela me cortou. Tenente, ela estava furiosa. Disse-me que eu ia ter de resolver aquilo, pelo bem da filha dela. Depois, então, ela ia resolver tudo comigo. Terminou a ligação de forma abrupta, e eu procurei me estabilizar para pensar naquilo, e para beber.

Ele foi novamente até Mirina, pousou a mão sobre o seu ombro e o acariciou.

— Era de manhã bem cedo — continuou —, pouco antes de amanhecer, quando ouvi no noticiário que ela estava morta.

— Ela jamais conversara com o senhor sobre o incidente até aquela noite?

— Não. Tínhamos um excelente relacionamento. Ela sabia a respeito do meu vício de jogo, e desaprovava aquilo, mas de forma leve. Ela estava acostumada com David. Acho que ela nunca soube o quanto nós éramos amigos.

— Soube sim — corrigiu Roarke. — Ela me pediu para afastar vocês dois.

— Ah. — Slade sorriu para o copo vazio. — Isso explica o porquê de eu não ter conseguido entrar no seu cassino, em Las Vegas II.

— Exatamente.

— E por que agora? — perguntou Eve. — Por que razão o senhor resolveu revisar a sua declaração anterior?

— Comecei a me sentir acuado. Sabia o quanto Mirina ficaria magoada se soubesse da história por outra pessoa. Precisava contar a ela. Foi decisão dela entrar em contato com a senhorita.

— Decisão nossa. — Mirina estendeu a mão novamente. — Não posso trazer minha mãe de volta, e sei o quanto meu pai vai ficar abalado quando contarmos que Randy foi usado para atingi-la. São coisas com as quais eu vou ser obrigada a conviver. Consigo superar isso se souber que, quem quer que tenha usado Randy e a mim, vai pagar por isso. Ela jamais teria saído de casa, jamais teria ido até lá se não fosse para me proteger.

Quando estavam novamente voando para oeste, Eve ficou andando de um lado para outro dentro da confortável cabine.

— Famílias. — Enfiou os polegares nos bolsos. — Você alguma vez pensa nisso, Roarke?

— Ocasionalmente. — Já que ela estava disposta a conversar, ele desligou o noticiário econômico que acompanhava em seu monitor pessoal.

— Se seguirmos esta teoria, Cicely Towers saiu naquela noite chuvosa como mãe. Alguém estava ameaçando a felicidade de sua filha. Ela ia resolver o problema. Mesmo que estivesse disposta a mandar Slade para escanteio, ela ia consertar as coisas antes.

— É isso que imaginamos ser o instinto natural de um pai ou uma mãe.

— Nós sabemos que não é bem assim — Eve lançou um rápido olhar para ele.

— Eu não diria que as nossas experiências servem como norma, Eve.

— Tudo bem. — Pensativa, ela se sentou no braço da poltrona dele. — Então, se é tão normal para uma mãe pular para proteger sua filha de qualquer problema, Cicely Towers fez exatamente o que o assassino esperava. Ele a compreendia, sabia julgar bem o seu caráter.

— De modo perfeito, eu diria.

— Ela era também uma serva da lei. Seria obrigação sua, e certamente seu instinto, notificar as autoridades, relatar qualquer ameaça ou tentativa de chantagem.

— O amor de mãe é mais forte do que a lei.

— O dela era, e quem quer que a tenha matado sabia disso. Quem a conhecia tão bem? O amante, o ex-marido, o filho, a filha, Slade.

— E outros, Eve. Ela era uma voz forte e atuante, apoiava a maternidade profissional, os direitos de família. Foram feitas dezenas de matérias sobre ela nos últimos anos, destacando seu compromisso pessoal com a família.

— Isso é arriscar muito, se guiar pela imprensa. A mídia pode ser, e é, influenciável, ou deturpa uma história para atingir os próprios objetivos. Eu diria que o assassino dela sabia, não só supunha. Ele sabia. Deve ter havido contato pessoal ou uma pesquisa muito extensa.

— Isso não ajuda a diminuir a lista de suspeitos.

Eve descartou com um aceno de mão.

— O mesmo vale para Yvonne Metcalf. Um encontro é marcado, mas não vai ser especificamente documentado em seu diário. Como é que o assassino sabia disso? Porque conhecia os hábitos dela. Meu trabalho é descobrir os hábitos dele, ou dela. Porque vai acontecer mais um crime.

— Está tão certa disso?

— Estou, e a doutora Mira confirmou.

— Você foi falar com ela então.

Inquieta, Eve se levantou novamente.

— Ele... fica mais fácil dizer "ele", tem inveja, ressentimentos, e é fascinado por mulheres poderosas. Mulheres que são conhecidas pelo público, mulheres que deixam uma marca. A doutora Mira acha que as mortes podem ser motivadas pela ânsia de ter controle, mas eu duvido. Talvez pensar assim seria dar crédito demais ao assassino. Talvez seja só pela emoção. O assédio, o fato de atrair a vítima com uma isca, o planejamento. De quem ele estará à espreita agora?

— Já se olhou no espelho?

— Hein?

— Você tem noção da freqüência com que seu rosto tem aparecido nas telas, nos jornais? — Lutando contra o próprio medo, ele se levantou, colocou as mãos nos ombros de Eve e leu o seu rosto. — Você já pensou nisso?

— Eu até gostaria que fosse assim — corrigiu ela —, porque estaria bem preparada.

— Você me assusta — conseguiu ele dizer.

— Você me disse que eu era a melhor. — Riu e deu um tapinha na bochecha dele. — Relaxe, Roarke, eu não vou fazer nenhuma burrice.

— Ah, agora vou dormir melhor.

— Falta quanto tempo para aterrissarmos? — Impaciente, ela se virou e foi até a tela.

— Trinta minutos mais ou menos, imagino.

— Preciso encontrar Nadine.

— O que está planejando, Eve?

— Eu? Ah, estou planejando conseguir muitas matérias na imprensa — e enfiou os dedos pelos cabelos em desalinho. — Você não tem umas festas bem pomposas, daquele tipo que a mídia adora cobrir e às quais a gente possa ir?

— Acho que posso conseguir uma ou outra — e soltou um suspiro.

— Ótimo! Vamos marcar algumas dessas. — Eve se jogou em uma poltrona e batucou com os dedos no joelho dele. — Acho que vou até mesmo aceitar algumas daquelas roupas novas.

— Acima e além. — Ele a levantou e a colocou sentada em seu colo. — Mas eu vou ficar colado em você, tenente.

— Não trabalho com civis.

— Eu estava falando sobre fazer compras.

Os olhos de Eve se estreitaram enquanto a mão dele deslizava por baixo da blusa dela.

— Isso é uma sondagem?

— É.

— Tudo bem. — Ela se virou e afastou as pernas. — Só para saber.

Capítulo Dez

— Primeiro, vou gravar a minha introdução. — Nadine olhou em volta da sala de Eve e ergueu uma sobrancelha. — Não parece um santuário.

— Como disse?

— Até agora você vinha guardando esta sala como se fosse solo sagrado. — Com casualidade, Nadine ajustava o ângulo do monitor de Eve. — Eu esperava mais do que um *closet* apertado, com uma mesa de trabalho e duas cadeiras tão gastas.

— Meu coração se sente em casa aqui — respondeu Eve calmamente e se recostou em uma das cadeiras gastas.

Nadine jamais se considerara claustrofóbica, mas achou que o bege das paredes as fazia parecerem terrivelmente próximas, e achou que devia reavaliar a sua fobia de lugares fechados. A única janela da sala era minúscula, e embora, sem dúvida, fosse à prova de balas, não tinha película protetora e oferecia uma visão estreita do movimentado tráfego acima de uma estação de ônibus aéreos.

A pequena sala, avaliou Nadine, parecia apinhada de gente.

— Eu achei que, depois que resolveu o caso DeBlass no inverno passado, você ganharia uma sala mais *tchan*, com uma janela de verdade, e talvez um tapete.

— Você veio aqui para redecorar o ambiente ou para gravar uma matéria?

— E o seu equipamento, Eve, é patético. — Divertindo-se com aquilo, Nadine estalou a língua e balançou a cabeça ao olhar para os aparelhos de Eve. — Lá no estúdio, relíquias como estas são relegadas aos empregados do baixo escalão, ou, o que é mais provável, doadas em caridade para algum centro de reabilitação.

Eve disse a si mesma que não ia fazer cara feia e comentou:

— Então, na próxima rodada de doações lembre-se de mandar alguma coisa para o Fundo do Departamento de Polícia e Segurança Pública.

— Lá no Canal 75 — sorriu Nadine, encostando-se à mesa — até mesmo a ralé possui um AutoChef pessoal na sala.

— Estou aprendendo a odiar você, Nadine.

— E eu estou só colocando você em ponto de bala para a entrevista. Sabe o que eu queria, Dallas, já que você está a fim de ganhar espaço na mídia? Uma entrevista pessoal e exclusiva, uma matéria em profundidade, mostrando a mulher por trás do distintivo. A vida e os amores de Eve Dallas, tenente do Departamento de Polícia da Cidade de Nova York. O lado pessoal de uma servidora pública.

Eve não resistiu e acabou fazendo cara feia, afinal.

— Não abuse da sorte, Nadine.

— Ora, mas abusar da sorte é o que eu sei fazer de melhor. — Nadine se atirou em uma das cadeiras e a arrastou para o lado. — Como está o ângulo, Pete?

O operador da câmera segurou uma pequena tela sem fio na palma da mão e a levantou até a altura do rosto.

— Legal — respondeu ele.

— Pete é um homem de poucas palavras — comentou Nadine. — É assim que eu gosto deles. Quer ajeitar o cabelo?

Eve se segurou e por pouco não passou os dedos pelo cabelo em desalinho. Ela detestava estar diante de uma câmera. Odiava aquilo.

— Não — respondeu.

— Você é quem sabe. — Nadine pegou um pequeno estojo de maquiagem em sua bolsa imensa, aplicou algo sobre os olhos e inspecionou os dentes para ver se não havia manchas de batom. — Tudo bem. — Jogou o estojo de volta na bolsa, cruzou as pernas com elegância, provocando um pequeno farfalhar de seda deslizando sobre seda, e se virou de frente para a câmera. — Pode gravar.

— Gravando!

Seu rosto se modificou. Eve achou interessante olhar a transformação. No momento em que a luz vermelha da câmera se acendeu, as feições de Nadine se iluminaram e ganharam intensidade. Sua voz, que até aquele instante era rápida e leve, ficou mais pausada e profunda, exigindo atenção.

— Eu sou Nadine Furst, falando direto da sala da tenente Eve Dallas, na Divisão de Homicídios da Central de Polícia. Esta entrevista exclusiva tem como tema os assassinatos violentos, e ainda não solucionados, da promotora Cicely Towers e da premiada atriz Yvonne Metcalf. Tenente, os dois crimes têm ligação um com o outro?

— As provas indicam essa possibilidade. Podemos confirmar, a partir do relatório do médico legista, que as duas vítimas foram mortas pela mesma arma e pela mesma mão.

— Não há dúvida quanto a isso?

— Nenhuma. Ambas foram assassinadas por uma lâmina fina de corte reto, com quase vinte centímetros de comprimento, que vai se estreitando do cabo até a ponta, e é extremamente afiada. Nos dois casos, a vítima foi atacada de frente, com um golpe firme da lâmina que rasgou a garganta, da direita para a esquerda, em um ângulo ligeiramente elevado.

Eve pegou uma caneta comprida em cima da mesa, fazendo Nadine se encolher e piscar de susto quando a arrastou a poucos milímetros da garganta da repórter, explicando:

— Foi desse jeito.

— Entendo.

— O golpe — continuou Eve — cortou a veia jugular, provocando uma volumosa e instantânea perda de sangue, incapacitando a vítima de imediato e evitando que ela gritasse por socorro ou tentasse se defender de algum modo. A morte ocorreu em poucos segundos.

— Em outras palavras, o criminoso tinha pouco tempo a perder. Um ataque frontal, tenente, não indicaria que as vítimas conheciam o assassino?

— Não necessariamente, mas há outra prova que leva à conclusão de que as vítimas conheciam a pessoa que as atacou, ou estavam esperando para se encontrar com alguém. A ausência de quaisquer feridas defensivas, por exemplo. Se eu atacasse você de forma inesperada... — Eve novamente esticou a mão com a caneta e Nadine no mesmo instante levantou a mão para proteger a garganta. — Como vê, a defesa é automática.

— Isso é interessante — comentou Nadine, fazendo força para manter o rosto impassível. — Temos os detalhes dos assassinatos em si, mas não dos motivos por trás deles, nem do assassino. O que há em comum que sirva de ligação entre a promotora Towers e Yvonne Metcalf?

— Estamos seguindo várias linhas de investigação.

— A promotora Towers foi assassinada há três semanas, tenente, e ainda não há nem um suspeito sequer?

— Ainda não temos provas suficientes para efetuar uma prisão no momento.

— Então existem suspeitos?

— As investigações estão prosseguindo com a maior rapidez possível.

— E quanto aos motivos?

— As pessoas se matam umas às outras, Nadine, por uma infinidade de motivos. Isso vem acontecendo desde que viemos do barro.

— Falando em termos bíblicos — completou Nadine —, assassinato é o crime mais antigo que existe.

— Podemos dizer que tem uma longa tradição. Podemos filtrar certas tendências indesejáveis por meio de pesquisas genéticas e tratamentos químicos; temos mapeamentos cerebrais e isolamos indivíduos em colônias penais tirando-lhes a liberdade. A natureza humana, no entanto, permanece a mesma.

— São os motivos básicos para a violência que a sociedade não consegue filtrar: amor, ódio, ganância, inveja, raiva.

— São eles que nos diferenciam dos andróides, não é mesmo?

— E nos tornam suscetíveis a alegrias, pesares e paixões. Este seria um debate para os cientistas e intelectuais. Qual desses motivos, no entanto, matou Cicely Towers e Yvonne Metcalf?

— Sabemos apenas que uma pessoa as matou, Nadine. O propósito dele, ou dela, permanece oculto.

— A polícia já traçou um perfil psicológico do assassino, é claro.

— Traçamos — confirmou Eve. — E vamos usá-lo, bem como todas as ferramentas que estiverem ao nosso alcance, para encontrarmos o criminoso. Eu vou achá-lo — disse Eve, deliberadamente virando os olhos para a câmera. — E depois que a porta da cela estiver trancada atrás dele, os motivos não vão mais importar. Apenas a justiça.

— Isso soa como uma promessa, tenente. Uma promessa pessoal.

— E é uma promessa.

— O povo de Nova York está confiante no cumprimento dessa promessa. Eu sou Nadine Furst, para o Canal 75. — Esperou um segundo e depois concordou com a cabeça. — Nada mal, Dallas. Vamos reapresentar esta matéria na edição das seis da tarde, depois às onze da noite e teremos um resumo no noticiário de meia-noite.

— Ótimo — respondeu Eve. — Vá dar uma volta, Pete.

O operador da câmera encolheu os ombros e saiu da sala.

— Extra-oficialmente, só entre nós duas — continuou Eve. — Quanto tempo no ar você pode me dar, Nadine?

— Tempo no ar para quê?

— Para exposição pessoal. Quero muito espaço na TV.

— Sabia que havia alguma coisa por trás desse presentinho que você me deu. — Nadine expirou rapidamente, quase como se fosse um suspiro. — Devo dizer que estou desapontada com você, Dallas. Não achei que gostasse tanto de aparecer.

— Vou servir de testemunha no caso Mondell daqui a duas horas. Você consegue levar uma câmera para lá?

— Claro. O caso Mondell não dá muito ibope, mas até que vale uns flashes. — Ela pegou a agenda e anotou o horário.

— E vou também participar de uma festa hoje à noite, no Novo Astória. É um daqueles jantares beneficentes.

— O grande baile do Astória, eu sei. — O sorriso de Nadine se tornou sarcástico. — Não trabalho na área de eventos sociais, Dallas, mas posso dar a dica para a central de reportagens. Você e Roarke sempre são um prato cheio para os fofoqueiros de plantão. Você vai com o Roarke, não vai?

— Vou avisar a você onde me encontrar pelos próximos dias — continuou Eve, ignorando o insulto. — Vou lhe passar todas as atualizações sobre o caso, para colocar no ar.

— Ótimo! — Nadine se levantou. — Talvez você acabe tropeçando no assassino quando estiver subindo a escadaria da fama e da fortuna. Já arrumou algum agente, Eve?

Por um momento Eve não disse nada e ficou batendo na mesa com as pontas dos dedos unidas.

— Nadine, eu achava que a sua função era a de jogar notícias no ar e preservar o direito que o público tem de saber, e não a de dar lições de moral.

— E eu achava que a sua função era a de servir e proteger, e não a de se promover com isso. — Nadine pegou a bolsa pela alça. — A gente se encontra na telinha, tenente.

— Nadine. — Satisfeita, Eve se recostou na cadeira. — Você se esqueceu de um daqueles motivos básicos para a violência. Emoção.

— Vou anotar. — Nadine alcançou a maçaneta, mas deixou a mão escorregar sobre ela. Quando se virou para trás, seu rosto estava pálido de choque por baixo da leve camada de maquiagem. — Você ficou maluca? Virou isca? Você vai bancar a isca?

— Deixei você revoltada, não foi? — Sorrindo, Eve se permitiu o luxo de colocar os pés sobre a mesa. A reação de Nadine a colocou vários pontos acima na escala de valores de Eve. — Achar que eu estava querendo todo esse espaço na mídia só para aparecer, e ver que eu estava conseguindo, deixou você fula da vida. E vai deixá-lo furioso também. Você não consegue ouvi-lo, Nadine? "Olha só aquela tenente bundona roubando todo o meu espaço da mídia para si mesma!"

Nadine voltou e se sentou novamente, devagar.

— Nessa você me pegou, Dallas. Não estou querendo ensinar a você como realizar o seu trabalho, mas...

— Então não me ensine.

— Deixe-me só ver se eu estou entendendo a história direito. Você está deduzindo que o motivo, pelo menos um deles, foi a emoção, a necessidade de aparecer na mídia. Mate uns dois cidadãos comuns e você consegue algum espaço na imprensa, claro, mas não tão grande, não tão intenso e completo.

— Mate duas pessoas importantes — completou Eve — com rostos conhecidos e o céu é o limite.

— E então você resolveu se transformar em alvo.

— É só um palpite. — Pensativa, Eve coçou o joelho, sem notar. — Pode ser que tudo o que eu consiga seja algumas imagens idiotas da minha cara na TV.

— Ou uma faca na garganta.

— Puxa, Nadine, assim eu vou começar a achar que você se importa comigo!

— Acho que me importo. — Ela levou um instante analisando o rosto de Eve. — Trabalho com policiais, em volta deles e em contato com eles, e isto já faz bastante tempo. Você acaba desenvolvendo um instinto para saber quem é que está só contando tempo para a aposentadoria e quem é que realmente se interessa pelos outros. E sabe o que me preocupa, Dallas? Você se interessa demais pelos outros.

— Eu carrego um distintivo — replicou Eve com sobriedade e isto fez Nadine rir.

— Pelo jeito você também anda vendo muitos daqueles vídeos antigos. Enfim, o pescoço é seu, literalmente. Vou fazer de tudo para mantê-lo exposto.

— Obrigada. Tem mais uma coisa — acrescentou Eve quando Nadine se levantou novamente. — Se esta teoria tem algum peso, então os futuros alvos vão continuar sendo mulheres famosas e bem-sucedidas. Cuide do seu pescoço também, Nadine.

— Meu Deus! — Estremecendo, Nadine passou os dedos sobre a garganta. — Obrigada pelo aviso, Dallas.

— O prazer foi todo meu, literalmente. — Eve ainda teve tempo de dar uma risada depois que a porta se fechou, e logo depois veio a chamada convocando-a para a sala do comandante.

Obviamente ele já soubera da reportagem.

Ela ainda estava um pouco insegura quando subiu, como um raio, as escadas do tribunal. As câmeras estavam lá como Nadine prometera. Estavam presentes à noite também no Novo Astória, no momento em que ela colocou o pé fora da limusine de Roarke e fingiu que estava se divertindo.

Depois de dois dias dando de cara com alguma câmera a cada vez que dava três passos, Eve se sentiu surpresa por não encontrar uma no quarto dando um *zoom* acima de sua cama, e comentou isto com Roarke.

— Foi você que pediu por isso, querida.

Ela estava sentada por cima dele, usando o que sobrara do conjunto de três peças que usara na mansão do governador. A roupa preta e dourada cintilava ao roçar suas costelas e já estava desabotoada até o umbigo.

— Só que eu não tenho de gostar. Como é que você agüenta, Roarke? Você convive com isso o tempo todo! Não é horripilante?

— Você aprende a ignorar — ele abriu mais um botão da blusa —, e vai em frente. Gostei do jeito que você estava esta noite. — De modo distraído, ele brincou com o diamante que ela trazia pendurado entre os seios. — É claro que estou gostando muito mais do jeito que está agora.

— Eu jamais vou conseguir me acostumar com isso. Toda essa trabalheira, ficar de papo-furado nas festas, usar o cabelão todo armado. E ainda por cima as roupas não ficam bem em mim.

— Elas podem não ficar bem na tenente, mas ficam bem na Eve. Você pode ser as duas. — Ele observou as pupilas dela se dilatarem quando espalmou as mãos sobre seus seios, envolvendo-os em concha. — Você gostou da comida.

— Bem, claro, mas... — ela estremeceu e soltou um gemido quando ele esfregou os mamilos dela com os polegares. — Acho que eu estava tentando provar uma teoria. Jamais devo conversar com você na cama.

— Excelente dedução. — Ele elevou o corpo e substituiu os polegares pelos dentes.

Ela estava dormindo profundamente, um sono sem sonhos, quando ele foi acordá-la. A policial despertou antes, alerta e preparada.

— O quê? — Apesar de estar nua, ela buscou a arma ao seu lado. — O que foi?

— Desculpe! — Quando Roarke se inclinou sobre a cama para beijá-la, ela sentiu que ele estava rindo pelas vibrações do seu corpo.

— Não tem graça! Se eu estivesse armada você já estaria no chão.

— Sorte minha.

Com um gesto distraído, ela empurrou Galahad, que decidira se sentar sobre a sua cabeça.

— Por que você está vestido? O que está havendo?

— Acabei de receber uma ligação. Estão precisando de mim na Estação FreeStar One.

— O Olympus Resort. Luzes, diminuam — ordenou ela, e piscou para conseguir focar o rosto dele, que se destacara contra o fundo esmaecido. Meu Deus, pensou ela, ele parecia um anjo. Um anjo caído. Um anjo perigoso. — Há algum problema na estação?

— Pelo jeito, sim. Mas nada que não possa ser solucionado. — Roarke pegou Galahad no colo, fez-lhe um pouco de carinho e a seguir o soltou no chão. — Só que eu tenho de lidar com o problema pessoalmente. Pode ser que leve uns dois dias.

— Oh... — Era por estar meio tonta, disse a si mesma, que ela sentiu aquela horrível sensação de vazio. — Bem, então nos vemos quando você voltar.

— Você vai sentir saudades? — Ele passou um dedo sobre a covinha do queixo dela.

— Talvez. Um pouco. — Foi o sorriso rápido dele que a derrotou. — Sim.

— Tome, vista isto. — Ele jogou um robe na direção das mãos dela. — Há uma coisa que eu quero lhe mostrar antes de sair.

— Você já está indo?

— O carro já está me esperando. Que espere.

— Acho que, agora, eu deveria descer com você e lhe dar um beijo de despedida — murmurou ela enquanto vestia o robe às pressas.

— Isso seria legal, mas primeiro as coisas mais importantes. — Ele pegou na mão dela e a puxou para dentro do elevador. — Não há necessidade alguma de você se sentir pouco à vontade nesta casa, enquanto eu estou longe.

— Certo.

Ele colocou as mãos nos ombros dela no momento em que a cabine começou a descer.

— Eve, esta é a sua casa agora.

— De qualquer modo, vou estar muito ocupada. — Ela sentiu a mudança suave quando a cabine começou a se deslocar na horizontal. — Nós não vamos direto até lá embaixo?

— Ainda não — e colocou o braço em volta dos ombros dela quando as portas se abriram.

Era uma sala que ela ainda não conhecia. Também, avaliou, havia provavelmente dezenas de salas pelas quais ela nunca passara nos labirintos da casa. Mas bastou apenas uma rápida olhada para ela reconhecer que aquele ambiente era dela.

As poucas coisas em seu apartamento que ela considerava de valor estavam ali, com algumas peças que haviam sido acrescentadas para preencher todos os espaços, transformando o aposento em um agradável local de trabalho. Afastando-se de Roarke, ela ficou vagando por ali.

O piso era em madeira bem lisa, e havia um tapete tecido em tons de azul-acinzentado e verde-musgo, provavelmente vindo de uma das fábricas de Roarke no Oriente. A mesa de trabalho de Eve, surrada devido ao uso, estava sobre o tapete de valor inestimável, e em cima dela todo o seu equipamento estava instalado.

Uma parede de vidro jateado separava a sala de uma pequena cozinha, totalmente equipada, que dava para um pequeno terraço.

Havia mais, é claro. Com Roarke, sempre havia mais. Um painel interligado permitia que ela se comunicasse com qualquer cômodo da casa. A central de entretenimento oferecia música, vídeo, uma tela holográfica com dezenas de opções de visualização. Um pequeno jardim interno estava florindo com todo o vigor debaixo de uma janela em arco por onde se via o dia que estava nascendo.

— Você pode mudar o que não estiver do seu agrado — disse ele enquanto passava a mão sobre a parte de trás de uma espreguiçadeira. — Tudo aqui foi programado para atender ao seu comando de voz e às impressões de sua mão.

— Muito eficiente — disse ela, e limpou a garganta. — Muito legal.

Surpreso consigo mesmo por notar que estava um feixe de nervos, Roarke enfiou as mãos nos bolsos.

— O seu trabalho exige um espaço próprio. Eu compreendo isso. Você quer seu próprio espaço e privacidade. O meu escritório fica aqui do lado, atrás do painel oeste. Mas a porta tem trinco pelos dois lados.

— Entendo.

Agora ele sentia um pouco de raiva cobrindo a sensação de nervoso.

— Se você não conseguir se sentir à vontade na casa durante a minha ausência, pode se entrincheirar aqui neste apartamento. Pode até mesmo se entrincheirar aqui, mesmo que eu esteja em casa. Só depende de você.

— Sim, eu sei. — Ela respirou fundo e se virou para ele. — Você fez isso por mim.

Com ar aborrecido, ele inclinou a cabeça.

— Acho que não existe muita coisa que eu não fizesse por você.

— E eu acho que só agora essa noção está começando a calar fundo dentro de mim. — Ninguém, ela compreendia, jamais lhe oferecera algo tão perfeito. — Isso me transforma em uma mulher de sorte, não é?

Ele abriu a boca, mas desistiu de falar algo que ia ser particularmente desagradável.

— Ao diabo com isso — decidiu ele. — Tenho de ir.

— Roarke, só mais uma coisa. — Ela foi até ele sabendo perfeitamente que ele só faltava ranger os dentes de raiva. — Eu ainda não dei um beijo de despedida em você — murmurou, e o beijou de forma tão arrebatadora que o fez balançar-se para trás sobre os calcanhares. — Obrigada... — E antes que ele conseguisse falar, beijou-o mais uma vez. — Por sempre saber o que é importante para mim.

— De nada — e, de forma possessiva, ele passou a mão sobre os cabelos desarrumados dela. — Sinta saudades de mim.

— Já estou sentindo.

— E não se arrisque sem necessidade. — As mãos dele agarraram os cabelos dela com um pouco mais de força por alguns instantes. — Sei que não adianta pedir para que você não corra os riscos necessários.

— Então não peça. — O coração dela trepidou quando ele beijou sua mão. — Faça uma boa viagem — disse-lhe quando ele entrou no elevador. Ela era novata nesses assuntos. Então, esperou até que as portas estivessem quase fechadas e acrescentou: — Eu amo você.

A última imagem que ela viu foi o brilho do sorriso dele.

— O que conseguiu, Feeney?

— Talvez alguma coisa, talvez nada.

Era cedo, oito horas da manhã, logo após Roarke ter viajado para a Estação FreeStar One, mas Feeney já estava com aparência cansada. Eve programou dois cafés extrafortes no AutoChef.

— Você aqui, a esta hora, com cara de quem passou a noite acordado, e de terno, eu só posso deduzir que descobriu alguma coisa. E eu sou uma detetive cinco estrelas.

— Sim. Andei explorando algumas coisas no computador, indo mais fundo na pesquisa sobre as relações pessoais e familiares das vítimas, como você pediu.

— E?...

Esquivando-se do assunto, Feeney bebeu o café, pescou uma amêndoa com cobertura doce no fundo do saco de papel e coçou a orelha.

— Vi você no noticiário ontem à noite. Foi minha mulher que viu, na verdade. Disse que você estava toda *flash*. Essa é uma daquelas gírias das minhas crianças. A gente tenta acompanhar o jeito de falar delas.

— Nesse caso, você está me *empedrando*, Feeney. Essa é uma das gírias das crianças também. A tradução é: você não está sendo claro.

— Eu sei o que quer dizer. Merda! É que essa aqui vai pegar muito perto da gente, Dallas. Muito perto.

— E é por isso que você veio até aqui para me trazer a notícia, em vez de transmitir o que descobriu por um dos canais normais. Então vamos lá.

— Certo. — Ele suspirou. — Eu estava xeretando os arquivos de David Angelini. Basicamente os dados financeiros. Já sabíamos que ele andava enrascado com uns caras duros de encarar, por causa de dívidas de jogo. Ele estava conseguindo segurar os sujeitos dando uma migalha aqui e ali. Pode ser até que ele tenha andado metendo a mão na gaveta da empresa, mas não consegui acessar essas informações. Ele se cobriu muito bem.

— Então vamos descobri-lo. Eu posso conseguir os nomes dos capangas que o estão pressionando — analisou ela, pensando em Roarke. — Podemos descobrir se ele fez alguma promessa, tipo assim: "Estou para ganhar uma herança." — Suas sobrancelhas se uniram. — Se não fosse por Yvonne Metcalf, eu ia começar a trabalhar a idéia de que alguém a quem David deve dinheiro resolveu adiantar a herança dele eliminando Cicely Towers.

— Pode ser que seja simples assim, mesmo com Yvonne Metcalf. Ela tinha um bom pé-de-meia de reserva. Não encontrei ninguém entre os beneficiários, que estivesse precisando de dinheiro rápido, mas isto não quer dizer que eu não vá encontrar.

— Certo, continue nessa pista. Só que esse não é o motivo de você estar aqui, brincando com as suas amêndoas.

Ele quase conseguiu sorrir.

— Muito engraçada. Tudo bem, lá vai. Eu descobri coisas sobre a mulher do comandante.

— Vá com calma, Feeney. Conte-me tudo bem devagar.

Feeney não conseguia ficar sentado, então se levantou e começou a andar de um lado para outro dentro da pequena sala.

— David Angelini fez alguns depósitos grandes em sua conta bancária pessoal. Quatro depósitos de cinqüenta mil dólares nos últimos quatro meses. O último deles caiu na conta duas semanas antes de a mãe ser executada.

— Tudo bem, ele faturou duzentos mil dólares em quatro meses e colocou no banco, como um menino responsável. E onde ele conseguiu essa grana?... Cacete! — Eve, de repente, soube.

— Isso mesmo. Eu acessei as transações eletrônicas. Rastreei toda a movimentação. Ela transferiu o dinheiro para a conta pessoal dele aqui em Nova York, e ele jogou o dinheiro na sua conta em um banco de Milão. Depois ele retirou tudo, em dinheiro, em um caixa eletrônico no Cassino Espacial Las Vegas II.

— Jesus, por que ela não me contou isso? — Eve apertou as têmporas com os punhos fechados. — Por que diabo de motivo ela nos fez procurar por isso?

— Não é o caso de ela ter tentado esconder — disse Feeney, depressa. — Quando eu acessei os registros, apareceu tudo logo de cara. Ela tem uma conta só dela, como o comandante — e limpou a garganta quando viu o olhar de Eve. — Eu tinha de verificar tudo, Dallas. Ele não tem feito nenhuma transação fora do normal na conta dele, nem na conta conjunta. Mas ela deixou o saldo dela pela metade, ao fazer essa pequena caridade para David Angelini. Puxa, Dallas, acho que ele estava arrancando essa grana dela.

— Chantagem — especulou Eve, lutando para pensar naquilo com a cabeça fria. — Talvez eles tivessem um caso. Talvez ela estivesse presa ao canalha.

— Puxa vida, ai, meu Deus — o estômago de Feeney se contorceu dolorosamente. — O comandante.

— Eu sei. Temos de levar esta informação a ele.

— *Eu sabia* que você ia dizer isso. — Pesaroso, Feeney tirou um disco do bolso. — Está tudo aqui. Como é que você quer fazer?

— O que eu queria mesmo é ir até a casa deles em White Plains e sacudir o traseiro da senhora Whitney para fora da vidinha perfeita que ela leva. Como não dá para fazer assim, vamos até o comandante e abrimos o jogo com ele.

— Lá no depósito ainda tem alguns daqueles antigos coletes à prova de balas — sugeriu Feeney quando Eve se levantou.

— Boa idéia.

Eles bem que poderiam ter usado os coletes. Whitney não subiu na mesa, não os agrediu, nem sacou sua arma de atordoar. Fez todos os danos necessários fuzilando-os com um olhar letal.

— Você acessou as contas pessoais da minha mulher, Feeney.

— Sim, senhor, acessei.

— E levou todas as informações à tenente Dallas.

— Como rezam os procedimentos, senhor.

— Como rezam os procedimentos — repetiu Whitney. — Agora está trazendo os fatos para mim.

— Para o oficial comandante — começou Feeney, e então deixou os olhos baixarem. — Ah, que inferno, Jack! Então eu deveria enterrar tudo?

— Você poderia ter vindo falar comigo antes. Mas, também... — Whitney parou de falar e desviou o olhar duro para Eve. — Você confirma tudo isso, tenente?

— A senhora Whitney pagou a David Angelini a soma de duzentos mil dólares em um período de quatro meses. Este fato não foi relatado espontaneamente por ela durante o interrogatório inicial nem nos que se seguiram. É necessário para que a investigação prossiga, que... — Ela parou de falar. — Temos de saber o porquê disso, comandante. — Um olhar que parecia pedir desculpas estava no rosto de Eve, querendo aparecer por trás da estampa da policial. — Temos de saber por que esse dinheiro foi pago, porque não houve nenhum outro pagamento depois da morte de Cicely Towers. E eu tenho de perguntar, comandante, como investigadora principal do caso, se o senhor tinha conhecimento dessas transações e das razões por trás delas.

Whitney sentiu um aperto no estômago e uma queimação que era sinal de estresse não tratado.

— Vou lhe responder isso depois de conversar com minha mulher.

— Senhor — a voz de Eve era um apelo calmo. — O senhor sabe que não podemos permitir que o senhor consulte a senhora Whitney antes de a interrogarmos. Esta nossa reunião já trouxe o risco de contaminar a investigação. Desculpe, comandante.

— Você não vai trazer a minha mulher aqui para interrogatório.

— Jack...

— Dane-se, Feeney, ela não vai ser arrastada até aqui como uma criminosa! — Ele apertou as mãos, formando uma bola com os punhos, e lutou para manter o controle. — Interroguem-na em casa, na presença de nossa advogada. Isso não viola nenhuma regra dos procedimentos, certo, tenente Dallas?

— Não, senhor, não viola. Com todo respeito, comandante, o senhor gostaria de vir conosco?

— Com todo respeito, tenente — respondeu ele, com um ar amargo. — Nada no mundo me impediria.

Capítulo Onze

Anna Whitney veio recebê-los na porta. Suas mãos estavam agitadas, e afinal se apertaram, coladas à altura da cintura.

— Jack, o que está havendo? Linda está aqui. Ela me disse que você ligou e falou que eu precisava da assistência profissional dela. — Seu olhar voou de Eve para Feeney, e depois de volta para o marido. — Por que motivo eu precisaria de uma advogada?

— Está tudo bem. — Ele colocou a mão de modo tenso, mas protetor, sobre o ombro da mulher. — Vamos entrar, Anna.

— Mas eu não fiz nada! — Ela conseguiu dar uma pequena gargalhada nervosa. — Ultimamente não recebi sequer uma multa de trânsito...

— Sente-se, querida. Linda, obrigado por ter vindo tão depressa.

— Não foi nada.

A advogada dos Whitney era jovem, com olhos atentos e uma pele tão lisa que chegava a brilhar. Levou alguns instantes para Eve se lembrar de que, além disso, ela também era filha do casal.

— Tenente Dallas, não é? — Linda a analisou por completo e resumiu tudo em poucas palavras. — Eu a estou reconhecendo. — Apontou para uma cadeira antes que os pais pudessem pensar nisso. — Por favor, sente-se.

— Eu sou o capitão Feeney, da Divisão de Detecção Eletrônica.

— Sim, já ouvi meu pai falar várias vezes a seu respeito, capitão Feeney. Vamos lá — e colocou a mão sobre a da mãe. — Do que se trata tudo isso?

— Apareceram algumas informações que precisam ser esclarecidas. — Eve pegou o gravador e o ofereceu a Linda para que ela o examinasse. Tentou não pensar no fato de que Linda se parecia muito com o pai, com sua pele cor de caramelo e o olhar frio. Os genes e os traços familiares a deixavam fascinada, e assustada.

— Pelo que vejo, isto vai ser um interrogatório formal. — Com uma calma estudada, Linda colocou o gravador de Eve sobre a mesa e pegou o seu próprio aparelho também.

— Exato. — Eve recitou a data e o horário. — Oficial entrevistadora: tenente Eve Dallas. Também presentes na sala o comandante Jack Whitney, o capitão Ryan Feeney e a entrevistada, Anna Whitney, em companhia também da advogada que a representa.

— Linda Whitney. Minha cliente está ciente de todos os seus direitos e concorda com o momento e o local determinados para o interrogatório. Como advogada, reservo-me o direito de encerrar a entrevista quando julgar adequado ou necessário. Prossiga, tenente Dallas.

— Senhora Whitney — começou Eve —, a senhora conhecia a falecida senhora Cicely Towers?

— Sim, é claro. Este assunto tem relação com Cicely? Jack...

Ele simplesmente balançou a cabeça e manteve a mão sobre o ombro da mulher.

— A senhora também conhecia a família da falecida? Seu ex-marido, Marco Angelini, seu filho, David Angelini, e sua filha, Mirina.

— Mais do que conhecia. É como se as crianças fossem parte da minha família. Ora, Linda até mesmo andou namorando com...

— Mamãe!... — Com um sorriso repentino, Linda interrompeu. — Simplesmente responda à pergunta. Não entre em detalhes.

— Mas isso é ridículo! — Um pouco da perplexidade de Anna se transformou em irritação. Afinal de contas, aquela era a casa dela e a família dela. — A tenente Dallas já sabe as respostas para todas essas perguntas.

— Desculpe ficar batendo na mesma tecla, senhora Whitney. Como descreveria a sua relação com David Angelini?

— David? Ora, eu sou madrinha dele. Acompanhei o seu crescimento.

— A senhora tinha conhecimento de que David Angelini estava com problemas financeiros antes da morte de sua mãe?

— Sim, ele estava... — Seus olhos se arregalaram. — A senhorita não acredita realmente que David... Isso é monstruoso! — Ela descartou a idéia e pressionou a boca, formando com ela uma linha fina e vermelha. — Uma pergunta como essa não merece resposta.

— Compreendo que a senhora se sinta no dever de proteger seu afilhado, senhora Whitney. Compreendo também que a senhora faria qualquer coisa para protegê-lo, não importa a despesa. Mesmo que fossem duzentos mil dólares.

O rosto de Anna empalideceu de modo visível apesar da maquiagem elaborada.

— Não sei do que a senhorita está falando.

— Senhora Whitney, a senhora nega ter pago a David Angelini a soma de duzentos mil dólares, em parcelas de cinqüenta mil dólares, durante um período de quatro meses, começando em fevereiro deste ano e terminando em maio?

— Eu... — Ela agarrou a mão da filha e evitou a do marido. — Tenho de responder a isto, Linda?

— Peço um momento, por favor, para conversar a sós com minha cliente. — De forma rápida, Linda passou o braço em torno da mãe e a levou para a sala ao lado.

— Você é muito boa, tenente — disse Whitney, de forma rígida. — Já fazia algum tempo que eu não acompanhava um de seus interrogatórios.

— Jack. — Feeney suspirou tomando as dores de todos. — Ela está fazendo o trabalho dela.

— Sim, está. É nisso que ela é boa. — Olhou para o lado, na direção de sua esposa, que estava voltando para a sala.

Ela estava pálida e tremendo um pouco. A queimação no estômago do comandante aumentou.

— Podemos continuar — disse Linda. Havia um brilho de confronto quando seu olhar se focou em Eve. — Minha cliente deseja fazer uma declaração. Vá em frente, mamãe, está tudo bem.

— Desculpe. — Lágrimas começaram a brilhar em seus cílios. — Jack, desculpe. Não pude evitar. Ele estava em dificuldades. Eu sei o que você havia dito, mas não pude evitar.

— Está tudo bem. — Resignado, ele pegou a mão que estava estendida em sua direção e ficou em pé ao lado da mulher. — Conte toda a verdade à tenente e nós vamos resolver isso.

— Eu dei o dinheiro a ele.

— Ele a ameaçou, senhora Whitney?

— O quê? — O choque pareceu secar as lágrimas que ameaçavam desabar de seus olhos. — Oh, minha nossa! É claro que ele não me ameaçou! Ele estava em apuros — repetiu ela como se aquilo fosse o suficiente para todos. — David devia uma quantidade muito grande de dinheiro ao tipo errado de pessoas. Seus negócios, a parte dos negócios do pai que ele supervisionava, estavam passando por uma turbulência temporária. E David tinha um novo projeto que estava tentando fazer decolar. Ele me explicou tudo — acrescentou ela com um aceno de mão. — Não me recordo exatamente o que era, nunca me preocupei muito com os negócios.

— Senhora Whitney, a senhora fez quatro pagamentos de cinqüenta mil dólares para David. E não me transmitiu esta informação nas entrevistas anteriores.

— E isso era da sua conta? — Sua coluna estava novamente ereta, fazendo-a se sentar dura, reta e fria como uma estátua. — Era dinheiro meu, e um empréstimo pessoal ao meu afilhado.

— Um afilhado — completou Eve, começando a perder a paciência — que estava sendo investigado em um caso de assassinato.

— O assassinato da mãe dele. Era melhor a senhorita também me acusar de matá-la junto com David.

— A senhora não ia herdar uma grande parcela do patrimônio da vítima.

— Ora, senhorita, escute-me agora. — A raiva combinava bem com ela. O rosto de Anna rebrilhava quando ela se inclinou para a frente. — Aquele menino adorava a mãe, e ela a ele. David ficou arrasado com a morte dela. Eu sei. Eu me sentei com ele, eu o consolei.

— A senhora deu a ele duzentos mil dólares.

— O dinheiro era meu, para fazer com ele o que eu bem quisesse. — Ela mordeu o lábio. — Ninguém queria ajudá-lo. Seus pais se recusaram. Eles combinaram de recusar-lhe ajuda. Cicely era uma mãe maravilhosa e amava os filhos, mas acreditava fortemente em disciplina. Estava determinada a deixá-lo lidar com o problema por conta própria, sem ajuda dela. Sem a minha ajuda. Só que no momento em que ele me procurou, desesperado, o que eu poderia fazer? — quis saber ela, virando-se para o marido. — Jack, eu sei que você me mandou ficar de fora do problema, mas ele estava aterrorizado, tinha medo de que eles o machucassem e mutilassem, talvez até que o matassem. O que você sentiria se isso acontecesse com Linda, ou Steven? Você não ia querer que alguém os ajudasse?

— Anna, alimentar o problema não é ajuda.

— Ele ia me pagar tudo de volta — insistiu ela. — Não estava pensando em gastar o dinheiro em jogo. Ele me prometeu. Precisava apenas de algum tempo. eu não podia negar isso a ele.

— Tenente Dallas — começou Linda —, minha cliente emprestou o próprio dinheiro para um membro da família, em boa-fé. Não há crime algum nisso.

— Sua cliente não foi acusada de nenhum crime, doutora.

— A senhorita, tenente, em algum dos interrogatórios anteriores, perguntou à minha cliente, diretamente, a respeito de sua disponibilidade de fundos? Perguntou à minha cliente se ela tinha algum acordo financeiro com David Angelini?

— Não, não perguntei.

— Então ela não era obrigada a fornecer essa informação por livre vontade, o que, de resto, lhe pareceu muito pessoal e sem ligação com a sua investigação. Sem nenhuma má intenção.

— Ela é mulher de um policial — disse Eve com um ar desgastado. — O conhecimento dela sobre assuntos como este tem de ser maior do que o da maioria das pessoas. Senhora Whitney, a promotora Cicely Towers discutiu com o filho por causa de dinheiro, por causa do vício de jogo de David, por causa de suas dívidas e da liquidação delas?

— Ela estava chateada. Naturalmente, eles brigaram. As famílias brigam. Só que ninguém se machuca mutuamente.

Talvez não em seu mundinho perfeito, pensou Eve.

— Quando ocorreu o seu último contato com David Angelini?

— Há coisa de uma semana. Ele me ligou para saber se eu estava bem, se Jack estava bem. Conversamos a respeito da idéia de criar uma fundação para doar bolsas de estudo em nome da mãe dele. Essa foi idéia dele, tenente — disse ela com novas lágrimas nos olhos. — David quer que a mãe seja sempre lembrada.

— O que a senhora sabe a respeito do relacionamento de David com Yvonne Metcalf?

— A atriz? — Os olhos de Anna ficaram sem expressão antes que ela os enxugasse. — David a conhecia? Ele jamais mencionou isto.

Eve tinha jogado verde para ver se colhia maduro, mas não teve sucesso.

— Obrigada, senhora Whitney. — Ela recolheu o aparelho da mesa e terminou a entrevista. — Doutora, seria interessante avisar à sua cliente que é melhor que ela não mencione esta entrevista, nem parte dela, a ninguém que não esteja nesta sala.

— Sou a mulher de um policial — Anna quase jogou a frase de volta na cara de Eve. — Entendo dessas coisas.

Na última imagem que Eve teve do comandante ao sair da casa ele estava abraçado à mulher e à filha.

* * *

Eve queria um drinque. No momento em que deu o dia por encerrado, ela passara a maior parte da tarde em busca de David Angelini. Ele estava em reunião, depois não podia ser localizado, estava em toda parte, menos onde ela o procurava. Sem ter outra escolha, Eve deixara mensagens em todos os pontos possíveis do planeta e chegou à conclusão de que só por um golpe de sorte ela saberia dele antes do dia seguinte.

Nesse meio-tempo, ela estava diante de uma casa enorme e vazia e de um mordomo que detestava até o ar que ela respirava. A idéia veio em um impulso, no momento em que ela entrava pelos portões. Eve pegou no *tele-link* do carro e ordenou o número de Mavis.

— É a sua noite de folga, não é? — perguntou no instante em que o rosto de Mavis surgiu na tela.

— Pode apostar. Tenho de dar um descanso às cordas vocais.

— Tem algum plano para hoje?

— Nada que não possa ser descartado se pintar coisa melhor. O que está pensando em fazer?

— Roarke está fora do planeta. Você está a fim de aparecer para passar a noite aqui e ficar bêbada?

— Aparecer na casa de Roarke, passar a noite na casa de Roarke, ficar bêbada na casa de Roarke? Já estou indo!

— Espere, espere. Vamos fazer a coisa em grande estilo. Vou mandar um carro aí para pegá-la.

— Uma limusine? — Mavis esqueceu as cordas vocais e soltou um grito agudo. — Meu Deus, Dallas, mande o motorista usar algo tipo um uniforme. O pessoal aqui do prédio vai se debruçar nas janelas com os olhos esbugalhados!

— Quinze minutos. — Eve encerrou a ligação e só faltou dançar enquanto subia os degraus até a porta. Summerset estava ali, como era de esperar, e ela lhe dirigiu um aceno arrogante com a cabeça. Ela andara praticando.

— Summerset, vou receber uma pessoa amiga para passar a noite aqui. Mande um carro apanhar essa pessoa na Avenida C, número 28.

— Uma pessoa amiga. — Sua voz parecia cheia de suspeitas.

— Exato, Summerset. — Eve deslizou suavemente escada acima. — Uma pessoa muito querida e chegada. Não se esqueça de avisar ao cozinheiro que serão duas pessoas para jantar.

Eve conseguiu se colocar fora do alcance dos ouvidos do mordomo antes de se dobrar de tanto rir. Summerset estava imaginando que ia haver um encontro amoroso, ela tinha certeza disso. Só que ele ia ficar ainda mais escandalizado quando pusesse os olhos em Mavis.

Mavis não a desapontou. Embora, em se tratando de Mavis, ela estivesse vestida de forma até conservadora. Seu cabelo, para aquele dia, estava razoavelmente comportado, em um tom de dourado bem brilhante, no estilo que tinha o nome de "meio balanço". Um dos lados cintilantes se curvava na direção da orelha, enquanto a outra metade descia escorrida até roçar o ombro.

Ela usava também uma meia dúzia de brincos variados, todos nas orelhas. Um conjunto muito discreto, em se tratando de Mavis Freestone.

Ela saltou do carro debaixo de um temporal de primavera e entregou, nas mãos de um Summerset completamente sem fala, a sua capa transparente enfeitada com luzinhas. Então girou o corpo três vezes. A exibição era mais, pensou Eve, devido ao êxtase que sentiu diante do saguão do que para mostrar a roupa colante vermelha.

— Uau!

— Foi o que eu pensei — disse Eve. Ela tinha ido até a entrada e ficara esperando, pois não queria que Mavis se encontrasse sozinha com Summerset. A estratégia se mostrou desnecessária, porque o mordomo, que normalmente olhava para tudo com desdém, estava com uma cara de completo idiota.

— É simplesmente demais! — disse Mavis com um tom reverente. — Realmente demais! E você está com essa casa inteira só para você?

Eve lançou um olhar de esguelha para Summerset com frieza.

— Mais ou menos — replicou.

— Excelente! — Piscando com os cílios compridos, Mavis esticou a mão em cuja parte de trás se destacava a tatuagem de dois corações entrelaçados. — E você deve ser o Summerset. Já ouvi muitas coisas a seu respeito.

Summerset tomou-lhe a mão, tão abalado que por pouco não a levava aos lábios, antes de conseguir se controlar.

— Madame — respondeu ele com rigor.

— Ah, deixe disso, me chame de Mavis! Grande lugar para se trabalhar, hein? Você deve faturar uma grana alta nesta casa!

Sem saber se estava estarrecido ou encantado, Summerset deu um passo para trás, conseguiu florear uma pequena reverência e desapareceu nos fundos da sala, carregando a capa que gotejava.

— Um homem de poucas palavras. — Mavis piscou, soltou uma risadinha e saiu desfilando pela sala sobre as suas plataformas de quinze centímetros de altura. Deu um gemido sensual quando chegou ao portal da sala seguinte. — Você tem uma lareira de verdade, Eve.

— Deve haver umas duas dúzias delas, eu acho.

— Ai, meu Deus! Vocês transam em frente à lareira? Como nos filmes antigos?

— Vou deixar essa resposta por conta da sua imaginação.

— Ah, eu bem que posso imaginar. Por Cristo, Dallas, aquele carro que você mandou para me apanhar! Uma limusine de verdade, uma clássica. Tinha de estar chovendo! — Ela girou o corpo para trás, fazendo os brincos dançarem. — Só metade das pessoas que eu queria impressionar me viu sair. O que vamos fazer primeiro?

— Podemos comer.

— Estou morrendo de fome, mas tenho de conhecer o lugar antes. Mostre-me alguma coisa.

Eve refletiu. O terraço era incrível, mas estava chovendo a cântaros. A sala de armas estava fora de cogitação, bem como o salão de treinamento de tiro. Eve considerava estas áreas proibidas a convidados sem a presença de Roarke. Havia muitos outros locais, é claro. Com um olhar duvidoso, Eve observou os sapatos de Mavis.

— Você consegue realmente andar em cima disso?

— Eles têm amortecedores a ar. Nem dá para sentir que estou de sapatos.

— Tudo bem, então. Vamos pelas escadas. Você vai conseguir ver mais coisas assim.

Primeiro Eve levou Mavis até o solário, divertindo-se com a reação da amiga, que ficou de queixo caído diante das plantas exóticas, das árvores, das cascatas espumantes e dos pássaros que cantavam. A parede de vidro curvo estava sendo castigada pela chuva, mas através dela dava para ver as luzes de Nova York, que brilhavam.

Na sala de música, Eve programou o som de uma banda barulhenta e deixou que Mavis a distraísse com uma pequena seleção de sucessos recentes de arrebentar os tímpanos.

Passaram uma hora no salão de jogos lutando contra o computador, uma contra a outra e a seguir com os oponentes holográficos dos games "Zona Livre" e "Apocalipse".

Mavis soltou diversos "ohs" e "ahs" ao visitar os diversos quartos, e finalmente escolheu a suíte onde queria passar a noite.

— Posso acender a lareira se eu quiser? — Mavis passou a mão, de modo dominador, sobre a rica superfície do console, em lápis-lazúli.

— Claro, mas nós estamos quase no verão...

— Nem me importo se eu cozinhar. — Com os braços abertos, ela deu alguns passos compridos, dançando sobre o piso, depois olhou para o céu, acima da clarabóia, e acabou se atirando sobre a cama gigantesca, afundando nas almofadas cobertas de tecido espesso e prateado. — Estou me sentindo uma rainha. Não, não, uma imperatriz — e se deixou rolar de um lado para outro enquanto o colchão ondulava suavemente por baixo de seu corpo. — Como é que você consegue se sentir normal em um lugar como este?

— Não sei. Estou morando aqui há pouco tempo.

Ainda rolando sem parar, indo de um lado das almofadas cheias de ar até outro, Mavis riu.

— Pois para mim basta apenas uma noite. Nunca mais vou ser a mesma. — Arrastando-se até a cabeceira acolchoada da cama, Mavis começou a apertar alguns botões. Luzes se acenderam, piscaram e se apagaram, começaram a girar e aumentaram de intensidade. Música surgiu em ondas, pulsando. O som de água correndo veio do aposento ao lado.

— Que é isso?

— Você programou o seu banho — informou Eve.

— Opa... Ainda não. — Mavis desligou o botão, tentou outro e viu o painel do fundo da sala deslizar para o lado e revelar um telão de três metros de altura. — Definitivamente, excelente! Vamos comer?

Enquanto Eve se acomodava na sala de jantar, em companhia de Mavis, curtindo a primeira noite de folga em semanas, Nadine Furst estava compenetrada, fazendo edição e preparando a próxima apresentação.

— Quero que você realce essa imagem, Louise, e congele em Dallas — ordenou à técnica de edição. — Sim, sim, pode ampliar. Ela fica muito bem diante das câmeras.

Recostando-se na cadeira, Nadine estudou as cinco telas enquanto a técnica trabalhava no painel de controle. A sala de edição número 1 estava silenciosa, a não ser pelo murmúrio de vozes conflitantes que vinha da tela. Para Nadine, juntar as imagens sem interrompê-las, fundindo umas às outras, era tão excitante quanto sexo. A maioria dos apresentadores deixava aquele processo por conta dos técnicos, mas Nadine queria a própria mão no trabalho. Em todas as etapas dele.

A sala do noticiário, um andar abaixo, devia estar em polvorosa, naquele instante. Ela gostava daquilo também. A correria para ganhar da emissora concorrente, até o último sinal sonoro, até o último quadro da imagem, até o ângulo mais próximo do fato; os repórteres em volta, manejando os seus *tele-links* em busca de mais uma observação para apresentar, sugando de seus computadores o último dado disponível.

A competição acirrada não acontecia apenas do lado de fora, na Avenida das Comunicações. Havia muita briga ali mesmo, dentro da Divisão de Jornalismo do Canal 75.

Todo apresentador buscava a grande história, a melhor imagem, os maiores índices de audiência. Naquele momento, ela tinha tudo aquilo. E Nadine não pretendia perder nada.

— Bem aí, congele a imagem na parte em que estou em pé no jardim do prédio de Yvonne Metcalf. Certo, agora tente dividir a tela e coloque a imagem em que apareço na calçada onde Cicely Towers morreu. Isso mesmo! — Apertando os olhos, Nadine estudou a imagem. Ela parecia bem, decidiu. Estava com um ar digno e um olhar sério. A repórter intrépida e objetiva, revisitando as cenas dos crimes.

— Está ótimo. — Nadine cruzou as mãos e apoiou o queixo nelas. — Agora entre com a voz.

Duas mulheres talentosas, dedicadas, inocentes. Duas vidas brutalmente encurtadas. A cidade em sobressalto olha por cima dos ombros e se pergunta por quê. Famílias enlutadas choram seus entes queridos, enterram-nos e clamam por justiça. Mas há uma pessoa que está lutando para responder a este clamor, e para atender ao pedido.

— Congele aí — ordenou Nadine. — Faça a mixagem com o rosto de Dallas do lado de fora do tribunal. Coloque o áudio.

A imagem de Eve encheu as telas por completo, com Nadine atrás dela. Essa tomada foi muito boa, Nadine, pensou. Ela dava a impressão de que as duas estavam trabalhando juntas, que formavam uma equipe. Mal não ia fazer. Havia uma brisa suave que fez os cabelos das duas esvoaçarem. Por trás delas, o contorno do tribunal aparecia como uma lança apontada para o céu, um monumento à Justiça, com seus elevadores apressados correndo para baixo e para cima e seus corredores envidraçados coalhados de gente.

Minha função é encontrar um assassino, e eu levo esta função a sério. Quando termino o meu trabalho, a Justiça começa o dela.

— Perfeito! — Nadine fechou o punho. — Simplesmente perfeito! Agora, vá escurecendo a imagem a partir deste ponto, e eu continuo a matéria ao vivo. Essa tomada tem quanto tempo?

— Três minutos e quarenta e cinco segundos.

— Louise, eu sou genial, e você também não é das piores. Pode editar.

— Pronto, já está editado. — Louise deu a volta na mesa e fez um alongamento. Elas já trabalhavam juntas há três anos e eram amigas. — A matéria ficou muito boa, Nadine.

— Ficou mesmo! — Nadine olhou meio de lado. — Mas?...

— Certo. — Louise soltou o rabo-de-cavalo e passou a mão por dentro dos cabelos cheios e encaracolados. — O problema é que nós estamos chegando a ponto de ficarmos repetindo as notícias velhas. Não apareceu nada de novo nos últimos dias.

— Ninguém mais conseguiu novidades. E eu tenho Dallas.

— Essa é grande. — Louise era uma mulher bonita, com feições suaves e olhos brilhantes. Viera para o Canal 75 assim que saíra da faculdade. Depois de menos de um mês no emprego, Nadine a convocou para ser a sua principal editora de vídeo. O acerto era de interesse das duas. — Ela tem uma imagem confiável e uma voz excelente. Ainda por cima, o fator Roarke acrescenta um dado de ouro. Tudo isto sem contar que ela tem a fama de ser uma boa policial.

— Então?

— Então eu andei pensando — continuou Louise — que até conseguir algum material novo você deveria enxertar algumas informações do caso DeBlass. Fazer as pessoas se lembrarem de que a nossa querida tenente resolveu um mistério dos grandes, e levou um tiro no cumprimento do dever. Isto serve para conquistar mais confiança.

— Não quero tirar o foco da investigação atual.

— Talvez devesse — discordou Louise. — Pelo menos até aparecer alguma nova pista. Ou uma nova vítima.

Nadine sorriu.

— Um pouco mais de sangue bem que ia esquentar um pouco as coisas. Mais alguns dias e nós vamos estar saindo da temporada agitada para entrarmos na calmaria típica de junho. Tudo bem, vou me lembrar disso. Enquanto isso, talvez você queira juntar um pouco desse material antigo.

— Talvez eu queira? — Louise levantou as sobrancelhas.

— E se eu usar o seu material, pode deixar que você vai ganhar o crédito total pela matéria, sua gananciosa.

— Combinado. — Louise apalpou os bolsos do seu avental de edição e franziu a testa. — Acho que os meus cigarros acabaram.

— Você tem de parar com isso. Você sabe o que o chefão acha dos funcionários que arriscam a saúde.

— Eu só fumo aquela porcaria de cigarro feito com ervas.

— Então está limpo. Traga uns dois para mim, quando voltar. — Nadine teve a gentileza de parecer envergonhada. — E fique de bico calado! Eles são mais duros com os apresentadores que fumam do que com os técnicos.

— Você ainda tem algum tempo antes da retrospectiva da meia-noite, Nadine. Não quer tirar o seu intervalo de folga agora?

— Não, tenho umas ligações para fazer. Além do mais, está chovendo canivetes. — Nadine ajeitou o cabelo, que estava perfeitamente penteado. — Vá você — e apanhou a bolsa. — Deixe que eu pago pelo cigarro.

— Está ótimo, já que vou ter de ir até a Segunda Avenida para achar uma loja que tenha licença para vender fumo. — Resignada, ela se levantou. — Vou usar a sua capa de chuva, Nadine.

— Fique à vontade. — Nadine entregou a ela um punhado de fichas de crédito. — Coloque os meus cigarros no bolso da capa, está bem? Vou estar na sala do noticiário.

As duas saíram juntas, com Louise toda coberta pela capa azul, que estava na última moda.

— Bom o tecido desta capa — comentou Louise.

— A água não passa de jeito nenhum.

Elas atravessaram juntas a rampa interna, passando por uma série de salas de edição e produção, e caminharam na direção de uma esteira rolante que descia até a parte externa do prédio. O barulho lá de fora começou a se infiltrar e Nadine teve de falar mais alto para Louise ouvi-la.

— Você e o Bongo ainda estão pensando em dar aquele grande passo?

— Estamos pensando tanto nisso que já até começamos a procurar apartamento. Vamos tomar o caminho tradicional. Resolvemos morar juntos por um ano, e, se funcionar, a gente legaliza.

— Antes você do que eu — disse Nadine com sinceridade. — Não posso imaginar um único argumento que consiga me explicar o porquê de uma pessoa racional se encarcerar em companhia de outra pessoa racional.

— Amor. — Louise colocou a mão sobre o coração, dramaticamente. — Ele tem razões que fazem a racionalidade voar pela velha janela.

— Você é jovem e livre, Louise.

— E, se tiver sorte, vou ficar velha acorrentada ao Bongo.

— Quem, afinal de contas, ia querer ficar acorrentada a alguém chamado Bongo?

— Eu. Mais tarde a gente se vê. — Com um aceno rápido, Louise continuou a descida enquanto Nadine saltava no andar da sala do noticiário.

Pensando em Bongo, Louise ficou imaginando se ia conseguir chegar em casa antes de uma da manhã. Era a noite deles no apartamento dela. Aquela era uma pequena inconveniência que ia acabar assim que eles encontrassem um apartamento adequado, em vez de ficarem passando as noites de um lado para outro, alternando entre o quarto dele e o dela.

Distraída, ela olhou de relance para um dos muitos monitores que enchiam as paredes da entrada exibindo o programa que estava sendo levado ao ar naquele instante pelo Canal 75. Era uma série popular mostrando o cotidiano de uma família, o tipo de programa que saíra de moda e que fora ressuscitado nos anos recentes por talentos como o de Yvonne Metcalf.

Louise balançou a cabeça ao pensar nisso e a seguir deu uma risada ao se fixar em uma das telas e notar que o ator, em tamanho natural, olhava descaradamente para a platéia.

Nadine podia ser casada com as notícias, mas Louise gostava mesmo era de entretenimento puro e simples. Adorava as raras noites em que ela e Bongo podiam se enroscar diante do telão.

No amplo saguão do Canal 75 havia mais monitores, os balcões da segurança e uma agradável área de espera com poltronas, cercada de hologramas das estrelas da emissora. E, é claro, uma pequena loja de presentes cheia de suvenires, camisetas, bonés, canecas com autógrafos e hologramas dos maiores astros do canal.

Duas vezes por dia, às dez da manhã e às quatro da tarde, eram oferecidas visitas guiadas por toda a emissora. Louise acompanhara uma dessas visitas quando era criança, olhara para tudo aquilo completamente deslumbrada e decidira, lembrava naquele momento com um sorriso orgulhoso, que aquela seria a sua profissão.

Acenou para o guarda na entrada principal e desviou em direção à saída leste, que era o caminho mais rápido para a Segunda Avenida. Ao chegar à porta lateral que dava para a saída exclusiva dos funcionários, colocou a palma da mão sobre a placa de vidro, a fim de desativar a tranca. Quando a porta se abriu, ela franziu o rosto diante do barulho ensurdecedor da chuva. Quase mudou de idéia.

Será que um cigarro vagabundo valia uma corrida por dois quarteirões debaixo daquela água e do frio úmido e penetrante? Valia sim, pensou ela, e colocou o capuz sobre a cabeça. A capa cara e de boa qualidade a manteria seca o suficiente, e Louise já estava presa na sala de edição com Nadine há mais de uma hora.

Encurvando os ombros, ela saiu com jeito decidido porta afora.

O vento a atingiu com tanta força que Louise diminuiu o ritmo para apertar mais a capa junto do corpo, na altura da cintura. Seus sapatos já estavam encharcados antes mesmo de ela atingir o último degrau na calçada e, olhando para eles, ela xingou baixinho:

— Bem, que se dane!

Essas foram as últimas palavras que pronunciou.

Um movimento atraiu a atenção dela e Louise olhou para cima, piscando uma vez para limpar a chuva dos olhos. Nem chegou a ver a faca, que já formava um arco descendente, em pleno ataque, para então cintilar ao refletir a chuva e cortar-lhe a garganta de um lado ou outro, de forma cruel.

O assassino a observou apenas por um instante, viu o sangue espirrar e o corpo despencar no chão como uma marionete com as cordas cortadas. Houve um momento de choque, a seguir raiva e então um rápido e trepidante sentimento de medo. A faca ensangüentada foi colocada de volta em um bolso fundo, e então a figura coberta por uma capa escura desapareceu por entre as sombras.

— Acho que eu ia conseguir viver assim. — Depois de uma refeição composta por um valioso bife vindo de Montana, acompanhada por lagostas pescadas nas águas da Islândia e regada a champanhe francês, Mavis estava descansando na luxuriante piscina interna do solário. Bocejou, completamente nua, à vontade, e só um pouco bêbada. — E você está vivendo assim o tempo todo, Eve.

— Mais ou menos. — Como não tinha um espírito tão livre quanto o de Mavis, Eve usava um confortável maiô inteiro. Estava acomodada sobre uma bancada lisa feita de pedra, e ainda bebia. Ela não se dava ao luxo de relaxar daquela forma há tanto tempo que nem se lembrava. — Na verdade, Mavis, eu não tenho muito tempo para aproveitar tudo isso.

— Invente tempo, garota. — Mavis submergiu e voltou à tona mais uma vez, com os seios perfeitamente redondos brilhando sob as luzes azuis cintilantes que ela programara. Preguiçosamente, foi remando com as mãos até uma ninféia próxima e cheirou o vegetal. — Meu Deus, esta planta é de verdade! Sabe o que você tem aqui, Dallas?

— Uma piscina coberta?

— O que você tem — começou Mavis enquanto pulava feito um sapo na direção da bandeja flutuante onde estava o seu copo, — é uma fantasia do mais alto nível. Daquele tipo que não se consegue nem com os óculos topo-de-linha para realidade virtual. — Tomou um lento gole de champanhe gelado. — Você não vai começar a se sentir esquisita e estragar tudo, vai?

— Do que está falando?

— Eu conheço você. Vai começar a dissecar toda a situação, questionar tudo, analisar. — Reparando que o copo de Eve estava vazio, Mavis bancou a anfitriã e o completou. — Bem, estou lhe dizendo, minha amiga. Não faça isso.

— Eu não disseco as coisas para analisar.

— Você é a campeã das secadoras... das dissadoras... Droga, das *dissecadoras.* Uau, consegui falar! Tente pronunciar esta palavra cinco vezes com a língua dormente. — Mavis usou o quadril para empurrar Eve para o lado e se sentou junto dela. — Ele é louco por você, não é?

Eve deu de ombros e bebeu.

— Ele é rico, quer dizer, podre de rico — continuou Mavis —, bonito como um deus grego, e com aquele corpo!

— O que é que você sabe sobre o corpo dele?

— Eu tenho olhos. E os uso. Dá para imaginar muito bem como ele é, pelado. — Divertindo-se com o olhar cintilante de Eve, Mavis lambeu os lábios. — É claro que, quando você estiver a fim de me contar os detalhes que estão faltando, sou toda ouvidos.

— Que grande amiga!

— Sou mesmo. Enfim, ele é tudo isso. Depois, tem todo aquele lance de poder. Ele tem um tipo de poder que parece sair lá do fundo dele. — E realçou a afirmação espalhando um pouco de água. — E ele olha para as mulheres como se fosse comê-las vivas. Com aqueles olhos grandes, gulosos. Ai, acho que estou com tesão!

— Então tire as mãos de mim.

Mavis bufou.

— Talvez eu vá lá dentro para seduzir Summerset.

— Duvido que ele tenha um pinto.

— Aposto que eu consigo descobrir. — Só que ela estava com muita preguiça naquele instante. — Você está apaixonada por ele, não está?

— Por quem, pelo Summerset? Nossa, Mavis, está sendo difícil me controlar quando eu chego perto dele!

— Olhe-me bem dentro dos olhos. Vamos lá. — Para garantir que Eve a obedecia, Mavis agarrou-lhe o queixo e o girou na direção dela até que as duas amigas ficaram frente a frente, olho no olho. — Você está apaixonada pelo Roarke.

— Parece que sim. Não quero pensar nesse assunto.

— Ótimo. Não pense. Eu sempre achei que o seu mal é pensar demais. — Segurando o copo acima da cabeça, Mavis deslizou para a piscina novamente. — Podemos usar aqueles jatos para fazer massagem?

— Claro. — Meio tonta por causa do champanhe, Eve demorou um pouco até dominar os controles. Quando a água começou a borbulhar, saindo sob pressão, Mavis soltou um gemido alegre.

— Meu Cristo Jesus! Quem é que precisa de um homem quando a gente tem um desses? Vamos lá, Eve, aumente o som. Vamos agitar!

Atendendo ao pedido, Eve mexeu nos controles e a música saiu duas vezes mais alta, ecoando pelas paredes e pela água. Os Rolling Stones, a banda preferida de Mavis, entre os antigos grupos clássicos, soltava um lamento melodioso. Atirando-se de volta na água, Eve começou a rir enquanto Mavis improvisava passos de uma dança aquática, e pensou em mandar o andróide que servia de garçom ir buscar mais uma garrafa.

— Desculpe interromper.

— Hein? — Com a visão meio turva, Eve olhou com atenção para os sapatos pretos e brilhantes que estavam na beira da piscina. Lentamente, e com um pouco de curiosidade, deixou o olhar subir bem devagar pelas calças da cor de fumaça escura e corte reto, continuar pela jaqueta curta e apertada, até chegar ao rosto de pedra de Summerset. — Oi, quer dar uma caída?

— Venha, pule aqui dentro, Summerset. — A água escorria em volta do colo de Mavis e pingava sem parar da ponta de seus seios perfeitos enquanto ela acenava para ele. — Quanto mais gente, mais divertido.

Ele fungou, com os lábios retorcidos. As palavras saíam de sua boca como cubos de gelo cheios de pontas agudas, apenas pela força do hábito, mas seu olhar voltava a todo instante para o corpo de Mavis que continuava a rodopiar na água.

— Chegou uma transmissão ainda há pouco, tenente. Aparentemente a senhorita não conseguiu ouvir as minhas repetidas tentativas de informá-la a respeito.

— O quê? Certo, certo. — Eve deu um riso meio abafado e foi abrindo caminho com as mãos na superfície da água, até chegar ao *tele-link* que ficava na beira da piscina. — É o Roarke?

— Não, não é. — Era uma afronta à sua dignidade falar aos berros, mas pedir para baixar o som ia ofender o seu orgulho. — É do setor de emergência da Central de Polícia.

No instante em que Eve alcançou o *tele-link*, parou e xingou. Depois, afastou para trás o cabelo que estava grudado no rosto. — Música, desligar! — gritou ela. Mick Jagger e seus companheiros se calaram no mesmo instante. — Mavis, por favor, fique fora do ângulo da câmera. — Eve deu um suspiro profundo e então abriu o *tele-link*. — Aqui fala a tenente Dallas.

— Emergência, tenente Eve Dallas. O reconhecimento de sua voz foi confirmado. Dirija-se imediatamente para a Avenida das

Comunicações, edifício do Canal 75. Homicídio no local, já confirmado. Código amarelo.

Eve sentiu o sangue gelar. Seus dedos agarraram a borda da piscina com força.

— Qual é o nome da vítima? — perguntou ela.

— Esta informação ainda não está disponível para nós até o momento. Confirme o recebimento das ordens para se apresentar, tenente Eve Dallas.

— Confirmado. Prazo de estimativa para chegar ao local do crime, vinte minutos. Convoque o capitão Feeney, da Divisão de Detecção Eletrônica, para ir até o local.

— A convocação será feita. Emergência, desligando.

— Ah, meu Deus, ah, meu Deus! — Sentindo-se fraca por causa da bebida e da culpa, Eve apoiou a cabeça na beira da piscina. — Eu a matei!

— Pare com isso! — Mavis nadou até junto dela e colocou a mão no ombro da amiga. — Sem essa, Eve! — disse depressa.

— Ele pegou a isca errada. A isca errada, Mavis, e agora ela está morta. Era para ser eu, e não ela!

— Eu disse para parar com isso. — Confusa com as palavras, mas não com os sentimentos, Mavis a empurrou um pouco para trás e a sacudiu com vigor. — Não entre nessa, Dallas!

Sentindo-se impotente e com a sensação de que a cabeça estava girando, Eve a apertou com as mãos.

— Ai, meu Cristo, e eu estou bêbada! Isso é perfeito!

— Dá para resolver o problema. Eu tenho um vidrinho de Sober Up, aquele remédio para curar porre, na minha bolsa. — Quando viu que Eve deu um gemido, Mavis tornou a sacudi-la. — Eu sei que você detesta pílulas, Eve, mas elas retiram todos os vestígios de álcool da sua corrente sanguínea em no máximo dez minutos. Vamos lá, vou lhe dar um comprimido.

— Ótimo, magnífico. Vou estar completamente sóbria bem na hora em que tiver de olhar para ela.

Ela começou a subir os degraus para sair da piscina, escorregou e ficou surpresa ao ver que o seu braço tinha sido agarrado com firmeza.

— Tenente — a voz de Summerset continuava fria, mas ele estendeu uma toalha para ela e a ajudou a caminhar sobre a borda de pedra lisa em volta da piscina. — Vou providenciar para que o seu carro esteja pronto na porta.

— Certo, obrigada.

CAPÍTULO DOZE

O antídoto de Mavis veio a calhar e funcionou como mágica. Eve ainda sentia um gosto estranho no fundo da garganta, mas estava completamente sóbria quando chegou ao edifício alto e brilhante, totalmente prateado, onde ficava o Canal 75.

O prédio tinha sido construído em meados dos anos vinte do século XXI, quando a prosperidade das empresas de mídia alcançara um patamar tão astronômico que os lucros gerados eram maiores do que o PIB de um país pequeno. Um dos edifício mais grandiosos da Avenida das Comunicações, ele se erguia a partir de uma base elevada larga e lisa, abrigava vários milhares de funcionários, cinco estúdios de última geração, incluindo o mais opulento equipamento da Costa Leste, e gerava um sinal forte o suficiente para enviar transmissões a todos os recantos do planeta e todas as estações orbitais.

A ala leste, para onde Eve foi encaminhada, ficava de frente para a Terceira Avenida, com seus imensos complexos de salas de cinema e prédios de apartamentos especialmente projetados para a conveniência da indústria do entretenimento.

Devido ao pesado tráfego aéreo que notou na região, Eve compreendeu que a notícia já se espalhara. Controlar a área ia representar um problema. Enquanto rodeava o edifício de carro, ligou para o setor de emergência e solicitou que toda a região fosse isolada, tanto por ar quanto por terra, e pediu também reforço para garantir a segurança nas ruas. Um homicídio bem no colo da mídia já ia ser bastante difícil de se lidar, e não era necessário que houvesse outros abutres sobrevoando o local.

Sentindo-se mais firme, Eve colocou o sentimento de culpa de lado e saiu do carro para se aproximar da cena do crime. Os policiais tinham estado ocupados, ela notou com alívio. Tinham isolado a área e já haviam lacrado a porta que dava para a rua. Os repórteres e suas equipes estavam todos lá, é claro. Não havia como mantê-los longe. Mas pelo menos ela tinha espaço para respirar.

Ela já prendera o distintivo no casaco e andou debaixo da chuva, até alcançar o local protegido pela cobertura impermeável que alguma alma caridosa havia colocado acima da cena do crime. Os pingos da chuva tilintavam melodiosamente sobre o plástico transparente e rígido da cobertura.

Ela reconheceu a capa de chuva e teve de lutar desesperadamente para superar a pressão instintiva e rápida que sentiu no estômago. Perguntou se a cena do crime já havia sido varrida eletronicamente e gravada, e ao receber uma resposta afirmativa ela se agachou.

Suas mãos estavam firmes como uma rocha no instante em que ela esticou o braço na direção do capuz que cobria o rosto da vítima. Ignorando o sangue que formava uma poça gosmenta em volta de suas botas, Eve conseguiu disfarçar o susto e o sobressalto que sentiu ao puxar o capuz para trás e dar de cara com o rosto de uma estranha.

— Quem é esta mulher? — quis saber.

— A vítima foi identificada como Louise Kirski, técnica do Departamento de Edição do Canal 75. — A policial pegou uma agenda eletrônica no bolso de sua capa de chuva preta e brilhante. — Ela foi encontrada aproximadamente às onze e quinze da noite, pelo repórter C. J. Morse. Ele vomitou todos os biscoitinhos que comeu bem ali ao lado — continuou ela, demonstrando um leve desdém pelo excesso de sensibilidade dos civis. — Ele entrou por esta porta berrando feito um louco. A equipe de segurança do prédio foi verificar a história dele, e, como era previsível, deu o alarme. A emergência registrou a ligação às onze e vinte e dois. Eu cheguei aqui no local às onze e vinte e sete.

— Você conseguiu chegar bem depressa, policial?...

— Peabody, tenente. Estava fazendo ronda na Primeira Avenida. Confirmei o homicídio, lacrei a porta externa e solicitei policiamento extra e um investigador.

Eve apontou com o queixo o prédio.

— Eles gravaram alguma coisa da cena do crime?

— Oficial — a boca da policial Peabody formou um traço fino —, eu mandei que uma equipe do noticiário se retirasse do local assim que cheguei. Diria que eles tiveram bastante tempo para gravar tudo antes de interditarmos o local.

— Tudo bem. — Com os dedos envoltos pelo spray selante, Eve apalpou o corpo. Havia algumas fichas de crédito, um pouco de troco tilintando no bolso, um caro aparelho portátil de *tele-link* preso no cinto. Não havia feridas defensivas, sinais de luta, nem de assalto.

Ela gravou todas as informações de forma profissional, com a cabeça trabalhando a mil por hora. Sim, ela estava reconhecendo a capa de chuva, e assim que completou o exame inicial, levantou-se.

— Vou entrar. Estou aguardando a chegada do capitão Feeney. Deixe-o passar. Ela pode ser liberada para o legista.

— Sim, senhora.

— Fique aqui, Peabody — decidiu Eve. A policial tinha um estilo bom e firme. — Mantenha os repórteres afastados. — Eve olhou por cima dos ombros, ignorando as perguntas que estavam vindo aos berros e o brilho das lentes. — Não dê declarações nem faça comentários.

— Não tenho nada a dizer a eles.

— Ótimo. Mantenha-se assim.

Eve tirou o lacre da porta, entrou e tornou a colocá-lo. O saguão estava quase vazio. Peabody, ou alguém como ela, já afastara todas as pessoas, com exceção das essenciais. Eve olhou para o segurança que estava atrás do balcão principal e perguntou:

— C. J. Morse. Onde ele está?

— A sala dele fica no sexto andar, seção oito. Alguns policiais, colegas seus, o levaram para lá.

— Estou esperando por outro colega. Diga a ele para onde eu fui. — Eve se virou e entrou no elevador.

Havia pessoas aqui e ali, algumas reunidas, outras em pé, sozinhas, diante de cenários de fundo, e falando sem parar para as câmeras. Ela sentiu um cheiro de café, o fedor de pó velho recém-preparado, tão semelhante ao que se encontrava nas salas apertadas da Central de Polícia. Sob outras circunstâncias, aquilo a teria feito sorrir.

O nível do barulho estava aumentando enquanto ela subia. Ela saltou no sexto andar e saiu no coração do zumbido frenético da sala do noticiário.

As mesas ficavam de costas umas para as outras, com pequenos corredores de passagem entre elas. Tal como a Central de Polícia, as emissoras de TV funcionavam vinte e quatro horas. Mesmo àquela hora, havia mais de uma dúzia de estações de trabalho em atividade.

A diferença, Eve notou, era que os policiais pareciam sobrecarregados de trabalho, tinham o cabelo desgrenhado e viviam suados. Aquela equipe era um primor de perfeição. As roupas eram elegantes, as jóias pareciam prontas para as câmeras e os rostos estavam cuidadosamente maquiados.

Todos pareciam ter uma tarefa a executar. Alguns falavam com muita rapidez para as telas de seus *tele-links*, fornecendo notícias atualizadas para os sistemas de satélites, Eve imaginou. Outros esbravejavam para os computadores, ou ouviam alguém esbravejar do outro lado enquanto os dados eram solicitados, acessados e transmitidos para a fonte desejada.

Tudo parecia perfeitamente normal, com a diferença de que, misturado com o fedor do café de má qualidade, havia o odor pegajoso do medo.

Um ou dois funcionários notou a passagem dela e fez menção de se levantar, com perguntas no rosto. O olhar brutalmente frio de Eve era tão eficiente quanto um escudo de aço.

Ela se virou para a parede onde as telas estavam unidas umas às outras. Roarke tinha um equipamento como aquele e Eve sabia que cada uma das telas podia ser usada para transmitir uma imagem em separado ou em qualquer combinação. Naquele instante, a parede estava totalmente tomada por uma imagem gigantesca de Nadine Furst, transmitida do estúdio de notícias. Atrás dela via-se a familiar vista tridimensional da silhueta de Nova York.

Ela também parecia limpa, arrumada, perfeita. Seu olhar pareceu se encontrar e se fixar no de Eve no instante em que ela chegou mais perto para ouvir a transmissão.

— E mais uma vez nesta noite tivemos um assassinato sem sentido. Louise Kirski, uma funcionária desta emissora, foi assassinada a apenas alguns passos de distância do prédio onde trabalhava. O mesmo prédio de onde, neste instante, estamos transmitindo esta edição.

Eve não se deu ao trabalho de xingar quando Nadine acrescentou alguns detalhes e passou a palavra a Morse. Ela já esperava por aquilo.

— Uma noite comum — disse Morse com sua voz forte e clara de repórter. — Uma noite chuvosa na cidade. Uma vez mais, porém, apesar do melhor que a nossa força policial conseguiu nos oferecer, ocorreu um assassinato. Desta vez este repórter que lhes fala tem condições de oferecer a você, telespectador, uma visão em primeira mão do horror, do choque e da sensação de desperdício.

Ele fez uma pausa, com um sentido exato do tempo, enquanto a câmera fazia um *zoom* e chegava próximo do seu rosto.

— Eu encontrei o corpo de Louise Kirski. Ele estava dobrado, sangrando, ao pé da escadaria deste prédio, onde tanto ela quanto eu trabalhamos durante muitas noites. Sua garganta acabara de ser cortada e o seu sangue ainda escorria na calçada molhada. Não tenho vergonha de dizer que fiquei gelado, me senti revoltado, e o cheiro da morte bloqueou os meus pulmões. Lá estava eu, em pé, olhando para baixo, para ela, incapaz de acreditar no que via com os próprios olhos. Como aquilo podia estar acontecendo? Uma mulher que eu conhecia, uma mulher com quem eu freqüentemente trocava palavras gentis, uma mulher com quem, ocasionalmente, eu tinha o privilégio de trabalhar. Como era possível que ela estivesse jogada ali, sem vida?

A imagem de seu rosto pálido e sério foi desaparecendo aos poucos, sendo substituída por uma foto grotescamente detalhada que mostrava o cadáver.

Eles não haviam perdido um segundo, pensou Eve com nojo, e se virou para o console mais próximo, perguntando:

— Onde fica esse estúdio?

— Como disse?

— Eu perguntei onde fica essa porcaria de estúdio — e torceu o polegar em direção à tela.

— Bem, ahn...

Furiosa, ela se inclinou e agarrou o funcionário com os braços rígidos.

— Quer ver como eu fecho esta emissora em dois tempos?

— Décimo segundo andar, estúdio A.

Eve se virou no exato instante em que Feeney saiu do elevador.

— Demorou a aparecer, hein, Feeney?

— Ei, eu estava em Nova Jersey visitando parentes. — Ele nem se preocupou em perguntar mais nada, e seguiu em frente junto dela.

— Preciso interromper aquela transmissão.

— Bem... — Ele coçou a cabeça enquanto subiam. — Nós podemos armar uma cena e conseguir uma ordem para confiscar as imagens da vítima — e movimentou os ombros quando Eve olhou para ele. — Assisti um pouco do programa no carro enquanto vinha para cá. Eles vão acabar conseguindo o material de volta, mas, de qualquer modo, dá para segurar as imagens por algumas horas.

— Caia dentro, então. Preciso de todos os dados disponíveis sobre a vítima. Eles devem ter registros por aqui.

— Isso é bem simples de conseguir.

— Envie todo o material para a minha sala, ouviu, Feeney? Vou para lá logo, logo.

— Tudo bem. Mais alguma coisa?

Eve parou de repente e olhou com cara feia para as grossas portas brancas do estúdio A.

— Pode ser que eu precise de ajuda aqui.

— Vai ser um prazer.

As portas estavam trancadas e um aviso informando que havia um programa no ar estava aceso. Eve lutou com a vontade forte de pegar na arma e arrebentar o painel de segurança. Em vez disso, colou o dedo no botão de emergência e esperou pela resposta.

— O noticiário do Canal 75 está sendo apresentado neste instante, ao vivo — explicou uma suave voz eletrônica. — Qual é a natureza do seu problema?

— Emergência policial. — Eve pegou o distintivo e o levou até o sensor do *scanner*.

— Um momento, tenente Dallas, enquanto sua solicitação está sendo registrada.

— Não é uma solicitação — disse Eve no mesmo tom. — Quero que estas portas sejam abertas agora ou serei forçada a invadir, de acordo com o Código 83-B, subparágrafo J.

Ouviu-se um zumbido suave, um chiado eletrônico, como se o computador estivesse considerando o assunto e expressando contrariedade logo em seguida.

— Liberando as portas — informou a voz. — Por favor, permaneça em silêncio e não ultrapasse a linha branca. Obrigado.

Dentro do estúdio, a temperatura estava uns cinco graus mais baixa. Eve caminhou com decisão, direto na direção de uma divisória de vidro que ficava de frente para o cenário, e bateu com força suficiente para deixar o diretor do programa completamente branco de preocupação. Ele levantou um dedo desesperado diante dos lábios. Eve levantou o distintivo.

Com uma relutância óbvia, ele apertou o botão que abria a porta e com gestos pediu que eles entrassem.

— Estamos ao vivo — disse, e se virou para acompanhar o programa. — Câmera três em Nadine. Imagem de Louise ao fundo. Marcar ângulo.

Os aparelhos robóticos do estúdio obedeceram com leveza. Eve olhou a pequena câmera suspensa mudar de ângulo. No monitor de controle, o rosto de Louise Kirski sorria alegremente.

— Devagar, Nadine. Não se apresse. E você, C. J., esteja pronto em dez segundos.

— Jogue os comerciais — disse Eve.

— Estamos transmitindo este programa especial sem intervalos comerciais.

— Jogue os comerciais — repetiu ela — ou tiro vocês do ar.

O diretor franziu o cenho e estufou o peito.

— Olhe, escute aqui... — disse ele.

— Não, é você que me escutará, e com atenção. — Eve cutucou o peito expandido do diretor repetidas vezes, de forma pouco gentil. — Você está com a minha testemunha lá. Agora faça direitinho tudo o que eu mandar ou os seus concorrentes vão colocar a audiência nas nuvens com a história que eu vou passar para eles, relatando como o Canal 75 interferiu na investigação policial do assassinato de uma das suas funcionárias. — Eve levantou uma sobrancelha, enquanto ele considerava o que ela dissera. — E talvez eu esteja até começando a achar que você me parece suspeito... Você não acha que ele tem cara de assassino, Feeney?

— Estava pensando exatamente nisso. Talvez tenhamos de levá-lo para a delegacia para uma longa conversa. Depois de tirarmos a roupa dele, para revistá-lo.

— Esperem aí, por favor, esperem um pouco! — Ele passou a mão na boca. Que mal ia fazer um intervalo comercial de noventa segundos? — Preparem o intervalo em dez segundos. C. J., encerre a sua parte. Prefixo musical. Câmera um, panorâmica aérea para trás. Marque o ângulo.

Soltou um longo suspiro e completou:

— Vou chamar os nossos advogados.

— Isso, pode chamar. — Eve saiu da cabine e foi até a comprida mesa preta que Nadine e Morse dividiam.

— Nós temos o direito de...

— Eu vou lhe contar sobre os seus direitos — Eve interrompeu Morse. — Você tem o direito de ligar para o seu advogado e pedir para que ele vá encontrá-lo na Central de Polícia.

Ele ficou branco como papel.

— Você está me prendendo. Jesus Cristo, você pirou?

— Você é uma testemunha, babaca! E não vai dar mais nenhuma declaração enquanto não der uma para mim. Oficialmente. — Lançou um olhar pungente na direção de Nadine. — Você vai ter de se virar sozinha durante o resto do programa.

— Quero ir junto com vocês. — Com as pernas bambas, Nadine se levantou. A fim de dispensar os gritos frenéticos que vinham da cabine de controle, ela arrancou o ponto eletrônico da orelha e o atirou sobre a mesa. — Provavelmente eu fui a última pessoa a falar com ela.

— Ótimo. Conversaremos sobre isso. — Eve os encaminhou para fora, fazendo uma pausa rápida, só para soltar um risinho cruel na direção da cabine do diretor. — Vocês podem tapar esse buraco na programação passando umas velhas reprises do seriado *Nova York contra o Crime.* É um clássico.

— Muito bem, C. J., muito bem. — Por mais infeliz que estivesse se sentindo, Eve ainda conseguia apreciar aquele momento. — Finalmente consegui colocar você onde eu queria. Está confortável?

O rosto dele ainda estava meio verde, junto às narinas, mas ele conseguiu lançar um olhar de escárnio enquanto olhava em torno, na sala de interrogatório.

— Vocês bem que podiam contratar um decorador para embelezar as coisas por aqui.

— Estamos tentando encaixar isso no orçamento. — Eve se recostou, sentada ao lado da mesa, que era o único móvel da sala. — Gravando — pediu ela. — Primeiro de junho... Nossa, como o mês de maio passou rápido... Entrevistado, C. J. Morse, na sala de interrogatório C. Entrevista conduzida pela tenente Eve Dallas. Referência: homicídio. Vítima: Louise Kirski. Horário: zero hora, quarenta e cinco minutos. Senhor Morse, o senhor já foi orientado acerca dos seus direitos. Deseja a presença de seu advogado durante esta entrevista?

Ele pegou um copo com água e tomou um gole.

— Estou sendo acusado de alguma coisa?

— No momento, não.

— Então vamos em frente.

— Leve-me de volta ao local do crime, C. J. Conte-me exatamente o que aconteceu.

— Tudo bem. — Ele bebeu mais um pouco de água, como se a sua garganta estivesse ressecada. — Eu estava indo para a emissora. Sou o co-âncora do jornal da meia-noite.

— A que horas você chegou?

— Mais ou menos às onze e quinze. Usei a entrada do lado leste. Muitos de nós usam aquela entrada, porque vai dar direto na sala do noticiário. Estava chovendo, então eu dei uma corrida, quando saí do carro. Foi quando eu vi alguma coisa no chão, na base dos degraus. Não consegui identificar o que era, a princípio.

Ele parou de falar, cobriu o rosto com as mãos e o esfregou com força.

— Não consegui identificar — continuou — até chegar praticamente em cima dela. Eu pensei... Nem sei o que pensei direito, na verdade achei que alguém tinha tomado um porre fenomenal.

— Você não reconheceu a vítima?

— O... O capuz — e gesticulou vagamente e sem controle — estava cobrindo o rosto. Eu me agachei e comecei a afastá-lo do rosto dela. — Neste ponto, ele tremeu violentamente. — Foi quando eu vi o sangue, a garganta dela. O sangue — repetiu, cobrindo os olhos.

— Você tocou no corpo?

— Não, acho que... Não, não toquei. Ela estava jogada ali e a garganta estava toda aberta. Os olhos!... Não, eu não a toquei. — Deixou as mãos caírem novamente, e fez o que parecia um esforço hercúleo para se controlar. — Eu passei mal do estômago. Você provavelmente não entende essa sensação, Dallas. Algumas pessoas possuem reações humanas básicas. Todo aquele sangue, os olhos dela. Deus, eu vomitei, fiquei apavorado e corri para dentro. Vi o guarda no balcão e contei para ele.

— Você conhecia a vítima?

— Claro, eu a conhecia. Louise já tinha feito a edição de algumas matérias para mim. Na maior parte do tempo ela trabalhava com Nadine, mas fez alguns trabalhos para mim e para outros. Ela era boa em seu trabalho, muito boa. Tinha um olho rápido e certeiro. Era uma das melhores. Cristo! — Ele pegou a jarra de água sobre a mesa. Derramou um pouco fora do copo quando se serviu. — Não havia motivo para matá-la. Não havia motivo algum.

— Era costume dela sair por aquela porta, àquela hora?

— Não sei. Acho que ela... Ela devia estar trabalhando na sala de edição — disse com voz furiosa.

— Vocês eram chegados, em nível pessoal?

Ele levantou a cabeça e franziu o cenho.

— Você está tentando me comprometer nessa história, não está, Dallas? Você adoraria isso!

— Apenas responda às perguntas, C. J. Você tinha algum envolvimento com ela?

— Ela tinha um relacionamento, falava muito sobre um cara chamado Bongo. Nós trabalhávamos juntos, Dallas. Apenas isto.

— Você chegou no prédio do Canal 75 às onze e quinze. E antes disso?

— Antes disso, estava em casa. Quando estou escalado para o jornal da meia-noite eu dou uma cochilada de duas horas. Não tinha nenhuma matéria especial para apresentar, então não havia muito o que preparar. Era para ser apenas uma leitura no *teleprompter*, um resumo das notícias do dia. Jantei com alguns amigos por volta das sete da noite, fui para casa às oito e tirei um cochilo.

Ele colocou os cotovelos sobre a mesa e enterrou a cabeça nas mãos.

— Acordei às dez e saí pouco antes das onze. Quis me garantir, saindo um pouco mais cedo de casa, por causa do tempo. Jesus, Jesus, Jesus.

Se Eve não tivesse visto o seu relato diante das câmeras poucos minutos depois de ter descoberto o corpo, poderia até mesmo sentir um pouco de pena dele.

— Você viu alguém no local, ou nas proximidades da cena do crime?

— Apenas Louise. Não há muita gente entrando e saindo da emissora àquela hora da noite. Não vi ninguém. Apenas Louise. Apenas Louise.

— Ok, C. J. Isso é tudo, por ora.

Ele pousou o copo depois de beber um pouco mais, com avidez, em cima da mesa.

— Já posso ir?

— Lembre-se de que você é uma testemunha. Se estiver me escondendo alguma coisa, ou se lembrar de alguma coisa não revelada nesta entrevista e não vier me contar, eu posso acusá-lo de ocultar provas e dificultar a investigação. — Eve sorriu com satisfação. — Ah, e informe os nomes daqueles seus amigos, C. J. Eu nem pensei que você tivesse algum.

Ela o liberou e ficou remoendo os fatos enquanto esperava que Nadine fosse trazida. A situação era muito clara. E um sentimento de culpa bateu forte. Para manter tudo bem vivo na cabeça, ela folheou o conteúdo da pasta e analisou as fotos de Louise Kirski, ampliadas. Virou-as para baixo quando a porta se abriu.

Nadine não parecia nem um pouco arrumada naquele momento. O brilho profissional da personalidade que trabalhava ao vivo tinha dado lugar a uma mulher pálida e abalada, com os olhos inchados e a boca trêmula. Sem dizer nada, Eve apontou para a cadeira e serviu-se de um pouco de água em outro copo.

— Você foi bem rápida, Nadine — disse com frieza —, para dar a notícia ao vivo.

— Esse é o meu trabalho. — Nadine nem tocou no copo, mas apertou as mãos uma contra a outra no colo. — Você faz o seu trabalho, eu faço o meu.

— Certo. Estamos apenas servindo ao público, não é?

— Não estou muito interessada no que você está pensando a meu respeito neste instante, Dallas.

— Que bom, porque eu não estou pensando muita coisa boa de você no momento. — Pela segunda vez ela ligou o gravador e forneceu todas as informações necessárias. — Quando foi a última vez em que você viu Louise Kirski com vida?

— Nós estávamos trabalhando juntas na sala de edição, acertando as imagens e o tempo de uma matéria que ia ao ar no jornal da meia-noite. Não levou tanto tempo quanto imaginávamos para terminar. Louise era boa, muito boa. — Nadine respirou fundo e continuou a falar, olhando para um ponto que ficava alguns centímetros acima do ombro esquerdo de Eve. — Conversamos por alguns minutos. Ela e o rapaz com quem estava saindo nos últimos meses estavam procurando por um apartamento. Iam morar juntos. Ela estava feliz. Louise era uma pessoa feliz, era fácil de se lidar, brilhante.

Ela foi obrigada a parar de novo, teve de parar. Sua respiração estava presa. Com cuidado e firmeza, ela ordenou a si mesma que inspirasse e expirasse. Duas vezes.

— Enfim — continuou —, ela viu que estava sem cigarros. Gostava de dar uma fumada entre uma tarefa e outra. Todo mundo fingia que não via, mesmo quando ela se esgueirava, entrava em um depósito qualquer e acendia um cigarro. Eu até pedi que ela me trouxesse uns dois cigarros da rua, e lhe dei algumas fichas de crédito. Nós descemos juntas e eu fiquei na sala do noticiário. Tinha umas ligações para fazer. Se não fosse por isso, teria ido com ela. Estaria com ela naquele instante.

— Vocês duas geralmente saíam juntas antes do programa?

— Não. Normalmente eu faço um intervalo de alguns minutos, saio, vou tomar um café tranqüilo em uma pequena cafeteria da Terceira Avenida. Eu gosto de... sair um pouco da emissora, especialmente antes da edição de meia-noite. Temos um restaurante, uma sala de estar e uma cafeteria dentro do prédio da emissora, mas eu gosto de dar um tempo e tiro uns dez minutos para ficar sozinha.

— Habitualmente?

— Sim. — Nadine sentiu o olhar de Eve e desviou o rosto. — Habitualmente. Só que eu precisava fazer essas ligações, e estava chovendo, então... Então eu não fui. Emprestei minha capa a Louise e ela saiu. — Seu olhar se focou de volta no de Eve. E ele estava arrasado. — Ela foi morta no meu lugar. Eu sei disso, e você sabe também. Não é, Eve?

— Eu reconheci a sua capa de chuva — disse Eve, lacônica. — Pensei que fosse você.

— Ela não fez nada, apenas deu uma saída para comprar uns cigarros. Lugar errado, hora errada. Capa errada.

Isca errada, pensou Eve, mas não falou.

— Vamos raciocinar passo a passo, Nadine. Uma editora de TV possui uma certa quantidade de poder, de controle.

— Não. — Lenta e metodicamente, Nadine balançou a cabeça para os lados. O enjôo do estômago subira, se instalara na garganta e tinha um gosto horrível. — A história que é importante, Dallas, a personalidade de quem apresenta os fatos no ar. Ninguém valoriza, nem sequer pensa no trabalho do editor, só no do repórter. Ela não era o alvo, Dallas. Vamos parar de fingir que era.

— O que eu acho e o que eu sei são duas coisas trabalhadas de forma diferente, Nadine. Mas vamos seguir com o que eu sei por enquanto. Acho que você era o alvo, e acho que o assassino confundiu Louise com você. Vocês têm um corpo bem diferente uma da outra, mas estava chovendo, ela estava usando a sua capa de chuva, estava de capuz. Não houve tempo, ou não houve escolha, depois que o erro foi descoberto.

— O quê? — Confusa por ver a situação descrita tão objetivamente, Nadine tentava se concentrar no relato. — O que você disse?

— Que tudo acabou muito depressa. Tenho o registro da hora exata em que ela passou pelo balcão da segurança. Ela acenou para o guarda. Temos Morse, que quase tropeçou nela dez minutos depois. Ou o tempo foi marcado de forma incrivelmente exata ou o nosso assassino é um exibido. Pode apostar que ele queria assistir a tudo no noticiário da meia-noite, antes mesmo que o corpo dela esfriasse.

— Então nós fizemos tudo o que ele queria, não foi?

— Foi. — Eve concordou. — Você fez.

— E você acha que foi fácil para mim? — A voz de Nadine, rouca e áspera, explodiu. — Acha que foi moleza eu me sentar lá e apresentar a notícia, sabendo que ela ainda estava caída lá fora?

— Não sei — disse Eve, com suavidade. — Foi fácil?

— Ela era minha amiga. — Nadine começou a chorar, as lágrimas transbordaram e começaram a escorrer pelo rosto, deixando sulcos na pesada maquiagem de TV. — Eu me preocupava com ela. Droga, ela era importante para mim, não era só uma história! Ela não era só a porcaria de uma história.

Lutando para administrar a própria culpa, Eve empurrou o copo de água na direção de Nadine.

— Beba — ordenou. — Descanse um minuto.

Nadine teve de usar as duas mãos para manter o copo precariamente firme. Ela preferia, descobriu naquele instante, que fosse uma dose de conhaque, mas isto ia ter de esperar.

— Eu vejo esse tipo de coisa acontecer o tempo todo, não é muito diferente do seu caso.

— Mas você viu o corpo — acusou Eve. — Foi correndo lá fora, na cena do crime.

— Eu tinha de ver. — Com os olhos ainda cheios de lágrimas, ela olhou de volta para Eve. — Era uma coisa pessoal, Dallas. Eu tinha que ver. Não consegui acreditar quando a notícia se espalhou.

— E como foi que a notícia se espalhou?

— Alguém ouviu Morse gritando para o guarda que alguém estava morto, que uma pessoa acabara de ser assassinada bem na porta. Isto atraiu muita atenção — explicou ela, massageando as têmporas. — As notícias voam. Ainda não tinha terminado de dar o segundo telefonema quando ouvi o bochicho. Dispensei o papo com a minha fonte e desci. E então eu a vi. — Seu sorriso era sombrio e sem humor. — Cheguei antes das câmeras, e antes da polícia.

— E você e seus colegas se arriscaram a adulterar a cena de um crime. — Eve passou a mão pelo cabelo. — Já está feito, paciência. Alguém tocou nela? Você viu alguém tocar nela?

— Não, ninguém é assim tão idiota. Era óbvio que ela estava morta. Dava para ver. Dava para ver o corte, o sangue. Chamamos uma ambulância, mesmo assim. O primeiro carro da polícia chegou em poucos minutos, a policial mandou que entrássemos de volta e lacrou a porta. Eu falei com o policial. Peabody, era o seu nome — e passou os dedos sobre as têmporas, não porque estivessem doendo, mas porque estavam dormentes. — Disse a ela que era Louise, e então subi para me preparar para o noticiário. E o tempo inteiro eu fiquei pensando *era para ser eu.* Lá estava eu, viva, olhando para a câmera, e Louise estava morta. Era para ser eu.

— Não era para ser ninguém.

— Nós a matamos, Dallas. — A voz de Nadine estava novamente firme. — Você e eu.

— Acho que vamos ter de conviver com isso. — Eve deu um suspiro profundo e se inclinou para a frente. — Vamos repassar a seqüência cronológica dos fatos, Nadine. Passo a passo.

Capítulo Treze

Às vezes, pensava Eve, o trabalho duro da rotina policial compensava. Era como uma máquina caça-níqueis, alimentada habitualmente, sem a pessoa sentir, monotonamente, até que, quando a sorte grande caía em seu colo, provocava quase um choque.

Foi exatamente assim que Eve se sentiu quando David Angelini caiu em seu colo.

Ela tinha várias dúvidas a respeito de pequenos detalhes do caso Kirski. A questão do tempo era uma delas.

Nadine deixou de tirar sua hora de folga, Louise Kirski foi para a rua no lugar dela, passou pelo saguão aproximadamente às vinte e três horas e quatro minutos. Saiu na chuva e deu de cara com uma faca. Minutos depois, correndo para não se atrasar, Morse chegou no estacionamento da emissora, quase tropeçou no corpo, vomitou e correu para dentro, para dar o alarme de um assassinato.

Tudo isto ela matutava, rápido, depressa, em poucos minutos.

Na realidade, ela analisara os discos com a gravação da guarita de segurança do Canal 75. Não era possível saber se o assassino havia entrado com o carro por ali, estacionado o veículo no pátio, seguido até a porta para esperar Nadine, cortado o pescoço de Louise por engano e depois fugido de carro novamente.

O criminoso poderia simplesmente ter cortado caminho a pé, a partir do terreno que dava para a Terceira Avenida, exatamente do jeito que Louise pretendia fazer. A guarita de segurança precisava se certificar de que sempre haveria vagas disponíveis para os funcionários da emissora e que os convidados não seriam prejudicados por algum motorista frustrado que, sem encontrar vaga, resolvesse usar o estacionamento particular para tirar o seu carro ou a sua minivan aérea das ruas.

Eve reviu cada um dos discos, por uma questão de rotina, e porque, admitiu para si mesma, tinha esperança de que a história de Morse não fosse colar. Ele teria reconhecido a capa de chuva de Nadine e saberia do seu hábito de tirar alguns minutos para ficar sozinha, antes da edição da meia-noite.

Não havia nada que ela pudesse curtir mais, em um nível básico e até primariamente pessoal, do que pregar a bunda magra dele na parede.

E foi neste instante que ela notou a imagem do elegante carro esporte italiano de dois lugares que deslizava e entrava, brilhando, pelo portão do pátio da emissora. Ela já vira aquele carro antes, estacionado do lado de fora da casa do comandante, no dia do funeral de Cicely Towers.

— Pare! — ordenou, e a imagem na tela ficou congelada. — Amplie do setor vinte e três até o trinta e coloque em tela cheia. — A máquina clicou, depois fez um som metálico abafado, provocando uma oscilação na imagem. Com um rugido impaciente, Eve deu uma pancada na tela com a base da mão, tentando ajeitar a imagem. — Essa droga de cortes orçamentários! — murmurou ela, e então um sorriso se abriu, lento e saboroso. — Ora, ora, senhor Angelini.

Respirou fundo ao ver o rosto de David encher a tela. Ele parecia impaciente, pensou. Distraído. Nervoso.

— O que é que você estava fazendo aí — murmurou ela, desviando o olhar para o relógio digital do canto inferior esquerdo da tela —, às vinte e três horas, dois minutos e cinco segundos?

Recostou-se na cadeira, e começou a mexer na gaveta com uma das mãos enquanto analisava a tela. De modo distraído, deu uma mordida em uma barra de chocolate que ia servir de café da manhã, para ela. Eve ainda não tinha ido para casa.

— Copie esta imagem — ordenou. — Depois, volte para a cena original e a copie também. — Esperou pacientemente enquanto a máquina zumbia, atendendo à ordem. — Agora, continue a passar o disco, na velocidade normal.

Mordiscando o café da manhã improvisado, ela olhou o caríssimo carro esporte passar diante da câmera. A imagem piscou. O Canal 75 bem que poderia pagar por uma câmera de segurança de última geração, que acompanhava os objetos através de um sensor de movimento. Onze minutos haviam se passado pelo relógio no momento em que o carro de Morse se aproximou.

— Interessante — murmurou. — Copie o arquivo, transfira a cópia para a pasta 47833-K. Homicídios. Louise Kirski. Cruzar os dados com o caso da pasta 47801-T. Homicídios. Cicely Towers, e com o caso 47815-M. Homicídios. Yvonne Metcalf.

Virando-se para o lado, ela ativou o *tele-link* e chamou:

— Feeney!

— Oi, Dallas. — Ele enfiou o resto de um bolinho de canela na boca. — Estou trabalhando no caso. Por Deus, não são nem sete horas da manhã!

— Eu sei que horas são. É que surgiu um problema delicado, Feeney.

— Ai, que inferno! — Apareceram ainda mais sulcos em seu rosto já enrugado. — Odeio quando você fala isso!

— Descobri David Angelini no disco de gravação do portão de segurança do Canal 75. Ele chegou uns dez minutos antes de o corpo de Louise Kirski ser achado.

— Merda, merda, merda! Quem é que vai contar isso ao comandante?

— Eu conto, depois que tiver uma conversinha com David. Preciso que você me dê cobertura, Feeney. Vou lhe transmitir as imagens que eu tenho, excluindo aquelas em que David aparece. Quero que você as leve para o comandante. Diga a ele que eu estou tirando umas duas horas do meu horário para resolver um assunto pessoal.

— É, até parece que ele vai engolir essa.

— Feeney, agora quero que você diga para mim que eu preciso dormir um pouco. Diga que você vai levar o relatório para o comandante, e que eu devia ir para casa tirar um cochilo de pelo menos duas horas.

Feeney deu um longo suspiro.

— Dallas, você precisa dormir um pouco. Eu levo o relatório para o comandante. Vá para casa e tire um cochilo de pelo menos duas horas.

— Pronto! Agora você pode dizer para ele que me falou isso — encerrou ela, desligando.

Como no caso do trabalho, o instinto de uma policial também compensava às vezes. O de Eve lhe dizia que David Angelini ia se aproximar da família para se proteger. Sua primeira parada foi o pequeno e aconchegante apartamento dos Angelini, localizado em uma região elegante do East Side.

Ali as construções de tijolinhos haviam sido erguidas há quase trinta anos, e eram reproduções das antigas residências típicas do século XIX que foram destruídas no início do século XXI, quando a maior parte da infra-estrutura de Nova York entrou em colapso. Muitas das casas ricas daquela área tinham sido condenadas e demolidas. Depois de muita polêmica, a área havia sido reconstruída em estilo antigo, uma tradição que só os muito ricos tinham condições de usufruir.

Depois de uma busca de quase dez minutos, Eve conseguiu achar uma vaga entre os caríssimos carros americanos e europeus. Acima dela, três minivans aéreas, de propriedade particular, manobravam, circulando à procura de um lugar livre para aterrissar.

Pelo jeito o transporte público não era considerado prioritário naquela vizinhança, e o preço dos terrenos era muito alto para ser desperdiçado na construção de garagens.

Mesmo assim, Nova York era Nova York, e ela trancou bem as portas do seu velho carro da polícia antes de ir para a calçada. Notou que um adolescente passou deslizando perto dela em um *skate* voador. Ele aproveitou a oportunidade para impressionar sua pequena platéia com algumas manobras radicais e complicadas, terminando com uma longa cambalhota. Em vez de desapontá-lo, Eve lançou-lhe um sorriso de congratulações.

— Grande manobra!

— Fui na boa! — respondeu o jovem com uma voz que ficava a meio caminho entre a puberdade e a virilidade, e tinha menos segurança do que quando ele flutuava acima da calçada. — Você sabe andar de *skate*?

— Não, é muito arriscado para mim. — Quando ela continuou a caminhar, ele circulou em torno dela, colocando o *skate* quase na vertical com o movimento dos pés.

— Eu posso lhe ensinar alguns dos movimentos básicos em cinco minutos.

— Vou me lembrar disso. Você sabe quem é que mora ali, no número 21?

— No 21? Claro, o senhor Angelini. Mas você não é uma das gatas dele.

Ela parou.

— Não sou não?

— Ora, qual é? — O menino abriu um sorriso, exibindo dentes perfeitos. — Ele gosta de mulheres meio metidas. E mais velhas também — e fez um giro vertical rápido, indo de um lado para outro. — E você também não se parece com uma empregada. De qualquer modo, ele normalmente usa andróides para o serviço de limpeza.

— Ele tem muitas gatas?

— Só vi algumas delas por aqui. Elas sempre chegam em um carro particular. Às vezes ficam até o dia seguinte, mas geralmente não.

— E como é que você sabe?

Ele sorriu sem se abalar.

— É que eu moro bem ali — apontou para uma casa geminada, do outro lado da rua. — Gosto de sacar o que está rolando.

— Certo, então por que não me conta se alguém apareceu por aqui ontem à noite?

— Por que eu contaria? — e fez mais um giro e um movimento de rotação com o *skate*.

— Porque eu sou da polícia.

Seus olhos se arregalaram enquanto ele olhava para o distintivo de Eve.

— Uau! Que legal! Ei, você acha que foi ele que detonou a coroa? Tenho de ficar por dentro dos lances, logo, porque daqui a pouco tenho de zoar para a escola.

— Isso não é um interrogatório. Você estava de olho aberto ontem à noite? Qual é o seu nome?

— É Barry. Eu estava assim, tipo andando de *skate* ontem à noite, vendo um pouco de TV, ouvindo música. Acho que devia estar estudando para a monstruosa prova final de computação técnica.

— Por que não está na escola hoje?

— Ei, você não é da Divisão Antigazeta, é? — seu riso ficou um pouco nervoso. — Ainda é muito cedo para eu ir para a escola. De qualquer modo, estou no programa de três aulas por semana, e mais a escola eletrônica em casa.

— Tudo bem. E ontem à noite?

— Enquanto andava de *skate*, vi o senhor Angelini sair. Eram umas oito horas, acho. Depois, mais tarde, provavelmente perto de meia-noite, chegou outro cara, em um supercarro. Não saltou por algum tempo, ficou só lá dentro, sentado, tipo sem saber o que fazer.

Barry fez um rodopio rápido, subindo por toda a extensão do *skate*.

— Logo depois ele entrou no apartamento. Estava andando meio engraçado. Saquei que ele estava todo molhado. Entrou direto, logo ele sabia o código para entrar. Não vi o senhor Angelini voltar. Provavelmente nessa hora eu já estava todo zzz... Você sabe, puxando um ronco.

— Dormindo, sim. Entendi. E você viu alguém sair hoje de manhã?

— Não, mas o carrão ainda está lá.

— Sei. Obrigada.

— Ei — ele deu uma corrida atrás dela. — É legal ser policial?

— Às vezes é muito legal, às vezes não. — Eve subiu os poucos degraus que levavam à casa dos Angelini e se identificou para a voz fria do *scanner*, que a cumprimentou.

— Desculpe, tenente, não há ninguém em casa. Se quiser deixar uma mensagem, será contactada de volta, na primeira oportunidade.

Eve olhou diretamente para o *scanner*.

— Registre isto. Se não há ninguém em casa, vou voltar até o carro, vou solicitar uma ordem de busca e uma autorização de entrada. Vai levar menos de dez minutos.

Ela ficou parada e esperou menos de dois minutos, até que David Angelini abriu a porta.

— Tenente.

— Senhor Angelini. Aqui ou na Central de Polícia? A escolha é sua.

— Entre. — Ele deu um passo para trás. — Acabei de chegar em Nova York, na noite passada. Ainda estou com as coisas meio desorganizadas, agora de manhã.

Ele a conduziu até uma sala de estar pintada em tons escuros e teto alto e com gentileza lhe ofereceu café, oferta que ela recusou com a mesma gentileza. Ele usava calças de corte reto, bem estreitas nos tornozelos, que ela vira nas ruas de Roma, e uma camisa de seda com as mangas largas, no mesmo tom de creme. A cor dos sapatos também combinava e eles pareciam tão macios que deviam afundar ao toque de um dedo.

Seus olhos, porém, estavam agitados, e seus dedos tamborilavam de modo ritmado nos braços da poltrona quando ele se sentou.

— A senhorita tem novas informações sobre o caso de minha mãe?

— Você sabe por que eu estou aqui.

Ele passou a língua sobre os lábios e se ajeitou na poltrona. Eve descobriu o porquê de ele se dar tão mal no jogo.

— Como assim? — perguntou David.

Eve pegou no gravador e o colocou no centro da mesa, abertamente.

— Senhor David Angelini, os seus direitos são os seguintes: o senhor não tem obrigação de declarar coisa alguma. Se optar por dizer algo, tudo ficará gravado e poderá ser usado contra o senhor em um tribunal ou em qualquer procedimento legal. O senhor tem todo o direito à presença e à orientação de um advogado ou representante legal.

Ela continuou a recitar os direitos, rapidamente, enquanto via a respiração dele acelerar e se tornar bem audível.

— Quais são as acusações?

— O senhor ainda não está sendo acusado de nada. Compreendeu os seus direitos?

— É claro que compreendi.

— Deseja entrar em contato com o seu advogado?

Sua boca se abriu e ele soprou o ar, estremecendo um pouco.

— Ainda não. Imagino que a senhorita vai me esclarecer qual é o motivo desta interpelação, tenente.

— Acho que tudo vai ficar claro como água. Senhor Angelini, onde o senhor estava entre as onze horas da noite do dia 31 de maio e a zero hora de 1º de junho?

— Eu lhe disse, acabei de chegar na cidade. Dirigi direto do aeroporto, e vim para cá.

— O senhor veio para cá direto do aeroporto?

— Exato. Tinha uma reunião de negócios ontem à noite, mas eu... cancelei. — Abriu o último botão da camisa, como se precisasse de ar. — Eu marquei a reunião para outro dia.

— A que horas o senhor chegou ao aeroporto?

— Meu vôo aterrissou por volta de dez e meia, acho.

— E o senhor veio para cá.

— Já disse que sim.

— Sim, disse. — Eve deixou a cabeça pender para o lado. — E o senhor é um mentiroso. E mente mal, ainda por cima. Começa a suar quando está blefando.

Sentindo a linha de suor que estava começando a se formar em suas costas, ele se levantou. Tentou fazer voz de ofendido, mas só conseguiu mostrar medo.

— Acho que vou entrar em contato com o meu advogado, afinal, tenente. E também com o seu oficial superior. É um procedimento usual da polícia molestar pessoas inocentes em suas próprias casas?

— Fazemos qualquer coisa que funcione — murmurou ela. — Além do mais, o senhor não é inocente. Vá em frente, chame o seu advogado e vamos todos juntos para a Central de Polícia.

Mas ele não moveu um músculo para pegar o *tele-link*.

— Eu não fiz nada.

— Só para começar, o senhor mentiu para uma policial investigadora. Está gravado. Chame o seu advogado.

— Espere, espere. — Passando a mão na boca, David começou a andar pela sala de um lado para outro. — Não é necessário. Não é necessário levar as coisas tão longe.

— A escolha é sua. Gostaria de rever a sua declaração anterior?

— Este é um assunto delicado, tenente.

— Engraçado... Sempre achei que assassinato fosse um assunto abrutalhado.

Ele continuou a andar pela sala, retorcendo as mãos.

— A senhorita precisa compreender que os nossos negócios estão em uma situação muito frágil no momento. O tipo errado de publicidade poderá afetar certas transações. Em uma semana, no máximo duas, tudo será resolvido.

— E o senhor acha que eu deveria interromper as investigações até o senhor colocar seus pepinos financeiros em ordem?

— Eu estou disposto a recompensá-la pelo seu tempo e sua discrição.

— Ah, é?... — Eve arregalou os olhos. — E que tipo de compensação o senhor está sugerindo, senhor Angelini?

— Posso dispor de dez mil. — Tentou dar um sorriso. — Dobro a quantia se a senhorita simplesmente enterrar toda esta história para sempre.

Eve cruzou os braços.

— Que esta gravação sirva de prova que David Angelini acaba de oferecer uma propina à investigadora da polícia, tenente Eve Dallas, e que a citada propina foi recusada.

— Piranha! — disse ele baixinho.

— Pode apostar que sim. Por que esteve no prédio do Canal 75 ontem à noite?

— Eu jamais afirmei isto.

— Vamos direto ao assunto. O senhor foi gravado pelas câmeras de segurança da emissora quando estava entrando no estacionamento. — Para dar mais ênfase ao que dizia, abriu a bolsa, tirou a cópia do disco, balançou-a na frente do rosto dele e depois a jogou em cima da mesa.

— Câmeras de segurança? — Suas pernas pareceram dobrar sob o peso do corpo e ele tateou em busca de uma poltrona. — Eu não me lembrei... Nem pensei nisso. Entrei em pânico.

— Cortar a jugular de uma pessoa pode, mesmo, provocar isso.

— Eu nem toquei nela. Não cheguei nem perto dela. Meu Deus, será que pareço um assassino?

— Eles vêm em todos os estilos. Você estava lá. Está documentado. E cuidado com as mãos! — gritou ela enquanto levava a própria mão em direção à arma que trazia pendurada no ombro. — Mantenha as mãos longe dos bolsos.

— Em nome de Deus, então acha que estou carregando uma faca? — Lentamente ele pegou um lenço no bolso e enxugou as sobrancelhas. — Eu nem sequer conhecia Louise Kirski.

— Mas sabia o nome dela.

— Soube pelo noticiário — e fechou os olhos. — Vi tudo no noticiário. E vi quando ele a matou.

Os músculos dos ombros de Eve se tensionaram, mas, ao contrário de David, ela era boa naquele jogo. Tanto o seu rosto quanto a sua voz se abrandaram.

— Bem, então... Por que não me fala a respeito disso?

Ele começou a agitar as mãos de novo, juntando os dedos e torcendo-os. Usava dois anéis, um de diamante e outro de rubi, ambos incrustados em ouro maciço. Eles faziam um som musical quando se chocavam.

— A senhorita vai ter de deixar o meu nome fora disso.

— Não — respondeu ela no mesmo tom. — Não vou. Eu não faço acordos. Sua mãe era uma promotora pública, senhor Angelini. O senhor deveria saber que, se vai haver algum acordo, ele tem de ser feito através da promotoria e não por mim. O senhor já mentiu, e está tudo gravado. — Ela manteve o tom neutro e leve. Era melhor assim, quando se lidava com um suspeito nervoso, a fim de deixá-lo mais calmo. — Eu estou lhe oferecendo a oportunidade de rever a sua declaração anterior, e novamente estou lhe lembrando de que o senhor tem o direito de entrar em contato com o seu advogado a qualquer momento, durante esta entrevista. Mas se quer falar comigo, fale agora. E, para começar, vou tornar as coisas mais fáceis para o senhor. O que estava fazendo no Canal 75 ontem à noite?

— Tinha uma reunião marcada para bem tarde. Eu lhe disse que tinha uma reunião profissional, e a cancelei. É verdade. Nós estávamos... Eu estava trabalhando em um acordo de expansão dos negócios. A família Angelini tem interesses na indústria do entretenimento. Temos desenvolvido alguns projetos, programas, apresentações para uso doméstico. Carlson Young, o chefe da Divisão de Entretenimento do Canal 75, tem feito muita coisa para que esses projetos apresentem bons resultados. Estava indo até a emissora para me encontrar com ele, em sua sala.

— Mas era meio tarde para tratar de negócios, não era?

— A área do entretenimento não tem o que normalmente se chama de expediente normal. Tanto a minha agenda quanto a dele são muito cheias, e aquele era um horário que servia a nós dois.

— Por que não conversaram pelo *tele-link*?

— Grande parte das nossas negociações foi feita desse modo. Mas nós dois achamos que já estava na hora de um encontro pessoal. Tínhamos a esperança... ainda temos... de levar o primeiro programa ao ar antes do outono. Já conseguimos o texto — continuou ele, quase falando para si mesmo —, a equipe de produção já está pronta, e já assinamos o contrato com boa parte do elenco.

— Então o senhor tinha uma reunião marcada para tarde da noite, com Carlson Young, do Canal 75.

— Sim. O mau tempo acabou me segurando. Eu estava muito atrasado. — Sua cabeça se levantou. — Liguei para ele do carro. A senhorita pode confirmar isso também. Pode confirmar. Liguei para ele poucos minutos antes das onze, quando vi que ia me atrasar.

— Nós vamos conferir tudo, senhor Angelini. Pode contar com isso.

— Eu cheguei ao portão do estacionamento. Estava distraído, pensando em... alguns problemas com o elenco. Fiz a curva. Deveria ter ido direto até a entrada principal, mas estava pensando em alguma outra coisa. Parei o carro, e então notei que ia ser obrigado a dar ré. Foi quando eu vi... — e usou o lenço, passando-o na boca — vi alguém sair por uma porta. Então apareceu outra pessoa, que devia estar observando do lado de fora, à espera. Ele se moveu muito depressa. Tudo aconteceu muito depressa. Ela se virou e eu consegui ver seu rosto. Apenas por um segundo eu vi o rosto dela, iluminado pela luz. Sua mão se esticou no ar. Foi rápido, muito rápido. E... Ah, meu Deus! O sangue! Ele esguichou como um chafariz. Eu não compreendi. Não podia acreditar... O sangue espirrava de dentro dela. Ela caiu, e ele começou a fugir, saiu correndo.

— O que o senhor fez?

— Eu... Fiquei ali, sentado. Não sei por quanto tempo. De repente estava dirigindo para longe dali. Nem me lembro. Estava dirigindo, e tudo era como se fosse um sonho. A chuva, e as luzes dos outros carros. De repente, cheguei aqui. Nem me lembro como foi que consegui chegar. Mas saí do carro. Liguei para Carlson Young e falei que ia me atrasar ainda mais, e que era melhor marcar para outro dia. Entrei aqui em casa, mas não havia ninguém. Tomei um calmante e fui para a cama.

Eve deixou que o silêncio se estabelecesse por um momento.

— Vamos ver se eu entendi esta história direito, senhor Angelini. O senhor estava a caminho de uma reunião, pegou a entrada errada e viu uma mulher ser brutalmente assassinada. Então dirigiu para longe dali, cancelou a reunião e foi para a cama. Esta descrição é exata?

— Sim. Sim, suponho que é.

— Não lhe ocorreu a idéia de sair do carro para ver se algo poderia ser feito? Talvez usar o seu *tele-link* do carro para notificar as autoridades ou chamar uma ambulância?

— Não estava raciocinando direito. Estava abalado.

— Estava abalado. Então veio para cá, tomou um remédio para dormir e foi para a cama.

— Foi o que eu disse — rebateu ele. — Preciso de um drinque. Com as mãos suadas, ele tentava se controlar. — Vodca — ordenou. — Traga a garrafa.

Eve o deixou pensando, até que um andróide de serviços domésticos chegou com uma garrafa de vodca Stoli e um copo baixo, sobre uma bandeja. Ela deixou que ele bebesse.

— Não havia nada que eu pudesse fazer — resmungou ele, estimulado, como ela planejara, pelo seu silêncio. — Aquilo não me dizia respeito.

— A sua mãe foi assassinada há poucas semanas, pelo mesmo método que o senhor acaba de me descrever. E isto não lhe dizia respeito?

— Isso foi parte do problema. — Ele se serviu de mais vodca e bebeu. Estremeceu. — Eu fiquei chocado... E com medo. A violência não faz parte da minha vida, tenente. Fazia parte da vida da minha mãe, uma parte de sua vida que eu jamais consegui compreender. Ela entendia a violência — disse baixinho. — Ela entendia.

— E o senhor se ressente disso, senhor Angelini? Que a sua mãe entendesse a violência, que fosse forte o bastante para enfrentá-la? Para lutar contra ela?

— Eu amava a minha mãe. — Sua respiração era curta. — Quando eu vi essa outra mulher sendo assassinada, exatamente como a minha mãe, tudo o que pensei em fazer foi fugir.

Ele fez uma pausa e tomou o último gole da vodca, de uma vez só.

— Pensa que eu não sei — continuou ele — que a senhorita anda me investigando, fazendo perguntas, cavando fatos de minha vida pessoal e profissional? Eu já sou um suspeito. Quanto a minha situação ia piorar se eu fosse descoberto ali, bem ali, na cena de outro assassinato?

Eve se levantou e respondeu:

— O senhor está prestes a descobrir.

Capítulo Quatorze

Eve o questionou novamente, no ambiente menos confortável da sala de interrogatório C. David finalmente aceitara o conselho de chamar representantes legais para acompanhá-lo, e três advogados vestidos com ternos de risca-de-giz e olhos frios colocaram-se ao lado do cliente, à mesa de reunião.

Eve os tinha apelidado, secretamente, de Moe, Larry e Curly, porque eles se pareciam com os Três Patetas, do velho seriado cômico.

Moe, aparentemente, era a advogada que estava à frente dos três. Tinha uma voz dura, muito áspera. Parecia que uma tigela havia sido colocada em sua cabeça e o cabelo escuro cortado em volta, em linha reta. Foi isto que inspirou Eve a batizá-la. Seus acompanhantes falavam pouco, mas exibiam um ar sério, e ocasionalmente faziam anotações aparentemente muito importantes nos pequenos blocos de papel amarelo dos quais os advogados jamais se cansavam.

De vez em quando Curly, com um franzido da testa larga, apertava alguns botões em sua agenda eletrônica e sussurrava coisas em tom conspiratório no ouvido de Larry.

— Tenente Dallas — Moe cruzou as mãos sobre a mesa; elas exibiam unhas afiadas e perigosas, pintadas de vermelho vivo. — Meu cliente está ansioso para colaborar.

— Antes não estava — afirmou Eve —, como vocês acabam de ver por si próprios na gravação da primeira entrevista. Depois de desistir da história original, seu cliente admitiu ter abandonado a cena do crime sem comunicar a ocorrência às autoridades.

Moe soltou um suspiro. Era um som tempestuoso que mostrava desapontamento.

— A senhorita pode, é claro, acusar o senhor Angelini desses pequenos lapsos. Nós vamos, do nosso lado, alegar capacidade diminuída, choque, além do trauma emocional causado pelo recente assassinato de sua mãe. Isto tudo representaria apenas um desperdício do tempo da Justiça, e do dinheiro dos contribuintes.

— Eu não acusei o seu cliente de tais... lapsos, ainda. Estamos lidando com um problema muito maior aqui.

Curly rabiscou algo e virou o bloco na direção de Larry, para que este lesse o que estava escrito. Os dois murmuraram algo um para o outro e assumiram um ar grave.

— A tenente já confirmou o compromisso que o meu cliente marcara no Canal 75.

— Sim, ele tinha um compromisso, que foi cancelado às onze e trinta e cinco da noite. É estranho que a sua capacidade diminuída e o seu trauma emocional intenso tenham desaparecido durante um tempo suficiente para que ele pudesse cuidar de negócios. — Antes que Moe tivesse chance de falar de novo, Eve se virou para David com olhar duro. — O senhor conhece Nadine Furst?

— Eu sei quem ela é. Já a vi no noticiário. — Ele hesitou e se inclinou para consultar Moe. Após um instante, concordou com a cabeça. — Já a encontrei algumas vezes, socialmente, e conversei com ela rapidamente, após a morte de minha mãe.

Eve já sabia de tudo isso e cercou a sua presa.

— Tenho certeza de que o senhor já assistiu às reportagens dela. Deve ter um interesse velado no seu trabalho, já que ela vem cobrindo os recentes assassinatos. E o assassinato de sua mãe.

— Tenente, qual é a relação que existe entre o interesse do meu cliente pela cobertura jornalística da morte de sua mãe e o assassinato da senhorita Kirski?

— Estou pesquisando isso. O senhor assistiu às recentes reportagens de Nadine Furst nas últimas semanas, senhor Angelini?

— É claro. — Ele se recuperou o bastante para dar um sorriso de deboche. — A senhorita conseguiu um bocado de exposição na mídia com essa história, tenente.

— Isso incomoda o senhor?

— Acho espantoso que uma servidora pública paga pela cidade busque notoriedade através da tragédia.

— Está me parecendo que isso o deixou realmente revoltado — respondeu Eve com um gesto de indiferença. — A senhorita Furst tem conseguido muita notoriedade com isso também.

— É de esperar que alguém como ela use a dor alheia em benefício próprio.

— O senhor não apreciou a cobertura dela?

— Tenente — perguntou Moe, com a paciência obviamente diminuindo —, qual é a finalidade dessa pergunta?

— Isto não é um julgamento, ainda. Não preciso de uma finalidade. O senhor se sentiu incomodado pela cobertura, senhor Angelini? Zangado?

— Eu... — e parou de falar ao notar o olhar penetrante de Moe. — Venho de uma família proeminente — continuou ele, com mais cuidado. — Já estamos acostumados com essas coisas.

— Será que poderíamos voltar ao assunto em questão? — pediu Moe.

— Esse é precisamente o assunto em questão. Louise Kirski estava usando a capa de chuva de Nadine Furst quando foi morta. Sabe o que eu acho, senhor Angelini? Acho que o assassino atingiu o alvo errado. Acho que ele estava esperando por Nadine, e Louise deu o azar de escolher a hora errada para sair na chuva à procura de cigarros.

— Isso não tem nada a ver comigo. — Os olhos dele voaram na direção dos advogados. — Tudo isso continua sem ter nada a ver comigo. Eu vi o crime. Apenas isto.

— O senhor disse que era um homem. Como ele se parecia?

— Não sei. Não o vi com clareza, ele estava de costas para mim. Tudo aconteceu tão rápido!

— Mas o senhor viu o bastante para saber que era um homem.

— Imaginei que fosse. — Ele parou de falar, tentando controlar a respiração enquanto Moe sussurrava algo em seu ouvido. — Estava chovendo — continuou ele. E eu estava a muitos metros de distância, dentro do carro.

— O senhor afirmou ter visto o rosto da vítima.

— Foi a luz. A moça virou a cabeça para cima, na direção da luz, quando ele, ou ela, enfim, o assassino, a atacou.

— E esse assassino, que pode ter sido um homem, e que surgiu do nada..., ele era alto, baixo, velho, jovem?

— Não sei. Estava escuro.

— Mas o senhor disse que havia luz.

— Apenas um ponto de luz. Ele estava nas sombras. Estava de preto — disse David em uma torrente de palavras inspiradas. — Um casacão preto... E um chapéu. Um chapéu de aba larga, bem enterrado na cabeça.

— Isso é muito conveniente. Ele estava de preto. Tão original!

— Tenente, eu não posso aconselhar o meu cliente a continuar cooperando se a senhorita persistir no sarcasmo.

— Seu cliente está em sérios apuros. Meu sarcasmo é a menor das preocupações dele. Temos aqui três grandes pontos. Os meios, o motivo e a oportunidade.

— Vocês não têm nada, a não ser a admissão feita por meu cliente de que ele testemunhou um crime. E tem mais — continuou Moe, tamborilando as unhas perigosas sobre a mesa de reunião —, vocês não têm nada para ligá-lo com os outros assassinatos. O que vocês têm, tenente, é um maníaco à solta e uma necessidade desesperada de aplacar a ira dos oficiais superiores e da opinião pública efetuando uma prisão. Só que não vai ser a do meu cliente.

— Isso é o que veremos. Agora... — Seu comunicador apitou duas vezes, um sinal de Feeney. A adrenalina de Eve estava a mil, mas ela mascarou isto com um sorriso leve. — Desculpem, vou levar apenas um instante.

Eve saiu da sala e foi para o corredor. Atrás dela, através do vidro da sala, que dava visão apenas pelo lado de fora, a confusão se instalara.

— Traga-me boas notícias, Feeney. Eu quero enquadrar este filho da mãe.

— Boas notícias? — Feeney esfregou o queixo. — Bem, pode ser que você goste desta. Yvonne Metcalf estava em negociações com o nosso amigo aí dentro. Negociações secretas.

— Para quê?

— Para obter o papel principal em um filme. Eles estavam ainda na fase de qualificação, porque a renovação do contrato dela com o *Fique Ligado* ainda não tinha saído. Finalmente, consegui apertar o agente dela. Se ela conseguisse o papel, estava disposta a abandonar o programa da TV. Só que eles iam ter de aumentar a aposta, obter a garantia de pelo menos três filmes para ela, com distribuição internacional e vinte e quatro horas de promoção ininterrupta no lançamento.

— Pelo jeito, ela estava querendo muito esse papel.

— Ela o estava pressionando um pouco. Pelo que eu saquei do papo com o agente, David precisava de Yvonne Metcalf para garantir uma parte do patrocínio, mas eles queriam uma parcela do lucro final. Ele estava brigando para resolver tudo e salvar o projeto.

— Então ele a conhecia. E era ela que estava no controle.

— De acordo com o agente, David esteve pessoalmente com Yvonne Metcalf, várias vezes. Tiveram até mesmo alguns encontros, a sós, no apartamento dela. Ela também estava contando com a colaboração dele.

— Eu adoro quando as peças começam a se encaixar, você não? — Eve se virou, analisando David Angelini através do vidro. — Conseguimos uma conexão, Feeney. Ele conhecia as três.

— Mas ele, supostamente, estava na Costa Oeste quando Yvonne Metcalf foi morta.

— Quanto você quer apostar que ele tem um avião particular? Sabe de uma coisa que eu aprendi com Roarke, Feeney? Horários de vôo e aviões de carreira não significam nada se você tem dinheiro ou possui meios de transporte particulares. Não, a não ser que ele apareça com dez testemunhas que juram que estavam puxando o saco dele no momento em que Yvonne Metcalf foi assassinada, eu o peguei. Veja como ele está suado, Feeney — murmurou ela enquanto entrava de volta na sala de interrogatório.

Ela se sentou, cruzou as mãos sobre a mesa e fitou diretamente os olhos de David.

— O senhor conhecia Yvonne Metcalf.

— Eu... — pego desprevenido, David se ajeitou na cadeira e enfiou o dedo no pescoço para alargar o colarinho. — Certamente, eu... Todos a conheciam.

— O senhor tinha negócios com ela, encontrou-se pessoalmente com ela, e até esteve em seu apartamento.

Isto tudo, obviamente, era novidade para Moe, que rangeu os dentes e levantou a mão.

— Um momento, tenente. Eu gostaria de conversar com o meu cliente, a sós.

— Tudo bem. — Eve se levantou, solícita. Do lado de fora, assistiu a todo o show através do vidro e achou que era realmente uma pena a lei impedi-la de ligar o áudio.

Mesmo assim, ela podia ver Moe despejando perguntas em cima de David e dava para notar as suas respostas gaguejadas enquanto Larry e Curly pareciam muito sérios e rabiscavam furiosamente em seus bloquinhos.

Moe balançou a cabeça para os lados diante de uma das respostas de David e o cutucou com uma das unhas vermelhas e letais.

Eve estava sorrindo quando Moe levantou uma das mãos e fez um sinal pedindo que ela voltasse a entrar na sala.

— Meu cliente está disposto a declarar que conhecia Yvonne Metcalf, em nível profissional.

— Hã, hã... — Desta vez Eve encostou o quadril na mesa. — Yvonne Metcalf o estava deixando no maior sufoco, não estava, senhor Angelini?

— Estávamos em negociações. — Ele juntou as mãos novamente e as torceu. — É comum, para os artistas convidados para um projeto, exigirem a lua. Nós estávamos... chegando a um acordo.

— O senhor a encontrou no apartamento dela. Vocês brigaram?

— Nós... Eu... Nós tivemos reuniões em vários locais. A casa dela foi um desses lugares. Nós conversamos sobre prazos e possibilidades.

— Onde o senhor estava na noite em que Yvonne Metcalf foi assassinada, senhor Angelini?

— Eu teria de verificar na minha agenda — respondeu ele, com surpreendente controle. — Mas acredito que estava em Nova Los Angeles, no complexo do Planet Hollywood. Sempre me hospedo lá quando estou na cidade.

— E em que lugar o senhor estava entre as sete da noite e a meia-noite, pelo horário da Costa Oeste?

— Não sei dizer.

— É melhor o senhor saber, senhor Angelini.

— Provavelmente em meu quarto. Tinha uma grande quantidade de assuntos para resolver. O texto precisava ser refeito.

— O texto que o senhor estava adaptando para a senhorita Metcalf.

— Sim, esse mesmo.

— E o senhor estava trabalhando sozinho?

— Prefiro ficar sozinho quando estou escrevendo. Fui eu que escrevi o texto, entende? — Ele enrubesceu ligeiramente, como se a cor subisse do colarinho da camisa. — Gastei muito do meu tempo e do meu esforço para preparar isso.

— O senhor possui um avião?

— Um avião? Naturalmente, do jeito que viajo, eu...

— O seu avião estava em Nova Los Angeles?

— Sim, eu... — Seus olhos se arregalaram, e depois ficaram sem expressão quando ele compreendeu a implicação da pergunta. — A senhorita não pode estar acreditando seriamente nisso!

— David, sente-se — disse Moe, com firmeza, quando o viu se levantar de repente. — Você não tem mais nada a dizer neste momento.

— Ela acha que eu as matei. Isto é insanidade! Minha própria mãe, pelo amor de Deus! Por quê? Que motivo poderia existir para isso?

— Bem, eu tenho algumas idéias a respeito — respondeu Eve. — Vamos ver se a psiquiatra concorda comigo.

— O meu cliente não tem obrigação alguma de se submeter a um teste psiquiátrico.

— Eu acho que a senhorita vai aconselhá-lo a fazer exatamente isso.

— Esta entrevista — disse Moc com a voz entrecortada — está encerrada.

— Ótimo. — Eve ficou em pé e adorou o instante em que seu olhar encontrou o de David. — Senhor David Angelini, o senhor está preso. Foi acusado de abandonar a cena de um crime, obstruir a Justiça e tentar subornar uma policial.

Ele voou em cima dela, indo, pensou Eve com ironia, direto para a sua garganta. Ela esperou até que suas mãos estivessem bem firmes em volta do seu pescoço, e seus olhos latejando de fúria para só então derrubá-lo.

Ignorando as ordens ríspidas da advogada dele, Eve colocou o seu peso sobre o corpo dele.

— Não vamos nos dar ao trabalho de acrescentar ataque a uma policial e resistência à prisão, porque eu acho que não vai ser necessário. Podem fichá-lo — disse para os guardas que já haviam invadido a sala.

— Bom trabalho, Dallas — Feeney a cumprimentou, enquanto via David ser levado dali.

— Vamos torcer para que a promotoria também pense dessa forma, pelo menos para impedir a liberação dele, sob fiança. Temos de segurá-lo e fazê-lo suar frio. Quero que ele seja acusado de assassinato em primeiro grau, Feeney, quero muito.

— Estamos perto disso, garota.

— Precisamos da prova física. Precisamos da droga da arma, de sangue, dos suvenires. O perfil psiquiátrico da doutora Mira vai ajudar, mas não dá para levar as acusações em frente sem alguma prova física. — Impaciente, ela consultou o relógio. — Não deve levar muito tempo para conseguirmos um mandado de busca, mesmo com os advogados tentando impedir.

— Há quanto tempo está acordada, Eve? — perguntou ele. — Você está cheia de olheiras.

— Já estou em pé há tanto tempo que mais umas duas horas não vão fazer diferença. Que tal bebermos alguma coisa enquanto esperamos pelo mandado?

Feeney colocou a mão sobre o ombro dela, de modo paternal.

— Acho que nós dois vamos precisar de um drinque mesmo. O comandante já soube de tudo. Ele quer nos ver, Dallas. Agora.

Ela apertou o espaço entre as sobrancelhas com o dedo.

— Vamos até lá juntos, então. E vamos tomar dois drinques depois que acabarmos.

Whitney não perdeu tempo. No momento em que Eve e Feeney colocaram os pés em sua sala, ele lhes lançou um olhar de arrepiar.

— Vocês trouxeram David para interrogatório.

— Eu trouxe, senhor, é verdade. — Eve deu um passo à frente para enfrentar o que vinha. — Temos uma gravação em vídeo dele no portão do estacionamento do Canal 75, no momento exato do assassinato de Louise Kirski. — Ela não fez nenhuma pausa e desfiou o relatório com voz rápida e olhando para cima.

— David disse que viu o assassino.

— Ele afirmou que viu alguém, possivelmente um homem usando um casacão preto e um chapéu. Esse homem teria atacado Louise Kirski e depois teria fugido em direção à Terceira Avenida.

— E ele entrou em pânico — acrescentou Whitney, ainda mantendo o controle. Suas mãos estavam paradas sobre a mesa —, abandonou a cena do crime, sem comunicar o incidente à polícia. — Era possível que Whitney estivesse xingando a situação por dentro, e talvez o seu estômago estivesse cheio de nós provocados pela tensão, mas seu olhar estava frio, duro e firme. — Esta não é uma reação atípica para alguém que testemunha um crime violento.

— Ele negou ter estado no local — disse Eve calmamente. — Tentou se encobrir, ofereceu suborno. Ele teve a oportunidade, comandante. E tem ligação com todas as vítimas. Ele conhecia Yvonne Metcalf, estava trabalhando com ela em um projeto, tinha estado em seu apartamento.

A única reação de Whitney foi a de fechar os dedos para, logo a seguir, tornar a abri-los.

— E o motivo, tenente?

— Em primeiro lugar, dinheiro — respondeu ela. — Ele está com problemas financeiros, que serão resolvidos assim que o testamento da mãe for homologado. As vítimas, ou, no caso do terceiro crime, a pessoa que era o verdadeiro alvo, eram todas mulheres fortes, com reconhecimento público. Todas elas estavam de algum modo atormentando-o. A não ser que os advogados dele consigam impedir, a doutora Mira vai fazer testes com ele, para determinar seu estado emocional e mental, bem como a probabilidade de ele ter tendências para a violência.

Ela pensou na pressão de suas mãos em volta do seu pescoço e imaginava que esta probabilidade era alta e fácil de detectar.

— Ele não estava em Nova York no momento dos dois primeiros assassinatos.

— Senhor. — Ela sentiu uma pontada de pena, mas a suprimiu. — Ele tem um avião particular. Pode voar para onde quiser. É pateticamente simples adulterar os registros de vôo. Ainda não posso segurá-lo aqui pelos assassinatos, mas quero que ele permaneça detido até conseguirmos mais provas.

— Você vai deixá-lo na cadeia por abandonar a cena de um crime e por tentativa de suborno?

— É uma prisão efetuada com boa base, comandante. Estou requisitando mandados de busca. Quando encontrarmos as provas físicas...

— Se encontrarem — interrompeu Whitney. Neste momento, ele se levantou, pois não conseguiu mais permanecer sentado atrás da mesa. — Esta é uma grande diferença, Dallas. Sem uma prova física, o seu caso de assassinato não tem sustentação.

— E é por isso que ele ainda não foi acusado de assassinato. — Eve colocou uma cópia do relatório sobre a mesa. Eve e Feeney tiveram o cuidado de dar uma passada na sala dela, a fim de usar o computador para a avaliação da probabilidade. — Ele conhecia as primeiras duas vítimas e também Nadine Furst. Tinha contato com elas e estava na cena do último crime. Suspeitamos que a promotora Towers estava encobrindo alguém quando apagou a última ligação de seu *tele-link.* Ela teria encoberto o filho. E o relacionamento entre eles estava tenso, devido aos problemas dele com jogo, e à posição dela de não querer ajudá-lo a se livrar das dívidas. Com todos estes dados, a probabilidade de culpa indicada pelo computador foi de 83,1por cento.

— Você não levou em consideração que ele é incapaz desse tipo de violência. — Whitney colocou as mãos na beira da mesa e se inclinou para a frente. — Você não colocou este fator na sua teoria, não é, tenente? Eu conheço David Angelini, Dallas. Conheço-o tão bem quanto os meus próprios filhos. Ele não é um assassino. É um tolo, talvez. É fraco, talvez. Mas não é um assassino frio.

— Às vezes os fracos e os tolos são os que atacam. Comandante, sinto muito, mas não posso libertá-lo.

— Será que você faz alguma idéia do que poderá fazer a um homem como ele, o fato de ir para a cadeia? Saber que é suspeito do assassinato da própria mãe? — Não havia outra escolha, na cabeça de Whitney, a não ser implorar por David. — Não nego, Dallas, que ele foi mimado. O pai queria o melhor para ele e para Mirina, e fez de tudo para que eles conseguissem. Desde a infância ele foi acostumado a pedir por alguma coisa e ver seu desejo lhe cair no colo de imediato. Sim, sua vida tem sido fácil, cheia de privilégios, até mesmo indulgente. David cometeu erros, fez julgamentos incorretos, e tudo isto sempre foi consertado para ele. Mas não há maldade dentro dele, Dallas. Não há violência. Eu o conheço.

A voz de Whitney não se alterou, mas ecoava de emoção.

— Dallas, você jamais vai conseguir me convencer de que David pegou em uma faca e rasgou o pescoço da mãe. Estou pedindo para você avaliar isso com atenção, atrasar um pouco a papelada, por conta da burocracia, e recomendar a sua liberação, sob a responsabilidade dele mesmo.

Feeney começou a falar, mas Eve balançou a cabeça. Ele podia ter uma patente superior à dela, mas era ela a responsável pela investigação. Era ela que estava no comando.

— Três mulheres estão mortas, comandante. Temos um suspeito sob custódia. Não posso fazer o que o senhor está me pedindo. O senhor me colocou como investigadora principal porque sabia que eu jamais cederia.

Ele se virou e olhou para fora da janela.

— Compaixão não é o seu ponto forte, certo, Dallas?

Ela franziu a testa, mas não disse nada.

— Esse é um golpe baixo, Jack — disse Feeney com a voz alterada —, e se você vai usar isso para atingi-la, vai ter de me atingir também, porque eu estou plenamente de acordo com Dallas. Temos o bastante para fichá-lo com base nos delitos pequenos e tirá-lo das ruas, e é isto que estamos fazendo.

— Vocês vão arruiná-lo. — Whitney se virou. — Mas isso não é problema de vocês. Podem pegar seus mandados, e fazer as buscas necessárias. Mas, como seu oficial comandante, eu estou ordenando que mantenham o caso em aberto. Fiquem de olho. Quero um relatório completo sobre a minha mesa até às quatorze horas. — Lançou um último olhar para Dallas. — Estão dispensados.

Eve saiu da sala e ficou surpresa ao notar que suas pernas pareciam feitas de vidro, do tipo frágil que poderia ser estilhaçado com um descuidado golpe da mão.

— Ele saiu da linha, Dallas — disse Feeney, segurando-a pelo braço. — Ele está magoado e resolveu descontar, jogando sujo com você.

— Não foi assim tão sujo. — A voz dela era áspera e sofrida. — Compaixão não é o meu ponto forte, então? Eu não sei nada a respeito de laços de família e lealdade, não é?

Sentindo-se desconfortável, Feeney trocou o peso do corpo de um pé para outro.

— Ora, vamos, Dallas, você não vai levar isso para o lado pessoal, vai?

— Não vou? Ele me ofereceu apoio total, uma porção de vezes. Agora, está me pedindo para dar apoio a ele, e eu tenho de dizer *desculpe, mas isso não é possível.* É claro que é uma coisa pessoal, Feeney — e afastou a mão dele. — Vamos deixar os drinques para outra hora. Não estou me sentindo sociável.

Sem saber o que fazer, Feeney enfiou as mãos nos bolsos. Eve saiu para um lado, o comandante, do outro, permaneceu com as portas fechadas. Feeney ficou se sentindo infeliz no meio dos dois.

Eve supervisionou pessoalmente a busca na casa de Marco Angelini. Não era necessário que ela estivesse ali. Os técnicos do laboratório conheciam bem o seu trabalho, e o equipamento que usavam era tão bom quanto o orçamento permitia. Mesmo assim ela espalhou um pouco de spray protetor nas mãos, cobriu as botas com ele e se movimentou por toda a casa de três andares em busca de alguma coisa que pudesse amarrar o caso ou, pensando na expressão que viu no rosto de Whitney, que pudesse desmontá-lo.

Marco Angelini permaneceu no local. Tinha este direito, como dono da casa e pai do principal suspeito. Eve ignorou a sua presença, os olhos azuis que acompanhavam cada um dos seus movimentos, o olhar feroz que via em seu rosto e o repuxar constante do maxilar.

Um dos técnicos fez uma busca completa nas roupas de David utilizando um sensor portátil, procurando manchas de sangue. Enquanto ele trabalhava, Eve, meticulosamente, examinava o resto do quarto.

— Ele deve ter-se livrado da arma do crime, tenente — comentou o técnico. Ele era um veterano da polícia, um pouco dentuço, e tinha o apelido de Castor. Trazia o sensor preso ao ombro por uma correia, e o estava passando naquele instante sobre um casaco esportivo muito caro.

— Ele usou a mesma arma nas três mulheres — respondeu Eve, falando mais consigo mesma do que com Castor. — O laboratório confirmou isto. Por que motivo ele a jogaria fora agora?

— Talvez tenha terminado o trabalho. — O sensor mudou de tom, de um zumbido constante para um bipe rápido. — Foi só um pouco de azeite — anunciou Castor. — Azeite extravirgem. Pingou na linda gravata dele. Talvez ele já tenha terminado — repetiu.

Castor admirava os detetives. No passado, tivera ambições de se tornar um deles. O mais próximo que conseguira chegar disto foi alcançar o cargo de técnico de campo. Mas ele lia todas as histórias de detetive que encontrava disponíveis em disco.

— Veja só — explicou ele. — Três é um número mágico. Um número importante. — Seus olhos se aguçaram por trás dos óculos escuros no momento em que as lentes tratadas detectaram uma minúscula mancha de talco no punho de uma camisa. Foi em frente, se empolgando com a explicação. — Então esse cara, veja só, se fixa em três mulheres, mulheres que ele conhece e vê o tempo todo, na TV. Talvez sinta tesão por elas.

— A primeira vítima era a mãe dele.

— Ei — Castor fez uma pausa longa e virou a cabeça a fim de olhar para Eve. — Nunca ouviu falar de Édipo? Aquele sujeito grego, você sabe, que tinha tesão pela mãe? Enfim, ele mata as três, depois joga a arma fora e a roupa que estava usando quando cometeu o crime. De qualquer modo, esse cara tem roupas suficientes para vestir seis pessoas.

Franzindo o cenho, Eve caminhou por dentro do espaçoso closet, olhando para os cabides automáticos e as prateleiras motorizadas.

— Ele nem sequer mora aqui.

— O cara é rico à beça, não é? — Para Castor aquilo explicava tudo. — Ele tem uns dois ternos aqui que jamais foram estreados. Sapatos também. — Abaixando-se, pegou um par de botas de cano curto e as mostrou para Eve. — Viu só? Não tem nada. — Passou o sensor pelas solas, que não apresentavam marcas de uso. — Sem sujeira, sem poeira, sem arranhões de andar na calçada, nem fibras.

— Isso o torna culpado apenas de autobenevolência. Que droga, Castor, consiga um pouco de sangue para mim.

— Estou tentando. Mas acho que, provavelmente, ele jogou fora a roupa que estava usando.

— Você é muito otimista, Castor.

Chateada, ela se virou na direção de uma escrivaninha laqueada, em forma de U, e começou a remexer nas gavetas. Os discos de arquivo que encontrou ela guardaria para rodar no próprio computador. Quem sabe tinha a sorte de encontrar algum tipo de correspondência entre David Angelini e sua mãe, ou Yvonne Metcalf? Ou, quem sabe — meditou —, ela podia ter ainda mais sorte e encontrar algum diário perdido, com a confissão dos assassinatos?

Onde ele enfiou o guarda-chuva?, ela se perguntou. *E o sapato?* Ficou imaginando se os técnicos em Nova Los Angeles e os outros, na Europa, estavam tendo mais sorte. Só por pensar que ia ter de inspecionar e pesquisar todas as aconchegantes casinhas e refúgios escondidos de David Angelini, Eve já estava começando a sentir um caso sério de indigestão.

Então, ela encontrou a faca.

Foi muito simples. Abriu a gaveta do meio da escrivaninha e lá estava ela. Comprida, estreita e letal. Tinha um cabo enfeitado, entalhado no que deveria ser marfim genuíno. Isto a transformava em uma antiguidade, ou em um crime internacional. Extrair marfim, ou comprá-lo sob qualquer forma, havia sido transformado em atividade ilegal em todo o planeta, há mais de meio século, depois que os elefantes africanos haviam sido quase extintos.

Eve não era entusiasta por antiguidades, nem especialista em crimes ambientais, mas estudara tópicos de medicina legal e técnicas forenses, o bastante para saber que o formato e o comprimento da lâmina eram exatos.

— Ora, ora. — Sua indigestão, uma convidada mal-vinda, foi embora. Em seu lugar ficou a sensação clara e agradável do sucesso. — Talvez o três não fosse o seu número de sorte, afinal.

— Ele guardou a arma? Mas que filho da mãe! — Desapontado, diante de um assassino tão tolo, Castor balançou a cabeça. — Esse cara é um idiota!

— Passe o sensor aqui — ordenou Eve, cruzando o cômodo na direção do técnico.

Castor girou o scanner e mudou a programação, que estava configurada para roupas. Após um rápido ajuste das lentes, correu a ponta do cano do sensor por toda a faca. O aparelho começou a apitar sem parar.

— Tem um troço aqui — murmurou Castor, com os dedos grossos teclando os botões do controle como se fosse um pianista. — É fibra, talvez papel. Parece um tipo de fita adesiva. Há também impressões digitais, no cabo. Quer um relatório delas impresso?

— Quero.

— Tá legal. — O *scanner* cuspiu um pedaço quadrado de papel, cheio de impressões. — Agora vamos colocar a máquina de volta e... Bingo! Aqui está o sangue que você queria. Não tem muito não. — Ele franziu a testa, apertando o cano do aparelho ao longo da lâmina. — Vai ser sorte se conseguirmos material suficiente para descobrir o tipo sanguíneo. O DNA vai ser ainda mais difícil.

— Mantenha esse espírito otimista, Castor. Há quanto tempo o sangue está aí?

— Ah, qual é, tenente? — Por trás das lentes do sensor, seus olhos pareciam grandes e sarcásticos. — Você sabe que não dá para eu lhe informar isso só com os dados de um aparelho portátil. Vamos ter de levá-lo para análise. Tudo o que essa gracinha de máquina faz é identificar. Não tem pele aqui. Seria melhor se tivesse um pouco de pele.

— Vou levar o sangue. — No momento em que estava lacrando a faca em um plástico de guardar provas, sentiu um movimento com os cantos dos olhos. Olhou para o lado e deu de cara com os olhos de Marco Angelini, escuros de condenação.

Ele olhou para a faca, e depois de volta para o rosto dela. Algo se movimentou dentro dele, algo que o arrebatou e fez com que contraísse os músculos do maxilar.

— Gostaria de ter um minuto do seu tempo, tenente.

— Não posso lhe dar muito mais do que isso.

— Não vai levar muito tempo. — Seus olhos se voltaram para Castor e depois para a faca, que Dallas já estava guardando na bolsa. — Em particular, por favor.

— Certo. — Ela acenou com a cabeça para o guarda que estava atrás de Marco Angelini. — Por favor, Castor, peça a um dos membros da equipe para subir até aqui e terminar a busca manual — e seguiu Angelini para fora do quarto.

Ele se virou na direção de uma pequena escada, estreita e acarpetada, e deixou as mãos se arrastarem sobre o corrimão lustroso enquanto subia. Quando chegou ao topo da escada, virou para a direita e entrou em uma sala.

Era um escritório, conforme Eve descobriu. Estava fortemente iluminado pelo brilhante sol da manhã. A luz batia e refulgia na superfície do equipamento de comunicação, voltava e se refletia no console liso, semicircular, sóbrio e pintado de preto. A seguir, tornava a brilhar e se espalhava sobre o piso cintilante.

Como se estivesse incomodado com a intensidade da luz do sol, Marco Angelini apertou um botão e fez com que as janelas se cobrissem com uma camada suave da cor de âmbar. Agora a sala estava cheia de sombras que envolviam contornos dourados.

Angelini foi direto até um bar embutido na parede e ordenou um uísque com gelo. Pegou o copo quadrado e tomou um gole, bem devagar.

— A senhorita acha que o meu filho assassinou a mãe e mais duas mulheres.

— O seu filho foi interrogado com base nessas acusações, senhor Angelini. Ele é suspeito. Se tiver alguma dúvida a respeito do procedimento da polícia, o senhor deve falar com os advogados dele.

— Já conversei com eles. — Ele tomou mais um gole. — Eles acham que há uma grande possibilidade de que a senhorita possa acusá-lo, mas dizem que ele não vai ser indiciado.

— Isso vai depender do grande júri.

— A senhorita acha que ele vai ser, então.

— Senhor Angelini, se e quando eu prender o seu filho, e fizer a acusação de três assassinatos em primeiro grau, será porque eu acredito que ele será indiciado, julgado e condenado por essas acusações, e que eu terei as provas suficientes para garantir essa condenação.

Ele olhou para o saco plástico onde ela acabara de colocar uma daquelas provas.

— Andei fazendo uma pesquisa a respeito da senhorita, tenente Dallas.

— Ah, andou?

— Gosto de saber das minhas chances — disse ele com um sorriso sem humor, que surgiu e desapareceu em um piscar de olhos. — O comandante Whitney a respeita. E eu o respeito. Minha ex-esposa admirava a sua tenacidade e a sua eficiência, e ela não era tola. Ela conversava a seu respeito, sabia disso?

— Não, não sabia.

— Ela ficava impressionada com a sua cabeça. Uma cabeça limpa, de uma verdadeira policial. A senhorita é boa em seu trabalho, não é, tenente?

— Sim, sou boa no meu trabalho.

— Mas comete erros.

— Tento mantê-los em um nível mínimo.

— Um erro na sua profissão, mesmo que seja mínimo, pode causar dores incríveis nas pessoas inocentes. — Seus olhos permaneceram sobre os dela. — A senhorita achou uma faca no quarto do meu filho.

— Não posso discutir isso com o senhor.

— Ele raramente usa esta casa — disse Marco Angelini, com cuidado. — Talvez três ou quatro vezes por ano, no máximo. Ele prefere a nossa casa de Long Island quando está em Nova York.

— Pode ser que sim, senhor Angelini, mas ele usou esta casa na noite em que Louise Kirski foi morta. — Com impaciência, e louca para levar a prova logo para o laboratório, Eve mexeu com um dos ombros. — Senhor Angelini, eu não posso comentar um caso da promotoria com o senhor...

— Mas a senhorita está muito confiante de que a promotoria tem um caso sólido — interrompeu ele. Ao ver que ela não respondia, ele deu mais uma longa olhada no rosto de Eve. Então terminou o drinque, bebendo tudo de um só gole e colocando o copo de lado. — Só que a senhorita está errada, tenente. Prendeu o homem errado.

— O senhor acredita que o seu filho é inocente, senhor Angelini. Eu compreendo isto.

— Não apenas acredito, tenente. Eu sei. Meu filho não matou aquelas mulheres. — Inspirou profundamente, como se fosse um mergulhador prestes a se atirar em águas profundas. — Quem as matou fui eu.

Capítulo Quinze

Eve não teve escolha. Levou-o com ela e o colocou atrás das grades. Depois de uma hora, tudo o que conseguiu foi uma dor de cabeça terrível e a declaração calma e inabalável de Marco Angelini de que ele assassinara três mulheres.

Ele recusou a presença dos advogados e também se recusou, ou não conseguiu, explicar a história com detalhes.

A cada vez que Eve lhe perguntava por que motivo matara, ele a encarava direto nos olhos e afirmava que tinha sido por impulso. Ele estava chateado com a mulher, afirmara. Sentia-se pessoalmente envergonhado pela intimidade pública da ex-mulher com um sócio. Ele a matou porque não conseguira tê-la de volta. Então tomou gosto pela coisa.

Tudo era muito simples e, na opinião de Eve, muito ensaiado. Dava para vê-lo repetindo e melhorando o texto mentalmente antes de falar.

— Isso é mentira! — disse ela abruptamente, e se afastou da mesa de interrogatório. — O senhor não matou ninguém.

— Já disse que matei. — Sua voz era assustadoramente calma. — A senhorita tem a gravação da minha confissão.

— Então conte-me mais uma vez. — Inclinando-se para a frente, ela espalmou as mãos na mesa. — Por que o senhor pediu à sua mulher que fosse encontrá-lo no Bar Cinco Luas?

— Queria que tudo acontecesse fora de nosso meio. Achei que ia escapar sem ser pego, entende? Disse a ela que havia problemas com Randy. Ela não sabia por completo do seu problema com o jogo. Eu sabia. Sendo assim, é claro que ela veio.

— E o senhor cortou a garganta dela.

— Sim. — Sua pele empalideceu ligeiramente. — Foi tudo muito rápido.

— O que o senhor fez, então?

— Fui para casa.

— Como?

— Fui dirigindo. — Ele piscou. — Tinha deixado o meu carro estacionado a poucos quarteirões dali.

— E quanto ao sangue? — Ela fixou o olhar dentro dos olhos dele, analisando as suas pupilas. — Deve ter havido muito sangue. Ela deve ter espirrado muito sangue em cima do senhor.

As pupilas dele se dilataram, mas sua voz se manteve firme.

— Eu estava usando um casaco comprido, impermeável. Joguei-o fora ao sair dali. — Ele sorriu ligeiramente. — Imagino que algum transeunte o encontrou e o pegou para seu uso.

— O que foi que o senhor levou consigo da cena do crime?

— A faca, é claro.

— Não levou nada que pertencesse a ela? — Esperou um instante. — Nada que pudesse fazer com que parecesse um assalto, ou um roubo?

Ele hesitou. Eve quase podia ver sua mente trabalhando por trás do olhar.

— Eu estava abalado. Não esperava que aquilo fosse tão desagradável. Planejara levar a bolsa dela, suas jóias, mas esqueci disso e simplesmente corri.

— O senhor fugiu sem levar nada, mas foi esperto o bastante para se livrar do casaco respingado de sangue.

— Isso mesmo.

— E então o senhor foi atrás de Yvonne Metcalf.

— No caso dela, foi um impulso. Eu ficava sonhando sobre como tinha sido, e queria fazer de novo. Ela foi fácil. — Sua respiração desacelerou e suas mãos ficaram paradas sobre a mesa. — Ela era ambiciosa e muito ingênua. Eu sabia que David escrevera um roteiro com ela na cabeça. Ele estava determinado a levar esse projeto até o fim, e isso era uma coisa em que discordávamos. Isso me deixava chateado, e ia custar muito caro para a companhia, que, no momento, está com algumas dificuldades. Decidi matá-la, e entrei em contato com ela. Evidentemente, ela concordou em me ver.

— Que roupa ela estava usando?

— Roupa? — Ele se remexeu por um momento. — Não prestei atenção. Não era importante. Ela sorriu, me estendeu as duas mãos enquanto eu caminhava em sua direção. E eu a matei.

— Por que está se entregando agora?

— Como eu disse, pensei que pudesse escapar com os crimes. Talvez conseguisse. Jamais imaginei que meu filho seria preso em meu lugar.

— Então o senhor o está protegendo?

— Eu as matei, tenente. O que mais quer?

— Por que deixou a faca na gaveta dele, no quarto dele?

Seu olhar se desviou e voltou para ela logo em seguida.

— Como eu disse, ele quase nunca fica lá. Achei que aquele era um lugar seguro. Então, fui avisado do mandado de busca. Não tive tempo de remover a faca de lá.

— E quer que eu embarque nessa história? O senhor acha que o está ajudando, tornando o caso mais nebuloso, chegando com essa confissão frouxa. O senhor acha que ele é culpado. — Ela baixou a voz, mastigando cada palavra. — O senhor está tão apavorado com a possibilidade de o seu filho ser um assassino que está disposto a levar a culpa em vez de vê-lo assumir as conseqüências. Vai deixar outra mulher morrer, senhor Angelini? Ou mais duas, ou três, antes de cair na real?

Seus lábios tremeram um pouco e depois se firmaram.

— Já lhe entreguei a minha declaração.

— Já me entregou um monte de mentiras e enrolações.

Girando nos calcanhares, Eve saiu da sala. Lutando para se acalmar, ficou do lado de fora e acompanhou pelo vidro, com olhos incrédulos, o momento em que Marco Angelini levou as mãos ao rosto.

Ela podia desmontar a história dele, mais tarde. Só que sempre havia a possibilidade de que a notícia vazasse, e a imprensa ia começar a gritar que havia uma confissão de outra pessoa que não era o principal suspeito.

Ao ouvir passos, ela olhou para trás, e o seu corpo se enrijeceu como se fosse feito de aço.

— Olá, comandante.

— Tenente. Algum progresso?

— Ele está agarrado à sua história. Tem tantos buracos que dá para passar com um ônibus aéreo por dentro dela. Eu dei uma dica para trazer à baila o caso dos suvenires, nas duas primeiras mortes. Ele não mordeu a isca.

— Eu gostaria de conversar com ele. A sós, tenente, e extraoficialmente. — Antes que ela conseguisse falar, ele levantou a mão. — Eu sei que isso é fora das normas. Estou lhe pedindo um favor.

— E se ele incriminar a si mesmo, ou ao filho?

Whitney trincou os dentes.

— Eu ainda sou um policial, Dallas. Que droga!

— Sim, senhor. — Ela destrancou a porta, e então, depois de uma rápida hesitação, escureceu o vidro da divisória e desligou o som. — Vou esperar em minha sala.

— Obrigado. — Ele entrou. Lançou um último olhar para ela antes de fechar a porta e se virar para o homem que estava desabado sobre a mesa. — Marco — disse Whitney com um longo suspiro. — Que merda é essa que você acha que está fazendo?

— Jack — Marco deu um sorriso fraco. — Estava imaginando quando é que você ia aparecer. Acabamos não jogando aquela partida de golfe.

— Fale comigo — pediu Whitney, com a voz pesada.

— Aquela sua tenente eficiente e teimosa ainda não o colocou por dentro do caso?

— O gravador está desligado — disse Whitney, de modo brusco. — Estamos sozinhos. Fale comigo, Marco. Nós dois sabemos que você não matou Cicely, nem ninguém mais.

Por um momento Marco ficou olhando para o teto, como se estivesse ponderando sobre o que falar.

— As pessoas jamais se conhecem umas às outras tão bem quanto acreditam. Nem mesmo as pessoas que amam. Eu a amava, Jack. Jamais deixei de amá-la. Só que ela deixou de me amar. Uma parte de mim estava sempre à espera de que ela começasse a me amar novamente. Mas ela jamais faria isso.

— Droga, Marco, você espera que eu acredite que rasgou a garganta dela porque ela se divorciou de você há doze anos?

— Acho que talvez ela devesse ter-se casado com George Hammett. Ele queria isso — disse Marco, baixinho. — Dava para ver que ele queria isso. Cicely estava indecisa. — Sua voz permanecia calma, baixa, quase nostálgica. — Ela apreciava a própria independência, mas sentia ter de desapontar Hammett. Sentia tanto que ia acabar cedendo. Ia acabar se casando com ele. Então tudo teria realmente acabado, não é?

— Você matou Cicely porque ela poderia se casar com outro homem?

— Ela era a minha mulher, Jack. Não importa o que a Justiça ou a Igreja diga.

Whitney ficou sentado por um momento, em silêncio.

— Já joguei pôquer com você muitas vezes ao longo dos anos, Marco. Você dá bandeira. — Cruzando os braços sobre a mesa, ele se inclinou. — Quando você blefa, fica batendo com os dedos no joelho.

Os dedos pararam de bater.

— Isso não tem nada a ver com pôquer, Jack.

— Você não vai conseguir ajudar David desse jeito. Tem de deixar o sistema trabalhar.

— David e eu... Tem havido muitas brigas entre nós nos últimos meses. Diferenças de negócios, e também pessoais. — Pela primeira vez ele soltou um suspiro, profundo, longo e cansado. — Não deveria haver distâncias entre pai e filho por causa de motivos tolos.

— Esse não é o jeito certo de consertar as coisas, Marco.

O aço voltou aos olhos de Marco Angelini. Não haveria mais suspiros.

— Deixe-me perguntar algo a você, Jack, cá entre nós. Se isso estivesse acontecendo com um dos seus, e houvesse uma chance, uma mínima chance, de que ele fosse condenado por assassinato, haveria alguma coisa que o impedisse de protegê-lo?

— Você não pode proteger David embarcando em uma confissão furada como essa!

— Quem disse que é furada? — A gíria parecia creme na voz culta de Marco Angelini. — Eu cometi os crimes e estou confessando porque não vou poder conviver comigo mesmo se meu próprio filho pagar pelos meus crimes. Agora me diga, Jack, você ficaria por trás do seu filho ou na frente dele?

— Ah, que inferno, Marco! — Foi tudo o que Whitney conseguiu falar.

Ele ficou ali por vinte minutos, mas não conseguiu nada além disso. Por alguns instantes ele orientou a conversa para assuntos casuais, partidas de golfe, os resultados do time de beisebol do qual Marco tinha uma parte. Então, rápido e astuto como uma cobra, jogava uma pergunta direta sobre os crimes.

Mas Marco Angelini era um negociador hábil e já colocara as cartas na mesa. Não ia se mover dali.

Pesar, culpa e um princípio de medo formaram um molho estranho que não caiu bem no estômago de Whitney quando ele entrou na sala de Eve. Ela estava debruçada sobre o computador, pesquisando dados e buscando outras informações.

Pela primeira vez em dias, o olhar do comandante conseguiu se desviar da própria fadiga para os olhos dela. Eve estava pálida, com os olhos cheios de olheiras e a boca com um ar sombrio. Seus cabelos estavam eriçados, como se ela tivesse passado os dedos por eles inúmeras vezes. E no momento em que ele olhava, ela fazia isso mais uma vez, para depois apertar os dedos sobre os olhos, como se eles estivessem ardendo.

Whitney se lembrou daquela manhã em seu escritório, a manhã seguinte ao assassinato de Cicely Towers. E a responsabilidade que ele colocara nas costas de Eve.

— Tenente.

Os ombros dela se endireitaram, como se ela tivesse colocado suportes de aço neles. Sua cabeça se levantou, o olhar cuidadosamente vazio.

— Comandante. — Ela ficou em pé.

Em posição de sentido, pensou Whitney, aborrecido pela formalidade dura e impessoal.

— Marco está mantendo a história. Nós podemos mantê-lo preso por até quarenta e oito horas, sem acusá-lo de nada. Achei que seria melhor deixá-lo atrás das grades por algum tempo. Ele continua recusando a presença de um advogado.

Whitney entrou na sala enquanto ela ainda estava em pé, e olhou em volta. Ele quase não ia naquele setor do complexo da Central de Polícia. Eram os seus subalternos que iam até ele. Uma prova da importância do comando.

Ela podia ter uma sala maior. Bem que merecia. Mas parece que preferia trabalhar em uma sala tão pequena que, se três pessoas se amontoassem nela, estariam cometendo algum pecado.

— Ainda bem que você não tem claustrofobia — comentou ele. Ela não respondeu nada, apenas levantou a sobrancelha. Whitney praguejou baixinho. — Escute, Dallas...

— Senhor. — Sua interrupção foi rápida e delicada. — O laboratório criminal está com a arma que foi apreendida do quarto de David Angelini. Fui informada de que vai haver alguma demora nos resultados, porque os traços de sangue detectados pelos sensores são em quantidade muito pequena para uma definição do tipo sanguíneo e DNA.

— Entendido, tenente.

— As impressões digitais na arma encontrada bateram com as de David Angelini. No meu relatório...

— Vamos chegar ao seu relatório logo, tenente.

O queixo dela se elevou.

— Sim, senhor.

— Droga, Dallas, tire esse cassetete da bunda e sente-se!

— Isto é uma ordem, comandante?

— Ah, inferno! — começou ele.

Mirina Angelini irrompeu pela sala, com o barulho dos saltos altos batendo no piso e o frufru de sua roupa de seda.

— Por que está tentando destruir a minha família? — quis saber, empurrando a mão de Slade, que vinha atrás dela e tentava segurá-la.

— Mirina, isso não vai ajudar.

Ela se desvencilhou e andou pela sala, indo em direção a Eve.

— Já não é o bastante que a minha mãe tenha sido assassinada no meio da rua? Assassinada porque os policiais americanos estão ocupados demais caçando sombras e preenchendo relatórios inúteis em vez de protegerem os inocentes?

— Mirina — disse Whitney —, venha para a minha sala. Vamos conversar.

— Conversar? — Ela se virou para ele como uma gata, dourada e astuta, com os dentes arreganhados, querendo sangue. — Como é que eu posso conversar com o senhor? Eu confiava no senhor. Achava que o senhor se preocupava comigo, com David, com todos nós. Mas o senhor deixou que ela trancasse David em uma cela. E agora o meu pai.

— Mirina, Marco veio para cá por livre e espontânea vontade. Vamos conversar sobre isso. Vou lhe explicar tudo.

— Não há nada para explicar. — Ela virou as costas para ele e dirigiu a fúria abrasadora para Eve. — Eu vim para ficar na casa do meu pai. Ele queria que eu ficasse em Roma, mas eu não podia. Não quando todas as reportagens na mídia estão emporcalhando o nome do meu irmão. Assim que chegamos, um vizinho chegou, mais do que feliz, até mesmo realizado, para me dizer que meu pai também tinha sido levado pela polícia.

— Posso providenciar para que a senhorita fale com o seu pai, senhorita Angelini — disse Eve com frieza. — E com o seu irmão.

— Ah, com certeza você vai providenciar. E agora! Onde está o meu pai? — Ela empurrou Eve para trás com as duas mãos antes que Whitney ou Slade pudessem impedi-la. — O que fez com ele, sua vaca?

— É melhor tirar as mãos de cima de mim! — avisou Eve. — Você acaba de me transbordar a paciência com os Angelini. Seu pai está preso aqui. Seu irmão está na prisão da ilha de Riker. Você pode ver o seu pai agora. Se quiser ver o seu irmão, podemos levá-la voando até lá. — O olhar dela voou em direção a Whitney, e se fixou nele. — Ou, já que você tem um pistolão por aqui, pode ser que consiga que ele seja trazido para visitação, por uma hora.

— Eu sei o que você está fazendo. — Agora ela não parecia nenhuma florzinha frágil. Mirina claramente estremecia de tanta energia. — Você precisa de um bode expiatório. Precisa de uma prisão para que a mídia largue o seu pé. Está fazendo política usando o meu irmão, até mesmo a minha mãe assassinada, para não perder o emprego.

— Sim, um emprego e tanto! — e sorriu com amargor. — Eu jogo gente inocente na cadeia todos os dias só para não perder os benefícios do cargo.

— Isso mantém a sua cara na tela, não é? — Mirina jogou os cabelos gloriosos para trás. — Quanto de publicidade você já conseguiu negociar em cima do cadáver da minha mãe?

— Já chega, Mirina! — A voz de Whitney estalou como um chicote, em um golpe rápido e cruel. — Vá para a minha sala e espere lá! — Olhou por cima dos ombros dela para Slade. — Leve-a daqui.

— Mirina, isso é inútil — murmurou Slade, tentando arrastá-la pelo braço. — Vamos, agora.

— Não me segure! — Mirina mastigou cada palavra como se fosse carne fibrosa, e então se desvencilhou dele. — Eu vou. Mas você vai pagar pela dor que trouxe para a minha família, tenente! Vai pagar cada pedacinho dessa dor.

E saiu da sala a passos largos, dando tempo apenas para Slade murmurar umas desculpas antes de ir atrás dela.

Whitney quebrou o silêncio dizendo bem baixinho:

— Você está bem?

— Já lidei com gente pior. — Eve ergueu os ombros. Por dentro ela estava se sentindo doente, de raiva e culpa. Tão doente que queria ardentemente ficar sozinha, a portas trancadas. — Se o senhor me desculpar, comandante, quero terminar o meu relatório.

— Dallas... Eve — Foi o cansaço no tom de sua voz que a fez levantar o olhar de modo cansado para ele. — Mirina está transtornada, e é compreensível. Mas ela passou dos limites, passou muito.

— Ela tinha o direito de me dar umas bordoadas. — E embora quisesse apertar as mãos sobre a cabeça que latejava, ela as enfiou com negligência nos bolsos. — Acabei de colocar o que restava da família dela na prisão. Em quem mais ela vai descontar? Eu posso agüentar isso. — Seu olhar permaneceu frio como aço. — Sentimentos não são o meu ponto forte.

Ele concordou com a cabeça, lentamente.

— Essa eu mereci. Coloquei você nesse caso, Dallas, porque você é a melhor que eu tenho. Sua cabeça é boa, seus instintos são bons. E você se importa. Você se importa com a vítima. — Expirando lentamente, ele passou a mão nos cabelos. — Eu saí da linha esta manhã, Dallas, na minha sala. Já saí da linha várias vezes desde que esta confusão começou. Eu lhe peço desculpas por isso.

— Não importa.

— Gostaria que não importasse. — Ele olhou e viu a contenção rígida em seu rosto. — Mas vejo que importa sim. Vou cuidar de Mirina e tomar as providências para as visitas.

— Sim, senhor. Gostaria de continuar a minha entrevista com Marco Angelini.

— Amanhã — disse Whitney, e trincou os dentes quando viu que ela não conseguiu disfarçar um sorriso de desdém. — Você está cansada, tenente, e policiais cansados cometem erros, deixam passar detalhes. Você pode continuar amanhã. — Foi direto para a porta, xingou mais uma vez e parou, sem olhar de novo para ela. — Vá dormir um pouco, e, pelo amor de Deus, tome um comprimido contra essa dor de cabeça. Você está com uma aparência horrível!

Ela resistiu à tentação de bater a porta nas costas dele. Resistiu porque seria uma atitude de pirraça, e antiprofissional. Mas se sentou, olhou para a tela e fingiu que a sua cabeça não estava explodindo de tanta dor.

Quando uma sombra caiu sobre a sua mesa, alguns instantes depois, ela levantou a cabeça, com os olhos prontos para a batalha.

— Ora — disse Roarke, com voz suave e se inclinou para beijar a boca de Eve, que resmungava. — Isso é que são boas-vindas! — Ele apalpou o peito. — Estou sangrando?

— Rá, rá.

— Ah, aí está aquele lampejo de sagacidade que tanto me fez falta! — Ele se sentou na beira da mesa, onde poderia olhar para ela e dar uma espiada nos dados que estavam na tela para descobrir o que colocara aquela raiva terrível no olhar dela. — Bem, tenente, como foi o seu dia?

— Vamos ver. Prendi o afilhado favorito de meu oficial superior por causa de obstrução da Justiça e outras acusações variadas; encontrei o que pode ser a arma dos crimes na gaveta de sua mesa, na casa da família; consegui uma confissão do pai do principal suspeito, que afirma que foi ele que cometeu os crimes; e levei umas patadas da irmã, que acha que eu sou uma vaca que está querendo aparecer na imprensa. — Tentou dar um leve sorriso. — Fora isso, até que as coisas estão bem calmas por aqui. Agora, que tal as coisas com você?

— Ganhando fortunas, perdendo fortunas — disse ele com brandura, preocupado com ela. — Nada de tão empolgante quanto o trabalho da polícia.

— Eu não tinha certeza se você ia voltar hoje.

— Nem eu. A construção do *resort* está indo muito bem. Vou conseguir coordenar as coisas por aqui durante algum tempo.

Ela tentou não parecer aliviada. Sentia-se irritada ao ver que, em poucos meses, ela já se acostumara tanto à presença dele. Estava até mesmo dependente dela.

— Isso é bom, eu acho — disse para ele.

— Humm... — ele a conhecia muito bem. — O que é que você pode me contar a respeito do caso?

— Está tudo na mídia. Escolha um canal.

— Prefiro ouvir de você.

Ela o atualizou sobre o assunto mais ou menos do jeito que preencheria um relatório: em termos rápidos e eficientes, colocando muito peso nos fatos, e dando pouca importância a comentários pessoais. E, descobriu, se sentiu melhor com aquilo depois que acabou. Roarke tinha um jeito de escutar que fazia com que ela mesma se ouvisse com mais clareza.

— Você acredita que foi o jovem Angelini.

— Temos os meios, a oportunidade e um punhado de motivos. Se a faca bater com os ferimentos... Enfim, vou me encontrar com a doutora Mira amanhã, para discutir os testes psicológicos.

— E Marco? — continuou Roarke. — O que acha da confissão dele?

— É um jeito fácil de confundir as coisas, embolar a investigação. Ele é um homem esperto e vai achar um jeito de deixar vazar tudo para a imprensa. — Ela olhou com cara feia por cima dos ombros de Roarke. — Vai distorcer tudo por algum tempo, vai nos custar algum tempo, e alguns problemas. Mas a gente consegue acertar as coisas.

— Você acha que ele confessou os assassinatos para complicar a investigação?

— É isso aí. — Ela desviou o olhar para o dele e levantou uma sobrancelha. — Você tem outra teoria.

— A criança que está se afogando — murmurou Roarke. — O pai vê que o seu filho está quase afundando pela terceira vez e se joga na correnteza para salvá-lo. É a vida dele pela do filho. É o amor, Eve. — Ele segurou o queixo dela. — Nada detém o amor. Marco acredita que o filho é culpado e prefere sacrificar a si mesmo a ver sua criança pagar o preço.

— Se ele sabe, ou mesmo acredita, que David matou aquelas mulheres, seria insano protegê-lo.

— Não, seria amor. Provavelmente não há nada mais forte para um pai, ou mãe, do que um filho. Você e eu não temos experiência com esse sentimento, mas ele existe.

— Mesmo quando a criança tem um defeito? — perguntou e depois balançou a cabeça.

— Nesse caso, talvez mais ainda. Quando eu era garoto, em Dublin, havia uma mulher cuja filha perdera um braço em um acidente. Não houve dinheiro para reimplantá-lo. Ela tinha cinco filhos, e amava a todos. Quatro eram normais, e um era defeituoso. Ela construiu um escudo de proteção em volta daquela garota, a fim de protegê-la dos olhares, dos sussurros e da sensação de pena. Era a criança problemática que ela incentivava a se superar, foi para ela que toda a família se devotou. Os outros filhos não precisavam tanto dela, entenda, como aquela que tinha problemas.

— Há diferenças entre um problema físico e um mental — insistiu Eve.

— Fico imaginando se há para um pai.

— Qualquer que seja o motivo de Marco Angelini, vamos chegar à verdade no fim.

— Sem dúvida que sim. A que horas termina o seu turno?

— O quê?

— Seu turno — repetiu. — A que horas termina?

Ela olhou para a tela e viu o horário no canto inferior.

— Mais ou menos uma hora atrás.

— Ótimo. — Ele se levantou e estendeu a mão para ela.

— Roarke, ainda tem algumas coisas que eu tenho de fechar aqui. Quero rever a entrevista com Marco Angelini. Pode ser que eu encontre algum furo.

Ele tinha paciência, porque não tinha dúvidas de que ia acabar sendo do jeito que queria.

— Eve, você está tão cansada que não ia conseguir enxergar nem um buraco de cem metros na sua frente até cair nele. — Com determinação, pegou a mão dela e a colocou em pé. — Venha comigo.

— Tudo bem, talvez eu precise mesmo de um intervalo. — Resmungando um pouco, ela ordenou ao computador que apagasse e desligasse. — Vou ter de dar uma incerta nos técnicos do laboratório. Eles estão levando uma eternidade com a faca. — A mão dela lhe provocava uma sensação boa, dentro da dele. Ela nem se preocupou com a gozação que ia ter de aturar dos outros policiais que talvez os vissem no hall dos elevadores. — Para onde estamos indo?

Ele levantou as mãos unidas até chegar aos lábios, e sorriu para ela.

— Ainda não decidi.

Ele optou pelo México. Foi um vôo curto e rápido, c a sua *villa* na turbulenta Costa Oeste estava sempre preparada. Ao contrário de sua casa em Nova York, ele a mantinha totalmente automatizada, convocando empregados domésticos só para quando ia ficar por mais tempo.

Na cabeça de Roarke os andróides e os computadores eram convenientes, mas muito impessoais. Para os propósitos daquela visita, no entanto, estava satisfeito por contar com eles. Ele queria Eve sozinha, a queria relaxada, e a queria feliz.

— Meu Deus, Roarke!

Ela deu uma olhada na construção em forma de torre que fora erguida em várias camadas sobrepostas, à beira de um penhasco, e arregalou os olhos. Parecia uma extensão da pedra, como se as imensas paredes envidraçadas tivessem sido polidas a partir dela. Jardins se multiplicavam sobre terraços em cores vívidas, formas e fragrâncias.

Acima deles, o céu que escurecia não apresentava nenhum tráfego. Era simplesmente azul, com uma espiral de nuvens brancas e as asas brilhantes de pássaros. Parecia um outro mundo.

No avião ela dormira como uma pedra, só acordando no momento em que o piloto fez um pouso rápido e elaborado, que os colocou bem na entrada de uma escadaria de pedra, em ziguezague, que subia pelo penhasco acima. Eve ainda estava sonolenta o bastante para apalpar o rosto, a fim de ter certeza de que não colocara os óculos de realidade virtual enquanto dormia.

— Onde é que nós estamos?

— México — disse ele, simplesmente.

— México? — Aturdida, ela tentou afastar o resto do sono dos olhos e a surpresa. Roarke pensou, com afeto, que ela parecia uma criança irritada ao ser acordada de um cochilo. — Mas não pode ser o México. Eu tenho de...

— Ir de carro ou a pé? — perguntou ele, empurrando-a para a frente, como um fantoche teimoso.

— Eu tenho de...

— Ir de carro — decidiu ele. — Você ainda está tonta.

Ela podia curtir a caminhada mais tarde, pensou, e as várias vistas do mar e dos penhascos. Em vez disso, ele a enfiou em um carrinho aéreo reluzente, assumindo ele mesmo os controles e decolando na vertical com uma velocidade tão grande que a despertou do resto do sono que sentia.

— Cristo, não tão depressa! — Seu instinto de sobrevivência a fez se agarrar na lateral do carro, franzindo o cenho quando viu as pedras, flores e águas que passavam céleres. Ele estava morrendo de rir quando estacionou o pequeno carro bem na entrada do pátio da frente.

— Acordou, querida?

Ela conseguia retomar o fôlego aos poucos.

— Vou matá-lo assim que confirmar que os meus órgãos estão todos no lugar. Que diabo estamos fazendo no México?

— Tirando algumas horas de folga. Eu preciso disso. — Ele saltou do carro e deu a volta até o lado dela. — Não há dúvidas de que você também. — Vendo que ela ainda estava agarrada na lateral do carro, com os nós dos dedos brancos, ele esticou o braço, pegou-a no colo e a carregou por sobre as pedras recortadas de forma irregular em direção à porta.

— Corta essa! Eu posso andar!

— Pare de reclamar! — Ele virou a cabeça, encontrando com habilidade a boca de Eve, e aprofundando o beijo até sentir que a mão dela parou de empurrar o seu ombro e começou a acariciá-lo.

— Que droga! — exclamou ela. — Como é que você pode sempre conseguir fazer isso comigo?

— Apenas sorte, eu acho. Roarke, destrancar! — afirmou ele em voz alta, e as grades decorativas que se cruzavam na entrada se abriram para os lados. Por trás delas, portas ornadas com vidro trabalhado e jateado destrancaram-se com um estalo e se abriram para trás, convidativas. Ele entrou. — Fechar portas — ordenou ele, e as portas, eficientemente, tornaram a se unir enquanto Eve olhava.

Uma parede do nível da entrada era totalmente de vidro, e através dela Eve podia ver o mar. Ela jamais vira o Oceano Pacífico e se perguntava naquele instante como foi que ele conseguira o seu nome tão sereno, quando na verdade parecia tão vivo e pronto para ferver.

Eles chegaram a tempo de ver o pôr-do-sol, e enquanto ela observava o panorama, sem conseguir falar, o céu explodiu e cintilou com jorros de luz selvagem. E o globo imenso e redondo do sol afundou lentamente, inexoravelmente, em direção à linha azul da água.

— Você vai gostar daqui — murmurou ele.

Ela estava comovida pela beleza do fim do dia. Parecia que a natureza havia esperado por ela para dar o seu show.

— É maravilhoso. Mas eu não posso ficar.

— Só algumas horas — disse ele e pousou um beijo em sua testa. — Só para passar a noite, por agora. Outra hora, quando tivermos tempo, podemos voltar e passar alguns dias.

Ainda carregando-a no colo, ele se aproximou ainda mais da parede de vidro, até que pareceu a Eve que o mundo inteiro era feito de cores frenéticas e formas mutantes.

— Eu amo você, Eve.

Ela desviou os olhos do sol, do mar e os fixou nos dele. Foi maravilhoso e, por um momento, simples.

— Senti saudades de você. — Ela aproximou o rosto junto ao dele e o segurou com força. — Senti muita saudade, de verdade. Peguei uma de suas camisas para usar. — Ela conseguia rir de si mesma agora, porque ele estava ali. Ela podia cheirá-lo, tocá-lo. — Fui literalmente até o seu *closet* e roubei uma de suas camisas, uma daquelas de seda preta, da qual você tem às dúzias. Vesti a roupa e saí sorrateiramente dali, como um ladrão, para que Summerset não me visse.

Absurdamente tocado com aquilo, ele esfregou o nariz no pescoço dela.

— De noite, eu ficava passando as suas ligações sem parar, só para poder ficar olhando para você e ouvindo a sua voz.

— É mesmo? — Ela soltou uma risadinha, um som muito raro em se tratando dela. — Nossa, Roarke, nós estamos tão melosos um com o outro!

— Então vamos fazer disso o nosso pequeno segredo.

— Combinado. — Ela afastou o rosto para olhar melhor para ele. — Tenho de lhe perguntar uma coisa. É tão tolo, mas eu tenho de perguntar.

— O que é?

— Alguma vez, para você, foi... — querendo abafar a necessidade de perguntar, ela franziu o cenho. — ...antes de mim, com alguma outra pessoa...

— Não. — Ele tocou as sobrancelhas dela com os lábios, depois o nariz, a covinha do queixo. — Jamais foi desse jeito, com mais ninguém.

— Para mim também não. — Ela simplesmente deixou que o ar dele entrasse dentro dela. — Coloque as mãos em mim. Quero suas mãos em mim.

— Eu consigo fazer isso.

E ele a abraçou, caindo com ela sobre um monte de almofadões, enquanto o sol morria de modo esplendoroso no oceano.

CAPÍTULO DEZESSEIS

Tirar algumas horas de folga com Roarke não era como dar uma parada na *delicatessen* para comer uma saladinha rápida, acompanhada de café de soja. Ela não estava certa de como ele conseguia aquilo, mas por outro lado sabia que uma quantidade de dinheiro fala, e fala alto.

Eles jantaram uma suculenta lagosta grelhada, coberta de manteiga de verdade, rica e cremosa. Tomaram champanhe tão gelado que congelou a garganta de Eve. Uma sinfonia de frutas estava ali apenas para ser saboreada, espécimes híbridas que espalhavam sabores harmônicos por sobre a língua.

Muito antes de poder admitir que o amava, Eve já aceitara o fato de que estava totalmente viciada na comida que ele conseguia fazer surgir com um estalar de dedos.

Ela nadou, nua, em uma pequena piscina com hidromassagem encravada entre as palmeiras e o luar, com os músculos frouxos devido à água aquecida e ao sexo perfeito. Ouvia o canto de pássaros noturnos, não a simulação, mas o canto real, que pendia do ar perfumado como se fossem lágrimas.

Por ora, por uma noite, as pressões do trabalho estavam a anos-luz de distância.

Ele conseguia fazer aquilo com ela, e para ela, Eve compreendeu. Conseguia abrir pequenos bolsões de paz em sua vida.

Roarke a olhava, satisfeito pela forma que a tensão desaparecia de seu rosto, com um pouco de paparico. Ele adorava vê-la assim, descontraída, largada ao prazer dos sentidos, relaxada demais para se lembrar de se sentir culpada por se entregar a isso. Da mesma forma que adorava vê-la reavivada, com o pensamento agitado e o corpo pronto para ação.

Não, jamais havia sido daquele jeito para ele, antes, com ninguém. De todas as mulheres que ele conhecera, ela era a única com a qual ele se sentia impelido a ficar, e tinha o impulso de tocar. Tudo isto ia além do físico, do desejo básico e aparentemente insaciável que ela inspirava nele, e que era uma fascinação constante. A sua cabeça, o seu coração, os seus segredos, e as suas cicatrizes.

Roarke falara a Eve, certa vez, que eles eram duas almas perdidas. Naquele instante, ele avaliava que aquilo era a pura verdade. Um com o outro, porém, eles haviam encontrado algo que os fazia criar raízes.

Para um homem que sempre tivera desconfiança da polícia, por toda a vida, era perturbador sentir que a sua felicidade, agora, dependia de uma policial.

Divertido consigo mesmo, ele se deixou escorregar na piscina com ela. Eve conseguiu juntar energia suficiente para entreabrir os olhos.

— Acho que não consigo nem me mexer.

— Então não se mexa. — Ele lhe entregou mais uma taça de champanhe, prendendo os dedos dela na haste.

— Estou relaxada demais para ficar bêbada. — Mas conseguiu encontrar o caminho da boca com a taça. — É uma vida muito esquisita a sua — ela tentou desenvolver a idéia. — Quer dizer, você pode ter tudo o que quiser, ir a qualquer lugar, fazer de tudo. Quando quer tirar uma noite de folga, voa até o México e fica mordiscando lagostas e... qual é mesmo o nome daquele troço que a gente espalha na torrada?

— Fígado de ganso.

Ela franziu o cenho e estremeceu.

— Não foi isso que você disse que era quando empurrou um pouco na minha boca. O nome me pareceu mais agradável.

— *Foie gras.* É a mesma coisa.

— Ah, assim é melhor. — Ela mexeu as pernas e as entrelaçou com as dele. — Enfim, a maioria das pessoas programa um vídeo para assistir, ou faz uma viagem rápida com seus óculos de realidade virtual, ou talvez gastem algumas fichas de crédito em uma cabine de simulação em Times Square. Só que você curte a coisa real.

— Eu prefiro a coisa real.

— Eu sei. Isso é outra coisa estranha em você. Você gosta de coisas antigas. Prefere ler um livro a passar um disco com o texto pelo *scanner*, prefere se dar ao trabalho de vir até aqui quando podia perfeitamente ter programado uma simulação na sala holográfica. — Seus lábios se curvaram ligeiramente, com ar sonhador. — Gosto disso em você.

— Que bom!

— Quando você era garoto, e as coisas eram ruins, era com tudo isso que sonhava?

— Eu sonhava com sobrevivência, e com um jeito de escapar. Sonhava com controle. Você não?

— Acho que sim. — Muitos dos sonhos dela eram confusos e sombrios. — Pelo menos depois que eu entrei para o sistema. Então, o que eu mais queria era ser uma policial. Uma boa policial. Uma policial esperta. O que você queria?

— Ser rico. Não sentir fome.

— Nós dois conseguimos o que queríamos, mais ou menos.

— Você teve pesadelos enquanto eu estive fora.

Ela não precisava abrir os olhos para sentir a preocupação que havia no rosto dele. Podia sentir pela sua voz.

— Eles não são tão ruins. Simplesmente estão mais regulares.

— Eve, se você trabalhasse suas lembranças com a doutora Mira...

— Não estou pronta para me lembrar daquilo. Pelo menos não de tudo. Você alguma vez sente as cicatrizes, as coisas que seu pai fez com você?

Sentindo-se inquieto com as lembranças, ele se virou e mergulhou ainda mais fundo na água quente e espumante.

— Lembro-me de algumas surras, da crueldade descuidada. Por que tudo isso teria importância agora?

— Você superou tudo aquilo. — Eve abriu os olhos e os fixou nele, que estava pensativo. — Mas foi isso que fez você ser o que é, não foi? O que aconteceu naquela época construiu você.

— Imagino que sim, de certa forma.

Ela concordou e tentou falar casualmente:

— Roarke, você acha que, se falta alguma coisa no coração de alguém, e essa falta o faz brutalizar os filhos, como fizeram conosco, você acha que essa falha pode passar para nós? Você acha que...

— Não.

— Mas...

— Não. — Ele envolveu a barriga da perna de Eve com a mão e a apertou. — Nós é que construímos o nosso próprio jeito de ser, no longo prazo. Você e eu fizemos isso. Se isso não fosse verdade, eu estaria bêbado a esta hora, em alguma favela de Dublin, à procura de alguém mais fraco para espancar. E você, Eve, seria fria, rígida e sem piedade.

— Às vezes eu sou assim — ela fechou os olhos de novo.

— Não, isso você não é, nunca. Você é forte, tem moral, e às vezes fica doente de tanta pena que sente dos inocentes.

Os olhos dela ardiam por trás das pálpebras fechadas.

— Alguém que eu admiro e respeito me pediu ajuda, pediu que eu lhe fizesse um favor. Eu o deixei na mão. Em que isto me transforma?

— Em uma mulher que precisou fazer uma escolha.

— Roarke, a última mulher que foi assassinada. Louise Kirski. Isso não sai da minha cabeça. Ela tinha vinte e quatro anos, era talentosa, tinha garra, estava apaixonada por um músico de segunda classe. Morava em um apartamento apertado, de um só cômodo, na Rua Vinte e Seis, no lado oeste, e gostava de comida chinesa. Tinha uma família no Texas, que nunca mais vai ser a mesma. Ela era uma inocente, Roarke, e virou uma assombração para mim.

Aliviada, Eve soltou um longo suspiro.

— Não tinha conseguido contar isso para ninguém — completou ela. — Não tinha certeza de que conseguiria dizer isso em voz alta.

— Fico feliz por ter conseguido me contar. Agora, escute. — Ele pousou a taça na beira da piscina, e se inclinou para a frente, para tomar o rosto dela nas mãos. A pele dela era suave e seus olhos eram uma faixa estreita da cor de âmbar escuro. — O destino é quem manda, Eve. A gente segue os próprios passos, faz planos e trabalha. Então, o destino entra em nossa vida, rindo, e nos faz de tolos. Às vezes conseguimos enganá-lo, e lhe passamos a perna. Mas, com mais freqüência, já está tudo escrito. Para alguns, está escrito em sangue. Isto não significa que devemos parar, mas sim que não podemos eternamente nos confortar, sentindo culpa.

— É isso o que você acha que eu estou fazendo? Que estou me confortando?

— É mais fácil levar a culpa do que admitir que não havia nada que você pudesse fazer para impedir o que aconteceu. Você é uma mulher arrogante, Eve. Este é apenas mais um dos aspectos de você que eu acho atraente. É arrogância assumir a responsabilidade por acontecimentos que estão além do nosso controle.

— Mas eu deveria tê-los controlado.

— Ah, sim. — Ele sorriu. — É claro.

— Não se trata de arrogância — insistiu, irritada. — É o meu trabalho.

— Você o provocou, achando que ele vinha atrás de você. — Pelo fato de que aquele pensamento ainda o corroía por dentro, como cobras sibilando, Roarke fez um pouco mais de pressão com a mão no rosto de Eve. — Agora você se sente insultada porque ele não seguiu as regras que você determinou.

— Isso é uma coisa horrível de se dizer. Droga, você também, eu não... — e parou de falar de repente, respirando fundo. — Você está me deixando irritada para que eu pare de sentir pena de mim mesma.

— Pelo jeito funcionou.

— Certo. — Ela deixou os olhos se fecharem novamente. — Está certo. Não vou mais pensar nisso agora. Talvez amanhã eu consiga entender melhor o problema. Você é muito bom, Roarke, — disse ela com a sombra de um sorriso.

— Milhares concordam com você! — murmurou ele, e apertou o mamilo dela, suavemente, colocando-o entre o polegar e o indicador. Aquilo provocou um efeito forte, que desceu em ondas por dentro dela, até os pés.

— Não foi isso que eu quis dizer.

— Mas foi o que eu quis dizer — e pressionou o corpo contra o dela, de modo gentil, ouvindo quando a sua respiração parou.

— Talvez, se conseguir me arrastar daqui, eu possa aceitar a sua interessante oferta.

— Simplesmente relaxe. — Olhando para o rosto dela, ele deixou a mão deslizar para o espaço entre as pernas dela, e o apertou. — Deixe-me — ele conseguiu pegar a taça da mão dela, que já estava escorregando, e a colocou de lado. — Deixe-me ter você, Eve.

Antes que ela pudesse responder, ele a lançou em um orgasmo rápido e devastador. Seus quadris se arquearam, bombeados de encontro à sua mão hábil, e então ela relaxou.

Ela não ia conseguir pensar naquele instante, ele sabia. Estaria envolta em sensações que vinham em camadas. Ela jamais parecia esperar por aquilo. E a sua surpresa, a sua resposta ingênua e doce eram, como sempre, terrivelmente excitantes. Ele seria capaz de trazer prazer a ela sem parar, só pela delícia de vê-la absorver cada toque, cada golpe.

Assim, ele se entregou ao desejo, explorando aquele corpo esguio, sugando os seios pequenos e quentes molhados pela água perfumada, tragando a respiração rápida que saía, ofegante, de seus lábios.

Ela se sentiu drogada, indefesa, com o corpo e a alma sobrecarregados de tanto prazer. Uma parte dela estava chocada, ou tentava estar. Não tanto pelo que ela deixava que ele fizesse, mas pelo fato de permitir que ele tivesse o controle total e completo dela. Ela não conseguiria impedi-lo, não o faria, nem mesmo quando ele a levou próximo dos gritos, bem na beirada, antes de lançá-la em outro clímax estremecedor.

— De novo! — Sedento, ele puxava a cabeça dela para trás, segurando-a pelos cabelos, e enfiava os dedos dentro dela, trabalhando incessantemente, até que as mãos dela se lançaram para os lados, largadas sobre a água. — Nesta noite eu sou tudo o que existe, nós somos tudo o que existe. — Ele mordeu a garganta dela com violência enquanto procurava por sua boca, e os olhos dele eram como dois sóis ferozes e azuis. — Diga que você me ama. Diga!

— Eu amo. Eu amo você! — Um gemido lhe rasgou a garganta quando ele mergulhou dentro dela, puxou-lhe os quadris mais para cima e se enterrou mais fundo.

— Diga para mim, outra vez. — Ele sentiu os músculos dela o apertarem como se fosse uma mão e cerrou os dentes para evitar que ele explodisse dentro dela. — Diga, novamente!

— Eu amo você! — Ainda tremendo, ela o abraçou com as pernas e deixou que ele a golpeasse para além do delírio.

Ela acabou tendo mesmo de rastejar para sair da piscina. Sua cabeça girava, seu corpo estava todo mole.

— Acho que fiquei sem ossos.

Roarke soltou uma risada e deu-lhe uma palmadinha nas nádegas.

— Desta vez eu não vou carregar você, querida. Nós dois íamos acabar com a cara no chão.

— Talvez eu fique só descansando, bem aqui. — Era uma dificuldade conseguir ficar de quatro sobre o piso firme.

— Você vai ficar com frio. — Com esforço, ele reuniu todas as forças para colocá-la em pé, e então começaram a andar trôpegos, como bêbados.

Ela soltou um risinho abafado, batendo os dentes.

— Que diabo você fez comigo? Até parece que eu entornei duas doses de Freebird.

Ele conseguiu segurá-la pela cintura.

— Desde quando você anda brincando com essas substâncias ilegais?

— É treinamento-padrão da polícia. — Ela mordeu o lábio inferior, como se para testá-lo, e viu que ele estava, na realidade, dormente. — Somos obrigados a fazer um curso completo sobre drogas ilegais na academia. Eu trapaceei nos testes e joguei a maior parte das minhas drogas na privada. Sua cabeça está rodando?

— Pode deixar que eu aviso assim que conseguir voltar a sentir alguma coisa acima da cintura. — Ele puxou a cabeça dela para trás e a beijou levemente. — Por que não tentamos chegar lá dentro. Podemos... — e parou de falar, franzindo o cenho, focando um ponto acima dos ombros dela.

Eve podia estar com os sentidos diminuídos, mas ainda era uma policial. Instintivamente, girou o corpo e o apertou, fazendo o seu corpo, inconscientemente, servir de escudo para o dele.

— Quê? O que foi?

— Nada. — Ele limpou a garganta e deu um tapinha no ombro dela. — Não foi nada — repetiu. — Vá entrando, que eu já vou.

— Diga-me, o que foi? — ela manteve pé firme, olhando em volta à procura de problemas.

— Não foi nada, na verdade. É que... Eu me esqueci de desligar a câmera de segurança. Ela é, ahn, ativada por movimento, ou pelo som de vozes. — Nu, ele passou ao lado dela e foi em direção a uma mureta de pedra, apertou um botão e pegou um disco.

— Uma câmera. — Eve levantou um dedo. — Durante todo o tempo em que nós ficamos aqui fora estava tudo sendo gravado? — Desviou o olhar, de relance, para a piscina. — O tempo inteiro?

— Esse é o motivo pelo qual eu prefiro as pessoas em vez de coisas automáticas.

— Nós estamos aí no disco? Está tudo aí?

— Vou cuidar disso.

Ela começou a falar novamente, e então deu uma boa olhada no rosto dele.

— Ora, essa é boa, Roarke! Você ficou com vergonha!

— Claro que não! — Se ele não estivesse nu em pêlo, teria enfiado as mãos nos bolsos. — Foi só uma distração. Já disse que vou cuidar disso.

— Vamos assistir ao disco.

Ele parou na mesma hora e proporcionou a Eve a rara satisfação de vê-lo arregalar os olhos.

— Como é que é?

— Você ficou com vergonha. — Ela se inclinou para beijá-lo, e enquanto ele estava distraído, agarrou o disco. — Que gracinha! É mesmo uma gracinha.

— Cale a boca! Dê-me isso, aqui!

— Acho que não. Deliciada, ela dançou, deu um passo para trás e manteve o disco fora do alcance dele. — Aposto que isso aqui é muito quente! Você não está curioso?

— Não. — Ele esticou a mão com rapidez, mas ela foi mais ligeira. — Eve, me entregue esta porcaria.

— Isto é fascinante. — Ela foi andando de costas em direção às portas do pátio, que estavam abertas. — O sofisticado e experiente Roarke está vermelho de vergonha.

— Não estou! — Ele esperava que não. Isso seria o fim! — Simplesmente! eu não vejo razão para registrar um casal fazendo amor. É uma coisa particular.

— Mas eu não vou entregar a Nadine Furst, para passar no noticiário. Vou só assistir a tudo novamente. Agora mesmo! — e correu para dentro enquanto ele saía em seu encalço.

Ela entrou em sua sala às nove da manhã em ponto, sentindo-se leve como uma pluma. Seus olhos estavam claros e sem olheiras, seu organismo revigorado e seus ombros livres de tensão. Ela só faltava cantarolar.

— Alguém se deu bem — disse Feeney com um resmungo e manteve os pés em cima da mesa dela. — Roarke está de volta ao planeta, aposto.

— É que eu tive uma boa noite de sono — retrucou ela, e empurrou os pés dele para fora da mesa.

— Seja grata por isso — gemeu ele —, porque você não vai encontrar muita paz por aqui. O laudo do laboratório chegou. A droga da faca não bate.

O bom astral de Eve desapareceu.

— Como assim, não bate?

— A lâmina é muito larga. Um centímetro a mais. Se fosse um metro, dava no mesmo, droga!

— Isso pode ser devido ao ângulo das feridas, ou à força do golpe. — A lembrança do México desfez-se como uma bolha de sabão. Pensando rápido, ela começou a andar de um lado para outro. — E quanto ao sangue?

Eles conseguiram arrumar uma quantidade suficiente para descobrir o tipo e o DNA. — Seu rosto já sombrio despencou ainda mais. — Bateu com o nosso rapaz. É o sangue de David Angelini, Dallas. O laboratório diz que é coisa antiga, seis meses no mínimo. Pelas fibras que conseguiram, parece que ele andou usando a faca para abrir pacotes, provavelmente se cortou em algum momento. Não é a nossa arma.

— Pronto, danou-se! — Ela deu um suspiro, recusando-se a desanimar. — Se ele tinha uma faca, podia ter duas. Vamos esperar para saber dos outros técnicos. — Parando por um momento, ela esfregou o rosto com as mãos. — Escute, Feeney, se vamos continuar considerando a confissão de Marco como falsa, temos de nos perguntar o motivo disto. Ele está salvando a pele do filho, é isso que está fazendo. Então, é melhor trabalharmos nele, e trabalharmos duro. Vou trazê-lo para interrogatório, para tentar quebrá-lo.

— Estou com você nessa.

— Tenho uma sessão marcada com a doutora Mira, para daqui a duas horas. Vamos deixar o nosso garoto em fogo brando.

— Enquanto isso, rezamos para que uma das equipes apareça com alguma coisa.

— Rezar não vai fazer mal. E aqui vai a maior, Feeney. Se os advogados do nosso rapaz conseguirem colocar as mãos na confissão de Marco, isto vai corromper a audiência com a testemunha, com relação às acusações menores. Vamos ter de torcer para conseguir uma declaração de culpa.

— Com isso, e sem prova física, ele vai voltar atrás, Dallas.

— É... Filho da mãe.

Marco Angelini parecia uma rocha concretada. Não estava disposto a mudar de posição. Duas horas de intenso interrogatório não abalaram a sua história. Embora, Eve pensava, tentando se consolar, ele também não tivesse conseguido tapar nenhum dos furos que havia nela. No momento ela tinha poucas esperanças, a não ser pelo relatório da doutora Mira.

— O que eu posso lhe dizer — disse Mira, com aquele seu jeito vagaroso — é que David Angelini é um jovem perturbado, com um senso de proteção e auto-indulgência altamente desenvolvido.

— Diga-me que ele é capaz de rasgar o pescoço da própria mãe.

— Ah... — Mira se recostou e cruzou as mãos elegantes. — O que eu posso lhe dizer é que, na minha opinião, ele é mais capaz de fugir dos problemas do que de enfrentá-los, em qualquer nível.

Quando combinei os dados e tirei a sua média, com base nas avaliações de Murdock-Lowell e no estudo da sinergia...

— Podemos pular essa parte técnica, doutora? Eu posso ler sobre isso depois, no relatório.

— Certo. — Mira se voltou da tela onde estava trabalhando, já pronta para apresentar as avaliações. — Vamos, então, manter a história em termos bem simples por agora. Seu homem é um mentiroso, alguém que convence a si mesmo, quase sem esforço, de que as suas mentiras são verdadeiras, a fim de manter a auto-estima. Ele precisa causar boa impressão, necessita de elogios e está acostumado a obtê-los. E costuma ter tudo do jeito dele.

— E quando não consegue que as coisas saiam do seu jeito?

— Joga a culpa nos outros. Nada é culpa dele, nem sua responsabilidade. Seu mundo é insular, tenente, e se resume, na maior parte do tempo, em si próprio. Ele se considera bem-sucedido e talentoso e, quando falha, é porque outra pessoa cometeu algum erro. Ele é viciado em jogo porque não acredita que possa perder, e adora a emoção do risco. Perde porque acredita que está acima do jogo.

— Como reagiria diante do risco de ter os ossos esmagados por causa das dívidas de jogo?

— Ele fugiria e se esconderia, e sendo como é, anormalmente dependente dos pais, ia esperar até que eles limpassem toda a sujeira.

— E se eles recusassem?

Mira ficou calada por um momento.

— Tenente, você quer que eu lhe diga que ele ia reagir com violência, atacar alguém, talvez até de forma assassina. Não posso lhe dizer isto. Esta, é claro, é uma possibilidade que não deve ser descartada em nenhum de nós. Nenhum teste, nenhuma avaliação pode concluir de forma absoluta qual seria a reação de um indivíduo sob certas circunstâncias. Porém, em todos esses testes e avaliações, o avaliado reagiu de forma consistente, encobrindo-se, fugindo ou jogando a culpa em alguém em vez de atacar a origem do seu problema.

— E ele poderia estar encobrindo a sua reação para distorcer a avaliação.

— É possível, mas pouco provável. Sinto muito.

Eve parou de andar de um lado para outro e afundou em uma cadeira.

— O que a senhora está me dizendo é que, na sua opinião, o assassino ainda está lá fora.

— Receio que sim. Isso torna o seu trabalho mais difícil.

— Se estou procurando no lugar errado — perguntou Eve quase para si mesma: — Onde é o lugar certo? E quem é a próxima vítima?

— Infelizmente nem a ciência nem a tecnologia, mesmo hoje em dia, são capazes de prever o futuro. Podemos programar possibilidades, até mesmo probabilidades, mas não podemos contar com o impulso do momento ou a emoção. Já colocou Nadine Furst sob proteção?

— Na medida do possível. — Eve bateu com o dedo no joelho. — Ela é difícil e está arrasada por causa de Louise Kirski.

— E você está também.

Eve deixou o olhar vagar e concordou com a cabeça:

— É... Estou mesmo.

— Apesar disso você me parece bem descansada nesta manhã.

— Tive uma boa noite de sono.

— Sem pesadelos?

Eve mexeu com o ombro, colocou os Angelini e o caso em um canto da cabeça, de onde ela esperava que pudesse brotar alguma idéia fresca.

— Doutora, o que diria de uma mulher que parece que não consegue dormir direito, a não ser que tenha um homem específico na cama, com ela?

— Diria que pode ser que ela esteja apaixonada por ele, e que certamente está ficando acostumada com a sua presença.

— Não a consideraria dependente em excesso?

— Você consegue funcionar sem ele? Acha-se capaz de tomar uma decisão sem perguntar pela opinião dele, seu conselho ou instrução?

— Bem, claro, mas... — ela parou de falar, sentindo-se tola. Mas, afinal, se era para se sentir tola, que lugar seria melhor do que o consultório de uma psiquiatra? — No outro dia, quando ele estava fora do planeta, eu usei uma das camisas dele para trabalhar. Isso é uma coisa...

— Adorável — completou Mira, com um sorriso leve e solto. — E romântica. Por que o romance deixa você preocupada, Eve?

— Não deixa. É que eu... Tudo bem, isso me deixa apavorada, e eu não sei por quê. Não estou habituada a ter alguém ali, a ter alguém olhando para mim do jeito... do jeito que ele me olha. Às vezes é enervante.

— E por que isso?

— Porque eu não fiz nada para que ele se importe comigo tanto quanto ele se importa. Eu sei que ele se importa.

— Eve, o seu sentimento de autovalorização sempre esteve focado no seu trabalho. Agora, um relacionamento forçou você a se avaliar como mulher. Tem medo do que possa encontrar?

— Ainda não pensei sobre isso. Tudo em minha vida, sempre, tinha a ver com o trabalho. Os altos e baixos, a correria, a monotonia. Tudo de que eu precisava estava ali. Queimei as pestanas para conseguir chegar a tenente, e acho que posso continuar ralando para chegar à patente de capitão, talvez mais. Realizar o meu trabalho era tudo o que havia. Era importante para mim ser a melhor, deixar uma marca. Isto ainda é importante, mas não representa tudo agora.

— Eu diria, Eve, que você é uma policial melhor, e uma mulher melhor, por causa disso. Um foco único na vida nos limita e pode, com freqüência, se tornar obsessivo. Uma vida saudável precisa de mais de um objetivo, de mais de uma paixão.

— Então acho que a minha vida está ficando mais saudável.

O comunicador de Eve tocou, lembrando-a de que ela estava com hora, e era sempre uma policial em primeiro lugar.

— Aqui fala a tenente Dallas.

— É melhor ligar no programa do Canal 75 — anunciou Feeney. — Depois, venha correndo para a torre da Central de Polícia. O novo secretário de Segurança colocou nossas bundas a prêmio.

Quando Eve desligou, Mira já tinha aberto a tela. Elas viram a reportagem de C. J. Morse para o noticiário do meio-dia.

— ...E continuam a aparecer problemas, com a investigação dos assassinatos. Uma fonte da Central de Polícia confirmou que, enquanto David Angelini foi acusado de obstrução da Justiça e permanece como o principal suspeito dos três assassinatos, Marco Angelini, o pai do acusado, já confessou os três crimes. O senhor Angelini, pai, presidente da firma Angelini Exportações e ex-marido da primeira vítima, a promotora Cicely Towers, se entregou à polícia ontem. Embora tenha confessado os três assassinatos, ainda não foi formalmente acusado de nada, enquanto a polícia continua a manter David Angelini preso.

Morse fez uma pausa e virou o rosto ligeiramente para olhar uma câmera colocada em outro ângulo. Seu rosto agradável e jovem irradiava preocupação.

— Em outro desdobramento do caso, uma faca encontrada na casa dos Angelini, durante uma busca da polícia, provou, através de testes, que não era a arma do crime. Mirina Angelini, filha da falecida Cicely Towers, conversou com este repórter, em uma entrevista exclusiva, gravada na manhã de hoje.

A tela piscou e entrou um novo vídeo, onde aparecia o rosto adorável e ultrajado de Mirina.

— A polícia está perseguindo a minha família. Já não é o bastante que a minha mãe esteja morta, assassinada em plena rua. Agora, em uma tentativa desesperada de encobrir a própria incompetência, eles prenderam o meu irmão, e também estão mantendo o meu pai preso. Não ficaria surpresa se eu mesma fosse levada, algemada, a qualquer momento.

Eve rangeu os dentes enquanto Morse conduzia Mirina por várias perguntas, estimulando-a a fazer acusações e deixando-a com lágrimas nos olhos. Quando o programa voltou para o estúdio, Morse estava franzindo o cenho, com seriedade.

— Uma família sob cerco policial? Há rumores de que estão acobertando fatos para complicar as investigações. A principal investigadora do caso, tenente Eve Dallas, não foi encontrada para fazer comentários.

— Seu canalha! Seu canalha! — gritou Eve, e saiu da frente da tela. — Ele nem tentou me localizar para pedir comentários. Eu teria lhe dado um. — Furiosa, ela pegou a bolsa e lançou um último olhar para Mira. — Doutora, a senhora devia analisar aquele ali — disse, virando o rosto na direção da tela. — Aquele palhaço tem mania de grandeza!

Capítulo Dezessete

Harrison Tibble era um veterano, já com trinta anos na força policial. Ele galgara seu caminho a partir do posto de guarda, trabalhando nos bairros pobres do West Side, onde os policiais e suas presas ainda usavam revólveres. Ele até mesmo fora atingido certa vez: levou três tiros terríveis no abdômen, que poderiam ter matado um homem menos corpulento, e daria ao mais comum dos policiais motivos para considerar seriamente a escolha da carreira. Tibble, porém, estava de volta à ativa em menos de seis semanas.

Era um homem enorme, com mais de dois metros de altura e cento e dezoito quilos de puro músculo. Depois que as armas foram banidas, ele usara o corpanzil e o aterrorizante sorriso de galhofa para intimidar os adversários. Ainda tinha a cabeça de um policial de rua, e a sua ficha era tão limpa quanto água de nascente.

Tinha um rosto grande e quadrado, a pele da cor de ônix polido, mãos do tamanho de uma escotilha de navio e pouca paciência para papo-furado.

Eve gostava dele e, secretamente, admitia que também tinha um pouco de medo de sua figura.

— Que monte de merda é esse em que você se enfiou, tenente?

— Senhor — Eve olhou para ele, com Feeney e Whitney dos dois lados dela, embora soubesse que, naquele momento, ela estava completamente sozinha. — David Angelini estava no local do crime, na noite em que Louise Kirski foi morta. Temos a confirmação disto. Ele não possui álibis sólidos para os horários dos outros dois assassinatos. Está devendo muito dinheiro a capangas ligados ao jogo e, com a morte da mãe, enche os bolsos com uma bela herança. Já foi confirmado que a mãe se recusou a livrar a cara dele, desta vez.

— Procurar pelo dinheiro é uma ferramenta investigativa testada e comprovada, tenente. Mas e quanto às outras duas vítimas?

Ele sabia de tudo aquilo, pensou Eve, enquanto lutava para não se mostrar embaraçada. Todos os fatos de todos os relatórios já tinham passado por ele.

— Ele conhecia Yvonne Metcalf, senhor, já estivera no apartamento dela, estavam trabalhando juntos em um projeto. Ele precisava que ela se comprometesse com ele de vez, mas ela estava se fazendo de difícil e tentava manter as suas posições. A terceira vítima foi um erro. Acreditamos plenamente que a vítima-alvo do crime era Nadine Furst, que por sugestão minha, e com minha cooperação, estava colocando muita pressão na história. Ele também a conhecia pessoalmente.

— Até agora está tudo muito bem. — Sua cadeira estalou com o peso quando ele se mexeu, recostando-se nela. — Muito bem mesmo. Você o colocou em uma das cenas dos crimes, estabeleceu os motivos, pesquisou as ligações. Agora chegamos na parte difícil. Você não tem uma arma, não tem sangue algum. Não tem nadinha que possa apresentar como prova física.

— No momento, não.

— Você também tem uma confissão, mas não do acusado.

— Essa confissão nada mais é do que uma cortina de fumaça — contribuiu Whitney. — A tentativa de um pai para proteger o filho.

— Isso é o que você acredita — disse Tibble, com a voz calma. — O fato, porém, é que agora já está tudo registrado, e já é do conhecimento público. O perfil psicológico não combina, a arma não combina e, na minha opinião, a promotoria estava ávida demais para colocar os holofotes em cima do caso. Acontece quando a vítima é um dos seus.

Ele estendeu a mão, do tamanho de uma bandeja, antes que Eve conseguisse falar.

— Vou lhe dizer o que temos, tenente, e o que está parecendo para todas aquelas pessoas honestas que estão assistindo à TV. Temos uma família enlutada que está sendo importunada por policiais, temos provas circunstanciais e três mulheres com a garganta cortada.

— Nenhuma garganta mais foi cortada desde que David Angelini foi para a cadeia. E as acusações contra ele são válidas.

— É verdade, mas esse fato cômodo não vai nos conseguir o apoio dos mais humildes, não quando o júri começar a sentir pena dele e o advogado começar a invocar capacidade diminuída.

Ele aguardou um pouco, olhando para os rostos e tamborilando com os dedos na mesa quando viu que ninguém discordava dele.

— Você é um demônio com os números, Feeney, o gênio da eletrônica. Quais são as chances de conseguirmos o grande júri se despacharmos o nosso rapaz amanhã, por obstrução de Justiça e acusações de suborno?

— Meio a meio — respondeu Feeney, encolhendo os ombros. — Isso, calculando bem por alto, depois do último boletim daquele idiota do Morse.

— Então isso não é o suficiente. Libertem-no.

— Libertá-lo? Mas, secretário Tibble...

— Tudo o que vamos conseguir se continuarmos insistindo nessas acusações é uma imprensa hostil e a compaixão da opinião pública pelo filho de uma servidora pública martirizada. Jogue-o de volta às ruas, tenente, e continue pesquisando mais a fundo. Coloque alguém colado nele — ordenou a Whitney —, e no pai dele, também. Não quero que eles dêem nem um peido sem que eu fique sabendo. E encontrem esse maldito vazamento de informações — acrescentou, com o olhar severo. — Quero saber qual foi o imbecil que forneceu esses dados para o idiota do Morse. — Seu sorriso se alargou, então, subitamente, de modo aterrorizante. — Então, quero conversar com ele, pessoalmente. Mantenha-se longe dos Angelini, Jack. Essa não é hora de demonstrar amizade.

— Eu tinha esperança de conversar com Mirina. Talvez conseguisse persuadi-la a não dar mais nenhuma entrevista.

— Agora é tarde para implantarmos um controle de danos — considerou Tibble. — Mantenha-se afastado. Trabalhei duro para desvincular este departamento da idéia de acobertar fatos. Quero que as coisas fiquem como estão. Consigam-me uma arma. Consigam-me algum sangue. E, pelo amor de Deus, façam isto antes de mais alguém ser retalhado. — Sua voz trovejou e seu punho golpeava a mesa enquanto ele dava as ordens com aspereza. — Feeney, faça alguma das suas mágicas. Repasse os nomes que estavam nas agendas das vítimas mais uma vez e cruze-os com a agenda de Nadine Furst. Encontre-me alguém que tinha interesse nessas mulheres. É só, por enquanto, senhores. — Ele se levantou. — Tenente Dallas, gostaria de mais um minuto do seu tempo.

— Secretário Tibble — começou Whitney, formalmente —, quero que fique registrado que, como oficial comandante da tenente Dallas, considero as suas atividades no caso como exemplares. Seu trabalho está no nível mais elevado que se possa esperar, apesar das dificuldades provocadas pelas circunstâncias profissionais e pessoais, algumas delas causadas por mim mesmo.

Tibble franziu o cenho com suas fartas sobrancelhas.

— Estou certo de que a tenente agradece a sua avaliação, Jack. — E não disse mais nada, esperando até que os dois homens saíssem da sala. — Eu e Jack trabalhamos juntos há muito tempo — começou, em tom de conversa. — Agora, ele acha que, já que eu estou sentado aqui, no mesmo lugar onde aquele corrupto sem-vergonha, o cara-de-pau do Simpson, costumava repousar o traseiro patético, vou usar você como um bode expiatório bem disponível e lançá-la como ração aos cães da mídia — e levantou a cabeça, encarando Eve com olhar firme. — É isso o que está achando, Dallas?

— Não, senhor. Mas o senhor poderia fazer isso.

— Sim. — Ele coçou o lado do pescoço. — Poderia. Você melou essa investigação, tenente?

— Talvez tenha feito isso, senhor. — Aquilo foi duro de engolir. — Se David Angelini for inocente...

— É o tribunal que decide a inocência ou a culpa — interrompeu ele. — Você apenas recolhe as evidências. Você recolheu algumas evidências consistentes, e o panaca estava lá, junto de Louise Kirski. Se ele não a matou, o canalha testemunhou uma mulher ser assassinada e saiu de fininho. Para mim não tem grande valor, como pessoa.

Tibble uniu e elevou os dedos, olhando por cima deles.

— Você sabe, Dallas, em que situação eu retiraria você do caso? Se eu achasse que você estava atolada demais em culpa, por causa de Louise Kirski. — Quando ela abriu a boca para falar e tornou a fechá-la, ele lhe lançou um sorriso, com os lábios finos. — Sim, é melhor ficar calada. Você jogou a isca, arriscou. Havia uma possibilidade muito boa de ele vir atrás de você. Eu teria feito a mesma coisa em meus velhos dias de glória — acrescentou, sentindo uma ponta de tristeza por eles terem acabado. — O problema é que ele não mordeu a isca, e uma pobre mulher, com vício de fumar, foi atingida por engano. Você acha que é responsável por isso?

Ela sentiu vontade de mentir, mas acabou desistindo e escolhendo a verdade.

— Sim.

— Pois supere isso! — disse ele com voz forte. — O problema com este caso é que há muitas emoções envolvidas. Jack não consegue superar o pesar, você não consegue superar a culpa. Isto os transforma em dois inúteis. Quer se sentir culpada, quer sentir revolta? Espere até colocar as mãos nele. Fui claro?

— Sim, senhor.

Satisfeito, ele se recostou na cadeira novamente.

— Assim que você sair desta sala, a mídia vai estar em cima de você, como um bando de piolhos.

— Eu sei lidar com a mídia.

— Estou certo de que sabe. — E suspirou. — Eu sei lidar, também. Agora tenho a porcaria de uma entrevista coletiva para encarar. Pode sair.

Havia apenas um lugar para ir, e era de volta ao começo. Eve ficou na calçada, do lado de fora do Bar Cinco Luas, e olhava para o chão. Revivendo mentalmente a cena, caminhou até a entrada do metrô.

Estava chovendo, lembrou. *Estou segurando o guarda-chuva com uma das mãos, a bolsa pendurada no ombro, segurando-a com firmeza. É uma região perigosa. Estou pau da vida. Caminho rápido, mas fico com um olho aberto, olhando em volta para sacar alguém que queira minha bolsa tanto quanto eu.*

Ela entrou no Cinco Luas, ignorando os rápidos olhares e o rosto brando do andróide atrás do bar, enquanto tentava imaginar os pensamentos de Cicely Towers.

Lugar nojento. Sujo. Só Deus sabe o que eu posso pegar na roupa só de sentar. Olho para o relógio. Onde, diabos, ele está? Vamos acabar logo com isso. Por que será que ele quis que eu o encontrasse aqui? Burra, burra! Devia ter usado o meu escritório. Meu território.

E por que não fiz isso?

Porque era um assunto particular, pensou Eve, fechando os olhos. *Era algo muito pessoal. Lá há muita gente, haveria muitas perguntas. Não é um assunto da cidade. É um assunto dela.*

Por que não em seu apartamento?

Porque ela não o queria lá. Estava muito zangada... Aborrecida... Ansiosa para brigar quando ele indicou a hora e o lugar.

Não, ela estava apenas zangada, impaciente, decidiu Eve ao se lembrar da declaração do andróide que servia no bar. *Ela ficou olhando para o relógio o tempo todo, franzindo a testa, desistiu e foi embora.*

Eve refez o caminho que ela tomou, lembrando-se do guarda-chuva e da bolsa. *Passos rápidos, com os saltos fazendo barulho no piso. Então apareceu alguém. Ela parou. Será que ela o viu, será que o reconheceu? Tem de ter reconhecido, estavam cara a cara. Talvez ela tenha dito a ele "Você está atrasado!"*

Ele trabalha rápido. É uma vizinhança com má fama. Não há muitos carros passando, mas nunca se sabe. As luzes de segurança são quase inexistentes, como costuma acontecer em regiões como aquela. Ninguém reclama muito, porque é mais fácil agir no escuro.

Mas alguém podia sair do bar, ou do clube do outro lado da rua. Um golpe rápido e ela está caída. Ele fica cheio de sangue. Com o corte abrupto, ele deve estar coberto de sangue.

Ele pega o guarda-chuva dela. Um impulso, ou talvez para usar como escudo. Sai dali andando depressa. Não, o metrô não! Ele está coberto de sangue. Mesmo em uma região como aquela, alguém ia notar.

Eve andou dois quarteirões nas duas direções, depois tornou a andar, fazendo perguntas a todos que encontrava pela rua. Na maioria das vezes, a resposta era um dar de ombros ou olhares furiosos. Policiais não eram figuras muito populares no West End.

Observou uma mulher circulando por ali, e desconfiou que ela estava usando mais coisas no corpo do que aquele monte de colares de contas e penas; ela veio da esquina, passando lentamente em um pequeno *skate* aéreo motorizado. Fez cara feia e saiu correndo atrás de Eve.

— Ei, você já esteve por aqui antes — disse a mulher.

Eve olhou para trás, na direção dela. Era tão branca que parecia quase invisível. Seu rosto desbotado tinha a textura de cimento branco, e os cabelos picotados estavam tão curtos que o couro cabeludo aparecia branco como cera; seus olhos eram sem cor e sem vida, típicos de quem tinha acabado de tomar uma dose.

Uma doidona, pensou Eve. Dava para ver que a mulher usava a droga em forma de tablete branco que mantinha a mente enevoada e os pigmentos do corpo totalmente descorados.

— É... já estive por aqui sim — respondeu Eve.

— Você é da polícia! — a drogada esticou o pescoço, com as juntas retesadas, parecendo um andróide que precisava de manutenção. Um sinal de que estava no último grau do vício. — Eu vi você conversando com o Crack um tempo atrás. Aquele é um cara legal!

— É... Ele é um cara muito legal. Você estava por aqui na noite em que apagaram a mulher ali adiante, na rua?

— Ah, uma dona bonitona, elegante, rica, toda metida. Vi, mas só na reportagem da TV. Eu tava na clínica de desintoxicação.

Eve engoliu a vontade de praguejar, e então parou e voltou para trás.

— Ei, se você estava na desintoxicação, como foi que me viu conversando com o Crack?

— Isso foi outro dia. Talvez no dia seguinte. O tempo é relativo, certo?

— Talvez você tenha visto a dona elegante e rica outro dia, antes de ela aparecer morta na TV.

— Não. — A mulher, que parecia albina, chupou a ponta do dedo. — Não mesmo!

Eve olhou para o prédio que ficava atrás da drogada e analisou a vista que ele oferecia de toda a rua.

— É aqui que você mora?

— Eu moro aqui, às vezes ali... De vez em quando desabo em um quarto, lá em cima.

— Você estava lá na noite em que cortaram a garganta da dona bonitona?

— Provavelmente. Estava sem grana — e abriu o que pareceu ser um sorriso, com dentes pequenos e arredondados. Seu hálito era podre. — Não tem muita graça ficar pelas ruas quando a gente está dura.

— Estava chovendo — Eve tentou ajudar.

— Ah, foi... Eu gosto de chuva. — Seus músculos continuavam a se retesar, mas seu olhar adquiriu um ar sonhador. — Fico vendo a chuva, pela janela.

— Você viu mais alguma coisa pela janela?

— As pessoas vêm e vão — disse com voz cantada. — Às vezes dá pra gente ouvir a música lá do clube, na esquina. Mas naquela noite não. A chuva tava muito forte. Neguinho ficava fugindo dela. Até parece que ia derreter, sei lá...

— Você viu alguém correndo na chuva.

— Talvez. — Os olhos sem cor ganharam um pouco de vida. — Quanto isso vale?

Eve enfiou a mão no bolso. Tinha poucas fichas de crédito, mas dava para negociar. Os olhos da doidona rolaram de alegria, e ela estendeu a mão.

— Primeiro conte o que viu — disse Eve bem devagar, colocando as fichas fora do alcance dela.

— Um cara mijando ali no beco. — E deu de ombros, com o-olhar colado nas fichas. — Talvez estivesse batendo umazinha. Não dá pra dizer ao certo.

— Ele trazia alguma coisa? Tinha algo na mão?

— Só o pinto — e riu tão alto da própria piada que quase se desequilibrou e caiu. Seus olhos já estavam começando a lacrimejar, sem parar. — Ele foi embora, no meio da chuva. Quase não tinha ninguém na rua por causa da chuva. Aí o cara entrou no carro.

— O mesmo cara?

— Não, outro cara. Tinha estacionado o carro ali adiante — e gesticulou sem precisão. — Ele não era daqui da área, não.

— Por quê?

— Porque o carro era novinho. Ninguém tem um carro novinho assim por aqui. Quase ninguém tem carro. Agora, o Crack, ele sim tem um... E aquele pentelho do Reeve, do apartamento em frente, tem um também. Só que eles não são novinhos, não.

— Conte-me sobre o cara que entrou no carro.

— Entrou no carro e se mandou.

— Que horas eram?

— Ei, eu tenho cara de relógio? Tique-taque... — Ela deu outra risada rouca. — Só sei que tava de noite. De noite é melhor. De dia meus olhos doem — reclamou — porque eu perdi meus óculos escuros.

Eve pegou um par de protetores para os olhos no bolso. Ela nunca se lembrava de usar aquela droga mesmo. Entregou à albina, que os agarrou na mesma hora.

— Que troço vagabundo! Equipamento da polícia, uma merda!

— Que roupa ele estava usando? O cara que entrou no carro?

— Eu, hein?... Sei lá! — A doidona ficou brincando com os óculos e os colocou. Seus olhos não arderam tanto por trás das lentes tratadas. — Tava de casacão, acho. Um casaco comprido, escuro, com as pontas balançando no vento. É, ficou balançando na hora em que ele fechou o guarda-chuva.

Eve sentiu um choque no estômago, como se tivesse levado um soco.

— Ele tinha um... guarda-chuva?

— Ué... Tava chovendo! Tem gente que não gosta de se molhar. Era muito bonito, o guarda-chuva — disse, sonhando novamente. — Tinha uma cor brilhante.

— Era de que cor?

— Brilhante — repetiu. — E aí, vai ou não vai me dar as fichas?

— Tá, você vai ganhar a grana. — Mas Eve agarrou o braço dela e a levou até os degraus despedaçados da entrada do edifício, e a empurrou, forçando-a a se sentar. — Só que, antes, a gente precisa conversar mais um pouquinho.

— Os peritos a deixaram passar. — Eve andava de um lado para outro em sua sala enquanto Feeney a ouvia, recostado na cadeira. — Ela entrou na desintoxicação um dia depois do assassinato. Eu verifiquei. Saiu há uma semana.

— Você arrumou uma viciada albina.

— Ela o viu, Feeney. Viu quando ele entrou no carro, viu o guarda-chuva.

— Você sabe como funciona a visão de uma pessoa doidona, Dallas. No escuro, debaixo de chuva, do outro lado da rua?

— Mas ela sabia do guarda-chuva. Droga, ninguém mais sabia do guarda-chuva!

— E a cor era, abre aspas, *brilhante*. — Ele levantou as duas mãos antes que Eve conseguisse replicar. — Eu estou só tentando evitar um pouco de aporrinhação para o seu lado. Se você vier com a idéia de colocar os Angelini em uma fila de suspeitos diante de uma drogada em último grau, os advogados deles vão sapatear em cima de sua cabeça, garota.

Eve havia pensado nisso. E ela, também, rejeitara a idéia.

— Eu sei que ela não ia adiantar nada em uma sessão de identificação direta. Não sou burra. Mas era um homem, ela tinha certeza disso. Ele saiu de carro. Estava carregando o guarda-chuva. Usava um casaco comprido e preto.

— E isso bate com a declaração de David Angelini.

— Era um carro novo. Eu arranquei isto dela. Polido, brilhante.

— De novo, a história do *brilhante*.

— E daí? Eles não enxergam as cores direito — replicou ela. — O cara estava sozinho, e o carro era um veículo pequeno, pessoal. A porta do motorista abria para cima, e não para o lado, e ele teve de se abaixar e virar a cabeça para entrar.

— Podia ser um Rocket, um Midas ou um Spur. Talvez um Midget, se for o modelo antigo.

— Ela disse que era novo, e ela manja de carros. Gosta de ficar olhando.

— Tudo bem, vou pesquisar — e deu um pequeno sorriso. — Você faz alguma idéia de quantos desses modelos foram vendidos nos últimos dois anos só na região da Grande Nova York? Agora, se ela viesse com o número da placa, mesmo que não estivesse inteiro...

— Pare de reclamar. Eu voltei ao prédio de Yvonne Metcalf. Tem umas duas dúzias de carros novinhos em folha na garagem dela.

— Ah, que alegria!

— É possível que ele seja um vizinho dela — disse Eve encolhendo os ombros. Era uma possibilidade muito remota. — Onde quer que ele more, tem de ser capaz de entrar e sair da área sem ser notado. Ou estar em um lugar que as pessoas não reparem. Talvez ele deixe o casaco no carro, ou o guarde em algum lugar, para poder levar para dentro de casa e limpá-lo. Tem de haver manchas de sangue nesse carro, Feeney, e no casaco também, por mais que ele o tenha lavado e esfregado. Tenho de dar uma passada no Canal 75.

— Ficou maluca?

— Preciso conversar com Nadine. Ela está fugindo de mim.

— Jesus! Você vai entrar bem na cova do leão!

— Ah, eu vou estar bem — e deu um sorriso cruel. — Vou levar Roarke comigo. Eles têm medo dele.

— Foi tão legal você pedir para eu vir junto — disse Roarke enquanto estacionava o carro na área de visitantes do Canal 75 e sorria para ela. — Fiquei comovido.

— Tudo bem, eu lhe devo essa explicação. — Aquele homem não deixava nada escapar, pensou Eve com indignação enquanto saltava do carro.

— E eu estou cobrando. — Ele a pegou pelo braço. — Pode começar a pagar me contando por que quis que eu viesse até aqui com você.

— Já lhe disse, vai nos poupar tempo, já que você quer ir nessa tal de ópera.

Muito lentamente, e com todo o cuidado, ele olhou para ela de cima a baixo, reparando nas calças empoeiradas e nas botas surradas.

— Querida Eve, embora, para mim, você pareça sempre perfeita, não vai à ópera vestida desse jeito. Então, ia ter de passar em casa para trocar de roupa, de qualquer modo. Vamos lá, conte-me a verdade.

— Talvez eu não queira muito ir à ópera.

— Eu sei, você já me disse isso. Várias vezes, acho. Só que nós tínhamos um trato.

Ela baixou os olhos e ficou brincando com um dos botões da camisa dele.

— Ah, Roarke, é só cantoria!

— Eu concordei em ficar sentado por duas apresentações, no Esquilo Azul, por causa da sua idéia de ajudar Mavis a assinar contrato com uma gravadora. E ninguém... Ninguém com ouvidos, bem entendido, ia considerar aquilo cantoria de qualquer tipo.

Ela expirou com força. Trato era trato, afinal de contas.

— Tudo bem, está certo. Já disse que eu vou.

— Agora que você já conseguiu me desviar da pergunta, vou repeti-la. Por que estou aqui?

Ela olhou para cima, subindo do botão para o rosto dele. Era sempre terrível para ela admitir que precisava de ajuda.

— É que o Feeney está enterrado em uma pesquisa eletrônica. Não podia parar agora. Eu queria outro par de olhos, ouvidos, outra impressão.

— Sei. — Seus lábios sorriram. — Isso quer dizer que eu sou a sua segunda escolha.

— Você é a minha primeira escolha para alguém que não é da polícia. Você saca bem as pessoas.

— Sinto-me elogiado. E talvez, já que estou aqui mesmo, possa aproveitar e quebrar a cara de Morse para você.

— Eu gosto de você, Roarke. — O sorriso dela veio rápido. — Eu gosto mesmo de você.

— Eu também gosto muito de você. Isto significa um sinal verde? Eu adoraria fazer isso.

Ela riu, mas, no fundo, havia uma parte dela que gostava da idéia de ter um vingador só dela.

— Essa foi uma boa idéia, Roarke, mas eu realmente preferia partir a cara dele eu mesma. Na hora certa e no lugar certo.

— Posso assistir?

— Claro. Mas, por ora, dá para ser apenas o rico e poderoso Roarke, meu troféu pessoal?

— Ah, que frase machista! Fiquei excitado!

— Ótimo. Segure o tesão. Talvez a gente dispense a ópera, afinal.

Eles entraram juntos pelo saguão principal e Roarke teve o prazer de vê-la bancar a policial. Eve balançou o distintivo para o segurança e deu a ele uma sugestão enérgica para não pegar no pé dela, e então seguiu a passos largos na direção do elevador.

— Adoro ver você trabalhar — murmurou no ouvido dela. — Você é tão... durona! — completou, enquanto a mão descia pelas costas dela, em direção ao seu traseiro.

— Pode parar!

— Viu o que eu quis dizer? — e esfregou a barriga, no lugar que o cotovelo dela atingira. — Bata em mim de novo. Vou acabar gostando disso.

Ela conseguiu, com dificuldade, fazer a gargalhada se transformar em uma espécie de ronco.

— Civis! — foi tudo o que falou.

A sala do noticiário estava cheia e barulhenta. Pelo menos metade dos repórteres de plantão estava ligada em *tele-links*, fones de ouvido ou computadores. Telões exibiam o que estava sendo transmitido. Várias conversas pararam na mesma hora, quando Eve e Roarke saíram do elevador. Então, como em uma matilha em que todos os cães farejaram algo ao mesmo tempo, os repórteres se embolaram para chegar perto.

— Para trás! — ordenou Eve com tanta energia que um dos ávidos repórteres deu um passo brusco para trás e pisou no pé de um colega. — Ninguém vai receber nenhum comentário. Ninguém vai ter nada até eu estar pronta.

— Se eu realmente comprar este lugar — disse Roarke a Eve com a voz na altura exata para ser ouvida pelos mais próximos —, vou ter de fazer alguns cortes de pessoal.

Esta frase causou uma sensação de desconforto quase palpável. Eve olhou em volta e parou diante de um rosto que conseguiu reconhecer.

— Rigley — perguntou ela —, onde está Nadine Furst?

— Oi, tenente. — O repórter, de repente, se transformou todo em dentes, cabelos e ambição. — Se a senhorita quiser esperar na minha mesa — convidou ele, gesticulando para o seu espaço de trabalho.

— Nadine Furst — repetiu, com a voz rápida como uma bala. — Onde está ela?

— Eu não a vi o dia todo. Apresentei o noticiário da manhã, no lugar dela.

— Nadine ligou. — Distribuindo sorrisos, Morse veio chegando devagar. — Está dando um tempo — explicou ele, e seu rosto mutante assumiu feições mais sombrias. — Ela está muito arrasada, por causa de Louise. Todos nós estamos.

— Ela está em casa?

— Disse apenas que precisava dar um tempo, é tudo o que eu sei. O diretor lhe adiantou alguns dias de folga. Ela tinha duas semanas de férias vencendo. Estou assumindo o lugar dela. — Seu sorriso se iluminou novamente. — Portanto, Dallas, se estiver precisando aparecer na TV é só falar comigo.

— Já apareci demais no seu programa, Morse.

— Tudo bem então. — Ele a dispensou e fixou o olhar em Roarke. Seu sorriso se escancarou ainda mais. — É um prazer conhecê-lo. Você é um homem muito difícil de se contatar.

Disposto a insultá-lo abertamente, Roarke ignorou a mão que Morse lhe estendeu.

— Eu dou retorno apenas às pessoas que considero interessantes.

Morse abaixou a mão, mas manteve o sorriso.

— Pois eu estou certo de que, se me concedesse alguns minutos, eu poderia encontrar várias áreas de interesse para você.

O sorriso de Roarke apareceu rápido e letal.

— Morse, você é realmente um idiota, não é?

— Calma, rapaz — murmurou Eve, dando um tapinha no braço de Roarke. — Quem é que lhe passou dados confidenciais?

Morse estava obviamente lutando para recuperar a dignidade. Ele olhou diretamente para Eve, e quase conseguiu exibir um ar de desdém.

— Ora, ora, tenente, nossas fontes são protegidas. Não vamos nos esquecer da Constituição. — Patrioticamente, espalmou a mão sobre o coração. — Agora, se você quiser comentar, desmentir ou adicionar alguma informação nova, ficarei mais do que feliz em escutá-la.

— Então, por que não tentamos isto... — disse ela mudando de assunto. — Você encontrou o corpo de Louise Kirski enquanto ele ainda estava quente.

— Exato. — Ele fechou a boca e assumiu um ar amargo. — Já lhe dei a minha declaração.

— Você estava bastante abalado, não estava? Apavorado. Chegou a despejar todo o jantar nos arbustos. Está se sentindo melhor agora?

— Aquilo foi algo que eu jamais esquecerei, mas, sim, estou me sentindo melhor. Obrigado por perguntar.

Eve andou na direção dele, fazendo-o recuar.

— Você se sentiu melhor bem depressa, rápido o bastante para entrar no ar alguns minutos depois, certificando-se de que havia uma câmera bem posicionada para pegar um lindo close de sua colega morta.

— Agir com rapidez é parte do meu trabalho. Fiz o que fui treinado a fazer. Isto não significa que eu não tenha sentido. — Sua voz estremeceu e foi habilmente controlada. — Isto não significa que eu não veja o rosto dela, os seus olhos, a cada momento em que tento dormir à noite.

— Já parou para pensar no que teria acontecido se você tivesse chegado cinco minutos mais cedo?

Isto o deixou chocado, e embora Eve soubesse que era cruel, uma coisa pessoal, aquilo a deixava satisfeita.

— Sim, já pensei nisso — disse ele com dignidade. — Eu poderia ter visto o assassino, ou tê-lo impedido. Louise poderia estar viva se eu não tivesse ficado preso no trânsito. Só que isto não muda os fatos. Ela está morta, assim como as outras duas. E você ainda não tem ninguém preso.

— Talvez não tenha lhe ocorrido, Morse, que é você que o está alimentando. É você que está oferecendo exatamente o que ele deseja. — Eve desviou o olhar de Morse, e olhou em volta da sala, para todas as pessoas que estavam ouvindo, ávidas. — Ele deve adorar assistir a todas aquelas reportagens, saber de todos os detalhes, das especulações. Você o transformou no maior astro da TV.

— A nossa responsabilidade é relatar... — começou Morse.

— Morse, você não sabe nada sobre responsabilidade. Tudo o que você sabe é contar os minutos que ficou no ar, bem na frente e no centro da tela. Quanto mais pessoas morrerem, maior vai ser o seu ibope. Pode falar no seu noticiário que eu disse exatamente estas palavras — e girou o corpo para ir embora.

— Está se sentindo melhor? — perguntou Roarke quando eles já estavam novamente do lado de fora.

— Não tanto assim. Quais as suas impressões?

— A sala de noticiário está tumultuada, com gente demais fazendo coisas demais. Estão todos assustados. E aquele sujeito com quem você falou no início, sobre Nadine?

— Rigley. Ele é peixe pequeno. Acho que o contrataram por causa dos dentes.

— Ele anda muito nervoso. Vários deles pareceram envergonhados quando você fez o seu pequeno discurso. Viraram para o outro lado, e tentaram parecer ocupados, mas não estavam fazendo nada. Outros me pareceram um pouco satisfeitos quando você descascou o Morse. Acho que ele não é muito querido.

— Grande surpresa!

— Ele é melhor do que eu pensava — avaliou Roarke.

— Morse? Melhor em quê? Em falar merda?

— Em trabalhar a imagem — corrigiu Roarke. — O que é, muitas vezes, a mesma coisa. Ele extrai todas aquelas emoções. Não sente nenhuma delas, mas sabe como fazê-las aparecer em seu rosto e na sua voz. Ele está no emprego certo e, definitivamente, vai subir depressa.

— Que Deus nos ajude! — Ela se encostou no carro de Roarke. — Você acha que ele sabe mais coisas do que jogou no ar?

— Acho que isso é possível. Altamente possível. Ele está adorando esticar ao máximo este caso, especialmente agora que está à frente da história. E ele odeia você, profundamente.

— Ai, agora eu fiquei triste! — Ela começou a abrir a porta e depois se virou de novo. — Ele me odeia?

— Vai arruiná-la, se conseguir. Tenha cuidado.

— Ele pode me fazer de boba, mas não pode me arruinar — e escancarou a porta. — Onde é que a Nadine se enfiou, Roarke? Isso não é do feitio dela. Compreendo o que ela está sentindo, por causa de Louise, mas não faz o tipo dela sumir assim, sem me avisar, e deixar uma matéria importante como esta para aquele canalha.

— As pessoas reagem de formas diferentes ao choque e ao pesar.

— Isso é burrice. Ela era um alvo. Pode, muito bem, continuar sendo. Tenho de encontrá-la.

— Esse é o seu jeito de escapar da ópera?

Eve entrou no carro e esticou as pernas.

— Não. Escapar da ópera é apenas um benefício secundário. Vamos dar uma passada na casa dela, está bem? Ela mora na Rua Dezoito, entre a Segunda e a Terceira Avenidas.

— Tudo bem. Mas você não vai ter desculpas para escapar do coquetel que eu vou oferecer amanhã à noite.

— Coquetel? Que coquetel?

— Aquele que eu já marquei há mais de um mês — lembrou ele enquanto entrava no carro, ao lado dela. — Para dar a partida na arrecadação de fundos para o Instituto de Artes da Estação Grimaldi, em Mônaco. Do qual você concordou em participar e servir de anfitriã.

Eve se lembrava, claro. Ele até trouxera para casa um vestido sofisticado que ela deveria usar.

— Você tem certeza de que eu não estava bêbada quando concordei com isso? Palavra de bêbado não vale nada.

— Não, você não estava bêbada — e sorriu enquanto dirigia o carro para fora do estacionamento. — Entretanto, você estava nua, ofegante, e quase implorando por alguma coisa, segundo me pareceu.

— Isso é mentira! — Na verdade, pensou, cruzando os braços, talvez ele estivesse com a razão. Os detalhes não estavam muito claros. — Tudo bem, você venceu, vou estar lá, vou estar lá com um sorriso idiota, usando um vestido todo enfeitado, que deve ter custado muito dinheiro para pouco material. A não ser... que alguma coisa apareça.

— Alguma coisa?

Ela suspirou. Ele só pedia para que ela participasse de um daqueles shows tolos quando era importante para ele.

— Algum assunto da polícia. Só se for algum assunto da polícia, e muito importante. Tirando isto, prometo que vou ficar colada em você, aturando a lengalenga toda.

— Acho que você não vai nem tentar curtir a noite, não é?

— Talvez eu tente. — Ela virou a cabeça e, em um impulso, levou a mão carinhosamente até a bochecha dele. — Só um pouquinho.

Capítulo Dezoito

Ninguém atendeu à campainha na casa de Nadine. A gravação pedia simplesmente que o visitante deixasse uma mensagem, que seria respondida o mais depressa possível.

— Ela pode estar lá dentro, remoendo as idéias — ponderou Eve, girando sobre os calcanhares, enquanto considerava a situação. — Ou pode ser que tenha ido para algum *resort* da moda. Ela se deixou ficar muito vulnerável nos últimos dias. E é escorregadia a nossa Nadine.

— E você se sentiria muito melhor se soubesse dela.

— É... — Com o cenho franzido, as sobrancelhas unidas, Eve pensava em usar o seu código de emergência da polícia para desligar o sistema de segurança da casa e entrar. Só que ela não tinha um motivo suficientemente forte para isto, e enfiou as mãos nos bolsos.

— Ética — disse Roarke. — É sempre uma aula de cidadania ver você lutar contra ela. Deixe-me ajudá-la. — Ele pegou um pequeno canivete e futucou até abrir o painel eletrônico ao lado da porta.

— Meu Deus, Roarke, mexer com a segurança da casa dos outros pode lhe custar seis meses de prisão domiciliar!

— Hum-hum... — Calmamente, ele estudava os circuitos. — Estou um pouco fora de forma. Nós é que fabricamos este modelo, sabia?

— Coloque esta droga no lugar, do jeito que estava, e não...

Mas ele já havia passado pelo circuito principal, trabalhando com tanta rapidez e eficiência que ela franziu a testa.

— Fora de forma, né? Eu sei!... — resmungou ela quando a luzinha da fechadura mudou de vermelha para verde.

— Eu sempre tive jeito para essas coisas. — A porta se abriu e ele a empurrou para dentro.

— Adulteração de sistema de segurança alheio, arrombamento, entrada ilegal em domicílio, invasão de propriedade privada. Olhe só, a lista está aumentando.

— Mas você vai ficar me esperando sair da cadeia, não vai? — Com uma das mãos ainda no braço de Eve, ele avaliou a sala de estar. Estava limpa, fria, tinha pouca mobília, exibia um estilo minimalista, mas caro.

— Ela mora bem — comentou ele, notando o brilho do piso vitrificado, os poucos objetos de arte colocados em destaque sobre pedestais estreitos. — Só que ela não passa muito tempo aqui.

Eve sabia que ele tinha um bom olho para aquelas coisas, e concordou.

— Não — completou Eve —, ela na verdade não vive aqui, simplesmente vem dormir às vezes. Não tem nada fora do lugar, não tem sequer uma dobra ou uma ponta amarrotada nas almofadas. — Ela passou ao lado dele, indo para a cozinha que dava para a sala, e apertou o botão da lista de alimentos disponíveis no AutoChef. — Não tem muita comida em casa também. Basicamente só queijos e frutas.

Eve se lembrou de que estava de estômago vazio, ficou tentada, mas resistiu. Saiu pela sala larga em direção a um quarto.

— Aqui é o escritório — afirmou, olhando para o equipamento, a mesa e o telão que estavam diante dela. Neste lugar há vestígios dela. Os sapatos estão embaixo da mesa, tem um brinco ao lado do *tele-link*, uma xícara vazia, provavelmente de café.

O segundo quarto era maior, e os lençóis da cama, que não havia sido feita, estavam amarrotados, como se alguém tivesse se virado de um lado para outro a noite inteira, tentando dormir.

Eve avistou a roupa que Nadine estava usando na noite em que Louise fora morta. Estava no chão, chutada para baixo de uma mesinha, onde um vaso exibia margaridas que estavam começando a murchar.

Aqueles eram sinais de dor que ela ficou triste de ver. Foi até o closet, e apertou o botão que o abria.

— Nossa, como é que a gente pode saber se ela fez alguma mala? Ela tem mais roupas do que uma trupe de dez *top-models*.

Mesmo assim, deu uma olhada nelas enquanto Roarke ia até o *tele-link* ao lado da cama e colocava o disco para passar as mensagens. Eve virou a cabeça, olhando por cima dos ombros, e viu o que ele ia fazer. Simplesmente encolheu os ombros.

— Já que estamos aqui, é melhor invadir a privacidade dela de vez.

Eve continuava a procurar algum sinal de que Nadine tivesse saído em viagem. Enquanto isso, as chamadas e mensagens passavam na tela.

Ouviu, com uma ponta de diversão, um papo brincalhão, de fundo abertamente sexual, entre Nadine e um homem chamado Ralph. Houve muitas insinuações, sugestões abertas e risos antes que a transmissão acabasse, com a promessa de os dois se encontrarem quando ele estivesse na cidade.

Outras ligações passaram: algumas ligadas ao trabalho, uma chamada para um restaurante próximo, pedindo uma entrega. Chamadas comuns, cotidianas. E, então, o tom mudou.

Nadine estava falando com a família de Louise Kirski, no dia seguinte ao assassinato dela. Todos estavam chorando. Talvez houvesse conforto naquilo, pensou Eve enquanto ia em direção à tela. Talvez compartilhar as lágrimas e o choque ajudasse.

Não sei se isso tem importância neste momento, mas gostaria que vocês soubessem que a investigadora principal do caso, Dallas, tenente Dallas... Ela não vai sossegar até achar quem fez isso com Louise. Ela não vai sossegar.

— Ah, Deus! — Eve fechou os olhos quando a transmissão acabou. Depois disso não havia mais nada, só espaço ainda não gravado no disco, e ela abriu os olhos novamente. — Onde está a ligação que ela fez para a emissora? — quis saber. — Cadê a ligação? Morse disse que ela tinha ligado, pedindo autorização para passar uns dias fora.

— Pode ser que ela tenha ligado do carro, de um *tele-link* portátil. Ou foi até lá, em pessoa.

— Já vamos descobrir! — Ela abriu o comunicador. — Feeney, eu preciso da marca do carro de Nadine Furst, com modelo e número da placa.

Não levou muito tempo para acessar os dados, ler o registro da garagem e descobrir que o carro tinha saído na véspera e ainda não voltara.

— Não estou gostando disso. — Eve estava irritada ao se recostar no banco do carro de Roarke. — Ela teria deixado uma mensagem para mim. Teria deixado algum aviso. Preciso conversar com um dos chefões da emissora para descobrir quem é que pegou o recado dela. — Começou a ligar para lá, do *tele-link* do carro de Roarke, e então parou. — Tem mais uma coisa. — Consultando a agenda eletrônica, ela pediu um número diferente. — Ligue para a família Kirski, Deborah e James, em Portland, no Estado do Maine.

O aparelho começou a chamar e ela transferiu a ligação para o *tele-link*. Alguém atendeu bem depressa. Uma mulher de cabelos grisalhos, com olhos exaustos.

— Senhora Kirski, aqui fala a tenente Dallas, do Departamento de Polícia do Estado de Nova York.

— Sim, tenente, eu me lembro da senhorita. Alguma novidade?

— Nada que eu possa lhe adiantar no momento. Sinto muito.

— Droga! Ela tinha de dar alguma esperança para a mulher. — Estamos atrás de novas informações. Estamos esperançosos, senhora Kirski.

— Nós nos despedimos de Louise hoje. — Ela lutou para dar um sorriso. — Foi reconfortante ver a quantidade de pessoas que gostavam dela. Havia tantos colegas antigos, do tempo de escola, e havia muitas flores e mensagens de todos os que trabalharam com ela em Nova York.

— Ela não vai ser esquecida, senhora Kirski. Poderia me informar se Nadine Furst compareceu aos funerais hoje?

— Nós estávamos esperando por ela. — Os olhos inchados pareceram perdidos por um momento. — Estive com ela, em seu trabalho, há poucos dias, para informá-la da data e do horário do funeral. Ela me disse que viria, mas deve ter acontecido algum imprevisto.

— Ela não foi então? — Uma sensação amarga começou a se espalhar no estômago de Eve. — A senhora teve notícias dela?

— Não, não sei dela há vários dias. Ela é uma mulher muito ocupada, eu compreendo. Tem de seguir com a vida dela, é claro. O que mais poderia fazer?

Eve não podia oferecer mais nenhum conforto sem acabar trazendo novas preocupações.

— Sinto muito pela sua perda, senhora Kirski. Se tiver mais alguma pergunta, ou precisar conversar comigo, por favor, pode ligar. A qualquer hora.

— É muita gentileza sua. Nadine disse que a senhorita não ia descansar enquanto não encontrasse o homem que fez isso com a minha menininha. Você não vai descansar, mesmo, não é, tenente Dallas?

— Não, senhora. Garanto-lhe que não. — Ela desligou, deixou a cabeça pender para trás e fechou os olhos. — Eu não sou uma pessoa gentil. Não liguei para dizer que eu sentia muito, só liguei porque ela podia me informar alguma coisa sobre Nadine.

— Mas você estava sentindo muito — Roarke cobriu as mãos dela gentilmente com as dele — e foi muito gentil.

— Posso contar nos dedos de uma só mão as pessoas que têm alguma importância para mim. E isto vale para as pessoas para quem eu significo alguma coisa. Se ele tivesse vindo atrás de mim, como era de esperar, eu teria conseguido lidar com ele. E se não conseguisse...

— Cale a boca. — A mão dele apertou a dela com tanta força que Eve teve de engolir o grito, e viu que os olhos dele se tornaram ferozes e zangados. — Simplesmente cale a boca.

De forma distraída, ela massageou a mão enquanto ele dirigia como louco pelas ruas.

— Você está certo, Roarke. Eu estou agindo de forma errada. Estou me responsabilizando pelo problema, e isto não ajuda nada. Há muita emoção no caso — murmurou ela, lembrando-se do aviso do chefe. — Hoje eu comecei o dia pensando com clareza, e é isto que tenho de continuar fazendo. O próximo passo é encontrar Nadine.

Ela ligou para a emergência e ordenou uma busca em todos os lugares pela mulher e seu veículo.

Mais calmo, embora ainda sentindo o eco das palavras que ela dissera em sua barriga, Roarke diminuiu a velocidade e olhou para ela.

— Você tomou as dores de quantas vítimas de homicídio em sua ilustre carreira tenente?

— Tomei as dores? É um jeito estranho de descrever isto. — Ela mexeu com os ombros, tentando formar a imagem de um homem de casaco preto comprido e carro novo. — Não sei. Centenas. Assassinato nunca sai de moda.

Então eu diria que você tem muito mais pessoas ligadas a você, e você a elas, do que os dedos das mãos. Você precisa comer alguma coisa.

Ela estava com fome demais para argumentar com ele.

* * *

— O problema com o cruzamento dos dados é a agenda de Yvonne Metcalf — explicou Feeney. — Está cheia de pequenos códigos, e símbolos engraçadinhos. E ela vivia trocando-os, de modo que não dá para formar um padrão. Temos nomes como Docinho, Traseiro Sexy, Bundão. Temos iniciais, estrelas, corações, carinhas sorridentes ou chateadas. Vai levar tempo, muito tempo, para cruzar tudo isto com a agenda de Nadine, ou com a da promotora.

— Então, o que você está querendo me dizer é que não vai dar para fazer.

— Não disse que não vai dar. — Ele pareceu insultado.

— Certo, desculpe. Sei que você está arrebentando seus processadores neste trabalho, mas não sei quanto tempo ainda temos. Ele deve estar indo atrás de mais alguém. Até acharmos Nadine...

— Você acha que ele a apanhou, não acha? — Feeney coçou o nariz, o queixo, e pegou o saco de amêndoas com cobertura doce. — Isso quebra o padrão, Dallas. Nas três vítimas que pegou, ele deixou o corpo onde alguém ia acabar tropeçando nele logo depois.

— Tudo bem, e se ele está com um novo padrão? — Eve se sentou na beira da mesa e logo mudou de posição, muito nervosa para ficar parada. — Escute, ele está pau da vida. Errou o alvo. Tudo estava indo do jeito dele, então ele estragou tudo, apagando a mulher errada. Segundo a doutora Mira, ele conseguiu atenção, muitas horas de noticiário na TV, mas falhou. É uma questão de poder.

Eve foi até a sua janela minúscula, olhou para fora, viu um ônibus aéreo passar, fazendo barulho, na altura do andar em que estava, como um pássaro esquisito e pesado demais. Lá embaixo, as pessoas se espalhavam como formigas, andando apressadas nas calçadas, nas rampas e esteiras deslizantes, para onde quer que seus negócios urgentes as levassem.

Havia tantas pessoas, pensou Eve. *Tantos alvos.*

— É uma questão de poder — repetiu Eve, franzindo a testa enquanto olhava para os pedestres que passavam. — Uma mulher está atraindo toda a atenção, toda a glória. A atenção que é dele, a glória que é dele. Quando ele a elimina, tem a emoção do ato, e consegue toda a publicidade. A mulher já era, e isto é bom. Ela estava querendo levar as coisas do jeito dela. Agora, o público está focado nele. Quem é ele? O que ele é? Onde está?

— Você está parecendo a doutora Mira — comentou Feeney. — Só que sem o salário alto.

— Talvez uma mulher o tenha machucado. Pelo menos o que ele é. Uma mulher que pensa como homem, é independente. Porque as mulheres é que são o grande problema para ele. Não o deixam dar a última palavra, como a sua mãe fazia, talvez, ou a figura feminina mais importante em sua vida. Ele conseguiu um pouco de sucesso, mas não o bastante. Ele não consegue chegar no topo. Talvez porque uma mulher esteja no caminho. Ou várias mulheres.

Eve franziu o cenho e fechou os olhos.

— Mulheres que falam — continuou, murmurando. — Mulheres que usam a palavra para exercer poder.

— Esta frase é nova — disse Feeney.

— É da minha autoria — replicou Eve, virando-se para trás. — Ele corta a garganta delas. Ele não as molesta, não as assalta sexualmente, nem mutila. Não se trata de poder sexual, embora a base seja sexo, no sentido de gênero. Há inúmeras maneiras de matar, Feeney.

— Eu que o diga. Alguém está sempre encontrando um jeito novo e criativo de descartar o outro.

— Ele usa uma faca, e isto é uma extensão do corpo. Uma arma pessoal. Ele poderia esfaqueá-las no coração, ou rasgar-lhes a barriga para colocar as tripas para fora...

— Tá, tá bom. — Ele engoliu uma amêndoa, com coragem, e balançou a mão. — Não precisa descrever em detalhes.

— Cicely Towers deixou a marca de sua passagem pelos tribunais, e sua voz era uma ferramenta poderosa. Yvonne Metcalf era atriz, trabalhava com diálogos. Nadine Furst fala para milhões de telespectadores. Talvez seja por isso que ele não veio atrás de mim — murmurou ela. — Falar não é a fonte do meu poder.

— Você está indo muito bem, garota.

— No fundo nada disso importa — disse Eve, balançando a cabeça. — O que temos é um homem à solta, trabalhando em uma carreira onde ele não é capaz de deixar uma marca importante, um homem que sofreu influência de uma mulher bem-sucedida.

— Isso combina com David Angelini.

— É... E o pai dele, se acrescentarmos o fato de que os seus negócios vão mal. Slade também. Mirina Angelini não é a mocinha frágil que eu pensei que fosse. E há George Hammett. Ele estava apaixonado por Cicely Towers, mas ela não o estava levando muito a sério. Ai! Isso é um chute no saco!

Feeney gemeu e mudou de posição.

— Ou será que tem uns dois mil homens lá fora, frustrados, zangados e com tendências à violência? — Eve expirou por entre os dentes. — Mas, em que raio de lugar Nadine está?

— Olhe, eles ainda não localizaram o carro dela. Ela não sumiu há tanto tempo, afinal.

— Algum registro de uso das fichas de crédito dela nas últimas vinte e quatro horas?

— Não. — Feeney suspirou. — De qualquer modo, se ela resolveu sair do planeta, leva mais tempo para rastrear.

— Ela não saiu do planeta, ia querer ficar por perto. Droga, eu devia saber que ela ia fazer alguma coisa idiota. Dava para ver como ela estava atormentada. Dava para ver nos olhos dela.

Frustrada, Eve enfiou as mãos por dentro dos cabelos. Então, seus dedos se curvaram, tensos.

— Dava para ver nos olhos dela — repetiu devagar. — Oh, meu Deus! Os olhos.

— O quê? O quê?

— Os olhos. Ele viu os olhos dela. — Eve pulou em direção ao *tele-link*. — Ligue-me com a policial Peabody — ordenou. Ela é oficial de rua na... droga, droga, qual é mesmo? Seção 402.

— O que descobriu, Dallas?

— Vamos esperar. — Ela passou a mão na boca. Vamos só esperar.

— Aqui fala a policial Peabody. — Seu rosto apareceu na tela, com um pouco de irritação aparecendo nos cantos da boca. Havia uma confusão de ruídos ao fundo, vozes, e música.

— Nossa, Peabody, onde é que você está?

— Serviço de controle de multidão — sua irritação beirava o desdém. — Parada na Avenida Lexington. É uma comemoração irlandesa.

— É o Dia da Liberdade dos Seis Condados — explicou Feeney com uma pontada de orgulho. — Não vá estragar a festa.

— Dá para você sair de perto do barulho? — gritou Eve.

— Claro. É só sair do meu posto e me afastar três quarteirões, em direção ao outro lado da cidade — e se lembrou de acrescentar: — Senhora.

— Droga! — resmungou Eve e resolveu falar assim mesmo: — O homicídio de Louise Kirski, Peabody. Vou lhe transmitir uma foto do corpo. Quero que dê uma olhada.

Eve acessou o arquivo, transferiu-o para o *tele-link* e enviou a foto de Louise Kirski esparramada na chuva.

— Foi desse jeito que você a encontrou? Era exatamente nessa posição que ela estava? — perguntou Eve usando apenas o áudio.

— Sim, senhora. Exatamente.

Eve diminuiu a imagem e a deixou no canto inferior da tela.

— E o capuz que cobria o rosto dela? Ninguém mexeu no capuz?

— Não, senhora. Conforme declarei em meu relatório, a equipe de TV estava gravando e tirando fotos. Eu os mandei de volta para dentro e lacrei a porta. O rosto dela estava coberto até a boca. Ela ainda não tinha sido identificada no momento em que eu cheguei à cena do crime. A declaração da testemunha que encontrou o corpo foi quase inútil. Ele estava histérico. Está tudo registrado.

— Sim, eu tenho os registros. Obrigada, Peabody.

— Então — começou Feeney, assim que ela desligou a transmissão —, o que é que isso lhe diz?

— Vamos procurar no registro mais uma vez. Quero a declaração inicial de Morse. Eve se recostou para deixar Feeney procurar o arquivo. Juntos, eles analisaram Morse. Seu rosto estava molhado, de chuva e suor, provavelmente lágrimas. Estava com os lábios brancos e os olhos assustados.

— O cara está em choque — comentou Feeney. — Cadáveres fazem isso com algumas pessoas. Peabody é muito boa. Vai devagar e não deixa escapar nada.

— É... Ela vai subir rápido na carreira — comentou Eve, distraída.

Então, eu vi que era uma pessoa. Um corpo. Meu Deus, todo aquele sangue! Havia tanto sangue! Em toda parte. E a garganta dela... Eu passei mal. Dava para sentir o cheiro... Eu passei mal e vomitei. Não pude evitar. Então, corri para dentro, para buscar ajuda.

— Esse é o resumo do que aconteceu. — Eve juntou as mãos e ficou tamborilando com elas no maxilar. — Certo, agora passe para a parte em que eu conversei com ele, depois que interrompemos o noticiário naquela noite.

Ele ainda estava pálido, Eve notou, mas tinha aquele arzinho de superioridade no rosto. Ela repassara todos os detalhes, como Peabody já dissera, e recebeu basicamente as mesmas respostas. Ele estava mais calmo nessa hora. Isso era esperado, era o normal.

Você tocou no corpo?

Não, acho que... Não. Ela estava caída ali, e sua garganta estava aberta. Os olhos. Não, eu não toquei nela. Passei mal. Você provavelmente não compreende isto, Dallas. Algumas pessoas têm reações humanas básicas. Todo aquele sangue, os olhos dela. Deus!

— Ele me disse quase a mesma coisa ontem — murmurou Eve. — Que jamais vai se esquecer do rosto dela. Dos olhos dela.

— Os olhos de um morto são fantasmagóricos. Eles podem ficar na sua cabeça.

— Eu sei, os dela estão na minha cabeça. — Ela virou o rosto e olhou para Feeney. — Mas ninguém havia visto os olhos dela até eu chegar lá naquela noite, Feeney. O capuz caíra sobre o rosto dela. Ninguém viu o rosto dela antes de mim. Exceto o assassino.

— Meu Deus, Dallas! Você está achando que um idiota da TV como Morse anda rasgando gargantas no seu tempo livre? Ele provavelmente falou isso para dar impacto, para se tornar mais importante.

Naquele instante, os lábios dela se curvaram, só um pouco, formando um sorriso mais de crueldade do que de diversão.

— Sim, ele gosta de se fazer de importante, não é? Gosta de ficar em foco. O que você faz quando é um repórter ambicioso, sem ética, de segunda categoria, Feeney, e não consegue achar uma história quente?

— Você cria uma — e soltou um assobio, baixinho.

— Vamos pesquisar o passado dele. Descobrir de onde veio o nosso amigo.

Não levou muito tempo para Feeney conseguir uma folha com os dados básicos.

C. J. Morse havia nascido em Stamford, Connecticut, há trinta e três anos. Esta foi a primeira surpresa. Eve achava que ele era vários anos mais novo. Sua mãe, falecida, tinha chefiado a área de ciência da computação na Universidade Carnegie Melon, onde seu filho se formara em teledifusão e também em informática.

- O cara é inteligente — comentou Feeney. — Foi o vigésimo da turma.

— Estou pensando se isso foi o suficiente.

Seus registros de empregos eram variados. Ele pulara de uma emissora para outra. Ficou um ano em uma pequena emissora afiliada a uma grande rede, perto de sua cidade natal. Depois, seis meses em uma emissora via-satélite na Pensilvânia. Quase dois anos em um canal importante de Nova Los Angeles, depois uma parada rápida em uma emissora independente do Arizona, antes de vir para o leste. Mais um cargo em Detroit, até chegar em Nova York. Ele trabalhara na emissora de notícias All News 60, e depois fez a transferência para o Canal 75, primeiro fazendo notas sociais, e depois indo para a seção de noticiário mais sério.

— Nosso rapaz não fica muito tempo no mesmo emprego — disse Eve. — O Canal 75 é o recorde dele, com três anos. E não há menção ao pai nos dados da família.

— Só a mamãe — concordou Feeney. — Uma mamãe bem-sucedida, com uma posição elevada.

Uma mãe morta, pensou ela. Eles iam ter de pesquisar para descobrir como foi que ela morrera.

— Vamos ver a ficha criminal.

— Está sem registros — disse Feeney, franzindo a testa para a tela. — Um rapaz de vida limpa.

— Vá para os dados da adolescência. Ora, ora — disse ela, lendo o relatório. — Temos aqui um registro que está bloqueado, Feeney. O que é que você acha que o nosso rapaz de vida limpa fez, em sua juventude perdida, que era ruim o bastante para que alguém mexesse os pauzinhos, a fim de bloquear o registro?

— Não vou levar muito tempo para descobrir. — Ele estava se empolgando, com os dedos ávidos para começar. — Vou precisar trabalhar no meu equipamento, e temos de conseguir um sinal verde do comandante.

— Pode ir em frente. E cave bem em cada um daqueles empregos. Vamos ver se houve algum problema. Acho que vou dar uma passada no Canal 75 para bater um papo agradável com o nosso garoto.

— Para enquadrá-lo, nós vamos precisar de mais do que um perfil psicológico que combine.

— Então vamos conseguir isso. — Ela fez um alongamento com o ombro, que estava retesado. — Sabe, se eu não tivesse um problema pessoal com ele, bem que podia ter enxergado antes. Quem é que se beneficiou das mortes? A mídia. — Ela fechou o coldre. — E o primeiro assassinato aconteceu quando Nadine estava, convenientemente, fazendo uma matéria fora do planeta. Morse sabia que ia pegar a história sozinho.

— E Yvonne Metcalf?

— O palhaço quase chegou na cena do crime antes de mim. Fiquei revoltada, mas a ficha não caiu. Ele estava tão frio! E então, quem é que encontra o corpo de Louise Kirski? Quem é que já estava no ar, poucos minutos depois, fazendo um relato pessoal?

— Nada disto o transforma em assassino. É isto que a promotoria vai argumentar.

— Eles querem uma conexão. Ibope — disse ela enquanto se encaminhava para a porta. — Esta é a conexão.

Capítulo Dezenove

Eve deu uma passada rápida na sala do noticiário e olhou em todas as telas. Não havia sinal de Morse, mas isto não a preocupou. Era um complexo muito grande de prédios. E ele não tinha motivos para se esconder, não tinha razão para se preocupar.

Ela não ia dar uma razão a ele.

O plano que formulara pelo caminho era simples. Não era tão satisfatório quanto o de levantá-lo pelos cabelos impecáveis, prontos para a câmera, e trancafiá-lo, mas era mais simples.

Ela conversaria com ele a respeito de Nadine, deixando escapar que ela estava preocupada. A partir dali seria muito natural levar o assunto na direção de Louise Kirski. Ela ia bancar a boa policial, por uma boa causa. Ela ia se mostrar solidária com o trauma dele, acrescentar uma história brava do primeiro encontro que ela teve com uma pessoa morta para envolvê-lo. Ela poderia até pedir que ele ajudasse na divulgação da foto de Nadine, de seu carro, e concordar em trabalhar com ele.

Não podia parecer muito amigável, decidiu. Devia mostrar um pouco de ressentimento e reforçar a urgência. Se ela estava certa a respeito dele, ele adoraria o fato de que ela precisava dele, e que ele poderia usá-la para aumentar o seu próprio tempo no ar.

Por outro lado, se ela estava certa a respeito dele, podia ser que Nadine já estivesse morta.

Eve bloqueou esta idéia. Fosse o que fosse, não poderia ser mudado, e os arrependimentos podiam ficar para depois.

— A senhorita deseja alguma coisa?

Eve olhou um pouco para baixo. A mulher que estava sentada à sua frente era tão perfeita que fazia lembrar uma estátua grega. Seu rosto parecia ter sido entalhado em mármore, seus olhos pintados com esmeralda líquida e os lábios com rubi. Era fato conhecido que os talentos da TV costumavam gastar o salário inteiro, nos seus três primeiros anos de profissão, em melhorias cosméticas.

Eve avaliou que, a não ser que aquela ali tivesse nascido com muita sorte, ia acabar gastando os primeiros cinco anos de salário nisso. Seus cabelos tinham um tom de bronze nas pontas e estavam presos no alto da cabeça para realçar os traços estonteantes. Tinha a voz treinada para parecer um ronronar vindo do fundo da garganta, que transmitia um ar de sexo bem-feito.

— Você trabalha na seção de fofocas, certo?

— Informações sociais. Meu nome é Larinda Mars. — Ofereceu a mão perfeita, com dedos longos e unhas escarlate. — E a senhorita é a tenente Dallas.

— Mars. O seu nome me soa familiar.

— Deve ser. — Se Larinda ficou irritada por Eve não tê-la reconhecido de imediato, escondeu o sentimento muito bem por trás de um brilhante sorriso com dentes brancos e perfeitos e uma voz que exibia o leve sotaque britânico de uma pessoa da alta classe. — Estou tentando marcar uma entrevista com a senhorita e seu fascinante companheiro há várias semanas. A senhorita não tem dado retorno às minhas mensagens.

— É um péssimo hábito meu. Outro hábito é achar que a minha vida pessoal é assunto particular.

— Quando uma mulher está envolvida com um homem como Roarke, a sua vida pessoal cai em domínio público. — Seu olhar baixou do rosto dela e foi fisgado como que por um anzol, parando em um ponto localizado entre os seios de Eve. — Minha nossa! Esse brilhante não é nenhuma bagatela! Foi um presente de Roarke?

Eve engoliu a vontade de praguejar e fechou a mão sobre o diamante. Ela adquirira o hábito de brincar com ele enquanto pensava, e se esquecera de enfiá-lo de volta dentro da blusa.

— Estou à procura de Morse.

— Humm... — Larinda já tinha calculado o tamanho e o valor da pedra. Seria um comentário interessante para a sua matéria. Policial usa um diamante dado por bilionário. — Eu posso ajudá-la com relação a isso. E gostaria que você me retribuísse o favor. Vai haver uma pequena recepção, um coquetel, na casa de Roarke, hoje à noite — e balançou suas incríveis pestanas, que tinham duas camadas e dois tons diferentes. — Devo ter perdido o meu convite.

— Isso é assunto do Roarke. Fale com ele.

— Oh... — Especialista em tocar na ferida, Larinda recuou. — Então é ele quem manda, por lá, não é? Imagino que, quando um homem está tão acostumado a tomar decisões, não consulta a namoradinha para nada.

— Eu não sou namoradinha de ninguém — reagiu Eve, sem conseguir evitar. Respirou fundo para se controlar e reavaliou o lindo rosto à sua frente. — Esse golpe foi muito bom, Larinda.

— Sim, foi mesmo. E, então, que tal um convite para hoje à noite? Eu posso economizar um bocado de tempo em sua busca por Morse — acrescentou quando Eve lançou novamente o olhar estreito em torno de toda a sala.

— Prove isso e nós vamos ver a respeito do convite.

— Ele saiu cinco minutos antes de você entrar. — Sem olhar para o aparelho, Larinda apertou um botão, colocando a chamada que estava entrando em seu *tele-link* em modo de espera. Por ser mais prático, ela usava um cilindro fino bem apontado para apertar os botões em vez das unhas bem tratadas. — Ele estava morrendo de pressa, eu diria, porque quase me atropelou na saída do elevador. Parecia muito doente. Pobrezinho.

O veneno que sentiu na voz de Larinda fez com que Eve se sentisse mais sintonizada com ela.

— Você não gosta de Morse, não é?

— Ele é um baba-ovo — afirmou Larinda com sua voz melodiosa. — Esta aqui é uma profissão muito competitiva, querida, e eu não sou contra passar por cima de alguém para ir em frente de vez em quando. Morse, porém, é daquele tipo que é capaz de pisar em um cara, depois dar um chute no saco dele e ir em frente sem desmanchar o cabelo. Tentou fazer isto comigo quando trabalhávamos juntos no departamento de notas sociais.

— E como foi que você lidou com ele?

Ela rolou os ombros com sensualidade.

— Querida, eu devoro pequenos vermes como ele no café da manhã, e consegui tirar de letra. Mesmo assim, reconheço que ele não era assim tão mau. É um demônio para fazer pesquisas, e tem uma boa presença diante da câmera. O problema é que ele se achava macho demais para trabalhar na área de fofocas.

— Informações sociais — corrigiu Eve com um sorriso discreto.

— Certo. Enfim, eu não fiquei muito triste quando ele foi para o departamento de notícias mais sérias. E ele também não fez muitos amigos por lá também. E conseguiu cortar Nadine.

— O quê? — Um sino tocou dentro da cabeça de Eve.

— Ele quer ser o âncora do noticiário, e quer ser âncora sozinho. Todas as vezes que está no ar com ela, ele puxa um pouco o tapete. Fala na frente dela, acrescenta alguns segundos no texto, na parte dele, por conta própria. Mexe no resumo dela. Por uma ou duas vezes, o *tele-prompter* também deu problemas na hora de passar o texto de Nadine. Ninguém conseguiu provar isso, mas todos sabem que Morse é um gênio da eletrônica.

— É mesmo?

— Todos nós o detestamos — disse ela com alegria. — Só lá em cima, na direção, é que não. O chefão acha que ele dá um bom ibope, e gosta do seu instinto predatório.

— Fico me perguntando se eles realmente apreciam — murmurou Eve. — Para onde ele foi?

— Nós não paramos para bater papo, mas, pelo jeito que ele estava, eu diria que foi para casa, direto para a cama. Estava muito caído. — Mexeu de novo com os ombros curvilíneos, fazendo com que uma suave fragrância enchesse o ar. — Talvez ele ainda esteja se sentindo abalado por ter encontrado Louise, e eu devia ter mais um pouco de pena dele, só que isto é difícil em se tratando de Morse. E agora, e quanto ao convite?

— Onde fica a mesa dele?

Larinda suspirou, colocou a chamada para ser gravada pelo aparelho e se levantou.

— Venha comigo, é por aqui. — Ela deslizou entre as divisórias, mostrando que o seu corpo era tão impressionante quanto o rosto. — O que quer que esteja procurando, não vai achar nada — e lançou um sorriso cruel por cima dos ombros. — Ele fez algo errado? Será que finalmente conseguiram passar alguma lei que transforme as tendências para babar ovo em crime?

— Eu apenas preciso conversar com ele. Por que disse que eu não vou achar nada?

Larinda parou em um cubículo no canto da sala, com a mesa puxada para a frente, de modo que qualquer pessoa sentada ali ficava de costas para a parede e com os olhos na sala. Um pequeno sinal de paranóia, pensou Eve.

— Ele não deixa nada do lado de fora, nem o menor memorando, nem a notinha mais ridícula. Mesmo que ele se levante só para dar uma coçadinha na bunda, tranca o computador. Diz que, certa vez, alguém roubou uma das pesquisas que estava fazendo para uma de suas matérias. Ele até mesmo usa um amplificador telefônico para poder falar sussurrando, nas ligações que recebe, sem ninguém conseguir ouvir. Como se todos nós estivéssemos loucos para ouvir as palavras douradas que saem da sua garganta.

— E como foi que você descobriu que ele usa amplificador de áudio?

— Essa foi boa, tenente. — Larinda sorriu. — A mesa dele vive trancada também — acrescentou. — Os discos ficam em segurança — e lançou um olhar por trás das pestanas com pontas douradas. — Como você é detetive, provavelmente já sacou como é que eu sei disso. Agora, com relação ao convite?

A baia de trabalho estava arrumada, pensou Eve. Impecável demais para alguém que estava trabalhando muito e de repente saíra passando mal.

— Ele tem uma fonte na Central de Polícia?

— Deve ter, embora eu não consiga imaginar um ser humano de verdade se relacionando com Morse.

— Ele fala a respeito disso, fica se gabando por ter essa fonte?

— Ei, pelo evangelho segundo Morse, ele sempre tem as mais importantes fontes nos quatro cantos do universo. — Sua voz perdeu um pouco da sofisticação com a pressa e denunciou um leve sotaque da região de Queens, em Nova York. — Só que ele jamais conseguiu apagar Nadine. Bem, pelo menos até o assassinato de Cicely Towers, mas ele não ficou por cima por muito tempo.

O coração de Eve estava martelando dentro do peito naquele instante, firme e forte. Ela concordou e se virou para ir embora.

— Ei — gritou Larinda em sua direção. — E sobre hoje à noite? É toma lá, dá cá, Dallas.

— Sem câmeras, senão você sai antes de entrar — avisou Eve, e continuou andando.

Por se lembrar dos seus dias de policial de rua, e da sua ambição, Eve requisitou Peabody para acompanhá-la.

— Ele vai se lembrar da sua cara. — Eve esperou, impaciente, enquanto o elevador subia até o trigésimo terceiro andar do prédio de Morse. — Ele é bom com rostos. Não quero que você diga nada, a não ser que eu lhe dê uma abertura, e então mantenha o papo bem lacônico e em nível oficial. E aparente um ar austero.

— Eu já nasci com um ar austero.

— Pode ficar brincando com o cabo da sua arma de atordoar de vez em quando. Talvez você possa parecer um pouco... ansiosa.

Os cantos da boca de Paebody se retraíram, em um sorriso.

— Como se eu estivesse a fim de usá-la, mas não posso, em presença de um oficial superior.

— É isso aí! — Eve saiu do elevador e virou para a esquerda. — Feeney ainda está trabalhando nos dados, portanto eu ainda não tenho tantas coisas para pressioná-lo como gostaria. O fato é que eu posso estar errada.

— Mas a senhora não acha que esteja errada.

— Não, não acho. Só que eu estava errada no caso de David Angelini.

— A senhora construiu um bom caso circunstancial, e ele parecia totalmente culpado no interrogatório. — Diante do olhar casual de Eve, Peabody ficou vermelha. — É que os policiais envolvidos em um caso têm o direito de fazer uma revisão de todos os dados que se refiram a tal caso.

— Eu sei como funciona, Peabody. — De modo muito profissional e oficial, Eve se fez anunciar pelo intercomunicador da entrada. — Você está em busca de um distintivo de detetive, policial?

— Sim, senhora — respondeu Peabody, esticando os ombros.

Eve simplesmente concordou, se fez anunciar mais uma vez e esperou.

— Vá até o fim do corredor, Peabody, para ver se a saída de emergência está bem trancada.

— Como, senhora?

— Vá até o fim do corredor — repetiu Eve, fixando o olhar desorientado de Peabody. — Isso é uma ordem!

— Sim, senhora.

No instante em que Peabody virou as costas, Eve pegou o seu cartão-mestre para liberar códigos e destrancou a fechadura. Fez a porta deslizar alguns centímetros e já colocara o cartão de códigos de volta na sacola quando Peabody voltou.

— A saída está bem fechada, senhora.

— Ótimo. Parece que ele não está em casa, a não ser que... Ora, veja só Peabody, a porta não está bem fechada.

Peabody olhou para a porta, e depois de volta para Eve, e apertou os lábios.

— Considero isso incomum, senhora. Pode ser que estejamos diante de um caso de arrombamento, tenente. O senhor Morse pode estar em perigo.

— Tem razão, Peabody. Vamos deixar isto registrado. Enquanto Peabody ligava o gravador, Eve acabou de abrir a porta e pegou na arma. — Morse? Aqui é a tenente Dallas, do Departamento de Polícia da Cidade de Nova York. A porta de sua casa não estava trancada. Nós suspeitamos que tenha havido um arrombamento, e estamos entrando no apartamento. — Ela entrou e fez sinal para que Peabody ficasse junto dela.

Eve entrou no quarto, verificou o closet e deu uma olhada no centro de comunicações, que ocupava mais espaço do que a cama.

— Não há sinal de intrusos — disse a Peabody, e então entrou na cozinha. — Para onde será que o nosso passarinho voou? — quis saber. Pegando o comunicador, entrou em contato com Feeney: — Passe-me tudo o que conseguiu até agora. Estou dentro do apartamento dele, e ele não está aqui.

— Só estou no meio da pesquisa, mas acho que você vai gostar. Primeiro, o registro dos tempos de juventude, que estava lacrado; eu tive de suar a camisa para conseguir acessar esse, garota. O pequeno C. J. teve problemas com a instrutora de ciências sociais quando tinha dez anos. Ela não deu conceito A em um trabalho.

— Ora, que megera!

— Bem, foi isso o que ele achou também, aparentemente. Invadiu a casa dela, destruiu tudo. E matou o cachorrinho dela.

— Nossa! Matou o cachorro?

— Cortou a garganta dele, Dallas, de uma orelha a outra. Ele acabou condenado a terapia obrigatória e obteve liberdade, sob a condição de prestar serviços comunitários.

— Isso é bom. — Eve sentiu que as peças começavam a se encaixar. — Vá em frente.

— Certo, estou aqui para servir. Nosso amigo dirige um Rocket, de dois passageiros, novo em folha.

— Deus o abençoe, Feeney.

— E tem mais — disse ele envaidecendo-se. — Seu primeiro emprego, depois que ficou adulto, foi na seção de plantão para situações de emergência em uma pequena emissora de sua cidade natal. Ele se demitiu quando outra repórter passou na frente dele para conseguir uma apresentação ao vivo. Uma mulher.

— Não pare agora. Acho que eu amo você, Feeney.

— Todas as detetives me amam. É por causa do meu rostinho lindo. Conseguiu ir para o ar no emprego seguinte, trabalhando só nos fins de semana, substituindo os repórteres de primeira e segunda linha. Saiu do emprego correndo, reclamando de discriminação. A editora de matérias era uma mulher.

— Está ficando cada vez melhor.

— Mas agora é que vem a grande. Uma emissora onde ele trabalhou, na Califórnia. Estava indo muito bem lá; veio subindo desde a terceira linha, até que conseguiu um cargo regular, apresentando o noticiário de meio-dia como co-âncora.

— Com uma mulher?

— Foi, mas isto não é o melhor, Dallas. Espere só. Tinha uma mocinha que apresentava a previsão do tempo, e ela começou a receber um monte de cartas do público. Os chefões da emissora gostavam tanto dela que a deixaram fazer algumas das matérias mais simples do noticiário do meio-dia. Os índices de audiência subiram quando ela estava no ar, e ela começou a ter um espaço na mídia só para ela. Morse se demitiu, alegando que ele se recusava a trabalhar com uma profissional não qualificada. Isto tudo aconteceu pouco antes de a mocinha do tempo conseguir dar seu primeiro grande passo. Um papel regular em um seriado de TV. Quer tentar adivinhar o nome dela?

Eve fechou os olhos.

— Diga-me que foi Yvonne Metcalf, Feeney.

— O grande prêmio vai para a tenente! Na agenda dela havia uma nota a respeito de um encontro com o Bundão dos antigos dias nublados. Eu aposto que o nosso rapaz a procurou em nossa agradável cidade. Engraçado ele jamais ter mencionado em suas reportagens que eles eram velhos amigos. Isto daria um certo brilho às matérias.

— Eu realmente amo você, Feeney, desesperadamente. Vou até beijar seu rosto feio!

— Ei, ele já tem dona! É isto que a minha mulher sempre me diz.

— Sim, certo. Preciso de um mandado de busca, Feeney, e preciso que você venha até aqui na casa de Morse para tentar entrar no computador.

— Já pedi o mandado. Vou transmiti-lo para você assim que chegar. Depois vou direto para aí.

Às vezes as coisas avançavam com suavidade. Eve estava com o mandado nas mãos e Feeney no apartamento, em menos de trinta minutos. Ela realmente o beijou, de forma tão entusiasmada que o fez ficar vermelho como uma beterraba híbrida.

— Fique de guarda na porta, Peabody, e depois vistorie a sala de estar. Não se preocupe por desarrumar as coisas.

Eve entrou no quarto, dois passos na frente de Feeney. Ele já estava esfregando as mãos.

— Esse é um sistema maravilhoso — disse ele. — Apesar dos defeitos do rapaz, temos de reconhecer que o idiota manja de computadores. Olhe só que máquina! Vai ser um prazer brincar com ela. Ele se sentou enquanto Eve começava a vasculhar as gavetas.

— Ele anda na moda, de forma obsessiva — comentou ela. — Não tem nada que mostre muitos sinais de uso exagerado, nem nada muito caro.

— Ele gasta todo o dinheiro dele nos brinquedos. — Feeney se debruçou sobre o computador, com o cenho franzido. — Esse cara respeita o equipamento e é cuidadoso. Tem bloqueios por código em toda parte. Caramba! Ele tem um sistema de segurança contra invasores!

— O quê? — Eve esticou as costas. — Em um computador doméstico?

— Tem um aqui, sim. — Cuidadosamente, Feeney se recostou na cadeira. — Se eu não usar os códigos certos, os dados vão para o espaço. E tem uma grande possibilidade de ser liberado por controle de voz. Não vou conseguir entrar assim tão fácil, Dallas. Vou ter de trazer alguns equipamentos para cá, e vai levar algum tempo.

— Ele fugiu. Eu sei que ele fugiu. Ele já sabia que a gente vinha atrás dele.

Balançando-se para a frente e para trás sobre os calcanhares, ela considerava as possibilidades de vazamento de informações; vazamentos humanos ou eletrônicos.

— Chame seu melhor homem para vir até aqui. Você pode pegar o computador dele na emissora. Era lá que ele estava quando fugiu.

— Vamos ter uma longa noite.

— Tenente. — Era Peabody que chamava da porta. Seu rosto estava impassível, a não ser pelos olhos. E os olhos estavam em fogo. — Acho que é melhor a senhora ver isto aqui.

Ao chegar à sala, Peabody gesticulou na direção da plataforma maciça sobre a qual ficava o sofá.

— Eu estava revistando toda a sala. Provavelmente teria perdido o detalhe. O caso, porém, é que o meu pai gosta de construir coisas. Estava sempre embutindo gavetas secretas e alçapões. Nós curtíamos muito aquilo. Costumávamos brincar de tesouro escondido. Fiquei curiosa quando vi um puxador ao lado do sofá. Parece um aparato de decoração, para simular um daqueles ferrolhos antigos. — Ela deu a volta pela frente do sofá e apontou.

Eve quase podia sentir as vibrações que subiam de sua pele.

A voz de Peabody ficou ligeiramente mais aguda.

— Tesouro escondido.

Eve sentiu o coração dar uma batida rápida e mais forte. Ali, em uma gaveta comprida e profunda que entrava por baixo das almofadas, havia um guarda-chuva roxo e um sapato de salto alto, listrado de vermelho e branco.

— Nós o pegamos! — Eve se virou para Peabody com um sorriso feroz e poderoso. — Policial, você acaba de dar um passo gigantesco na direção do seu distintivo de detetive!

— Meu funcionário me disse que você o está perturbando.

Eve olhou de cara feia para Feeney no comunicador.

— Só estou pedindo para que ele me dê atualizações periódicas. — Ela se afastou dos técnicos que estavam varrendo eletronicamente a sala de estar do apartamento de Morse. Eles estavam com as luzes acesas, todas muito fortes. O sol estava se pondo.

— Mas você está interrompendo o trabalho dele, Dallas. Eu lhe avisei que isso ia ser demorado. Morse é um perito em computação. Conhece todos os truques.

— Ele deve ter deixado tudo por escrito, Feeney. Como uma droga de matéria jornalística. E se ele pegou Nadine, isto também deve estar em um daqueles discos.

— Concordo com você nisso, garota, mas respirar atrás da nuca do meu técnico não vai fazer com que ele consiga os dados mais depressa. Dê espaço para a gente trabalhar em paz, pelo amor de Deus! Você não tinha um programa elegante para ir hoje à noite?

— O quê? — Ela fez uma careta. — Ai, cacete!

— Vá logo colocar o seu vestido de festa e nos deixe em paz.

— Não vou ficar toda vestida como uma idiota sem cérebro, comendo canapês, enquanto ele está lá fora, à solta.

— Ele vai estar à solta não importa a roupa que estiver usando. Ouça bem, já montamos uma rede em toda a cidade. Estão de olho nele, e no carro. O apartamento dele está sob vigilância pesada, e a emissora também. Você não pode nos ajudar ficando aqui. Esta parte é trabalho meu.

— Eu posso...

— Atrasar ainda mais as coisas, me fazendo ficar aqui, conversando com você — atacou. — Vá embora, Dallas! No minuto em que eu conseguir algo, a primeira mordida no anzol, ligo para você.

— Nós o pegamos, Feeney. Temos quem foi e temos o porquê.

— Então deixe-me tentar descobrir o onde. Se Nadine Furst ainda estiver viva, cada minuto é importante.

Era isso que a estava assombrando. Ela queria discutir, mas não havia munição.

— Tudo bem, eu vou então, mas...

— Não me ligue — interrompeu Feeney. — Eu ligo para você — e desligou a transmissão antes que ela pudesse xingá-lo.

Eve estava tentando compreender os relacionamentos, a importância de equilibrar as vidas com as obrigações, o valor do compromisso. O que ela tinha com Roarke ainda era novo demais para encaixar com conforto; era como um sapato ligeiramente desconfortável, mas que era lindo demais para animá-la a continuar com ele no pé até amaciá-lo.

Então ela entrou correndo no quarto, o viu em pé no closet e resolveu usar a estratégia de atacar primeiro.

— Não me venha com esse papo de que eu estou atrasada. Summerset já me empentelhou com isso. — Despiu seus equipamentos e os jogou sobre uma cadeira. Roarke estava acabando de prender uma abotoadura de ouro com as mãos elegantes e firmes.

— Você não tem satisfações a dar a Summerset. — Ele olhou para ela, então, e deu um rápido piscar de olhos quando ela despiu a blusa. — Nem a mim.

— Olhe, eu tive trabalho. — Nua da cintura para cima, ela se sentou em uma cadeira para tirar as botas. — Eu disse que estaria aqui e estou aqui. Sei que os convidados vão começar a chegar em dez minutos. — Jogou uma das botas de lado enquanto as palavras abrasivas de Summerset reverberavam em sua cabeça. — Vou estar pronta. Não levo horas para entrar em um vestido e depois tascar um punhado de maquiagem melada na cara.

Já sem as botas, ela arqueou os quadris e rebolou para puxar os jeans. Antes de eles atingirem o chão, ela já estava correndo para o banheiro da suíte. Sorrindo por causa de sua saída, Roarke a seguiu.

— Não há pressa, Eve. Você não tem uma hora marcada para chegar em um coquetel, nem será barrada por estar atrasada.

— Eu disse que estaria pronta. — Ela ficou em pé entre os vários chuveiros embutidos nas paredes, espalhando um líquido verde-claro nos cabelos. A espuma escorreu sobre seus olhos. Vou estar pronta.

— Certo, mas ninguém vai se sentir ofendido se você descer em vinte minutos, ou trinta, se for o caso. Estava esperando que eu fosse ficar aborrecido com você por ter uma outra vida?

Ela esfregou os olhos, que estavam ardendo, e tentou vê-lo por entre a espuma e o vapor.

— Talvez.

— Então você está fadada ao desapontamento. Se você se lembrar, eu a conheci por causa desta outra vida. E eu também tenho inúmeras outras obrigações. — Ele a observou enxaguar o cabelo. Era agradável ver a maneira com que ela jogava a cabeça para trás, o jeito com que a água e a espuma escorriam pela sua pele. — Não estou tentando prender você. Estou apenas tentando viver com você.

Ela tirou os cabelos molhados dos olhos enquanto ele abria o secador de corpo para ela. Ela saiu, andando em direção a ele, dando pulinhos. Então surpreendeu Roarke agarrando o rosto dele com as duas mãos e dando-lhe um beijo com uma explosão de entusiasmo.

— Não deve ser fácil. — Ela entrou no cilindro e apertou a tecla que liberava ar quente e seco, em torvelinho, por todo o corpo. — Eu mal consigo viver comigo mesma. Às vezes fico pensando por que é que você não me joga no chão quando eu começo a perturbar você.

— Já tive essa idéia, mas muitas vezes você está armada.

Seca e perfumada pelo sabonete, ela saiu do secador.

— Não estou armada agora.

Ele a agarrou pela cintura, e então veio descendo as mãos até agarrar o seu traseiro firme e musculoso.

— Outras coisas passam pela minha cabeça quando você está nua.

— É? — Ela envolveu-lhe o pescoço com as mãos, apreciando o fato de que, ficando levemente na ponta dos pés, eles já estavam no mesmo nível, olho no olho, boca na boca. — Como o quê, por exemplo?

Com um pouco de arrependimento, ele a afastou ligeiramente com os dois braços.

— Por que não me conta o motivo de você estar tão empolgada?

— Talvez porque eu goste de ver você em uma camisa elegante. — Ela se afastou e pegou um robe curto em um cabide. — Ou talvez seja porque eu me sinta estimulada com a idéia de usar sapatos que vão fazer as solas dos meus pés gritarem pelas próximas duas horas.

Deu uma olhada no espelho e imaginou que ia ter de colocar um pouco da pintura que Mavis estava sempre empurrando para que ela usasse. Chegando mais perto, firmou o escurecedor de cílios e delineador automático, apertou-o com firmeza sobre a pálpebra do olho esquerdo e apertou o botão.

— Ou talvez — continuou ela, olhando em volta — seja porque a policial Peabody encontrou um tesouro escondido.

— Que bom para a policial Peabody! E que tesouro escondido era esse?

Eve acabou de preparar o olho direito, e então piscou repetidamente para experimentar.

— Um guarda-chuva e um sapato.

— Você o pegou! — Abraçando-a pelos ombros, Roarke beijou-lhe a nuca. — Meus parabéns!

— Nós quase o pegamos — ela o corrigiu. Tentou se lembrar do que vinha depois, e escolheu o batom. Mavis vivia apregoando as maravilhas de se aplicar tintura nos lábios, mas Eve tinha desconfiança de um compromisso com a cor que podia durar até três semanas. — Conseguimos as provas. Os técnicos confirmaram as impressões digitais dele nos suvenires. Só os dele e os da vítima, no caso do guarda-chuva. Encontramos outras impressões no sapato, mas já esperávamos encontrá-las de vendedores e outras compradoras. Eram sapatos novos, quase sem arranhões nas solas, e ela comprara vários pares na Saks pouco antes de morrer.

Ela voltou para o quarto, se lembrou de usar o creme perfumado que Roarke trouxera para ela de Paris, e arrancou fora o robe para poder espalhá-lo sobre a pele.

— O problema é que nós ainda não pegamos o assassino. De algum modo ele recebeu a dica de que eu estava chegando, e deu no pé. Feeney está trabalhando neste instante no equipamento dele, para ver se a gente consegue descobrir algum dado que possa nos levar até onde ele está. As ruas estão todas cercadas, mas ele pode já ter saído da cidade. Eu nem ia conseguir chegar para a festa, mas Feeney me deu um chute na bunda. Disse que eu estava perturbando o técnico dele.

Ela abriu o closet, apertou o botão que fazia girar os cabides e viu o minúsculo vestido cor de cobre. Ela o tirou do cabide e o colocou na frente do corpo. As mangas eram compridas e desciam, soltas, a partir de um pescoço alto. O comprimento do vestido era mínimo e ele acabava um pouco abaixo do que era permitido pela lei.

— Vou ter de usar alguma coisa por baixo?

Ele abriu a gaveta de cima e pegou um minúsculo triângulo de pano que combinava com o vestido e podia ser ridiculamente chamado de calcinha.

— Só isto já deve servir.

Ela a pegou de sua mão abaixada e girou o corpo para entrar nela.

— Meu Deus! — disse depois de dar uma rápida olhada no espelho. — Bem, deixa pra lá. — Já que estava muito tarde para argumentar, entrou no vestido e começou a puxar o material colante para cima.

— É sempre uma distração ficar apreciando enquanto você se arruma, mas eu estou meio distraído no momento.

— Eu sei, eu sei. Pode descer que eu já vou.

— Não, Eve. Quero saber quem é o assassino.

— Quem é? — Ela puxou os ombros baixos do vestido e os colocou no lugar. Eu não falei?

— Não — disse Roarke com admirável paciência. — Você não falou.

— Morse. — E se enfiou no closet à procura dos sapatos.

— Você está brincando!

— C. J. Morse. — Ela segurou os sapatos como se estivesse segurando uma arma, e seu olhar se tornou sombrio e fixo. — E quando eu acabar com aquele filho da mãe, ele vai conseguir mais tempo de TV do que jamais imaginou ter na vida.

O circuito de *tele-link* interno da casa apitou. A voz de desaprovação de Summerset flutuou pelo ar.

— Os primeiros convidados já estão chegando, senhor.

— Certo. Quer dizer que foi o Morse? — perguntou ele a Eve.

— Isso mesmo. Vou lhe contar tudo entre os canapês. Ela passou uma das mãos pelo cabelo. — Eu lhe falei que estaria pronta. E... Roarke! — Ela entrelaçou os dedos nos dele enquanto se dirigiam para a sala. — Preciso que você autorize a entrada de uma convidada de última hora para mim. Larinda Mars.

Capítulo Vinte

Eve imaginava que devia haver meios piores de aguardar as últimas etapas de uma investigação. A atmosfera ali estava muito mais agradável do que a da sua sala apertada na Central de Polícia, e a comida era certamente muito superior à da lanchonete.

Roarke abrira a sua sala de recepção com teto em forma de domo, o piso de madeira brilhante, as paredes espelhadas e as luzes ofuscantes. Mesas compridas e curvas acompanhavam as paredes redondas e estavam artisticamente enfeitadas com canapés exóticos.

Ovos pequeninos e coloridos, colhidos da criação de pombos anões na fazenda da Lua, delicados camarões rosados do mar do Japão, elegantes espirais de queijo que derretiam na boca, massas recheadas com patês ou cremes em uma infinidade de formatos, o brilho do caviar empilhado sobre raspas de gelo e a riqueza das frutas frescas com cobertura de açúcar cristalizado.

Havia mais. A mesa de pratos quentes, do outro lado da sala, estava envolta em uma nuvem de calor e temperos. Uma área inteira era um tesouro para os vegetarianos convictos, enquanto outra, a uma distância discreta, estava preparada para os carnívoros.

Roarke optara por música ao vivo em vez de simulação, e a banda que estava do lado de fora, no terraço anexo, executava melodias que convidavam à conversação. Mais tarde, conforme a noite fosse esquentando, ele aqueceriam o ritmo para seduzir as pessoas que quisessem dançar.

Através do carrossel de cores, perfumes, brilhos e luzes, garçons vestidos de um preto austero circulavam com bandejas de prata lotadas de taças de cristal cheias de champanhe.

— Isso é mais que demais! — Mavis atirou um champignon preto na boca. Ela se vestira conservadoramente para a ocasião, o que significa que uma boa parte de sua pele estava coberta, e seus cabelos eram uma juba de vermelho discreto. E, como se tratava de Mavis, as íris dos seus olhos eram da mesma cor. — Não posso acreditar que Roarke me convidou, de verdade.

— Você é minha amiga.

— É... Ei, você acha que, mais tarde, depois de todo mundo estar meio alto, eu posso pedir à banda para me deixar cantar um número?

Eve olhou para os ricos, para a multidão de privilegiados que brilhava em ouro de verdade e pedras preciosas e sorriu.

— Acho que ia ser ótimo.

— Grande! — Mavis apertou ligeiramente a mão de Eve. — Vou lá conversar um pouco com a banda, agora mesmo, para, assim, tentar me enturmar e conquistar o coração deles.

— Tenente.

Eve desviou o olhar das formas exuberantes de Mavis que saíam de junto dela e levantou a cabeça para olhar para o rosto do secretário Tibble.

— Como vai, senhor?

— Você está parecendo... Pouco profissional esta noite. — Quando ela se mostrou ligeiramente embaraçada, ele riu. — Isso foi um elogio. Roarke sabe como preparar um show.

— Sim, senhor, sabe mesmo. E é por uma grande causa. — Mas ela, na verdade, não conseguia se lembrar muito bem que causa era.

— Eu também acho. Minha esposa está muito envolvida com isto. — Ele pegou uma taça de uma bandeja que passava e tomou um gole. — Minha única tristeza é que estas camisas-de força-jamais saem de moda. — Com a mão livre, enfiou o dedo no colarinho.

Isso a fez sorrir.

— Então o senhor deveria experimentar usar um destes sapatos.

— Andar na moda custa muito caro.

— Eu prefiro andar fora da moda e à vontade. — Mas ela resistiu à tentação de puxar a saia que estava agarrada em seu traseiro.

— Bem. — Ele a pegou pelo braço e foi conduzindo-a na direção de um arbusto discreto. — Agora que já batemos o papo-furado obrigatório, gostaria de lhe dizer que você fez um trabalho excelente na investigação.

— Mas eu pisei na bola com os Angelini.

— Não, você seguiu uma linha de pensamento que era lógica e depois voltou atrás e descobriu peças que outros haviam deixado passar.

— A viciada albina foi puro acaso, só um golpe de sorte.

— A sorte é importante. Bem como a tenacidade e a atenção aos detalhes. Você o encurralou, Dallas.

— Mas ele ainda está à solta.

— Não vai muito longe. Sua própria ambição vai nos ajudar a encontrá-lo. Seu rosto é conhecido.

Eve contava com isso.

— Senhor, a policial Peabody fez um ótimo trabalho. Ela tem um olho atento e bons instintos.

— E você ressaltou isso em seu relatório. Não vou me esquecer dela. — Quando o viu olhar para o relógio, Eve percebeu que ele estava tão nervoso quanto ela. — Prometi a Feeney uma garrafa de uísque escocês se ele conseguisse entrar no computador antes de meia-noite.

— Se essa promessa não conseguir apressá-lo, nada mais o fará. — Ele deu um sorriso. Não adiantava nada lembrar ao secretário que eles não haviam encontrado a arma do crime no apartamento de Morse. Ele já sabia.

No momento em que Eve avistou Marco Angelini entrando na sala, seus ombros se retesaram.

— Desculpe-me, secretário Tibble. Há alguém com quem eu preciso conversar.

— Não é necessário, Dallas — ele colocou a mão sobre o braço dela.

— É sim, senhor. É necessário.

Ela percebeu o instante exato em que ele notou a presença dela pelo levantar rápido do queixo. Ele parou, colocou as mãos atrás das costas e esperou.

— Senhor Angelini.

— Tenente Dallas.

— Sinto muito pelas dificuldades que causei ao senhor e à sua família durante as investigações.

— Sente? — Seus olhos estavam frios, e não piscavam. — Por acusar meu filho de assassinato, por submetê-lo ao terror e à humilhação, por acrescentar dor a uma quantidade de dor já incrivelmente grande, por colocá-lo atrás das grades quando seu único crime foi o de testemunhar violência?

Ela poderia ter justificado cada uma daquelas ações. Poderia ter lembrado a ele que o seu filho havia não somente testemunhado violência, mas também dera as costas para ela sem um momento de reflexão, pensando apenas na sua própria sobrevivência, e ainda piorara o seu crime ao tentar usar suborno para ficar fora do caso.

— Sinto muito por piorar o trauma emocional de sua família.

— Tenho dúvidas de que a senhorita compreenda esta frase. — Ele passou os olhos nela, olhando para baixo. — E fico me perguntando se, caso a senhorita não estivesse tão ocupada desfrutando a posição de seu namorado, já não poderia ter capturado o verdadeiro assassino. É muito fácil de ver o que a senhorita é. É uma oportunista, uma alpinista social em busca de holofotes.

— Marco! — disse Roarke com suavidade enquanto colocava uma das mãos sobre o ombro de Eve.

— Não. — Ela ficou rígida sob o toque. — Não me defenda. Deixe-o terminar.

— Não posso fazer isso. Marco, estou disposto a levar o seu estado mental em consideração como razão de seu ataque a Eve em sua própria casa. Se você não quiser ficar aqui — disse em um tom duro e frio como aço, que mostrava que ele não estava levando nada em consideração —, posso lhe mostrar a saída.

— Eu conheço a saída. — Os olhos de Marco pareciam esfaquear Eve. — Vou dar um fim a nossos negócios em comum o mais rápido possível, Roarke. Já não confio na sua capacidade de julgamento.

Com as mãos fechadas ao lado do corpo, Eve tremeu de fúria enquanto Marco ia embora.

— Por que fez isso? Eu sabia como lidar com ele.

— Pode ser que sim — concordou Roarke, e girou o corpo dela em direção a ele —, mas isso era pessoal. Ninguém, absolutamente ninguém entra em nossa casa e fala com você daquela forma.

— Summerset fala — ela tentou fazer um gesto de indiferença.

Roarke sorriu e tocou os lábios dela com os dele.

— Esta é a exceção, por motivos complicados demais para explicar. — E massageou com o polegar a ruga de preocupação que havia entre as sobrancelhas dela.

— Tudo bem. Acho que não vou precisar trocar cartões de Natal com os Angelini.

— Você vai conseguir superar isso. Quer um pouco de champanhe?

— Em um minuto. Vou retocar a maquiagem. — Ela tocou o rosto dele. Estava ficando a cada dia mais fácil fazer isto, tocá-lo, quando eles não estavam a sós. — Acho que é melhor avisá-lo de que Larinda Mars está com um gravador dentro da bolsa.

Roarke passou o dedo na covinha do queixo de Eve.

— Estava. Ele está no meu bolso agora, depois que a deixei se aproximar de mim na mesa vegetariana.

— Muito esperto. Você nunca mencionou que dedos leves eram um dos seus atributos.

— Você nunca perguntou.

— Lembre-me de perguntar, e perguntar muito. Já volto.

Ela não estava preocupada com a maquiagem. Queria alguns minutos a sós, e talvez mais alguns para ligar para Feeney, embora ela imaginasse que ele ia querer arrancar a cabeça dela fora por interromper as suas tentativas com o computador.

Ele ainda tinha uma hora de prazo antes de perder a garrafa de uísque. Ela achava que não ia fazer mal lembrá-lo disso. Ela já estava na porta da biblioteca, preparando-se para digitar o código de acesso ao cômodo, quando Summerset materializou-se das sombras atrás dela.

— Tenente, a senhorita tem uma ligação que me parece pessoal e urgente.

— É o Feeney?

— Ele não me informou o seu nome — disse Summerset baixinho.

— Vou atender daqui — e teve a pequena mas valiosa satisfação de deixar a porta bater direto na cara dele. — Luzes! — ordenou, e o quarto se iluminou.

Ela já estava quase acostumada com as paredes forradas de livros encadernados em couro, cheios de páginas que farfalhavam quando eram folheadas. Naquele momento ela não lhes lançou mais do que um olhar rápido antes de seguir, apressada, até o *telelink* que Roarke tinha sobre a mesa da biblioteca.

Transferiu a ligação para ali, e congelou.

— Surpresa, surpresa! — Morse estava sorrindo para ela. — Aposto que você jamais imaginou que fosse eu. Está toda vestida para a festa, pelo que vejo. Você está um arraso!

— Andei procurando por você, C. J.

— Ah, sim, eu sei. Você andou procurando por uma porção de coisas. Eu sei que isto está sendo gravado, e não me importo. Mas ouça bem uma coisa. É melhor que isto fique só entre nós dois, ou eu vou começar a fatiar uma amiga nossa em pequenos pedaços. Diga olá para a Dallas, Nadine.

Ele estendeu o braço e o rosto de Nadine apareceu na tela. Eve, que já vira o terror demasiadas vezes, encarava-o mais uma vez.

— Ele feriu você, Nadine?

— Eu... — Ela choramingou quando ele puxou a cabeça dela para trás pelos cabelos e encostou uma lâmina fina e comprida na garganta dela.

— Vamos, diga a ela que eu estou sendo muito legal com você. Diga! — E passou a parte achatada da lâmina pelo pescoço dela. — Piranha!

— Eu estou ótima, estou bem. — Ela fechou os olhos e uma lágrima ameaçou escorrer. — Sinto muito.

— Ela sente muito — disse Morse com os lábios firmes, e apertou o seu rosto ao de Nadine para que os dois aparecessem na tela. — Ela sente muito por ter estado com tanta ânsia de ser a piranha principal que acabou se descuidando da guarda que você tinha colocado em volta dela, e caiu bem nos meus braços que a aguardavam. Não é, Nadine?

— Sim.

— E agora eu vou matá-la, mas não tão depressa quanto as outras. Vou matá-la lentamente, e com muita dor, a não ser que a sua amiguinha, a tenente, faça tudo o que eu disser. Não é? Diga para ela, Nadine.

— Ele vai me matar. — Ela apertou os lábios com força, mas nada fazia a tremedeira parar. — Ele vai me matar, Dallas.

— É isso aí. Você não quer que ela morra, quer, Dallas? Foi culpa sua Louise ter morrido. Sua e de Nadine. Ela não merecia aquilo. Ela conhecia o lugar dela. Não estava querendo ser a piranha *superstar*. É culpa de vocês, ela estar morta. Agora você não quer que aquilo aconteça de novo.

Morse continuava com a faca encostada na garganta de Nadine e Eve notou que as mãos dele tremiam.

— O que quer, Morse? — Lembrando-se do perfil da doutora Mira, ela usou as palavras certas, com cuidado. — Você está no comando. Você é quem manda.

— É isso mesmo. — Seu sorriso se abriu de todo. — É exatamente isso. Você já está vendo, pela tela, o lugar em que eu estou. Pode notar que é um lugar bem sossegado em um parque, o Greenpeace Park, onde ninguém vai nos incomodar. Todos aqueles amantes do verde plantaram estas lindas árvores. É um lugar lindo. É claro que ninguém passa por aqui depois que anoitece. A não ser que eles sejam inteligentes o bastante para descobrir como desligar o campo eletrônico que assusta os vagabundos e os viciados. Você tem exatamente seis minutos para chegar aqui, para que possamos dar início às nossas negociações.

— Seis minutos. Mal dá para chegar até aí, mesmo que eu vá a toda velocidade. Se eu ficar presa no tráfego...

— Então não fique — respondeu ele com rispidez. — Seis minutos a partir do final da transmissão, Dallas. Se o tempo estourar em dez segundos, dez segundos que você possa usar para dar o alarme, contactar alguém, ou simplesmente pensar em pedir reforço, e eu começo a rasgar a garganta de Nadine. Venha sozinha. Se eu sentir o cheiro de outro policial, vou acabar com ela. Você quer que ela venha sozinha, não quer, Nadine? — Para convencê-la, ele virou a ponta da lâmina e cortou um pedacinho da lateral de sua garganta.

— Por favor... — Ela tentava arquear o corpo enquanto um filete de sangue escorria. — Por favor...

— Se você a cortar mais uma vez, não tem acordo, Morse.

— Você vem negociar sim — disse Morse. — Seis minutos. Começa agora!

A tela se apagou. O dedo de Eve ficou parado sobre os botões, pensando na emergência, nas dezenas de carros que estariam cercando o parque em minutos. Pensou em grampos, em possíveis grampos eletrônicos.

E pensou no sangue que vira escorrendo do pescoço de Nadine.

Saiu em disparada pela sala e apertou o botão do elevador sem parar de correr. Ela precisava de sua arma.

C. J. Morse estava se divertindo como nunca. Começara a compreender que ele se vendera muito barato, matando depressa. Havia muito mais emoção em cortejar o medo, seduzi-lo, vê-lo ir aumentado de intensidade até atingir o clímax.

Ele viu o medo nos olhos de Nadine. Eles estavam vidrados, agora, com as pupilas dilatadas, lisas e pretas, com uma pequena borda de cor em volta. Ele estava, compreendeu com grande prazer, dando-lhe um susto mortal, literalmente.

Ela não a cortara novamente. Ah, bem que ele queria, e fazia questão de mostrar-lhe a faca o tempo todo para que ela não perdesse o medo e soubesse que ele poderia fazer isso. Mas parte dele se preocupava com a tenente piranha.

Não que ele não conseguisse lidar com ela, avaliou Morse. Ele poderia muito bem lidar com ela do único jeito que as mulheres entendiam. Matando-a. Mas não queria fazer isto depressa, como fizera com as outras. Ela tentara ser mais esperta do que ele, e isto era um insulto que ele não poderia tolerar.

As mulheres sempre tentavam comandar o espetáculo, sempre entravam no caminho bem na hora em que ele estava para colocar a mão no prêmio. Acontecera com ele a vida toda. A droga de sua vida inteira, a começar pela mãe, a megera exigente.

Você não deu o melhor de si, C. J. Use o cérebro, pelo amor de Deus! Você não vai conseguir se dar bem na vida só com boa aparência e charme. Você não tem nenhum dos dois. Esperava mais de você. Se você não puder ser o melhor, não será nada.

Ele agüentou muito, não foi? Sorrindo para si mesmo, começou a sacudir os cabelos de Nadine enquanto ela tremia de medo. Agüentou aquilo durante anos bancando o bonzinho, o filho devotado, enquanto à noite ele pensava em formas de matá-la. Sonhos maravilhosos, suados e doces, nos quais ele finalmente conseguia silenciar aquela vozinha irritante e exigente.

— E foi o que eu fiz — disse em tom de conversa, encostando a ponta da faca na artéria que pulsava no pescoço de Nadine. — E foi tão fácil! Ela estava sozinha naquela casa grande e importante, ocupada com seus negócios grandes e importantes. E foi quando eu entrei. "C. J.", disse ela, "O que está fazendo aqui? Não me diga que perdeu o emprego novamente? Você jamais vai conseguir se dar bem na vida, a não ser que se concentre nisso." E simplesmente sorriu. E eu disse: "Cale a boca, mãe, cale a porcaria dessa boca!" E cortei-lhe a garganta.

Para demonstrar, ele fez a lâmina passar pela garganta de Nadine mais uma vez, de leve, com força suficiente apenas para arranhar a pele.

— O sangue esguichou e ela revirou os olhos, mas fechou a matraca. Sabe, Nadine, eu aprendi uma coisa com a velha megera. Já estava na hora de eu me concentrar. Precisava de um objetivo na vida. E decidi que esse objetivo seria livrar o mundo das mulheres bem falantes e exigentes, as estraga-prazeres que andam por aí. Como Cicely Towers e Yvonne Metcalf. Como você, Nadine. — E se inclinou, beijando-lhe o centro da testa. — Exatamente como você.

Ela estava reduzida a choramingos. Sua cabeça estava bloqueada. Ela parara de tentar soltar os pulsos, que estavam amarrados, desistira de tudo. Estava sentada ali, dócil como uma boneca, com um tremor ocasional que de vez em quando lhe quebrava a imobilidade.

— Você vivia tentando me jogar para o lado. Chegou até mesmo a ir até o diretor para tentar me tirar do lugar de apresentador do noticiário. Disse para eles que eu era um... — e bateu com a faca contra o pescoço dela, para dar ênfase — ...pé-no-saco. Você sabia que aquela piranha da promotora Towers não queria nem mesmo me dar uma entrevista. Ela me deixava envergonhado, Nadine. Fingia que não me conhecia nas entrevistas coletivas. Mas eu dei um jeito nela. Um bom repórter cava as suas informações, certo, Nadine? E eu cavei e descobri aquela história boa, bem suculenta a respeito do amante idiota da filha dela. Ah, mas eu guardei aquilo, e guardei bem, enquanto a mamãe feliz da futura noiva fazia todos os planos para o casamento! Poderia tê-la chantageado, mas este não era o meu objetivo, era? Ela ficou toda agitada naquela noite quando eu lhe joguei tudo na cara.

Ele franziu o cenho. Seus olhos brilhavam.

— Ela ia falar comigo, afinal, Nadine. Ah, pode apostar que ia falar! Ela tentaria me arruinar, apesar de saber que eu ia apenas fazer uma reportagem sobre os fatos. Mas Towers era uma tremenda negociadora e ia tentar me esmagar como a um inseto. Foi exatamente isto que ela me disse naquela noite pelo *tele-link*. Só que fez exatamente o que eu mandei. E quando eu caminhei em direção a ela naquela ruazinha imunda, ela olhou com desprezo para mim. Olhou com desprezo e me disse: "Você está atrasado. Agora, seu canalha, vamos acertar as coisas."

Ele começou a rir com tanta força que teve de colocar a mão no estômago.

— Ah, e eu a acertei mesmo, direitinho! O sangue esguichou e ela revirou os olhos, exatamente igual à minha velha e querida mãe.

Ele deu um ligeiro tapa na testa de Nadine, se levantou e olhou para a câmera que tinha preparado.

— Aqui fala C. J. Morse, transmitindo as últimas notícias. Enquanto os segundos se esvaem, parece que a heróica tenente Xereca não vai conseguir chegar a tempo de livrar sua amiguinha piranha da execução. Embora isto sempre tenha sido considerado um clichê machista, esta experiência nos provou que as mulheres sempre se atrasam.

Ele gargalhou sem conseguir parar, de forma selvagem, e deu um tapa descuidado com as costas da mão no rosto de Nadine, que a jogou para trás de encontro ao encosto do banco de praça onde a colocara. Depois de uma última risada aguda, ele se controlou e franziu a testa, de modo sóbrio, olhando para a lente.

— A transmissão pública de execuções foi banida em todo o país, em 2012, cinco anos antes de a Suprema Corte mais uma vez decidir que a pena capital era inconstitucional. Evidentemente, a Corte foi forçada a tomar esta decisão por cinco mulheres idiotas e faladeiras, portanto este repórter considera este veto nulo, sem valor legal.

Ele pegou um pequeno transmissor no bolso do casaco antes de se virar para Nadine.

— Agora, eu vou me conectar com a emissora, Nadine. No ar em vinte segundos. — Com ar pensativo, jogou a cabeça para o lado. — Sabe, Nadine, você está precisando de um pouco de maquiagem. É uma pena que não tenhamos tempo para isso. Estou certo de que você gostaria de parecer mais bonita do que nunca, para a sua última transmissão.

Ele caminhou até ela, colocou a faca posicionada em sua garganta e olhou para a câmera.

— Em dez, nove, oito... — e olhou para trás ao ouvir o som de passos sobre o piso de pó de pedra. — Ora, ora, ela chegou! E com alguns segundos de folga!

Eve parou de andar no caminho que levava até onde eles estavam e ficou olhando. Ela já vira de tudo em mais de dez anos de polícia. Muita coisa ela gostaria que fosse apagada de sua memória. Mas jamais vira algo que se comparasse àquilo.

Ela seguira a luz, uma única lâmpada que formava um círculo luminoso em volta do ponto onde eles estavam. O banco de parque onde Nadine estava sentada, passivamente, com o sangue escorrendo pela pele e uma faca encostada na garganta. C. J. Morse estava por trás dela, elegantemente vestido com uma camisa de gola redonda e um casaco em uma cor que combinava, olhando para a câmera que havia sido montada em um tripé alto. A luz vermelha da câmera brilhava de forma constante, como se fosse um olho que tudo julgasse.

— Que diabo você está fazendo, Morse?

— Uma transmissão ao vivo — disse ele alegremente. — Por favor, venha para a luz, tenente, para que nossos telespectadores possam vê-la.

Mantendo o olhar colado nele, Eve entrou no círculo de luz.

Ela já saíra há muito tempo, pensou Roarke, e se viu irritado pelos bate-papos da festa. Obviamente, ela estava mais aborrecida do que demonstrara e ele se arrependeu de não ter tratado Marco Angelini de forma mais eficaz.

De jeito nenhum ele ia deixá-la ficar remoendo aquilo ou permitir que ela levasse a culpa. O único jeito de ter certeza de que ela não ia ficar assim era diverti-la, ou espalhar o ar chateado de seu rosto. Ele saiu silenciosamente da sala, para longe da música, das luzes e das vozes. A casa era grande demais para que ele fosse procurá-la, mas ele poderia descobrir sua localização exata com uma única pergunta.

— Eve? — perguntou ele no momento em que Summerset saiu de uma sala à direita.

— Ela saiu.

— O que quer dizer "saiu"? Saiu para onde?

Pelo fato de que conversar sobre aquela mulher sempre incomodava Summerset, ele deu de ombros.

— Não sei dizer, ela simplesmente saiu da casa, entrou em seu veículo e partiu. Não se dignou a me informar sobre os seus planos.

O nó que Roarke sentiu na boca do estômago deixou sua voz mais agressiva:

— Não fique de sacanagem comigo, Summerset. Por que motivo ela saiu?

Sentindo-se insultado, Summerset enrijeceu os maxilares.

— Talvez sua partida tenha relação com a ligação que recebeu há poucos minutos. Ela atendeu da biblioteca.

Girando o corpo, Roarke foi correndo até a porta da biblioteca e digitou o código para abri-la. Com Summerset nos calcanhares, foi direto até a mesa.

— Apresentar a gravação da última ligação.

Enquanto assistia e ouvia, o nó em seu estômago se transformou em uma queimação que era feita de medo.

— Meu Cristo, Jesus, ela foi se encontrar com ele! E foi sozinha.

Ele já estava do lado de fora da porta, movendo-se com rapidez, quando lançou a ordem por cima dos ombros, como um *laser*.

— Repasse esta informação para o secretário Tibble... Discretamente.

— Embora estejamos com pouco tempo, tenente, estou certo de que nossos telespectadores ficariam fascinados pelo processo investigativo. Morse mantinha no rosto o sorriso agradável, feito para a câmera, e a faca encostada na garganta de Nadine. — Você, tenente, chegou a seguir uma pista falsa durante algum tempo, e chegou, acredito, a acusar um homem inocente.

— Por que você as matou, Morse?

— Ah, eu já deixei isto extensamente documentado para futuras transmissões. Vamos falar de você.

— Você deve ter-se sentido péssimo quando viu que tinha matado Louise Kirski em vez de Nadine.

— Eu me senti muito mal com aquilo, passei mal. Louise era uma mulher boa e calma, com uma atitude apropriada. Só que não foi culpa minha. Foi culpa sua e de Nadine por tentarem me jogar uma isca.

— Você queria ser visto — e lançou um olhar para a câmera. — Agora está conseguindo isso, com certeza. Só que isso está colocando você no centro das atenções, Morse. Não vai conseguir escapar deste parque agora.

— Ah, eu tenho um plano, não se preocupe comigo! E temos apenas alguns minutos antes de terminarmos com isto. O público tem o direito de saber. Quero que eles assistam a esta execução. Mas você, eu queria que assistisse pessoalmente. Para ver o que provocou.

Eve olhou para Nadine Dali não viria ajuda, ela notou. A mulher estava em choque profundo, possivelmente drogada.

— Eu não vou ser assim tão fácil de agarrar — avisou Eve.

— Vai ser ainda mais divertido.

— Como pegou Nadine? — Eve foi chegando mais perto, mantendo o olhar no dele e suas mãos à vista. — Você deve ter usado de muita esperteza.

— Eu sou muito esperto. As pessoas, em particular as mulheres, não me dão muito crédito. Simplesmente dei uma dica a ela a respeito dos assassinatos. Uma mensagem de uma testemunha que queria falar com ela a sós. Eu sabia que ela ia baixar a guarda, ambiciosa como era, sempre à procura da grande história. Eu a peguei no estacionamento. Foi simples assim. Dei-lhe uma dose de um tranqüilizante forte, coloquei-a no próprio porta-malas e saí dirigindo. Deixei o carro em um pequeno estacionamento de aluguel lá no Centro.

— Muito esperto mesmo. — Ela chegou mais perto, parando quando ele levantou as sobrancelhas e apertou a faca com mais firmeza. — Realmente esperto — repetiu levantando as mãos. Você sabia que eu estava indo para a sua casa. Como descobriu isto?

— Você acha que o seu amigo amarrotado, o Feeney, sabe de tudo sobre computadores? Bem, eu posso controlar os sistemas também. Estou conectado com todo o seu sistema há semanas. Sabia de cada transmissão, cada plano, cada passo que você dava. Estava sempre à frente de você, Dallas.

— É... Você estava sempre à minha frente. Você não quer matá-la, Morse. Você quer é a mim. Eu sou a mulher que perturbou você o tempo todo, fui eu que lhe causei todo o sufoco. Por que não a deixa ir? Ela está toda zonza, mesmo. Pegue-me no lugar dela.

Ele lançou o seu sorriso rápido e maroto.

— E por que eu não a mato primeiro e depois acabo com você?

Eve deu de ombros.

— Pensei que você gostasse de um desafio. Acho que me enganei. Cicely Towers era um desafio. Você teve de gastar um bocado de saliva para convencê-la a ir onde você queria que ela fosse. Yvonne Metcalf foi moleza.

— Está falando sério? Ela pensava que eu era idiota. — Ele rangeu os dentes e soprou o ar entre eles. — Ela ainda ia estar apresentando a previsão do tempo até hoje se não tivesse aqueles peitos, e eles estavam dando a ela o tempo no ar que era meu. A droga do meu tempo no ar! Tive de fingir que eu era um grande fã dela, tive de falar que ia fazer uma matéria de vinte minutos sobre ela. Só sobre ela. Disse-lhe que tinha conseguido um lance em uma rede internacional, via satélite, e ela caiu direitinho.

— Então você a encontrou naquela noite, nos fundos do prédio dela.

— Foi... Ela se arrumou toda, estava cheia de sorrisos, e sem ressentimentos. Tentou me dizer que ficou feliz por eu ter encontrado o meu cantinho. Meu cantinho! Bem, eu fechei a matraca dela.

— Foi mesmo. Acho que você foi muito esperto com ela também. Mas Nadine, ela não está dizendo nada. Ela não consegue nem pensar direito neste instante. Ela nem vai saber que você está lhe dando o troco.

— Eu vou saber. O tempo acabou! É melhor sair um pouco para o lado, Dallas, senão o sangue vai respingar em todo o seu vestido de festa.

— Espere. — Ela deu um passo e, pulando para o lado, colocou a mão na parte de trás da roupa, onde pegou a arma. — Pisque, seu canalha, e eu acabo com você!

Ele piscou, diversas vezes. Parecia a ele que a arma surgira do nada.

— Se você atirar em mim, minha mão vai tremer. Ela vai estar morta antes de mim.

— Talvez sim... — disse Eve com firmeza —, talvez não... De qualquer modo, *você* vai estar morto. Jogue a faca no chão, Morse, e saia de perto dela, senão o seu sistema nervoso vai ficar muito sobrecarregado por causa disso.

— Piranha! Você acha que pode me vencer? — Ele puxou Nadine, obrigando-a a ficar em pé e usando-a como escudo para evitar um tiro direto, e então a empurrou para a frente.

Eve segurou Nadine com um dos braços enquanto mirava com a outra mão, mas ele já se escondera entre as árvores. Sem ter outra opção, Eve bateu no rosto de Nadine com força, com a palma da mão, e depois com as costas.

— Acorde, Nadine! Mas que droga!

— Ele está querendo me matar. — Os olhos de Nadine rolaram para cima e depois para baixo quando Eve bateu nela novamente.

— Vá andando, escutou? Vá andando, vá buscar ajuda! Agora!

— Buscar ajuda...

— Por ali. — Eve deu um empurrão em Nadine, na direção do caminho por onde ela viera, com a esperança de que ela conseguisse se manter em pé, e então correu para trás das árvores.

Ela falou que tinha um plano, e ela não tinha dúvidas sobre isso. Mesmo que ele conseguisse sair do parque, eles iam acabar encontrando-o. Mas ele estava disposto a matar naquele instante... Talvez uma mulher passeando com o cachorro ou alguém chegando de um encontro.

Ele era capaz de usar a faca em qualquer um porque falhara novamente.

Ela parou entre os arbustos, com os ouvidos atentos em busca de algum som, a respiração totalmente sob controle. Ao longe ela conseguia ouvir os barulhos da rua e do tráfego aéreo e podia ver as luzes da cidade por trás da massa de árvores.

Uma dezena de caminhos se espalhava diante dela, saindo da pequena clareira e dos jardins tão cuidadosamente tratados e projetados.

Ela ouviu algo. Talvez passos, talvez um arbusto agitado por um animal de pequeno porte. Com a arma apontada, pronta, ela avançou por entre as folhas.

Havia uma fonte, mas suas águas estavam em silêncio, no escuro. Havia um pequeno parque infantil com balanços, escorregas em espiral e uma pequena selva feita de espuma prensada que evitava que os pequenos alpinistas arranhassem as canelas ou os cotovelos.

Eve olhou em volta de toda a área, se xingando por não ter trazido uma lanterna com ela. Havia pontos escuros demais que escorriam perigosamente das árvores. E silêncio demais estava suspenso no ar, como uma mortalha.

Então, ela ouviu o grito.

Ele tinha dado a volta, pensou. *O canalha tinha dado a volta por trás e fora buscar Nadine, afinal.* Eve girou o corpo, e o seu instinto para se proteger foi o que lhe salvou a vida.

A faca a atingiu na clavícula, fazendo um corte comprido e superficial que lhe provocou uma dor ridícula, em fisgada. Ela bloqueara o golpe com o cotovelo, deu-lhe um soco no maxilar e o desviou do objetivo. Mas a lâmina voou, atingindo-a um pouco acima do pulso. Sua arma voou longe, pulando da mão ferida.

— Você achou que eu ia fugir! — Seus olhos brilhavam de forma doentia na escuridão enquanto ele andava em círculos em volta dela. — As mulheres sempre me subestimam, Dallas. Vou cortar você em pedaços. Vou rasgar a sua garganta. — E avançou um passo, fazendo-a recuar. — Vou colocar suas tripas para fora. — Deu um golpe no ar, mais uma vez, e ela sentiu o vento que veio da lâmina. — Sou eu que estou no comando agora, não é?

— Você é que pensa! — Seu chute foi bem calculado, o último recurso de uma mulher. Ele se dobrou no chão, com o ar saindo de sua boca como o de um balão que murchava. A faca caiu, fazendo barulho, sobre uma pedra. E ela estava em cima dele.

Ele lutou como o louco que era. Seus dedos avançaram nela, os dentes bateram uns contra os outros, como se estivessem à procura de carne onde pudessem se enterrar. O braço ferido de Eve estava todo gosmento por causa do sangue, e tentava escorregar por cima dele, enquanto ela lutava para encontrar o ponto em seu pescoço que o deixaria imobilizado.

Eles rolaram um sobre o outro, sobre o pó de pedra do chão e o gramado que o margeava. Estavam em silêncio, a não ser pelos gemidos e a respiração ofegante. Sua mão apalpava em torno, em busca do cabo da faca, e a mão dela apertava a dele. Então, estrelas explodiram em sua cabeça quando ele deu um soco em seu rosto.

Ela ficou atordoada apenas por um instante, mas sentiu que estava morta. Viu a faca, viu o seu fim e inspirou com força para encontrá-lo.

Mais tarde, ela se lembraria daquele som como se fosse o de um lobo; aquele rugido de ódio, um grito sangrento. O peso de Morse desapareceu de cima dela e o seu corpo foi atirado longe. Ela rolou e ficou de quatro, balançando a cabeça.

A faca, pensou, frenética, *a maldita faca*. Mas ela não conseguia achá-la e caminhava de gatinhas em direção ao brilho difuso de sua arma.

Ela já estava em sua mão, posicionada, quando sua mente ficou clara o bastante para que compreendesse. Dois homens estavam lutando no chão, engalfinhados como cães sobre o lindo parque infantil. E um deles era Roarke.

— Saia de cima dele, Roarke! — Ela tentou se equilibrar em pé, cambaleou e se segurou. — Saia de cima dele para que eu possa mirar e atirar!

Eles rolaram no chão novamente, um por cima do outro. A mão de Roarke tinha prendido a de Morse, mas era Morse que segurava a faca. Através do ódio, do dever e do instinto, veio uma titânica e trêmula sensação de medo.

Fraca, ainda perdendo sangue, ela se encostou nas barras acolchoadas do pequeno ringue do parque e firmou a mão da arma, segurando-a com a outra. Sob a pálida luz do luar, ela podia ver o punho de Roarke descendo sem piedade e o som do choque de osso contra osso. A faca fez pressão, com a lâmina mudando o ângulo.

Então Eve notou que a arma desceu e penetrou na carne, e a viu tremer enquanto alcançava seu destino final na garganta de Morse.

Alguém estava rezando. Quando Roarke se levantou, Eve compreendeu que era ela mesma. Olhando para ele, abaixou a arma. Seu rosto estava feroz, e seus olhos estavam tão quentes que pareciam queimar. Havia sangue empapando o seu elegante smoking.

— Você está em péssimo estado — conseguiu ela dizer.

— Devia ver como você está. — Sua respiração estava ofegante, e ele sabia, por experiência, que mais tarde ia sentir cada um daqueles machucados e arranhões. — Não sabia que é falta de educação sair de uma festa sem se desculpar?

Com as pernas tremendo pela reação, ela deu um passo na direção dele e então parou, engolindo o soluço que estava preso na garganta.

— Desculpe. Sinto muito. Meu Deus, você está ferido?

Ela se atirou em cima dele, só faltando revistá-lo quando ele a trouxe para junto de si.

— Ele cortou você? Ele o atingiu? — continuou ela, afastando-se e começando a apalpar as roupas dele.

— Eve. — Ele levantou o queixo dela e o firmou. — Você está sangrando muito.

— Ele me atingiu em dois lugares — e esfregou a mão sob o nariz. — Não foi tão mau. — Mas Roarke já estava usando um lenço de linho irlandês que pegara no bolso para estancar e enfaixar a ferida do braço. — E esse é o meu trabalho. — Ela soltou um longo suspiro e sentiu as sombras escuras que estavam em volta do seu campo de visão começarem a desaparecer, até que conseguiu ver tudo claramente. — Onde foi que ele cortou você?

— Esse sangue é o dele — disse Roarke com calma. — Não é meu.

— Sangue dele? — Ela quase desabou de novo, firmando os joelhos. — Você não está ferido?

— Nada de mais. — Preocupado, ele puxou a cabeça dela para trás para poder examinar o corte superficial ao longo de sua clavícula e o olho que estava começando a inchar. — Você precisa de um médico, tenente.

— Só um minuto. Deixe-me perguntar uma coisa a você.

— Pode mandar. — Sem ter mais nada à mão, ele acabou de rasgar parte da manga da camisa para aplicá-la sobre o sangue no ombro dela.

— Eu entro com toda carga em uma das suas reuniões de diretoria quando você está tendo problemas para resolver um assunto de trabalho?

Ele olhou de relance para ela. Um pouco da ferocidade havia se dissolvido, transformando-se em algo que era quase um sorriso.

— Não, Eve, você nunca fez isso. Não sei o que deu em mim.

— Tudo bem. — Já que não havia nenhum outro lugar onde colocá-la, Eve enfiou a arma no mesmo lugar, na parte de baixo de suas costas, onde ela a havia prendido quando saiu de casa, com fita adesiva. — Por essa vez passa — murmurou ela, e pegou o rosto dele com as mãos. Está bem, está bem. Fiquei apavorada quando vi que não estava conseguindo mirar em volta de você para atingi-lo. Achei que ele ia matá-lo, antes que eu pudesse impedir.

— Então dá para você entender o sentimento. — Colocando o braço em volta da cintura dela, para apoiá-la, eles começaram a mancar. Depois de um instante Eve reparou que estava mancando, porque perdera um sapato. Sem perder o ritmo da caminhada, tirou o outro sapato do pé. Então viu luzes diante deles.

— Policiais?

— Imagino que sim. Passei por Nadine quando ela veio andando cambaleante pelo caminho, em direção ao portão principal. Ele a fez passar por um sufoco muito grande, mas ela estava ainda com força bastante e me mostrou para que direção vocês tinham ido.

— Eu provavelmente poderia ter dado conta do canalha sozinha — murmurou Eve, recuperando-se o suficiente para se preocupar com aquilo. — Mas vi que você sabe se defender muito bem, Roarke. Você realmente leva jeito para sair no braço.

Nenhum dos dois mencionou como foi que a faca tinha ido parar no pescoço de Morse.

Ela viu Feeney no círculo de luz, junto da câmera, com dez policiais em volta. Simplesmente balançou a cabeça e sinalizou para a equipe médica. Nadine já estava na maca, branca como vela.

— Dallas. — Ela levantou a mão e a deixou cair. — Eu estraguei tudo.

Eve se inclinou enquanto um dos paramédicos atendia o braço dela e a seguir passou para o de Roarke.

— Ele encheu você de tranqüilizantes.

— Estraguei tudo — repetia Nadine, enquanto a maca era levada para uma ambulância. — Obrigada pelo resto da minha vida.

— Certo. — Ela se virou e se deixou cair sentada sobre um apoio acolchoado próximo da central de atendimento. — Tem alguma coisa aí para colocar no meu olho? — perguntou. — Está latejando demais!

— Vai ficar roxo — alguém avisou, com tranqüilidade, enquanto uma pequena bolsa de gelo era colocada sobre ele.

— Essa é uma boa notícia. Não vou para o hospital — disse com firmeza. — O paramédico simplesmente estalou a língua e começou a trabalhar na limpeza e a enfaixar as feridas.

— Desculpe pelo vestido. — Ela sorriu para Roarke e apalpou uma das mangas, que estava despencando. — Ele não agüentou muito. — Ficando em pé, ela afastou o paramédico que continuava a atendê-la para o lado. — Tenho de voltar em casa para trocar de roupa e depois tenho de preparar o meu relatório. — Ela olhou firme nos olhos dele. — Foi uma pena que Morse tenha rolado por cima da faca. A promotoria ia adorar levá-lo a julgamento. — Ela estendeu a mão, examinou os nós dos dedos de Roarke, que estavam esfolados, e balançou a cabeça. — Foi você que uivou?

— Como disse?

Ela deu uma risada e se encostou nele enquanto saíam do parque.

— Considerando-se tudo, foi uma tremenda festa.

— Humm... Vamos ter outras. Mas tem uma coisa.

— Que é? — Ela abriu e fechou os dedos, aliviada por sentir que eles tinham voltado a funcionar perfeitamente. A equipe de paramédicos tinha muita competência.

— Quero que você se case comigo, Eve.

— Hã-hã... Bem, nós vamos... — Ela parou e quase tropeçou, então ficou boquiaberta, olhando para ele com a vista boa. — Você quer o quê?

— Quero que você se case comigo.

Ele estava com uma marca roxa no queixo, sangue no paletó e brilho nos olhos. Ela ficou imaginando se ele havia pirado.

— Nós estamos aqui arrebentados, saindo da cena de um crime, da qual cada um de nós, ou os dois, poderia ter morrido, e você está me pedindo para me casar com você?

Ele enlaçou a cintura dela com o braço novamente e a empurrou ligeiramente para a frente.

— Isso é que é ter noção do momento certo.

Impresso no Brasil pelo
Sistema Cameron da Divisão Gráfica da
DISTRIBUIDORA RECORD DE SERVIÇOS DE IMPRENSA S.A.
Rua Argentina 171 – Rio de Janeiro, RJ – 20921-380 – Tel.: 2585-2000